Das Buch

Seit Oliver aus seiner Kaltduscher-WG ausgezogen ist, geht es ihm nicht mehr so gut. Er fühlt sich einsam, entwickelt seltsame Marotten, schläft mies und ist oft schlecht gelaunt. Besonders montags, wenn er wieder zu seinem verhassten Job als Werbespot-Sprecher muss. Kein Wunder, dass es mächtig kracht, als ihm auf der Straße eine geschniegelte Businessfrau auf den Fuß tritt. Seltsamerweise stellt Oliver anschließend fest, dass er sich Hals über Kopf verliebt hat. Wie konnte das passieren? Und, viel wichtiger, wie kann man das Herz einer Frau erobern, die man »vertrottelte Schlumpfliese« genannt hat? Und die sich offensichtlich in ganz anderen Sphären bewegt als man selbst? Oliver hat keine Chance, aber er nutzt sie. Und erlebt schon bald gehörige Überraschungen ...

Der Autor

Matthias Sachau lebt in Berlin, arbeitet als Autor und Texter und steht montags aus Prinzip gar nicht erst auf. *Linksaufsteher* ist, nach Bestsellern wie *Kaltduscher* und *Wir tun es für Geld,* sein vierter Comedyroman.

Bitte beachten Sie auch: www.matthias-sachau.de
www.twitter.com/matthiassachau
www.facebook.com/Matthias Sachau

Von Matthias Sachau sind in unserem Hause
bereits erschienen:

Wir tun es für Geld
Kaltduscher
Schief gewickelt

Matthias Sachau

LINKS AUFSTEHER

Ein Montagsroman

Ullstein

Besuchen Sie uns im Internet:
www.ullstein-taschenbuch.de

Originalausgabe im Ullstein Taschenbuch
1. Auflage Mai 2011
© Ullstein Buchverlage GmbH, Berlin 2011
Konzeption: HildenDesign, München
Umschlaggestaltung: Zero Werbeagentur München
Titelabbildung: Fine Pic®, München
Satz: LVD GmbH, Berlin
Gesetzt aus der Candida
Papier: Holmen Book Cream von
Holmen Paper Central Europe, Hamburg GmbH
Druck und Bindearbeiten: CPI – Ebner & Spiegel, Ulm
Printed in Germany
ISBN 978-3-548-28319-7

MONTAG

Alle sagen, dass es nichts Gutes bedeutet, wenn man in einem Restaurant sitzt und dort eine in Plastik eingeschweißte Speisekarte gereicht bekommt, auf der über hundert durchnummerierte Gerichte zu finden sind. Das riecht nach hastiger herzloser Zubereitung, kann unmöglich alles frisch sein und so weiter. Noch viel schlimmer ist es allerdings, wenn man am Herd eines solchen Restaurants steht und dieses Zeug kochen muss. Du stehst da, kriegst laufend Bestellzettel reingereicht, und damit du überhaupt eine Chance hast hinterherzukommen, schmeißt du einfach wahllos irgendwelche Ess-Sachen in die riesige Pfanne vor dir, streust ein paar beliebige Gewürze drüber und kippst das Ganze auf den Teller, sobald es ein bisschen heiß ist.

So habe ich es jedenfalls gemacht. Mir war nicht wohl dabei. Mit jeder Minute wuchs die Angst. Früher oder später mussten die empörten Gäste in die Küche gestürmt kommen und brüllen: »Ich hatte die 103 mit Reis, aber das hier ist die 96. Mit Nudeln!« Stattdessen erschienen aber nur immer wieder die Köpfe der beiden Restaurantmanager in der Durchreiche. Sie zwinkerten mir aufmunternd zu, die Gäste aßen und bestellten eifrig weiter und der Rubel rollte.

Der Einzige, den an dieser Situation etwas störte, war ich. Ich hüpfte durch die heißen Küchenschwaden, warf blindlings Sachen in die Pfannen und schaffte es gerade so, nicht in Panik zu geraten. Die kam dann aber auf dem

Heimweg. Ich schleppte mich durch die menschenleere Torstraße und hörte auf einmal ein Rumpeln in meinem Rücken. Als ich mich umdrehte, sah ich, dass zwei gigantische Felsbrocken hinter mir her rollten. Beide nur eben ein bisschen schneller als ich, aber es war klar, dass sie mich irgendwann einholen würden.

Ich träume immer so ein Zeug, bevor die Arbeitswoche losgeht. Wenn ich Sonntagabend ins Bett gehe, schlafe ich schon mit eingezogenem Kopf ein. Ich weiß genau, was kommt. Immer irgendwas mit Stress, mit Verdammt-was-mache-ich-eigentlich-Hier?-Gefühlen und einem zwillingsförmigen Unheil am Ende. Schon Stunden, bevor mein Wecker klingelt, bin ich hellwach und grübele für den Rest der Nacht herum. Diese Träume lassen einen so leicht nicht los. Selbst jetzt, um 8:53 Uhr mitten im Montags-Fußgängergewühl am Rosenthaler Platz, denke ich noch darüber nach. Und das, obwohl die Deutung ja eigentlich mal wieder ganz klar ist. Ich sollte mich lieber mit dem, was vor mir liegt, befassen. Zum Beispiel mit meiner Arbeit und dem Termin, den ich jetzt gleich ...

»AAAAAARGH!«

Heiße stechende Schmerzen, ganz plötzlich. Müsste ich blind raten, würde ich tippen, dass mir ein durchgeknallter Jesus-Sekten-Jünger einen dicken Nagel in den Fußrücken hämmern wollte. Gerade, als ich erkenne, was wirklich die Ursache ist, kommt auch schon das nächste Unheil.

»UUUUUUMPF!«

Es reicht. Ich werde zum Hulk. Was es genau ist, was ich da rumschreie, weiß ich nicht, aber es fühlt sich gut an. Erst nach und nach wird meine Stimme wieder normal, die Blitze vor meinen Augen lassen nach, mein Mund hört auf, im Zehntelsekundentakt nach Luft zu schnappen, und ich nehme wieder Reize aus meiner Umgebung wahr.

Vor mir steht eine Frau mit einem glänzenden braunen Pferdeschwanz, hellem Businesskostüm, Rollkoffer und Pumps mit hohen Absätzen. Sie spricht mit mir.

»Sie haben einfach nur schlechte Laune, was?«

»Ich habe keine schlechte Laune. Sie haben schlechte Laune!«

»Hallo? Ich bin Ihnen nur aus Versehen auf den Fuß getreten. Und weil Sie so geschrien haben, habe ich Ihnen anschließend vor Schreck meine Handtasche in den Dings gehauen. Sicher nicht angenehm für Sie, aber …«

»Nicht angenehm? Sie an meiner Stelle würden sich jetzt am Boden wälzen und jammern wie drei italienische Stürmer im gegnerischen Strafraum.«

»Aber mich deswegen *vertrottelte Schlumpfliese* und *blinde Bratwurst* zu nennen ist schon …«

»Mehr als angemessen.«

»Und *komplett nichtsnutzige Bürotrine* auch?«

»*Komplett nichtsnutzige Bürotrine* habe ich nicht gesagt.«

»Haben Sie.«

»Niemals. So was sage ich nicht.«

»Doch, junger Mann, das haben Sie sehr wohl gesagt. Ich stand direkt daneben und habe es auch gehört.«

»Sehen Sie?«

»Gut. Dann nehme ich hiermit das *komplett* zurück, ja? Aber nur das.«

»Na toll.«

»Soll ich das *nichtsnutzige* etwa auch noch zurücknehmen?«

»Nein, wäre zu charmant.«

»Na gut, ich gebe es ja zu, ich habe montags immer fürchterlich schlechte Laune.«

»Sag ich doch.«

»Ich träume Sonntagnacht immer schlecht und wache viel zu früh auf. Gestern Nacht bin ich zum Beispiel im Traum von zwei riesigen Felsbrocken die Torstraße hinuntergejagt worden. Und wenn ich mich richtig erinnere, haben die Felsbrocken dabei sogar gejodelt und …«

»Sie träumen immer nur Sonntagnacht schlecht? Sind Sie neurotisch?«

»Nein.«

»Na sicher sind Sie das. Sie haben irgendwann mal Sonntagnacht schlecht geträumt, und das haben Sie sich gemerkt, und jetzt sitzt es so fest in Ihrem Hirn, dass Sie immer schon drauf warten. Und dann läuft das ganz von selbst.«

»Pah, Küchenpsychologie.«

»Und was haben Sie für eine Erklärung?«

»Okay, wenn Sie es genau wissen wollen: Ich habe Angst vor meinem Job.«

»Oh, sind Sie Großwildjäger? Nein, warten Sie, muss noch schlimmer sein. Müllmann?«

»Ich bin Studiosprecher. Ich muss die ganze Woche in muffigen Studios sitzen und Werbespots sprechen. Das macht mich …«

»Wie? *Das* macht Ihnen Angst?«

»Ist ja klar, dass eine *beinahe* komplett nichtsnutzige Bürotrine das nicht versteht.«

»Wissen Sie was? Klagen Sie Ihr Leid doch einfach der Verkehrsampel da drüben, die kann gut zuhören. Ich habe jetzt einen wichtigen Termin. Wiedersehen.«

»Wiedersehen … Warum schauen Sie mich eigentlich die ganze Zeit so komisch an?«

»Vergessen Sie es einfach.«

* * *

»Yay! This Beer is funky, tricky & alive.«

Ich spreche den Satz jetzt zum gefühlt hundertsten Mal, und noch immer zieht sich mein Magen spätestens bei »funky« wie eine zu Tode erschrockene Weinbergschnecke zusammen. Wie oft noch? Wenn es nach mir ginge, wäre die Aufnahmesession schon längst vorbei.

Was die vier Männer hinter der teuflischen schalldichten Glasscheibe im Regieraum reden, kann ich nicht hören, weil sie die Gegensprechanlage nicht eingeschaltet haben. Wie ich das hasse. Ich muss hilflos zugucken, wie sie über mich herziehen. Klar sind sie wieder nicht zufrieden. Herr Böshuber vom Marketing der Pinklbräu AG schüttelt langsam und traurig seinen mächtigen Kopf und redet auf Elvin und Adrian ein. Die beiden nicken verständnisvoll dazu und zeigen immer noch mit keiner Regung, dass sie Herrn Böshuber vielleicht gerne durch die Scheibe werfen würden, oder so was Ähnliches.

Elvin und Adrian sind beide Irgendwas-Director bei der Werbeagentur Forza Idee und meine wichtigsten Auftraggeber. Leider. Immer wenn ich sie sehe, zähle ich sofort im Stillen auf, was im Leben meiner Wenigkeit, Oliver Krachowitzer, von alten Freunden »Krach« genannt, alles schiefgelaufen ist. Oder ich mache es mir einfach und sage, das Einzige, was nicht schiefgelaufen ist, ist, dass ich keine Geldsorgen mehr habe. Der ganze Rest ist, Entschuldigung, einfach nur für den Arsch.

Dieser Job wird mich irgendwann wahnsinnig machen. Früher war ich noch anders unterwegs. Da war ich immerhin die Synchronstimme von Ernie aus der Sesamstraße. Wenn man erst mal akzeptiert hat, dass die eigene Stimme wie Ernie und nicht wie George Clooney klingt, ist das ein Traumjob. Das Geld allein hat zwar nicht ganz zum Leben gereicht, aber immerhin war ich eine der Top-100-Stimmen im deutschen Showbiz. Ich hätte das gerne für immer machen können, aber irgendwann bin ich rausgeflogen. Lange Geschichte. Hatte mit einer Stecknadel, Sex und notorischen Lachkrämpfen bei einem bestimmten Lied zu tun. Danach lief noch einiges andere schief. Eine Zeitlang war ich die deutsche Stimme des einen Chirurgen bei »Dr. House«, in dessen Operationen Hugh Laurie immer reinplatzt, weil er plötzlich eine neue Erkenntnis zu dem Patienten hat. Aber als die Produzenten merkten, dass der Mann in jeder Folge immer nur »Verschwinden Sie, House, Sie sind nicht steril!« sagt, haben sie einfach die Tonspur aus einer Folge genommen und auch für alle anderen verwendet.

Danach war ich ein paar Monate arbeitslos und habe Stimmbildungskurse gemacht. Weil ich aber nicht wirklich große Lust darauf hatte, habe ich nicht an meiner Stimme gearbeitet, sondern mir die Zeit damit vertrieben, alberne neue Stimmen zu erfinden. Der Stimmbildungslehrer hat mich zwar gehasst, aber dafür wurde ich bald zum Star in meiner WG-Küche. Wir hatten schon überlegt, ob wir für meine abendlichen Shows Eintritt nehmen sollen, aber dann haben sich Elvin und Adrian auf mich gestürzt. Ihre Werbeagentur Forza Idee sitzt im Haus neben meiner alten WG, und die beiden waren dauernd ungebetene Gäste in unserer Küche. Nachdem sie meinen improvisierten Kram ein paar Mal gesehen hatten, schlossen sie mit mir einen Pauschalvertrag: Ich wurde für *alle* männlichen Stimmen in Forza-Idee-Radiospots gebucht und erklärte mich im Gegenzug dafür bereit, ein etwas niedrigeres Stundenhonorar als das für Studiosprecher übliche zu akzeptieren.

Meine künstlichen Stimmen kamen so gut an, dass Radiospots bald zum Kerngeschäft von Forza Idee wurden. Und dann wurden auch noch andere Agenturen auf mich aufmerksam und schlossen ähnliche Verträge mit mir ab. Das Ergebnis ist, dass ich heute fast 80 Prozent aller männlichen Stimmen in Radiospots spreche, die in Berlin laufen. Hört nur mal hin. Der alte Mann mit Krächzstimme aus der Hustenbonbonwerbung, der kreischende kleine Junge, der ins Flupsiland-Kinderparadies will, der Partyhänger, der auf Jägermeister schwört – das bin alles ich. Und hinter jedem Spot stehen etliche quälende Stunden, die ich mit Elvin, Adrian und anderen üblen Werbespackos im Studio verbracht habe.

Am Anfang fand ich es noch gut, weil ich zum ersten Mal in meinem Leben Geld hatte, aber jetzt sehe ich, dass das alles eine finstere, böse, verlauste Sackgasse ist. Und ich schwöre, auch wenn ich es versucht und nicht das große Los als Starschauspieler und -sänger gezogen hätte, alles wäre besser als das. Meine Arbeitstage sind so unerträglich wie Eisduschen an Wintermorgen. Kein Geld der Welt kann das aufwiegen. Es fängt damit an, dass ich dauernd diesen funky, tricky Mist sprechen muss, und hört noch lange nicht damit auf, dass ich Pickel bekomme, wenn ich nur die Stimmen von Elvin, Adrian und den ganzen anderen Agenturheinis höre. Abgesehen davon, dass sie dauernd Wörter benutzen, für die man meines Erachtens sofort im Höllenschlund verschwinden müsste, sprechen sie mit so ekeligen Schleimstimmen, dass man die Smileys um ihre Sätze herum mithören kann. Sogar über die Gegensprechanlage. Jetzt zum Beispiel.

»☺ Danke, Oliver, das war schon sehr gut. ☺«

»☺ Ja, auf jeden Fall schon semi-smashing. ☺«

»Oh, wie mich das freut! Funktioniert übrigens richtig toll, die Gegensprechanlage, wenn man sie einschaltet.«

»☺ Du meinst das Talkback? Okay, wir achten drauf, dass du hier noch mehr includet bist. ☺«

»Danke auch.«

Na ja, und irgendwie kann ich mit dem ganzen Geld auch gar nichts anfangen. Erst habe ich versucht, mir Sachen zu kaufen, die ich mir vorher nicht leisten konnte, aber die Gitarre, die Beatles-DVD-Box, das ferngesteuerte Flugzeug mit Benzinmotor und der ganze andere teure Kram steht nur rum und staubt ein, weil ich keine Zeit habe. Mehr Geld für Klamotten und Essen auszugeben hat auch nicht geklappt, weil sich herausstellte, dass ich mich am Ende immer doch mit dem Zeug, das ich gewohnt war, am besten gefühlt habe.

Als Nächstes habe ich mein gemütliches WG-Zimmer verlassen und bin in eine teure Zwei-Zimmer-Wohnküche-Südbalkon-Altbauwohnung in der Linienstraße gezogen. Der größte Fehler meines Lebens, das war schon nach wenigen Tagen klar. Keine Leute mehr um mich herum, keine Überraschungen, das Bewusstsein, dass jeder Gegenstand in meiner Wohnung dort steht, wo er gerade steht, weil ich und niemand sonst ihn dort hingestellt habe, das ist kaum auszuhalten. Und unsere alte WG-Band, die nicht halb so schlecht war, wie ich damals immer getan habe, fehlt mir auch. Denn, so viel weiß ich inzwischen über mich, ein Leben, in dem ich nicht wenigstens ab und zu mal auf der Bühne stehen kann, tut mir nicht gut.

Noch mehr als WG und Band vermisse ich meine Exfreundin Julia. Wir haben uns zwar dauernd aus den blödesten Anlässen in die Haare gekriegt, aber selbst das war Gold gegen die Stille in meinem luxuriösen Zwei-Zimmer-Grab.

Das Einzige, was noch schlimmer ist als die Stille, sind die Stimmen von Elvin und Adrian.

»☺ Und jetzt pass auf, Oliver, wir möchten, dass du es noch mal sprichst … ☺«

»Hatte ich mir fast gedacht.«

»☺ … und dabei deinen Tonfall einen kleinen Tick mehr ins Beckenbauereske schraubst, außerdem … ☺«

Um meine Tage besser zu überstehen, habe ich mir abgewöhnt, überhaupt noch zuzuhören, wenn die Jungs mir Regieanweisungen geben. Ich spreche meinen Text einfach immer wieder runter, ändere den Tonfall jedes Mal ein klein wenig in eine beliebige Richtung, und irgendwann passt es. Elvin und Adrian sagen dann zwar Sachen wie »☺ Knallerperformance! ☺«, oder »☺ Alle Thumbs up! ☺«, oder »☺ Du bist so schlecht. Alles noch mal von vorn. Hahaaa! ☺«, aber danach ist es wenigstens vorbei. Davon sind wir im Moment allerdings noch weit entfernt.

»Yay! This Beer is funky, tricky & alive.«

»☺ Danke, Oliver. Das war schon richtig smooth. Könntest du jetzt noch … ☺«

Bla. Na klar, ich kann alles.

Aber warum zum Henker bekomme ich die Frau, mit der ich heute Morgen zusammengerasselt bin, nicht mehr aus meinem Kopf? Ja, sie war schön. Nur, ich bin keine 20 mehr. Und noch dazu hatte ich in meiner WG-Zeit mal einen sehr erfolgreichen Mannequin-Agenten als Mitbewohner*. Allein durch Schönsein bleibt bei mir schon lange keine Frau mehr so hängen, dass ich sogar noch an sie denken muss, während Elvin und Adrian mit mir Spießrutenlaufen machen. Vielleicht sind das Schuldgefühle? Aber warum? Ich pflaume jeden Montag Menschen an, die mir in die Quere kommen. Alles, was ich ihr vorhin erklärt habe, stimmt wirklich: Wenn eine neue Woche bevorsteht, schlafe ich immer grottenschlecht. Ich habe

---

* War wirklich so. Siehe *Kaltduscher – ein Männer-WG-Roman*

Träume, die direkt aus der Hölle angeliefert werden, und sie enden immer mit irgendeinem Doppelunheil wie den beiden Felsbrocken heute Nacht. Und ich muss kein Profi-Traumdeuter sein, um zu wissen, dass das Doppelunheil immer für Elvin und Adrian steht.

Was ich dann montags so unausgeschlafen, traumgefoltert und schlecht gelaunt alles anrichte, tut mir, das muss ich zugeben, immer frühestens am nächsten Tag leid, wenn überhaupt. Aber bei ihr war alles ganz anders. Ich habe sofort das *komplett* zurückgenommen. Und wer weiß, was ich noch alles zurückgenommen hätte, wenn wir noch länger geredet hätten. Sie ist richtig gut davongekommen. Nein, Schuldgefühle ist Blödsinn. Trotzdem, ich kriege ihr Bild nicht weg. Verflixt.

Sie war noch nicht mal mein Typ. Ja, wunderschönes Gesicht, mit braunen Mandelaugen, die mich anguckten wie ein kleines verschmitztes Eichhörnchen, das sich so über eine gefundene Nuss freut, dass ihm alles andere egal ist. Und das eine Mal, als sie mich kurz ausgelacht hat, hat man ihre wunderbaren Grübchen gesehen. Aber der Rest von ihr, dieses konservative helle Businesskostüm, die streng gebändigten, glänzenden brünetten Haare, die Pumps mit den hohen Absätzen und der Vielflieger-Rollkoffer, das liegt alles so weit vor den Toren meiner Welt, dass es schon fast hinter der Erdkrümmung verschwindet ...

»☺ Oliver, ich sag das jetzt noch mal ganz straight, wir brauchen mehr Beckenbauer in deiner Stimme. ☺«

»☺ Und Beckenbauer means Bayerisch, rightpopight? ☺«

»Bayerisch?«

»☺ Ja. Du, wir wissen auch, dass Bayerisch überhaupt nicht dein Film ist, aber wir kennen deine großartige professionelle Einstellung. ☺«

»☺ Probier einfach, und wir lassen uns von dir amazen. ☺«

»Okay. Sauba! Dös Bier is zünftig, griabig und … hupfat.«

Keine Ahnung, ob das eben Sinn ergab, anscheinend aber nicht, denn Herr Böshuber schüttelt schon wieder traurig den Kopf.

»☺ Das war ein Missverständnis, Oliver. Wir wollen schon, dass du weiter Englisch sprichst … ☺«

»☺ … aber du sollst Englisch mit bayerischem Akzent sprechen. ☺«

»Irgendwie ist das Talkback kaputt, Adrian. Ich hab gerade verstanden, dass ihr wollt, dass ich Englisch mit bayerischem Akzent spreche.«

»☺ Völlig richtig. ☺«

»☺ Wir verbinden international spirit mit local touch. ☺«

»☺ Geht ein wenig in Richtung Ethno-Marketing. ☺«

»☺ Aber nur ganz sachte. Das darfst du nicht überperformen. ☺«

»☺ Und wenn du Beckenbauer auf Englisch nicht in dein Inner-Ear kriegst, dann kannst du das vielleicht auch mit Stoiber überbrücken. ☺«

»☺ Weißt du, was wir meinen? ☺«

»Können wir eine Pause machen?«

* * *

Objektiv betrachtet, stimmt jetzt zum ersten Mal an diesem vermaledeiten Tag alles. Das Pinklbräu-Ding ist im Kasten, ich habe Feierabend, und Elvin und Adrian sind weit weg. Die wunderbare Luft eines lauen Maiabends streicht um die Häuser, und ich sitze im Valentin. Seit ich aus meiner WG ausgezogen bin, ist dieses angenehm verranzte Altberliner Café mit den zerschrammten holzgetäfelten Wänden mein Wohnzimmer. Natürlich nicht annähernd so gemütlich wie unsere WG-Küche früher, aber immerhin erschnuppert man an manchen Tagen in der Nähe des Tresens die vertraute Duftmischung aus nicht abgespültem Geschirr und verschüttetem Bier.

Mir gegenüber sitzt mein Exmitbewohner Tobi und hat auch Feierabend. Doch, es stimmt wirklich alles. Trotzdem würde ich Tobi jetzt gerne an die Wand werfen, die Bedienung mit dem vollen Tablett umrempeln, schreiend auf den Scherben rumtrampeln, anschließend aufs Klo stürmen und dort neben das Pissoir strullen. Natürlich lasse ich mir das nicht anmerken. Nach außen bin ich gefasst, geradezu ein Sonnenschein.

»Du hast schlechte Laune, was?«

»Ich habe keine schlechte Laune, Tobi. Du hast schlechte Laune!«

»Ach ja? Du sitzt hier rum, zerreißt einen Bierdeckel nach dem anderen, trittst mir dauernd gegen das Schienbein, ohne es zu merken, und willst nicht Heiße-Öfen-Quartett spielen.«

»Na und? Das heißt noch lange nicht, dass ich ...«

»Jeden Montag das Gleiche, Krach. Du hast schlecht geschlafen, einen halben Tag mit Elvin und Adrian verbracht und behauptest, dass du keine Lust auf Heiße-Öfen-Quartett hast.«

»Dann hab ich halt schlechte Laune. Okay. Und was jetzt?«

Ich weiß, dass ich unausstehlich bin. Aber ich kann nichts dagegen machen. Nichts außer in diesem Café zu sitzen und mich von Tobi überreden zu lassen, Heiße-Öfen-Quartett zu spielen. Wie an jedem Montag. Nur läuft es heute besonders zäh.

»Bestell dir ein Pils.«

»Hör mir auf mit Bier!«

»Wieso denn das? Ach, wegen Pinklbräu.«

»Jap.«

»Umso mehr solltest jetzt dafür sorgen, dass du nicht mit negativer Einstellung zu Bier ins Bett gehst.«

»Völlig unmöglich. Was glaubst du, wie du dich fühlen würdest, wenn du den ganzen Tag von Elvin und Adrian hörst, dass du beckenbaueresk sprechen sollst, damit das Bier local touch bekommt?«

»Verstehe.«

Tobi kennt Elvin und Adrian fast so gut wie ich, weil sie, wie gesagt, gleich neben unserer WG gearbeitet und in ihren Pausen dauernd ungebeten in unserer Küche herumgehangen haben. Er weiß, wie sie dreingucken, wie ihre Stimmen klingen und welche Pein allein ihre Anwesenheit auslösen kann. Ich finde, er könnte noch eine Spur mehr Mitleid haben.

»Und weißt du, was ich heute Nacht geträumt habe, Tobi?«

»Nö.«

Ich berichte von der Billigrestaurantküche und den beiden Felsbrocken und übertreibe ein wenig bei der Schilderung der Hitze und des Brockenumfangs. Tobi scheint immer noch nicht beeindruckt, was meine Laune noch ein paar Kilometer mehr Richtung Erdmittelpunkt zieht.

»Okay, Krach, aber wenn ich dir erzähle, welches Medikament unsere Praktikantin heute in der Apotheke aus Versehen der alten Frau Krusenbaum mitgegeben hat, dann wüsstest du, dass ich den schlimmeren Tag hatte.«

»Ha.«

»Du sagst *ha*. Wenn ich nicht zufällig noch mal in ihre

Tüte geschaut hätte, dann wären mit Frau Krusenbaum Dinge passiert, dagegen ist beckenbaueresk Kinderkram.«

»So?«

»Hautverfärbung ins Lila-Grünliche, abwechselnd Haarwuchs und -ausfall auf beiden Armen, Appetit auf lebende Kröten, zwanghaftes Moonwalken, Geschlechtsumwandlung, Ausbildung einer zweiten Nase, die sehen kann, und am Ende langsame Auflösung des gesamten Körpers in eine haferbreiähnliche Flüssigkeit, die nach Biber-Exkrement riecht.«

Nein, ich kann noch nicht lachen, aber ich glaube, ich kann zumindest schon wieder an Lachen denken.

»Gut, spielen wir Heiße-Öfen-Quartett.«

»Das ist doch ein Wort.«

Ich schließe kurz die Augen und höre Tobis Kartenmischgeräuschen zu. Erst jetzt spüre ich, wie weh mein Rücken tut. Ich muss die ganze Zeit übelst angespannt und noch dazu in einer sehr eigentümlichen Haltung im Aufnahmeraum herumgesessen haben. Das ist umso schlimmer, weil ich keinen Sport mehr mache, seit ich als Sprecher ausgebucht bin. Meine karge Freizeit vertingele ich mit Ersatz-WG-Café-Gesitze und Gesangsstunden. Ja, Gesangsstunden. Irgendwann will ich ja schließlich wieder was Anspruchsvolleres machen, als Elvin- und Adrian-Texte zu sprechen. Und auch wenn ich mehr und mehr glaube, dass die Gesangsstunden nichts bringen, geben sie mir wenigstens das Gefühl, dass ich im Hintergrund an etwas Großem arbeite.

Doch mein Rücken kann noch so weh tun, ich würde in diesem Augenblick keine Massage der Welt gegen eine Partie Heiße-Öfen-Quartett mit Tobi tauschen. Er teilt aus, ich bestelle Bier. Nein, ich würde die Bedienung jetzt nicht mehr umrempeln. Erstens hat sie gerade gar kein volles Tablett, zweitens – hey, eigentlich ist sie ganz nett.

Jetzt ist, wie jeden Montagabend, der Moment, an dem ich merke, dass meine Kraft zurückkehrt, und dass ich, auch wenn alles noch so schlimm wird, zumindest bis Freitag durchhalten werde. Ob es daran liegt, dass es ab morgen nur noch vier Arbeitstage sind? Was würde ich dafür geben, wenn ich schon am Sonntagabend mit diesem Gefühl einschlafen könnte.

»Erster, ohne Streit. 150 PS, sticht.«
»130.«
»Hubraum 3300ccm.«
»2650.«
»234 km/h, sticht.«
»Ha, 265.«
»Nein! Die BMW?«
»Tja.«

* * *

Nach anderthalb Stunden hartem Kampf habe ich, wie immer, verloren. Das ist mir aber herzlich egal. Ich fühle mich wieder wie ein Fisch, der ins Wasser zurückgekehrt ist.

»Noch ein Spielchen?«
»Nein, lass mal.«
»Kann ich verstehen, nach einer so herben Niederlage.«
»Tobi, ich habe mich verliebt.«

Hm. Woher kam jetzt auf einmal dieser Satz? Habe ich den gesagt? Sieht so aus. Aber warum? Wahrscheinlich wollte ich einfach nur wissen, wie er sich anhört …

»Du, verliebt? Ach, wie entzückend. War es so wie mit Julia damals? Du hast irgendwo tollpatschig rumgefuchtelt, und das Schicksal wollte es, dass du dabei einer Frau ins Gesicht langst? Und anschließend habt ihr euch geprügelt und danach geküsst?«

Ich muss zugeben, genauso hat es damals wirklich mit meiner Exfreundin angefangen. Ist aber lange her.

»Nein. Ganz anders. *Sie* ist *mir* auf den Fuß getreten. Mit Highheels.«

»Autsch! Moment ... Stehst jetzt auf Frauen mit Highheels?«

»Und Businessklamotten und Rollkoffer.«

»Heidewitzka. Aber ... Ah, ich weiß, du willst eine reiche Frau, damit du nicht mehr arbeiten musst?«

»Hm. Ja, da könnte was dran sein.«

»Kluge Entscheidung. Totale finanzielle Abhängigkeit vom Partner. War schon immer der Königsweg.«

»Nein, jetzt mal Spaß beiseite. Ich will wissen, warum ich sie nicht aus meinem Kopf rauskriege.«

»Du entdeckst bestimmt gerade tief in dir verdrängte sexuelle Vorlieben. Finde ich aufregend.«

»Was ich mich die ganze Zeit frage: Wie kann das sein, dass man sich so dermaßen auf den ersten Blick verliebt?«

Was rede ich da? Das stimmt so doch gar nicht. Mein Mund ist wieder schneller als mein Hirn. Das Beunruhigende dabei ist nur, dass sich schon oft gezeigt hat, dass mein Mund auch klüger als mein Hirn ist.

»Tja, was ist, ist.«

Tobi kann zwar nie richtig ernst sein, aber manchmal merkt man seinen Worten an, dass sie zumindest über 50 Prozent ernst gemeint sind.

»Na ja, ich werde sie eh nie wiedersehen, also Schwamm drüber.«

»Schwamm wird nicht reichen.«

»Schrubber, Stahlwolle, Drahtbürste ...«

»Warum hast du denn nichts mit ihr ausgemacht?«

»Ausgemacht? Wir haben uns gestritten, da macht man hinterher nichts aus. Ich kann froh sein, dass sie mich nicht angezeigt hat. Musste ja auch unbedingt der Montagmorgen sein. Und sie musste mir ja nach dem Highheels-Tritt auch noch unbedingt ihre Handtasche in die Klöten hauen, weil ich so geschrien habe und sie erschrocken ist.«

»Dumm gelaufen.«

»Allerdings. Mein Wortschatz hat ihr überhaupt nicht gefallen. Und das, obwohl ich das *komplett* in *komplett nichtsnutzige Bürotrine* zurückgenommen habe.«

»Man kann es aber auch niemandem recht machen. Na, Kopf hoch, am Ende sieht man sich doch immer zweimal, warts nur ab.«

»Glaub ich nicht. Wahrscheinlich wohnt sie gar nicht hier. Sie hatte ja diesen Koffer dabei. Und selbst wenn, sie macht beruflich bestimmt irgendwelche Millionendeals mit Ölscheichs und ist dauernd unterwegs. So einen Zufall kann es gar nicht geben. Und überhaupt, das ist einfach nicht meine Welt, da, wo sie herkommt.«

»Hm, dann wird deine nächste Beziehung wohl noch ein bisschen auf sich warten lassen müssen.«

»Ja. Außer …«

»Außer?«

»Ach, nichts. Ich hab nur beobachtet, dass sie sich danach ins Coffee & Bytes gesetzt hat.«

»Aha.«

»Ja. Kann natürlich keiner wissen, ob sie jemals wieder da hinkommt.«

»Eine kleine Chance wäre da, Krach.«

»Wahrscheinlich legt sich das wieder bei mir. Ich war einfach in einem emotionalen Ausnahmezustand.«

»Den hast du doch fast jeden Montag bei irgendwem.«

»Ja, aber noch nie bei einer Frau, die, ähm, in mein Beuteschema passt ... Also zumindest vom Gesicht her. Wahrscheinlich haben sich in der ganzen Aufregung nur ein paar Neuronen in meinem Hirn falsch verknüpft. Muss man einfach mal im Großen und Ganzen sehen.«

»Wenn du meinst.«

»Zahlen, bitte.«

DIENSTAG

Heute ist zum ersten Mal T-Shirt-Wetter. Richtiges T-Shirt-Wetter. Ein Tag, an dem selbst Kältemimosen wie ich einsehen, dass alles andere zu warm wäre. Nach einem kurzen morgendlichen Treffen mit den Leuten von der Werbeagentur Lila Frosch, die mich nächste Woche für den Brambelfix-Hundefutter-Radiospot gebucht haben, hatte ich erst mal zwei Stunden Zeit. Eigentlich wollte ich eine Stunde davon mit Staubsaugen und Einkaufen verbringen und die andere rumgammeln, aber dann hat mein Agent und Freund Caio angerufen, und wir haben nach fünf kurzen geschäftlichen Sätzen eine ganze Stunde völlig sinnlos verquatscht. Danach habe ich so schnell Staub gesaugt, dass ich trotz T-Shirt ins Schwitzen geraten bin, und jetzt muss ich mich sputen, damit ich das mit den Einkäufen geregelt kriege, ohne gleich zu spät zu kommen.

Der Supermarkt hat natürlich noch nichts von der Wetterumstellung mitbekommen. Ich widerstehe der Versuchung, meine Arme fröstelnd um den Körper zu schlingen, obwohl ich sie im Moment eigentlich zu nichts anderem brauchen würde. Bevor ich im Angesicht des gigantischen Schokoladenangebots eine Entscheidung getroffen haben werde, wird nämlich auf jeden Fall noch eine Menge Zeit verstreichen.

Seit ich nur noch für mich alleine einkaufe, bringe ich es nicht mehr übers Herz, jedes Mal die gewohnten Sachen in den Wagen zu schaufeln. Mein Ehrgeiz ist inzwischen, im Laufe der Jahre jedes Produkt, das hier angeboten wird, mindestens ein Mal gekauft zu haben. Gut, bei Tierfutter und Frauenzeitschriften habe ich noch große Lücken, aber beim Schokoladenregal bin ich auf einem guten Weg. Deswegen brauche ich hier auch immer besonders lange, denn die wenigen Schokoladen, die ich noch nicht hatte, sind wirklich schwer zu finden.

Ha, hier, Rausch Puerto Cabello. Hatte ich noch nicht. Stolzer Preis für so eine kleine 125-Gramm-Tafel, aber ich zieh das durch. In der Spirituosenabteilung warten ohnehin noch ganz andere Preis-Kaliber auf mich, wenn ich eines Tages mit der Flasche Eierlikör fertig bin, die bei mir, schon leicht angestaubt, ganz hinten im Küchenregal steht. Es macht mir auch nichts aus, viel zu bezahlen. Die Summen, die ich für meine Sprecherjobs aufs Konto geschoben bekomme, sind mir schon fast unheimlich. Und es geht kaum was weg, obwohl ich Steuern zahle und jeden Monat Riesenbeträge in irgendwelchen Altersvorsorgemüll stecke, an dem sich meine Bank dumm und dämlich verdient.

So, und jetzt noch eine Schachtel Lindt Hauchdünne Täfelchen. Ist zwar auf den ersten Blick mehr was für Oma-Kaffeekränzchen, aber man muss sich auch mal für andere Dinge öffnen. Das wäre es dann mit der Schokolade. Endlich wieder Bewegung. Es sind allerdings nur ein paar Meter bis zur nächsten Station, und dann geht die Grübelei von Neuem los. Welche Säfte hatte ich noch nicht? Weia. Sieht so aus, als wäre ich hier auch schon fast durch. Leider. Das heißt nämlich, dass der Tag immer näher rückt, an dem ich Sauerkrautsaft kaufen muss. Mir graust zwar davor, aber meine Exfreundin Julia schwärmt davon und gibt keine Ruhe, bis ich ihn irgendwann probiert habe. Ich sollte aber vielleicht noch dazu sagen, dass Julia auch auf Sex in Umkleidekabinen steht.

Ehe ich michs versehe, stehe ich auch schon genau vor dem Grauen. Ich starre die Tetrapaks an, die Sauerkrautsaft-Schriftzüge starren zurück. Klassische Kaninchen-Schlange-Konstellation. Ich will weg, kann aber nicht. Wenn jetzt nicht gleich ... oh, oh ... halt! Hier, na also, Bio-Holunderbeersaft. Hatte ich noch nicht. Puh, diesmal war es wirklich sehr knapp. Ich ergänze noch ein bisschen mit Apfelsaft, und schon ist das Sauerkrautgebräu mindestens eine weitere Woche nach hinten geschoben. Ich strecke ihm im Weggehen die Zunge heraus.

Jetzt die Kühlregalreihen. Milch ist kein Problem. Da hab ich alle schon x-mal durch. Trotzdem überlege ich kurz, welche ich zuletzt hatte, um nicht wieder die gleiche zu nehmen. Manchmal frage ich mich, ob das noch ein harmloser Tick ist, oder ob ich, seit ich aus meiner WG ausgezogen bin, langsam komisch werde. Aber andererseits ist es doch auch komisch, wenn man dauernd das Gleiche kauft, oder? Und die Zeit, die ich vor dem Regal länger brauche als die Immer-das-Gleiche-Käufer, fahre ich dann auf dem Weg zur nächsten Warengruppe wieder rein.

Jetzt wird es allerdings anspruchsvoll. Die Fruchtjoghurts. Das sind so viele, dass ich mir ein Konzept zurechtlegen musste, um nicht durcheinanderzukommen. Ich habe mit den ungesündesten, künstlichsten, aromastoffverseuchtesten angefangen, und taste mich jetzt langsam über die etwas besseren zu den naturbelassenen Ökoprodukten mit echten Früchten und so vor. Bei der ursprünglichen Anordnung des Joghurtregals hieß das, dass ich mich langsam von rechts nach links durcharbeiten konnte. Jetzt haben sie aber dummerweise vor zwei Wochen das ganze Regal komplett umgeräumt und alles nach Marken sortiert. Ich habe den Marktleiter vorsichtig gefragt, ob man das nicht wieder rückgängig machen kann, aber der behauptete, die Kunden wollten das so. Jetzt muss ich wieder mit Adleraugen umherspähen, bis ich die unbekannten Joghurts finde. Und kalt ist das hier, zwischen den zwei Kühlregalen und ich nur im T-Shirt. Ich hab schon richtig Gänsehaut.

Anschließend in der Kassenschlange bekomme ich fast Lust, mich an meinen Vordermann zu schmiegen, reiße mich aber zusammen und denke an die Sonne, die draußen auf mich wartet.

* * *

Ratatataklack, ratatataklack, Ratatataklack …

»Du bist ganz schön spät dran.«

Anton trommelt mit den Fingern der linken und dem Bleistift in seiner rechten Hand auf den Tisch. Vorwurfsvoller Blick, und einen Stuhl bietet er mir auch nicht an. Man könnte meinen, er wäre mein Chef und das Valentin sein Büro. Dafür ist es wenigstens schön warm hier. Ich bin immer noch durchgefroren von der Kühlregalreihe. Nächstes Mal muss ich entweder doch eine Jacke mitnehmen, oder ich darf nicht mehr so lange brauchen.

»Hör mal, Anton, ich komme hier nur hin, weil ich will. Und ich komme, *wann* ich will, okay?«

»Und warum willst du hierherkommen?«

»Weil ich schön gemütlich und in Ruhe einen Kaffee trinken will, damit ich entspannt bin, wenn ich gleich in meine Gesangsstunde gehe.«

»Aber dann kannst du doch auch früher kommen.«

Zum wiederholten Mal Notiz an mich selbst: Nie wieder mit einem Stammgast in meinem Lieblingscafé anfreunden.

»Nein, kann ich nicht. Ich kann nur so kommen, wie es mein Terminkalender zulässt.«

»Aber warum kaufst du dir dann keinen anderen Terminkalender?«

Nachtrag: Und wenn schon mit jemandem anfreunden, dann nicht mit einem kleinen naseweisen siebenjährigen Grundschüler. Auch wenn er mir noch so sehr leid tut, weil sein geschiedener Vater ihn hier jeden Dienstag beim Wirt abliefert, damit ihn eine Stunde später seine Mutter abholt.

»Anton, das verstehst du erst, wenn du groß bist. Und überhaupt, ich habe länger als die meisten Erwachsenen ohne Terminkalender gelebt, nur damit du es weißt.«

»Ich will so was nie haben.«

»So, jetzt zeig ich dir was. Mach mal deine Schultasche auf, und ... ha, hier ist er schon. Dein Stundenplan. Guck, hier stehen alle deine Stunden drin, und du darfst zu keiner zu spät kommen. Du hast also sozusagen auch einen Terminkalender.«

»Aber warum nennen sie das dann *Stundenplan* und nicht Terminkalender?«

Gio, der Valentin-Besitzer, der dienstags immer selbst bedient, serviert meinen Kaffee auf den kleinen runden Tisch und lässt sich dabei extra viel Zeit. Würde ich auch an seiner Stelle. So einem Anton-Gespräch zuzuhören macht sicher einen Heidenspaß, wenn man nicht derjenige ist, der die Fragen beantworten muss. Ich nehme einen Schluck und versuche mich für Antons nächste Fragen in den Auto-Antwort-Modus zu schalten. Das ist allerdings sehr schwer, weil so ein Siebenjähriger ständig die Themen wechselt. Anton kommt mühelos von Terminkalendern zu Rennautos, von Rennautos zu Zebras und von Zebras zu Salatschleudern und von Salatschleudern zu indirekten Freistößen. Und das alles in einem Höllentempo.

»Manchmal hörst du mir gar nicht richtig zu, Oliver.«

»Doch, du hast gesagt, ähm, indirekte Freistöße sollten nur Leute mit einem harten Schuss treten.«

»Nein.«

»Tschuldigung. Stimmt. Quatsch.«

»Siehst du.«

»Okay, Anton, ich bin heute etwas abwesend. Kann halt mal passieren. Ich hab einen harten Job, und ...«

»Ich glaube, du bist verliebt.«

»Wie bitte? Ich verliebt? Wie kommst du denn darauf?«

»Du schaust so wie meine Mama, als sie das letzte Mal verliebt war.«

»Ach, Anton.«

Ich sehe mich vorsichtig um. Gio ist weit weg hinter seiner Theke, und die Tische um uns herum sind nicht besetzt. Nicht, dass es irgendwie pikant wäre, was ich mit Anton hier berede, aber trotzdem.

»Also, verliebt bin ich bestimmt nicht. Es ist nur so, gestern morgen hat mir eine Frau auf den Fuß getreten, und ich hab mich mit ihr gestritten.«

»Warum habt ihr euch gestritten?«

»Na, weil sie mir auf den Fuß getreten ist. Gut, eigentlich ist das kein Grund zum Streiten, finde ich, aber ich habe am Montag halt immer fürchterlich schlechte Laune.«

Schon erstaunlich. Manchmal hört Anton mir viele Sätze lang gebannt zu, ohne mich zu unterbrechen, und manchmal kann ich keine zwei Wörter aneinanderreihen, ohne dass er dazwischenschießt. Und ich finde keine Regel dafür, wann er was macht. Jetzt schweigt er zum Beispiel und sieht mich gespannt an.

»Wäre viel besser gewesen, wenn sie mir nicht gestern, sondern heute auf den Fuß getreten wäre. Dann hätten wir uns nicht gestritten. Das heißt aber nicht, dass ich jetzt verliebt in sie bin ... Na ja, gut, also ehrlich gesagt, ganz sicher bin ich mir auch nicht. Ist schon komisch. Erstens haben wir uns nur ganz kurz gesehen, und zweitens haben wir uns ja nicht gerade besonders gut verstanden. Außerdem glaube ich, dass sie ganz anders ist als ich. Und trotzdem denke ich ziemlich viel an sie. Hm. Und du findest jetzt auch noch, ich sehe verliebt aus. Also ...«

»Ich glaube, das war ganz gut, dass ihr gestritten habt.«

»Was? Wieso das denn?«

»In mich ist nämlich ein Mädchen verliebt. Die Sophia. Und mit der habe ich mich auch gestritten, als wir uns zum ersten Mal gesehen haben.«

»Wie? Und du glaubst, weil ihr gestritten habt, hat sie sich in dich verliebt?«

»Ja.«

»Ach komm, das war nur Zufall.«

»Nein, weil danach haben wir uns dann jedes Mal, wenn wir uns gesehen haben, weitergestritten, und irgendwann hab ich dann gemerkt, dass sie verliebt in mich ist. Von den anderen Mädchen, zu denen ich immer nur hallo sage und mich fast nie mit ihnen streite, ist keins in mich verliebt.«

»Hm, ich denke, ich weiß ungefähr, was du meinst. Aber glaubst du wirklich, dass das auch bei Erwachsenen funktioniert?«

»Klar.«

»Worüber hast du dich denn mit der Sophia gestritten?«

»Ich hab sie an den Haaren gezogen, aber nur ein bisschen, und dann hat sie mich voll umgeschubst, und dann hab ich *Sophia – Klavier* gerufen, und dann hat sie gesagt, ich soll aufhören, und dann hab ich weiter *Sophia – Klavier* gerufen, und dann hat sie *Anton – Pannton* gesungen, und dann ist die Lehrerin gekommen.«

»Und dann wart ihr verliebt?«

»Nein, nur sie in mich. Ich mag keine Mädchen.«

»Ah, verstehe.«

Ich überlege kurz, wie es sein kann, dass ich mit einem Siebenjährigen über Liebesfragen rede, aber Anton hat mir auch schon bei anderen Problemen weitergeholfen. Als neulich meine Kreditkarte weg war zum Beispiel. Anton war noch nie in meiner Wohnung, aber er hat mich so lange mit Fragen genervt, wie es dort aussieht und was ich so getrieben habe, bis ich draufgekommen bin, dass ich das Ding am Tag davor zusammen mit meinen Einkäufen in den Kühlschrank gelegt hatte. Und als ich einmal vor einem Kundentermin zwei unterschiedliche Socken anhatte, hat er es nicht nur gemerkt, sondern auch gleich fünf verschiedene Fußhaltungen mit mir eingeübt, bei denen das nicht auffällt.

Das hier ist natürlich ein heißeres Pflaster, aber je mehr wir darüber reden, umso interessanter finde ich, was er sagt. Hoffentlich erzählt er seiner Mutter nichts davon. Ich habe sie nie kennengelernt, weil ich immer zu meinem Gesangsunterricht los muss, bevor sie kommt, aber sie weiß von Gio, dass Anton und ich uns hier treffen, und dass ich in Ordnung bin. Seinen Vater Gero habe ich sogar schon ein paarmal gesehen, als er ihn gebracht hat. Netter Kerl. Aber Antons Mutter muss ganz schön einen an der Waffel haben, nach dem, was Gero so erzählt.

»Also, du denkst, ich müsste mich einfach nur mit ihr weiterstreiten?«

»Ja. Ist doch klar, oder?«

»Na ja, schon. Aber selbst wenn ich mir das vornehmen würde, es hätte keinen Sinn.«

»Warum?«

»Weil ich sie nicht mehr wiedersehen werde. Wir sind nur zufällig auf der Straße ineinandergelaufen.«

»Ach so. Weißt du eigentlich, wie viele Stockwerke das höchste Hochhaus der Welt hat?«

»Moment, was hat das jetzt damit zu tun?«

»Nichts, aber du hast gesagt, dass ihr euch sowieso nicht mehr sehen werdet. Also, wie viele Stockwerke, glaubst du?«

»Keine Ahnung, 100 vielleicht? Weißt du, eine ganz kleine Chance gibts vielleicht schon noch, dass wir uns wiedersehen.«

»189 Stockwerke. Und was ist die kleine Chance?«

»Ich habe gesehen, in welches Café sie gegangen ist. Vielleicht geht sie da öfter hin.«

»Aber nur 163 Stockwerke davon sind bewohnbar. Kann schon sein, dass sie da öfter hingeht. Und weißt du, wie hoch das höchste Gebäude der Welt ist?«

»Keine Ahnung. Ich ...«

»828 Meter.«

»Ich könnte ja ab und zu mal bei dem Café vorbeischauen, oder was meinst du?«

»Mit Antenne sind es sogar noch ein paar Meter mehr. Ab und zu ist zu unsicher. Wenn, dann musst du schon die ganze Woche jeden Tag da drin sein.«

»Wo denkst du hin. Ich muss arbeiten. Ich kann mich doch nicht tagelang einfach ins Café setzen.«

»Weißt du, wie hoch der höchste Berg der Welt ist?«

»Ja, 8848 Meter.«

»Stimmt. Woher weißt du das?«

»Das weiß jeder.«

»Und der zweithöchste?«

MITTWOCH

»Ich hätte gerne … krächz, hust.«

Die Bedienung winkt mitleidsvoll ab. Sie weiß genau, was ich brauche. Wenige Augenblicke später steht ein dampfender Becher Honigmilch vor mir. Ich habe mir tatsächlich gestern zwischen den Kühlregalen eine kleine Erkältung mit Halsweh und Husten eingefangen. Der Supergau für einen Sprecher. Ich musste sämtliche Termine für den Rest der Woche absagen. Zwar haben es alle von Caio bis hin zu Elvin und Adrian freundlich aufgenommen und mir gute Besserung gewünscht, aber keiner konnte das Entsetzen in seiner Stimme so gut verbergen, dass ich es nicht mitbekommen hätte. Mindestens drei Tonnen schlechtes Gewissen drücken auf meine Stimmung. Aber auch das hält mich nicht davon ab, nun doch das zu tun, was Anton vorgeschlagen hat: den Rest der Woche im Coffee & Bytes zu sitzen und darauf zu warten, dass die Frau mit dem Rollkoffer noch mal kommt.

Am Anfang dachte ich, das ist zu gaga, um es wirklich zu machen, aber ich habe immer wieder darüber nachgedacht und fand am Ende, dass jemand, der sich vorgenommen hat, alle Artikel eines Supermarkts mindestens ein Mal zu kaufen, ruhig auch ein paar Tage in einem Café darauf warten kann, ob eine bestimmte Frau mit Businesskostüm, Pumps und Rollkoffer kommt.

Oh, dieses Gesicht mit den wunderbaren Lachgrübchen. Jeden Tag muss ich mehr daran denken. Manchmal bilde ich mir sogar ein, ich würde mich an ihren Duft erinnern. Jeder Satz, den wir gewechselt haben, klingt in meinen Ohren nach. Und ich sehe jetzt ein, dass Anton ein bisschen recht hatte. Dass sie ärgerlich wurde, heißt zwar nicht, dass sie verliebt in mich war, wie seine Grundschul-Sophia in ihn, aber, auch wenn es unglaublich klingt, irgendetwas ist von ihr in mich hineingewachsen. Und das wäre wahrscheinlich nie passiert, wenn wir einfach nur »hallo« gesagt hätten. Sonst finde ich jedenfalls keine Erklärung dafür, warum ich seit Tagen so von dem einen Thema besessen durch die Gegend taumele, als wäre ich der Anfang eines Groschenromans.

Und überhaupt, die Tatsache, dass ich ausgerechnet jetzt eine Erkältung kriege, also, da kommt doch eindeutig dieses Schicksalsdings ins Spiel, oder? Jedenfalls gibt es im Moment für mich einfach nur diesen einen Platz, der sich richtig anfühlt.

Eine Sache hat das Coffee & Bytes mit dem Valentin gemeinsam: Es fällt nicht auf, wenn man dort den ganzen Tag rumsitzt. Es gibt sogar jede Menge Leute, die das tun. Nur braucht man hier, im Gegensatz zum Valentin, einen Laptop. Die Ganztagssitzer arbeiten hier nämlich alle an irgendwas Wichtigem, das irgendwie mit Internet zu tun hat. Ich habe auch meinen Laptop mitgebracht und versuche mich unauffällig einzufügen. Dass ich in Wirklichkeit nur sinnlos im Internet rumsurfe, während ich ein Heißgetränk nach dem anderen in mich hineinkippe und nebenbei heimlich ein Buch lese, kriegt hoffentlich keiner mit.

Leider hält mein Laptopakku nicht einmal eine Stunde durch. Deswegen muss ich an einen der Stehtische, weil es dort Steckdosen gibt. Ziemlich unbequem. Andererseits habe ich so die Tür bestens im Blick und würde die Frau mit den Grübchen und dem Rollkoffer sofort sehen, wenn sie reinkommt.

Was mir am meisten zu schaffen macht, ist die Musik. Dieses Elektronik-Sphärenklang-Gewaber im Hintergrund wäre ja noch auszuhalten, aber das Computerschlagzeug, das dazu die ganze Zeit »drrrrrrrrrrrrzingzingdrrrrrrrzingzingzingzingdrrrrrrrrrrrrrrrrrrrr« macht, bringt mich irgendwann um den Verstand. Keine Ahnung, wie man bei so was arbeiten kann. Ich habe die Bedienung gefragt, ob sie nicht was anderes auflegen kann, aber die meinte, das wäre Chill-out-Musik und die Gäste wollten das so. Na ja. Ich frage mich nur, warum die meisten der Laptop-Menschen dann so riesige Kopfhörer auf den Ohren haben. Ich werde mir für morgen auch einen besorgen. Und ich bringe ein Verlängerungskabel mit.

Wenn mir ganz langweilig ist, gucke ich manchmal verstohlen nach rechts und links und sehe nach, was die anderen so treiben. Meistens sind sie gerade auf Facebook oder Twitter und schreiben Sachen rein. Im Kern sind es immer Varianten dieser drei Sätze:

1. trinke jetzt einen latte macchiato. lecker

2. mist, netzteil vergessen, muss noch mal nach hause

3. scheiße! latte macchiato übers macbook gekippt. geht aber noch

Könnte natürlich auch sein, dass das Geheimcodes sind, keine Ahnung, nicht meine Welt. Ich trinke meine Honigmilch aus, verlagere mein Gewicht auf die andere Pobacke, lasse mein eingeschlafenes Bein pendeln und lese das nächste Kapitel.

DONNERSTAG

Heute ist alles schon viel besser. Mit dem Kopfhörer, den ich mir aus dem Studio ausgeliehen habe, bin ich nicht mehr der Chill-out-Musik ausgeliefert und höre stattdessen ein Hörbuch über meinen Laptop. Das mitgebrachte Verlängerungskabel reicht so weit, dass ich in einem der gemütlichen Sessel sitzen kann, und meine Halsschmerzen lassen auch langsam nach. Noch eine gute Nacht, und ich könnte vielleicht sogar schon morgen wieder arbeiten.

Hoffentlich kommt sie heute. Auch wenn ich inzwischen schon wie ein echter Coffee & Bytes-Profi rüberkomme, lange halte ich das hier nicht mehr aus. Am Anfang fand ich es ja noch schön, mal wieder richtig Zeit für Bücher zu haben, aber jetzt reicht es. Ich habe mir aus Langeweile sogar schon selbst einen Facebook-Account angelegt und »ich trinke jetzt eine honigmilch« an meine Facebook-Pinnwand geschrieben. Dabei ist draußen die ganze Zeit herrlichstes Frühlingswetter, aber da muss ich jetzt durch.

Eine Stunde später ist mein Hörbuch zu Ende. Ich behalte den Kopfhörer trotzdem auf, damit ich nicht die Drrrrrrrrrrrrrzing-Musik hören muss, schreibe »tolles wetter heute. sollte mal rausgehen« an meine Facebook-Pinnwand und sehe mich nach der Bedienung um, weil mein Kamillentee alle ist. Hm, vielleicht sollte ich sie doch mal fragen ... Bis jetzt habe ich mich nicht getraut, weil ich glaube, dass sie mich, seit ich um andere Musik gebeten habe, nicht mehr leiden kann. Aber eigentlich kann es mir egal sein. Ich mach das jetzt einfach.

»Bitte noch einen Kamillentee mit Honig.«

»Okay.«

»Ach, und eine Frage, also, kommt hier ab und zu eine junge Frau mit Businessklamotten her? Sie hat braune Haare und manchmal einen Rollkoffer, und … Hm, mehr weiß ich jetzt ehrlich gesagt auch nicht, ich dachte nur …«

»Ja, ja, ich weiß schon, wen du meinst. Die kommt genau zwei Mal in der Woche. Kann man fast die Uhr nach stellen.«

»Ach, wirklich?«

Mein Herz macht einen Hüpfer, der zu groß ist, als dass ich sagen könnte, es täte mir gut.

»Alle sagen, das ist eine Venture-Capital-Managerin. Aber es hat keinen Sinn, sie wegen Geld für Internet-Projekte anzusprechen, sag ich dir gleich. Haben schon ein paar versucht und sind abgeblitzt. Die macht hier wohl immer nur Pause.«

»Ah ja, danke. Und, hm, wann kommt sie das nächste Mal?«

Sie guckt auf die Uhr, sieht aus dem Fenster und grinst.

»Genau jetzt.«

Ich reiße den Kopf herum und sehe ebenfalls aus dem Fenster … Nein! Tatsächlich! Sie! Ist! Es!

Sie steht mit ihrem Rollkoffer auf der anderen Seite der Straße und wartet auf die Ampel. Ich sage danke, stürze zurück an meinen Platz, setze mir den Kopfhörer auf und verstecke mich hinter meinem viel zu kleinen Laptopbildschirm. Mein Blut pocht in jedem Winkel meines Körpers, selbst an Stellen, an denen meines Wissens gar keine Arterien verlaufen. Mit einem Schlag wird mir klar, dass ich mir überhaupt keinen Plan zurechtgelegt habe für den Fall, dass sie tatsächlich kommt. Verdammte Hacke. Sie tritt jeden Moment durch die Tür, und ich weiß nicht, was ich sagen soll. *Hallo, komplett nichtsnutzige Bürotrine?* Nicht lustig. *Wie schön, Sie wiederzusehen. Also das neulich, also ich muss echt noch mal sagen, also das ... tut mir wirklich leid?* Zu devot. *Guten Tag, meine Name ist ...* Sie kommt rein! Bitte lass sie mich nicht sehen! Bitte lass sie in den Teil mit den Stehtischen gehen! Ich brauche Zeit!

Für einen kurzen Moment hat es den Anschein, als hätte ich Glück, denn sie steuert tatsächlich nicht in meine Richtung. Ich will schon durchatmen, sehe aber, dass sie nur schnell am Tresen ihre Bestellung losgeworden ist. Jetzt dreht sie sich um und kommt genau auf meine Ecke zu. Sie ist wieder wie aus dem Ei gepellt. Jeder, an dem sie vorbeikommt, scheint mit einem Schlag ein paar Zentimeter kleiner zu werden. Einer rückt sogar ehrfürchtig einen Stuhl zur Seite, damit ihr Rollkoffer durchpasst.

So ein Mist! Die einzigen zwei freien Tische stehen links und rechts neben meinem. Gleich wird sie mich sehen. Ich weiß nicht, was ich sagen soll ... Nein! Sie guckt zu mir ... Dann guckt sie gleich wieder weg ... Dann wieder zurück ... Sie runzelt die Stirn ... Mist!

»Ach, Sie?«

Ich springe auf, spüre einen heftigen Ruck an meinem Kopfhörer. Ich gucke verwirrt nach unten, sehe, wie mein Laptop vom Tisch segelt, und fühle, wie mir das Blut eimerweise ins Gesicht schießt.

»Hoppla. Oh je.«

»Das ... das macht nichts. Das ... das kann der ab.«

»Tatsächlich?«

Ich krieche unter dem Tisch herum und sammle den Laptop und die CD, die herausgefallen ist, wieder ein. Das geht leider viel zu schnell. Mir wäre es lieber gewesen, der Laptop wäre in tausend Teile zersprungen, die ich erst mal alle hätte finden müssen. Vielleicht hätte ich dann genug Zeit gehabt, um einen vernünftigen Plan fassen zu können. Stattdessen lege ich die Sachen auf den Tisch, und irgendeine Stelle in meinem Hirn befiehlt mir, einfach verdattert dreinzugucken und die Klappe zu halten.

»Oh, Sie hören ein Wolf-Haas-Hörbuch?«

»Nein, nein, ich arbeite hier. Ich ... ja, genau, ich, also, arbeiten, ja. Ich muss nur noch schnell das hier ... so, genau. Und dann muss ich auch schon gehen. Ja, muss ich ...«

Ich mache ein konzentriertes Gesicht, schreibe »scheiße! laptop runtergeschmissen. geht aber noch« an meine Facebook-Pinnwand, fahre ihn herunter und packe hektisch meine Sachen zusammen, während die Frau, wegen der ich hier fast zwei Tage lang gesessen habe, am Tisch nebenan Platz nimmt, ein Buch aus der Seitentasche ihres Rollkoffers herauszieht und zu lesen beginnt. Ein Wolf-Haas-Buch.

»Ich, äh ... Wiedersehen.«

»Lassen Sie sich nicht aufhalten.«

MONTAG

Wieder die halbe Nacht nicht geschlafen. Das allein ist nichts Besonderes, schließlich ist ja heute Montag. Besonders ist aber der Traum, den ich diese Nacht gehabt habe. Der war gar nicht scheußlich, wie sonst immer. Der war einfach nur seltsam. Und ein bisschen traurig. Ich habe die ganze Zeit auf den Hinterkopf eines Mädchens mit Zöpfen geschaut. Und ich wusste, dass das Mädchen keine Zöpfe haben wollte. Und ich habe mich gefragt, warum ich das wusste. An mehr kann ich mich nicht erinnern, obwohl ich die gesamte zweite Hälfte der Nacht drüber nachgegrübelt habe. Und als der Wecker piepte, habe ich nicht versucht, ihn mit meinem Schuh kaputtzuschlagen, wie sonst immer am Montagmorgen, sondern habe ihn einfach ausgeschaltet und bin, immer noch nachdenklich, ins Bad geschlurft.

Danach war allerdings alles wieder ziemlich normal. Ich habe mir Zahnpasta statt Rasierschaum ins Gesicht geschmiert, mein großer Zeh hat mal wieder eins der 16 Stuhlbeine in meiner Küche gerammt und der Kaffee war alle. Trotzdem, wenn es mir gelingt, jetzt gleich auf dem Weg zum Studio fünf Meter Abstand von allen Leuten zu halten, sollte eigentlich nichts passieren.

* * *

»Sie haben einfach nur schlechte Laune, was?«

»Ich habe keine schlechte Laune. Sie haben schlechte Laune!«

»Na hören Sie mal, erstens kann ich nichts dafür, dass Sie sich in meiner Hundeleine verheddert haben, und zweitens ...«

»Stopp! Da fängt es doch schon an. Ich hab mich in Ihrer Hundeleine verheddert? Sie haben *mich* verheddert! Das Ding ist viel zu lang. Das war Absicht!«

»Sie sind lustig, wieso sollte ich mit Absicht ...«

»Keine Ahnung, sagen Sie es mir. Um Ihren Hund zu quälen? Beine brechen zu sehen? Frauen anzubaggern?«

»Sie! Jetzt machen Sie aber mal einen Punkt.«

»Frauen anbaggern mit Cordhut auf dem Kopf funktioniert übrigens ganz schlecht. Beschränken Sie sich aufs Hundequälen, wäre mein dringender Rat.«

»Sie! Meine Frau ist vor sechs Monaten gestorben!«

»Dann können Sie sich ja jetzt voll darauf konzentrieren, Ihren Läusetransporter im Zaum zu halten. Ich kenne die Sorte. Der will mir bestimmt gleich im Schritt rumschnuffeln.«

»Sie! Ich ...«

»Bitte, keine Ursache. Und ich muss jetzt zur Arbeit, wenn Sie entschuldigen.«

* * *

Ja, doch. Je mehr ich darüber nachdenke, umso mehr wird mir klar, dass ich falsch gehandelt habe. Ich kann es zwar jetzt nicht mehr ändern, aber ich hätte den Hundebesitzer viel härter anpacken müssen. Einfach nur sachlich bleiben ist in solchen Situationen nicht angebracht.

So merkt er es sich einfach nicht, und wenn ich Pech habe, breche ich mir nächsten Montag wegen ihm und seiner blöden Töle schon wieder fast das Genick.

Wenn ich den nächsten Montag überhaupt erlebe. Im Moment habe ich keine Ahnung, wie ich *diesen* Montag überstehen soll. Ich sitze mit Elvin und Adrian im Regieraum. Heute bin ich mit ihnen allein. Nicht dass ich Herrn Böshuber von Pinklbräu vermissen würde, aber alleine mit den beiden zu sein, ist unheimlich. Wenn Leute wie Herr Böshuber dabei sind, muss man sich zwar mit deren dummen, einfältigen und witzlosen Ideen herumschlagen, aber wenn ich es mir aussuchen dürfte, würde ich lieber zehn witzlose Kundenideen umsetzen, als auch nur eine aus den grässlichen, degenerierten, völlig kranken Hirnen von Elvin und Adrian.

»☺ Okay, Oliver, wir wissen, der Switch von Bier auf Private Banking ist nicht leicht. ☺«

»☺ Und unsere Mission ist almost impossible. ☺«

»☺ Elvin bringt es auf den Punkt. Einen neuen Finance-Player zwischen Giganten wie Deutsche Bank, Commerzbank und Konsorten zu etablieren, ist marketingtechnisch ein absolutes No-go. ☺«

»☺ So sieht es aus. In diesem Segment wurden schon Sachen versucht, die sind quasi untopbar. ☺«

»☺ Aber wir wären nicht wir, wenn wir nicht regelmäßig untopbare Sachen toppen würden, nicht? ☺«

»☺ Also, eine neue Bankmarke hat in Deutschland keine Chance, außer ... ☺«

»☺ ... außer diese Bank hat etwas, was andere nicht haben. ☺«

»☺ Und genau das hat Bratislava Bank: Sex. ☺«

»Sex?«

»☺ Yay! ☺«

»☺ Und du gibst dem Sex die Stimme. ☺«

»Aha.«

* * *

»Ich frage nicht, *ob* du schlechte Laune hast, ich stelle fest, *dass* du schlechte Laune hast.«

»Ich hab keine schlechte Laune, du hast schlechte Laune, Tobi.«

Er schweigt und mischt die Karten. Sack. Kann er nicht einfach etwas sagen, wofür ich ihn anschreien kann?

»Ich hab übrigens nicht gesagt, dass ich Heiße Öfen spielen will.«

»Schon klar. Ich übe nur Kartentricks.«

»Hör auf mit dem Gefummel. Das macht mich nervös.«

»Hier, zieh eine beliebige Karte aus dem Stapel.«

»Oh Mann.«

»Und merk sie dir.«

»Auch das noch.«

»Und steck sie wieder rein.«

»Kann ich jetzt gehen?«

»Ich mische die Karten erneut und lege den Stapel auf den Tisch. Welche Karte hattest du vorhin gezogen?«

»Die Honda XR 250.«

»Dreh die oberste um.«

»Die Honda TL 125. Du bist so schlecht!«

»Immerhin Honda.«

Ich stiere an die Wand. Ich hasse die Wand. Ich würde auf den Tisch stieren, wenn ich den Tisch nicht noch viel mehr hassen würde.

»Weißt du überhaupt, was Elvin und Adrian heute von mir wollten?«

»Mit Celine-Dion-Stimme singen?«

»Nein, ich musste so sprechen, als ob mich ein Privatkreditangebot sexuell erregen würde.«

»Oha.«

»☺ *Denk an deine Freundin* ☺, haben sie gesagt.«

»Oha.«

»☺ *Oder an irgendeine andere Susi, die dich gerade thrillt.* ☺«

»Und an wen hast du gedacht?«

»Ha! Ich hab mir aus Protest meine Großtante vorgestellt.«

»Oha.«

»Hat drei Stunden gedauert, bis ich *Geld ist geil* in einem Tonfall gesagt habe, der ihnen gepasst hat.«

»Ich kann dich verstehen. Spielen wir jetzt?«

»Auf keinen Fall.«

»Schade.«

…

»Jetzt teil schon endlich aus. Aber wehe, du bescheißt wieder.«

Tobi lässt die Karten über die Tischplatte fliegen und ich sehe mir an, was vor mir liegenbleibt. Schrott. Schrott. Schrott. Na ja. Schrott. Schrott.

»Falls du übrigens fragen wolltest, wovon ich heute Nacht geträumt habe …«

»Wieder was, bei dem du kurz vor dem Sterben aufwachst?«

»Nein. Von einem Mädchen mit Zöpfen.«

»Und die hat dich mit zwei Lanzen aufgespießt … Oder nein, sie hat dich natürlich mit einer doppelläufigen Flinte erschossen, die die Gesichter von Elvin und Adrian auf …«

»Nein, sie hat gar nichts gemacht. Sie war einfach nur traurig. Über die Zöpfe.«

»War sie hübsch?«

»Hab nur ihren Hinterkopf gesehen.«
»Warum hat sie die Zöpfe nicht aufgemacht?«
»Wüsste ich auch gern.«
»Du darfst anfangen.«
»130 PS, sticht.«

Keine drei Kartenpaare später bin ich mein Ansagen-Dürfen los, und Tobi beginnt mich auszuplündern. Eine Schrottkarte nach der anderen fliegt zu ihm über den Tisch. Die lässige Bewegung, mit der man dem Gegner, ohne ihn anzugucken, verlorene Karten vor den Latz wirft, beherrsche ich wie kein zweiter. Aber bitte. Wenn er es nötig hat, so offensichtlich zu betrügen. Da stehe ich drüber. Glaubt wohl, dass ich, nur weil er mir jedes Mal zwei, drei gute Karten unterjubelt, nicht merke, was hier läuft.

»250 km/h, sticht.«
»250.«

Das mit dem »sticht« sagen ist so albern. Warum wird das eigentlich nicht abgeschafft?

»Ou. Baujahr 1963?«
»Tja, 1949.«

Ha! Und als Nächstes die BMW. Jetzt rolle ich das Feld von hinten auf.

»Vielleicht war das Zopfmädchen ja jemand, den du kennst?«

»Hm? Ich kenne keine Mädchen mit Zöpfen.«

»Dann stand es vielleicht stellvertretend für irgendeinen Menschen, den du kennst?«

»Pah. Ausgerechnet du fängst mit diesem Esokram an. Du willst mich nur ablenken. 225 km/h.«

»220. Welche Zinssätze bietet die Bratislava Bank eigentlich für Festgeld?«

»Noch ein Wort davon, und ich gehe.«

* * *

Gewonnen.

Ich habe gewonnen.

Ich. Habe. Gegen. Tobi. Ge. Wonnen.

»Ich weiß nicht, warum du so entgeistert guckst. Du bist ein guter Spieler, Oliver. Taktisch manchmal etwas wackelig, aber du hast den Raubtierinstinkt.«

»Ich ... ich habe gewonnen.«

»Nun, nach geschätzt 120 verlorenen Partien war das wohl auch überfällig.«

Ich starre auf den Kartenstapel in meiner Hand. Was Tobi sagt, höre ich nur wie durch einen dicken Vorhang. Wie kann das sein? Was ist hier gerade passiert? Nein, er hat mich nicht mit Absicht gewinnen lassen. Er hat mit Zähnen und Klauen gekämpft. Bis zum Schluss. Ich habe trotzdem gewonnen. Ich fasse es nicht.

»Okay, Revanche.«

»Moment, Tobi.«

»Na gut, koste es nur aus. Wird sicher nicht so bald wieder passieren.«

Ja, nun ist wieder der Montagabend-Moment. Der Zeitpunkt, an dem ich auf einmal spüre, dass Elvin und Adrian mich nicht kleinkriegen und dass ich den Rest der Woche schaffen werde. Kein Zweifel. Meine Atemzüge werden tiefer und ruhiger und aus tausend kleinen Muskeln spaziert die Spannung heraus, winkt und macht Feierabend. Sogar der Hundeleinenmann von heute Morgen kriegt die ersten versöhnlichen Gedanken.

Ich kenne diesen Moment, ich habe ihn schon oft erlebt. Ohne ihn wäre ich schon längst in einer Klinik. Und ich kenne den Moment so gut, dass ich genau merke, dass es diesmal noch ein Stück anders ist. Mir kommt es tatsächlich vor, als würde ich plötzlich aus einem Meer auftauchen. Und als wäre ich so lange unter Wasser gewesen, dass ich schon ganz vergessen habe, dass ich die ganze Zeit die Luft angehalten hatte. Und als würde ich zum ersten Mal seit langer, langer Zeit sehen, wie das Leben jenseits der Wasseroberfläche so ist.

Komisch nur, dass das Erste, woran ich nach dem Auftauchen denke, schon wieder das Mädchen mit den Zöpfen aus meinem Traum ist. Hat sie damit zu tun? Ich habe nur ihren Hinterkopf gesehen. Und sie war traurig. Über die Zöpfe. Woher wusste ich das? Und warum hat sie die Zöpfe nicht einfach aufgemacht? Ich konnte ihre Arme nicht sehen. Hatte sie keine Arme? Wer hat ihr überhaupt die blöden Zöpfe gemacht? Ich etwa? Wo kam sie her? Was in aller Welt hat sie in meinem Traum verloren, in einer Nacht, in der ich sonst nur Horrorfilme träume? Und vor allem, warum bekomme ich, je länger ich über das Mädchen nachdenke, ein umso schlechteres Gewissen? Ich habe ihr doch nichts getan.

»Können wir jetzt?«

Warum hat sie die Zöpfe nicht aufgemacht?

»Hallo?«

Der Traum holt mich ein. Mir ist, als ob ich ihn noch mal träume. Ich sehe Tobi, ich sehe die Karten in seiner Hand, ich sehe den Tisch, aber gleichzeitig läuft ein Film in mir ab. Ich sehe das Mädchen mit den Zöpfen. Wieder dreht sie sich nicht um. Aber diesmal sehe ich noch mehr. Sie steht vor einem Fenster. Ein großes Fenster, das von breiten hölzernen Sprossen unterteilt wird. Und ich sehe den Fenstergriff. Ich kenne diesen Fenstergriff. Aber woher nur? Woher nur, verdammt? Bevor ich einen klaren Gedanken fassen kann, löst sich alles wieder in Luft auf. Ich starre ins Leere und mir ist flau im Magen.

»Hallo, noch da?«

»Moment, Tobi.«

Eben dachte ich noch, mir wird schlecht, aber es ist wohl mehr so, dass mein Hirn gerade unbekannte Regionen in sich selbst entdeckt hat und darüber ins Staunen gerät.

»Mir ist da etwas klargeworden.«

»So?«

»Mein Sonntagnachtproblem. Also, du weißt …?«

»Na klar, hast du schon drölfzig Mal erzählt: Erst kannst du nicht einschlafen, weil du an die Arbeit mit Elvin und Adrian denken musst, und wenn es dann doch klappt, träumst du Mist.«

»Ja. Angstträume. Kein tieferer Sinn.«

»Ich teil schon mal aus.«

»Und letzte Nacht dann auf einmal doch.«

»Was?«

»Sinn. Ich glaube, ich habe verstanden. Das Mädchen mit den Zöpfen steht nicht für eine einzelne Person, sondern für viele.«

»Wow. Für wen denn?«

»Es steht für alle, mit denen ich mich in den letzten Monaten montags rumgestritten habe.«

»Och, wie langweilig.«

»Findest du?«

»Und außerdem unlogisch. Warum legst du dich denn immer mit den Leuten an? *Wegen* der schlechten Nächte, an denen die Träume schuld sind. Da braucht doch jetzt nicht auf einmal ausgerechnet der Traum daherkommen und *du, du, du* sagen.«

»Hm.«

»Ich teil aus.«

Schrott, Schrott, Schrott …

»Vielleicht ist es seit letzter Nacht anders? Verstehst du, das war ein besonderer Traum. Der passt nicht in die

Reihe mit Monstern und jodelnden Felsbrocken und Elvins und Adrians. Und, das ist mir jetzt klar geworden, der hatte was mit mir zu tun. Da war etwas, was ich wiedererkannt habe.«

»Wow, was denn?«

»Ein Fenster. Mir fällt aber ums Verrecken nicht ein, woher ich es kenne.«

»Ach, mach dir keine Sorgen. Nächste Woche wirst du wieder erstochen, zerrissen und aufgefressen, und alles ist wie früher.«

»Nein, eben nicht. Letzte Woche das mit der Rollkoffer-Frau, in die ich sofort verliebt war, jetzt das mit dem Traum – da ändert sich gerade so richtig was in meinem Leben, siehst du das nicht?«

Jeder andere hätte mich jetzt lange besorgt angesehen und mir die Nummer seines Arztes rausgesucht. Tobi nicht. Einer der Momente, in denen ich einmal mehr weiß, warum er mein bester Freund ist.

»Wenn du mich fragst, steig einfach auf eine Vier-Tage-Woche um und mach die Montage frei. Dann ändert sich wirklich was.«

»Ja, du hast ja recht, sollte ich wirklich mal machen.«

»Fangen wir an.«

»Nein, jetzt nicht. Ich muss weg. Dringend.«

»Na gut, bis dann.«

»Findest du mich komisch?«

»Ja, ist aber okay.«

* * *

Ich sitze auf meinem Bett und schreibe eine Liste mit allen Montagsuntaten, die ich wiedergutmachen muss. Man könnte auch sagen, ich spiele gerade die Eröffnungsszene meiner Lieblingsserie »My Name is Earl« nach. Der Unterschied ist nur, dass ich dabei nicht dauernd von Karma rede, und dass ich dabei nicht halb so optimismusbesessen lächele wie der niedliche Earl Hickey. Gut ist dagegen, dass ich, im Gegensatz zu ihm, kein Gipsbein und keine Halskrause habe und sofort loslegen könnte. Aber dafür ist jetzt leider die falsche Tageszeit. Ich kann nicht um halb zwölf abends noch bei irgendjemandem klingeln und sagen: »Mein Name ist Oliver Krachowitzer. Ich habe Sie vor vier Wochen so angeschrien, dass Ihr Baby aufgewacht ist, und das nur, weil Sie mit Ihrem Kinderwagen mein Fahrrad zugeparkt hatten. Ich möchte das wiedergutmachen.«

Ich weiß aber ehrlich gesagt auch nicht, ob ich das tagsüber hinkriegen werde. Und ob mir was einfallen wird, was ich als Wiedergutmachung tun könnte. Und wie ich überhaupt herausfinden soll, wo die Frau mit dem Baby wohnt. Ich weiß noch nicht einmal sicher, ob ich es nächsten Montag fertigbringen werde, mich mit niemandem anzulegen, auch wenn ich es mir jetzt noch so fest vornehme. Tobi hat völlig recht, ich sollte als Erstes probieren, auf Vier-Tage-Woche umzusatteln, und sehen, wie es mir damit geht. Aber die Gesichter von Elvin, Adrian und all den anderen, wenn ich mal »nein« sage ... Sie schaffen es immer, dass ich mich schuld daran fühle, dass jetzt irgendeine arme Firma pleitegeht, nur weil ich nicht bereit bin, ein paar Worte mit einer meiner tollen Stimmen für sie ins Mikrofon zu sprechen.

Mein Gott, ist die Liste lang! Und mir fällt immer mehr ein. Hätte nie gedacht, dass ich schon so viele Montage erlebt habe. Wenn der Traum wirklich bedeutet, dass ich das alles wiedergutmachen muss, bin ich aufgeschmissen. Vielleicht hatte es doch ausschließlich mit der Rollkoffer-Frau zu tun? Die Dame mit den wunderbaren Lachgrübchen, in die ich, seit wir uns noch mal getroffen haben, noch mehr verliebt bin? Aber warum dann die Zöpfe? Und warum habe ich das Gefühl, dass es etwas Gigantisches ist, das ich wiedergutmachen muss? Etwas, das viel schwerer wiegt, als die ganzen Leute, die ich angepflaumt habe ... Zwecklos, ich komme nicht drauf. Nicht heute. Hoffentlich träume ich nächsten Sonntag noch was dazu, was mich weiterbringt.

Ich nehme das Wolf-Haas-Buch vom Nachttisch und schlage es da auf, wo ich einen Bierdeckel aus dem Valentin als Lesezeichen reingesteckt hatte. Nächsten Donnerstag will ich sie wieder im Coffee & Bytes treffen. Sie, die mit jedem Tag, der vergeht, eine Herzkammer mehr in mir bewohnt, aber deren Namen ich noch nicht einmal weiß. Nur, dass sie Wolf Haas liest.

DIENSTAG

Natürlich habe ich letzte Nacht wieder nichts geträumt. Nachdem ich den *Knochenmann* gegen eins ausgelesen hatte, bin ich weggekippt, und im nächsten Moment hat der Wecker gepiept. So hat es sich jedenfalls angefühlt. In Wirklichkeit waren sieben Stunden rum. Einfach verpufft, ins Nichts. Nicht dass ich müde gewesen wäre, sieben Stunden Schlaf reichen mir dicke. Aber diese Leere, die eine traumlose Nacht hinterlässt, ist manchmal schlimmer als ein Blick in ein aufgerissenes Schlangenmaul. Und morgen wird es wieder so sein. Es bleibt immer das Gleiche. Meine gesamte Wochenration Traum-Energie wird zuverlässig von Sonntag auf Montag verballert, ausgerechnet in der Nacht, in der ich besser nichts träumen sollte.

Dieser ganze Mist hat ein paar Monate, nachdem ich die ersten Sprecherjobs für Elvin und Adrian gemacht habe, angefangen. Und es war genau eine Woche, nachdem ich aus meiner WG ausgezogen bin, das weiß ich noch genau. Das ist beides dafür verantwortlich, da bin ich sicher. Aber genauso sicher ist, dass ich bei beidem nicht mehr zurück kann. Für meinen Job gibt es keine Alternative, außer wieder, wie früher, als Museumsaufsicht zu arbeiten und noch mehr Rückenprobleme zu kriegen. Und in meinem WG-Zimmer wohnt natürlich auch schon längst jemand anderes.

Aber heute Morgen habe ich mich nicht lange darüber geärgert. Ich dachte wieder an die Frau mit dem Rollkoffer, umarmte meine Bettdecke mit Armen und Beinen und drückte sie so fest an mich, dass die Daunenfedern aufseufzten. Jetzt gehe ich durch meinen Innenhof, den ein talentierter Grünplaner zu einer Mischung aus mediterranem Patio und Zengarten gestaltet hat, und schließe mein Fahrrad auf. Das Licht bricht sich angenehm in den grünlich schimmernden Mosaikfliesen in der Hofdurchfahrt. Die neue, dezent blaugrau gestrichene Eingangstür mit Glaseinsatz lässt sich trotz ihres Riesengewichts leicht öffnen. Während ich auf meinen Sattel klettere, geht sie in Zeitlupe hinter mir zu und kuschelt sich mit einem leisen zufriedenen »Zaklack« zurück ins Schloss. Ich trete in die Pedale. Die Fassade zieht an mir vorbei.

Keiner kann sagen, dass dieses Haus nicht wunderschön und mit viel Fingerspitzengefühl saniert worden ist. Sie haben das marode alte Treppenhaus erhalten und sorgfältig ausgebessert, genau wie die reich verzierten hölzernen Wohnungseingangstüren. Alles, was neu gemacht wurde, ist aus tollem Material, sieht toll aus und fasst sich toll an, und alles, was verändert wurde, wurde zum Besseren verändert, wie zum Beispiel die großen Balkone, die drangebaut wurden, und die französischen Fenster zum Hof, die mehr Licht in die Wohnungen hereinlassen.

Man könnte glauben, dass mich ein Schauder packen müsste, wenn ich an das heruntergekommene Haus denke, in dem ich meine WG-Zeit verbracht habe. Allein schon das Klo ohne Fenster und ohne Belüftung, das wir uns zu fünft teilen mussten, war ein Graus. Oft genug konnte man sich da höchstens mit Taschentuch vor Mund und Nase reinwagen. Und komisch, heute gibt es Situationen, in denen ich mir einbilde, dass der Duft sogar irgendwie was hatte. Und dass es auch nicht so schlimm war, dass in unserer WG-Küche rund um die Uhr irgendwelche

Nervbacken rumsaßen, die einen konsequent von allem, was auch nur ansatzweise wichtig war, abhielten. Und dass unsere stets einsatzbereite Bierzapfanlage nicht dazu geführt hat, dass jeder zweite Tag im bräsigen Gemütlichkeitsdelirium endete. Aber ich sollte mich da wirklich mal zusammenreißen. Das ist jetzt einfach eine andere Lebensphase.

Und es ist auch nicht so, dass ich keinen Kontakt mehr zu meinen ehemaligen Mitbewohnern hätte. Tobi sehe ich sowieso mindestens jeden Montag im Valentin, mit Reto gehe ich regelmäßig in die Philharmonie, wo seine Freundin Flöte spielt, und mit Gonzo und Francesco habe ich erst vor zwei Wochen Hendrik in seiner Land-WG besucht, und eine WG-Party steht auch bald wieder an. Trotzdem, ich bin viel zu viel allein. Am Ende werde ich mir womöglich noch einen Hund anschaffen.

Wenn nur die anderen Ex-WG-Jungs nicht alle bis auf Gonzo schon mit ihren Freundinnen zusammenwohnen würden. Dann könnten wir uns überlegen, ob wir uns nicht wieder gemeinsam was suchen. Irgendwas mit mehr Komfort, aber trotzdem Flair und, ganz wichtig, Türsteher gegen lästige Dauergäste. Aber so, wie es aussieht, habe ich wohl erst mal keine vernünftige Alternative zu meiner gut geschnittenen Luxushölle. Ich meine, hallo? Ich kann mir doch nicht mit Anfang 30 wieder eine neue WG suchen. Die lachen mich doch aus ...

Oh!

»Hallo Sie, ja, Sie ... Jetzt warten Sie doch einen Moment. Hallo!«

Keine Chance. Er ist sofort in der nächsten Seitenstraße verschwunden, als er mich gesehen hat. Kein Wunder. Er hat bestimmt gleich erkannt, dass ich der war, der ihn neulich am ersten warmen Frühlingstag, der natürlich ausgerechnet ein Montag sein musste, in der Bierausgabeschlange im Prater zur Seite geknufft hat. Klar, er hatte sich vorgedrängelt. Allerdings war ich mir am nächsten Tag nicht mehr sicher, ob es wirklich Absicht war. Und ich war mir auch nicht mehr sicher, ob die Kraftausdrücke, mit denen ich ihn beleidigt habe, sexueller Natur oder mehr so allgemeine Grobheiten waren. Jedenfalls, mein Gesicht vergisst der im Leben nicht mehr. Ob er hier wohnt? Muss ich mal drauf achten. Vielleicht kann ich ihm hinter einer Ecke auflauern und mich dann entschuldigen.

Fünf Minuten später lehne ich mein Fahrrad an die Hauswand neben dem Valentin. Wieder einmal trete ich ein und freue mich, dass alles so ist wie immer. Ich nicke Gio zu, und er beginnt sofort, sich um meinen Kaffee zu kümmern. Ich nicke meinem Tisch zu, der zwar nicht reagiert, sich aber sicher trotzdem über das Wiedersehen freut. Ich fege mit zärtlicher Geste ein paar Zuckerkrümel von meinem Stuhl. Alles ist fein. Nur eins überrascht mich: Anton ist nicht da.

Aber, ganz ehrlich, was macht das eigentlich? Träume ich nicht schon lange davon, endlich mal einen Dienstagnachmittag ohne anstrengende Erörterungen mit diesem naseweisen Knirps zu verbringen? Einfach in aller Stille meinen Kaffee zu trinken, in diesem eigenartig-wunderbaren Geschmack von Holz-Erde-Nuss zu versinken und die Sonnenstrahlen durch die Scheibe hindurch mein Gesicht streicheln zu lassen, so wie alle? Nein, ich werde nicht darüber nachdenken, warum er nicht hier ist. Es geht mich nichts an und es interessiert mich nicht.

Ich puste, trinke den ersten Schluck und finde, dass der Kaffee auch schon mal besser war. Egal. Ich werde die Zeit nutzen. Vor lauter Nachdenken über den Zopfmädchentraum bin ich immer noch nicht dazu gekommen, mir zu überlegen, was ich mit der Frau mit dem Rollkoffer reden soll, wenn ich mich nächsten Donnerstag wieder ins Coffee & Bytes setzen werde.

Das ist ein richtig haariges Problem, wenn man genau drüber nachdenkt. Was sage ich, wenn sie mich fragt, warum ich schon wieder dort rumsitze? Womöglich denkt sie noch, ich will sie stalken ... Hm, vielleicht gar keine schlecht Idee. Die ganze Zeit einfach in ihrer Nähe sein. Mmh ... Wenn ich nicht genau wüsste, dass man so was nicht macht ... Aber ich schweife ab. Ich brauche einen Plan ... Ja, verdammt, ich gebs zu, wäre toll, wenn Anton jetzt hier wäre. Nicht, dass er was von diesen Dingen versteht, aber ich kann besser denken, wenn ich es ihm gleichzeitig erklären muss ...

Ha, ich habs. Ich stelle mir einfach vor, der Zuckerstreuer wäre Anton. Um es noch glaubwürdiger zu machen, drehe ich ihn so, dass die Schüttöffnung in meine Richtung schaut. Prima. Zuckerstreuer-Anton hat zwar nur ein Auge, aber es starrt mich sehr wissbegierig an. Ich erzähle ihm leise im Schnelldurchlauf alles von letzter Woche. Er hört gut zu. Manchmal bilde ich mir sogar ein, dass er nickt. Und er sieht es genau wie ich, es kommt nun alles darauf an, einen guten Plan für den bevorstehenden Coffee & Bytes-Tag auszuhecken. Ich darf mir bei meinen Überlegungen keine Blöße geben. Zuckerstreuer-Anton denkt mit, und wenn meine Ausführungen auch nur die geringste Angriffsfläche bieten, wird er sofort reinhauen, so ist er nun mal. Ich sehe ihm fest in die Schüttöffnung.

»Also, sie wird hereinkommen, ich werde rumsitzen. So viel ist sicher. Jetzt mal überlegen ... Szenario 1: Wer wagt, gewinnt. Ich stehe einfach auf und sage ihr, dass ich nur da bin, um sie wiederzusehen ... Na klar. Allein schon bei dem Gedanken daran wird mir so heiß, als würden ein paar Atomkerne in mir schmelzen. Nein, Zuckerstreuer, das schaffe ich einfach nicht. Dafür bin ich nicht der Typ, oder, wie Elvin und Adrian sagen würden, da muss die Performance so absofuckinglutely bis ins letzte Detail stimmen, dass selbst der Papst sofort die Hosen runterlassen würde.

Lieber Szenario 2: Slowly, but surely. Ich tu einfach so, als wäre ich jetzt neuerdings Coffee & Bytes-Stammgast. Ich sitze an meinem Tisch und bearbeite meinen Laptop. Wenn sie reinkommt, grüße ich nur kurz, schau sofort wieder auf meinen Bildschirm und tippe konzentriert rum, bis sie wieder geht. Das mache ich dann Woche für Woche, bis sie sich an mich gewöhnt hat, und dann ... und dann ... Ja, ich weiß schon, Zuckerstreuer, ich sollte lieber ich selber sein, nicht irgendeine Rolle spielen, schon klar.

Wie wäre das hier? Szenario 3: Ich verstecke mich draußen, warte bis sie reingegangen ist. Dann ... kann ich reingehen, mich umschauen, freudestrahlend auf sie zu schweben, und ... He, sag mal, kann es sein, dass du gerade mit deinem Auge gerollt hast, Zuckerstreuer? Hast du vielleicht einen besseren Vorschlag, hm?«

Manno. Früher war das alles viel einfacher. Da saß ich in meiner WG herum, und die Leute kamen und gingen. Und klar, früher oder später schneite auch mal ein Mädchen herein, bei dem es gefunkt hat. Und über das Wiedersehen musste ich mir nie Gedanken machen. Ich brauchte einfach nur das zu tun, was ich sowieso jeden Tag tat: mit meinen Mitbewohnern in unserer WG-Küche sitzen und in Endlosschleife Blödsinn reden. Pläne waren nicht nötig, keiner hatte es eilig, ein Paradies. Irgendwann kam sie wieder. Und dann, irgendwann noch später, eine Party, ein Konzert oder einfach nur irgendein Umzug, bei dem wir beide mithalfen, ein Blick hier, eine

Berührung da, ein Kuss im Hauseingang, es lief wie von selbst. Tobi hatte einfach Glück, dass er in der Phase gleich die Richtige fürs Leben gefunden hat. Diana und er werden bestimmt schon das erste Kind in die Welt gesetzt haben, während ich immer noch in irgendwelchen Cafés darauf warte, dass die Frau mit dem Eichhörnchenblick ...

Anton! Na endlich. Er und sein Vater stehen auf einmal vor der Scheibe. Ich rudere ungeduldig mit den Armen, während der Zuckerstreuer beleidigt dreinguckt. Als die beiden hereinkommen, kann ich mir nur mit Mühe ein vorwurfsvolles Grummeln verkneifen.

»Hallo Anton, hallo Gero.«

»Hallo Herr Oliver.«

Gero sagt immer »Herr Oliver« zu mir. Ich glaube, ich würde die Hälfte der Menschheit verprügeln, wenn sie »Herr Oliver« zu mir sagen würde, und dazu müsste es noch nicht einmal Montag sein. Gero hat aber die Gabe, so zu lächeln, dass man ihm nichts übelnehmen kann, nicht mal ein »Herr Oliver«.

»Okay, Anton, sei schön lieb. Ich würde ja so gerne noch bei dir bleiben, aber du weißt ja ...«

»Ja, ich weiß, du bist sowieso schon zu spät dran für deine Arbeit, und Mama ist schuld, dass du immer Ärger mit deinem Chef kriegst.«

»Ich will dich da ja nicht mit reinziehen, Anton, aber wenn deine Mutter nur eine Stunde früher kommen würde, wäre für mich vieles leichter ... Aber sie hat sicher was Wichtiges zu tun. Also dann, machs gut, mein Liebling, und pass gut auf Herrn Oliver auf.«

Noch ein letztes Schelmenzwinkern und weg ist er.

Anton setzt sich und zieht etwas aus einer Plastiktüte.

»Hat mir Papa gekauft.«

»Waaah! Was ...?«

»Das ist ein Boba-Fett-Helm.«

»Weiß ich.«

Antons Augen weiten sich.

»Echt?«

»Glaubst du, ich habe *Krieg der Sterne* nicht gesehen?«

»Ich hab *Krieg der Sterne* noch nicht gesehen.«

»Dafür bist du auch noch viel zu klein. Aber warum lässt du dir ausgerechnet den Helm von Boba Fett kaufen? Boba Fett ist böse, ein richtiger Dreckskerl. Warum wolltest du nicht den von Luke Skywalker?«

»Es gibt noch den von Darth Vader, aber den soll mir jetzt Mama kaufen, hat Papa gesagt.«

»Was kostet so was denn?«

»59,90 Euro.«

»Was? Und was sagt deine Mutter dazu?«

»Dass wir uns das nicht leisten können. Und Papa sagt dann immer, sie kauft sich lieber neue Schuhe, aber ich glaube, das stimmt nicht.«

»Warum brauchst du auch unbedingt zwei Schurkenhelme?«

»Weil ich dann der Einzige in der Klasse bin, der beide Helme hat.«

»Verstehe.«

»Bei den Transformers hatte Holger die meisten.«

»Transformers?«

»Das sind so Roboterfiguren, die sich zu einem Auto zusammenfalten können.«

»Aha.«

»Aber ich hab Holger ausgetrickst.«

»Ausgetrickst?«

»Er hat fünf Transformers, da hab ich einfach erzählt, dass ich sechs Transformers habe.«

»Und dann?«

»Dann hat Holger gesagt, dass er sieben hat. Dann habe ich gesagt, ich habe acht, er dann so neun, ich dann so meinen ganzen Schrank voll, er dann so mein ganzes Zimmer voll, ich dann so unsere ganze Wohnung voll ...«

»Na hör mal, das muss doch extrem peinlich für euch sein, wenn einer von euch den anderen mal besucht.«

»Ich besuch den Holger ja nie.«

»Du, ich hab ganz andere Probleme, ich hab deinen Rat befolgt, hab mich im Café auf die Lauer gelegt, und die Frau ist tatsächlich wiedergekommen.«

»Hab ich doch gesagt. Hast du sie geküsst?«

»Äh, nein.«

»Warum nicht?«

»Das geht nicht so schnell, Anton.«

»Wieso? Erwachsene können doch machen, was sie wollen?«

»Im Prinzip ja, Anton. Bloß ... Also, der Punkt ist, ich muss mich gar nicht beeilen. Ich weiß ja jetzt, dass sie jeden Donnerstag um die gleiche Zeit dort hinkommt.«

»Nicht schlecht.«

»Genau, und jetzt brauche ich eine gute Idee, was ich mit ihr reden soll, wenn ich sie irgendwann mal küssen will. Und da hilft es mir gar nichts, wenn ich behaupte, dass ich eine ganze Wohnung voll Transformers habe.«

»Warum nicht?«

»Erstens sind Transformers ihr wurstegal, zweitens würde sie mich eines Tages vielleicht besuchen und sofort rausfinden, dass ich keinen einzigen Transformer habe.«

»Dann musst du ihr eben erzählen, dass du alle verschenkt hast.«

»Ach, Anton, zwischen Männern und Frauen läuft das nicht so.«

»Nicht?«

»Hm, na ja, wenn ich genau drüber nachdenke, manchmal doch. Aber nicht bei echter Liebe. Wer mag schon Angeber?«

Das gibts nicht. Anton hält einfach den Mund und schaut in die Luft?

»Was ist?«

»Du hast recht.«

Ich brauche eine Weile, bis ich glaube, was ich da gerade aus seinem Mund gehört habe. Währenddessen rücken die Zeiger der alten Uhr neben dem Spirituosenregal die letzten Schritte auf halb sechs vor. Ich muss los zu meiner Gesangsstunde.

Eigentlich bringt sie mir ja nichts. Viel zu esoterischer Lehransatz, aber die Termine sind schon bezahlt. Gleich in der ersten Stunde hat mich die Lehrerin gefragt, was ich sonst so mit meiner Stimme mache, und ich habe ihr von den tausend künstlichen Stimmen erzählt, mit denen ich mein Geld verdiene. Seitdem ist sie der Meinung, dass ich als Erstes meine eigene Stimme wiederfinden muss, und ich verbringe zusammen mit ihr kleine Ewigkeiten mit *den eigenen Atem spüren und erforschen, was passiert, wenn er die Stimmbänder streift*. Ich sollte die Zeit endlich anders nutzen. Aber gut, heute gehe ich noch einmal hin.

* * *

Als ich noch in meiner WG gewohnt habe, war meine Zimmertür mein wichtigster Einrichtungsgegenstand. Auf dem Flur und in der Küche passierte zu viel, als dass man bei offener Tür irgendwas geschafft gekriegt hätte. Nur wenn sie zu war, konnte ich mich auf etwas konzentrieren. Gut, mit geschlossener Tür habe ich dann am Ende auch nicht allzu viel geschafft gekriegt, aber das lag mehr an mir.

Hier in meiner Wohnung mache ich schon lange keine Tür mehr zu. Mein Sofa und mein Tisch dürfen ruhig zusehen, wie ich in meinem Bett liege und lese. Es ist sogar ganz nett, wenn man mal von den Buchstaben hochschaut und weiter als bis zur nächsten Wand gucken kann.

Was ich sehe, wenn ich durch die Schlafzimmertür quer durch die Wohnküche bis zum französischen Fenster spähe, ist allerdings ganz anders als das, was ich in der WG gesehen hätte. Ich räume viel zu viel auf. Früher war das nicht so schlimm, weil ich, sobald ich aus meinem WG-Zimmer herauskam, immer sofort mitten in irgendeiner Form von Chaos steckte, das kein Mensch der Welt jemals wieder aufgeräumt bekommen würde. Da war mein kleines bisschen Ordnung im Zimmer einfach nur ein angenehmer Kontrast. Dass mein riesiges Wohnzimmer genauso aufgeräumt ist wie mein Schlafzimmer, ist dagegen deprimierend. Eine Zeitlang habe ich absichtlich alte Zeitungen, CDs ohne Hüllen und Socken auf dem Boden verteilt, aber das war noch deprimierender. Ich müsste öfter Übernachtungsbesuch haben, der hier seine wunderbaren bunten Schlafsäcke, Kontaktlinsenflüssigkeitsflaschen und Schmutzwäschestücke ausstreut. Aber ich habe das Gefühl, seit ich hier wohne, traut sich keiner mehr, mich zu besuchen.

Der 300-Euro-Lattenrost, auf dem meine Matratze liegt, ist verstellbar. Ich könnte ruckzuck aus meinem Bett etwas machen, das meinen Körper noch zärtlicher in Leseposition stupst als die beste Pool-Liege der gesamten Seychellen. Hab ich aber noch nie ausprobiert. Immer wenn es mir einfällt, liege ich schon längst auf der Seite in der ewig gleichen Haltung, die mir schon damals, als ich als Kind heimlich mit der Taschenlampe unter der Bettdecke gelesen habe, böse Haltungsschäden verpasst hat.

Aber wenn man schon mitten im Lesen ist, steht man auch nicht noch mal extra auf.

Eine halbe Stunde später habe ich mein Buch durch. Mittlerweile das dritte von Wolf Haas. Der Druckschmerz in meiner linken Wange, die ich beim Lesen die ganze Zeit mit meiner linken Faust abgestützt hatte, lässt zwar nur langsam nach, aber das macht nichts. Ich habe es bis zur letzten Seite genossen. Natürlich stellt sich jetzt die Frage, ist Wolf Haas wirklich so gut, oder finde ich ihn nur so gut, weil die Frau, die ihren Rollkoffer in meinem Herzen abgestellt hat, ihn liest? Mein Urteilsvermögen ist leider weg. Klares Merkmal des Zustands der Verliebtheit. Aber wenigstens habe ich noch genug Urteilsvermögen, um zu merken, dass mein Urteilsvermögen weg ist, was wiederum ein Widerspruch in sich selbst ist. Oder ein Zeichen, dass ich mir meine Verliebtheit nur einbilde, was mein Leben mit einem Schlag viel einfacher machen würde. Oder, dritte Möglichkeit, dass Wolf Haas gut ist *und* ich verliebt bin. Ach, lasst mich in Ruhe.

Viel wichtiger ist doch, dass ich heute zum ersten Mal in meinem Leben Anton mit Argumenten in die Knie gezwungen habe. Dazu gestern mein Sieg gegen Tobi und der geheimnisvolle Traum. Ich bin mir sicher, irgendwas in meinem Leben gerät tatsächlich gerade mächtig in Bewegung. Nur keine Ahnung, ob das gut oder schlecht ist, was wiederum ein Zeichen dafür ist, dass mein Urteilsvermögen doch ... Chrrrrrrrrr ...

Piepiepiep, piepiepiep, piepiepiep ... Nein, Wecker, verarschen kann ich mich selber ... Was? Das Handy sagt auch acht Uhr? ... Na gut. Wenigstens ist schon Mittwoch. Keine Elvin-und-Adrian-Termine mehr diese Woche, nur noch ein bisschen Hundefutter, Putzmittel, Autohaus Dingens und anderer Kleinkram. Und am Donnerstag natürlich Coffee & Bytes ... Und ein Glück, dass ich meinen Lattenrost gestern nicht zum Lesen verstellt habe. Ich will gar nicht dran denken, wie es mir jetzt gehen würde, wenn ich die vergangenen sieben Stunden in Liegestuhlposition geschlafen hätte.

* * *

Ich muss Amelie anrufen. Je länger ich grüble, umso klarer wird es. Amelie war zu WG-Zeiten lange meine Traumfrau. Leider war sie, so nah wir uns standen, immer unerreichbar für mich. Erst als ich mich eines Tages in ihre beste Freundin Julia verliebt hatte, fanden wir plötzlich doch beinahe zueinander, was dann wiederum alles sehr kompliziert machte, aber am Ende doch irgendwie gut ging. Also im Großen und Ganzen betrachtet auf jeden Fall, aber ist jetzt auch egal. Jedenfalls, auch wenn das mit der Liebe zwischen uns nicht ganz geklappt hat, eins muss man sagen: Niemand kann sich so gut in meine Probleme hineindenken wie sie. Wenn ich Tobi zu Rate ziehe, endet immer alles im Chaos, wenn ich Gonzo nehme, in Depression, und wenn ich Julia, die inzwischen als Veterinärin in einem Nationalpark in Peru arbeitet, per Skype frage, im Skype-Streit. Am schlimmsten ist es allerdings, wenn ich mit dem abgeklärten Erfolgsmenschen Reto spreche. Dann habe ich am Ende immer das Gefühl, ich hätte gar kein Problem. Was mein Problem dann aber auch nicht löst.

Amelie ist anders. Die hört zu, die fühlt sich rein, die denkt nach. Sie ist genauso, wie Frauen sich Männer wünschen. Und wenn man mit ihr ein Problem bespricht, versteht man auch genau, warum Frauen Männer sich so wünschen. Dann weiß man sogar, dass Männer sich Frauen auch so wünschen. Okay, so und sexy. Was Amelie auf ihre

Art auch ist. Aber eben ... auf ihre Art. Ist jetzt auch nicht so wichtig. Ich muss sie jedenfalls fragen, was ich morgen machen soll, wenn ich die Frau treffe, die mein Herz im Rollkoffer spazieren fährt.

Leider kann ich sie nur anrufen, weil sie schon vor langer Zeit für ihren ersten Job nach Gastrop-Rauxel gezogen ist. Ist zwar näher als Peru, aber in ihre Augen schauen kann ich trotzdem nicht. Oft steht da nämlich die Lösung schon geschrieben, bevor sie überhaupt ein Wort gesagt hat. Aber jetzt muss es halt so gehen. Ich wähle. Ja, sie ist da. Und sie hat Zeit. Hat sie schon jemals keine Zeit gehabt, wenn ich ein Problem hatte? Sie ist toll. Während wir sprechen, stelle ich sie mir vor. Die wippenden blonden Haare, das Mona-Lisa-Lächeln, das Nicken, immer hart an der Grenze zum Wackeldackel, aber nie darüber. Bald bin ich in Fahrt. Sie muss ja erst mal alles wissen, bevor sie eine Lösung finden kann.

»... und der Punkt ist, da ist eine riesige Kluft zwischen uns, verstehst du? Inhaltlich, weltanschaulich, alltagstechnisch, optisch, ich hab einfach keinen Ansatzpunkt. Vielleicht wäre alles schon ganz anders, wenn ich einen Ansatzpunkt gefunden hätte. Der springende Punkt ist also der Ansatzpunkt. Hihi.«

»Ich verstehe.«

»Und dann hatten wir eben auch noch diesen fürchterlichen Start. Anton meint zwar, dass es gar nicht schlecht ist, wenn es mit einem Streit beginnt, aber ich glaube, er hat nur teilweise recht. Klar, nach so einem Streit sind schon mehr Emotionen im Spiel, als wenn man nur *ups, tschuldigung, macht nichts* sagt, aber es sind eben negative Emotionen, das muss man auch mal im Großen und Ganzen sehen.«

»Ich verstehe.«

»Und ich habe einfach keinen Plan. Wenn sie sich da an den Nebentisch setzt und kurz grüßt, hey, was soll ich da schon groß sagen? *Wow, Sie haben sich aber elegant hingesetzt, so mit Schwung und Verve, kann nicht jeder ...?* Ist doch alles Quark. Und ich muss dauernd über den Traum mit den Zöpfen nachdenken. Kennst du eigentlich schon den Traum mit den Zöpfen?«

»Ich verstehe.«

Eine halbe Stunde später fällt mir nichts mehr ein, was ich noch berichten könnte, um Amelie auf den Stand zu bringen. Es wird Zeit für ein Schlusswort.

»Ja, so in etwa, ne.«
»Ich verstehe.«
...
»Wie gesagt, so im Großen und Ganze wärs das.«
»Ich verstehe.«
...
»Man könnte noch viel darüber erzählen, aber ich glaube, es reicht fürs Erste.«
»Ich verstehe.«
...
»Also, Amelie, jetzt sag mal, was soll ich machen?«
»Was du machen sollst?«
»Ja.«
»Ach, Oliver, ich würde sagen, sei einfach du selbst.«
»Sonst nichts?«
»Sonst nichts.«
»Aber wie macht man das?«
»Einfach nicht nachdenken.«
»Ach so.«
»Okay, Oliver?«
»Ich versuche es.«

DONNERSTAG

»*Free your body, soul and mind. Free your body, soul and mind ...*«

Oh, oh, die elende Coffee & Bytes-Chill-out-Musik ist ja schon schwer genug zu ertragen, wenn sie sich auf Computergedaddel beschränkt. Wenn dann aber auch noch eine Frauenstimme sinnfreies Gewäsch reinsingt, ist die Grenze zur Folter eindeutig überschritten. Und mir kann keiner erzählen, dass der Mann, der hier die Macht zur Raumbeschallung hat, das nicht genauestens weiß. Aber er kann machen, was er will, mich wird er so leicht nicht vertreiben. Ich habe eine Mission.

»*Free your body, soul and mind. Free your body, soul and mind ...*«

Ja, eine Mission ... Allerdings, viel mehr als die Mission habe ich im Moment leider nicht. Was mir zum Beispiel gänzlich abgeht, ist immer noch ein Plan. Oder eine Taktik, oder wenigstens ein strategischer Ansatz. Außer Amelies *Sei du selbst* habe ich nichts.

Nachdem wir gesprochen hatten, hat es sich auch erst einmal ganz toll angehört. Aber spätestens seit ich die Schwelle des Coffee & Bytes überschritten habe, merke ich, dass es Situationen gibt, in denen es fast unmöglich ist, *einfach man selbst* zu sein. Trotzdem versuche ich weiter tapfer, nicht zu denken, die Chill-out-Frauenstimme nicht zu hören und mir einzureden, dass das völlig ausreicht.

»*Free your body, soul and mind. Free your body, soul and mind* ...«

Sei du selbst. Ha. Wer bin ich denn überhaupt? Damit geht es doch schon mal los ... Mist, ich soll ja nicht denken. Ich wünschte, ich hätte wenigstens noch einen Plan B in der Hinterhand. Aber es war ja sonst keiner da, um mir zu helfen. Tobi war den ganzen Tag über verschollen. Hat bestimmt mit Diana Kinderbetten für den Nachwuchs ausgesucht, oder so was. Und Gonzo hat mich dauernd weggedrückt und mir irgendwann eine Zwei-Wort-SMS geschickt, die darauf hindeutete, dass er entweder gerade mit seinem Chef im Restaurant oder mit Claudia Schiffer im Bett saß. Und der Zuckerstreuer auf meinem Küchentisch, an den ich mich am Ende in meiner Not gewandt habe, war dann auch recht wortkarg.

»*Free your body, soul and mind. Free your body, soul and mind* ...«

Ich versuche mich zwar damit zu beruhigen, dass ich bei meinen Sprecherjobs auch immer keinen Plan habe und die Leute am Ende trotzdem zufrieden sind, aber wenn man genauer drüber nachdenkt, hinkt der Vergleich doch gewaltig. Bei den Sprecherjobs habe ich nämlich etliche Chancen, es richtig zu machen, bei meiner Mission hier kann ich dagegen mit einem falschen Wort alles versauen. Und der Weg von Keinen-Plan-Haben hin zum ersten falschen Wort ist einfach mal verdammt kurz.

»*Free your body, soul and mind. Free your body, soul and mind* ...«

Hrnnnnnfg! Mal angenommen, ich würde mein gesamtes übriges Leben darauf ausrichten – würde es mir gelingen, die Singtussi ausfindig zu machen und zu erwürgen? Also, nur mal theoretisch. So viel Zeit müsste doch dafür reichen? Und dann könnte ich sogar mit Fug und Recht behaupten, mein Leben hätte einen Sinn gehabt ... Blödsinn, sie kann ja nichts dafür. Den Produzenten müsste ich erwürgen ... Aber eigentlich verdient der, der so was auflegt, am allermeisten, erwürgt zu werden. Aber der steht hier in Greifweite entfernt. Das wäre für eine Lebensaufgabe zu wenig. Ich ... Mist, ich verfranse mich schon wieder. Ich sollte mich erst mal setzen ...

So. Laptop anschließen, hochfahren, Kaffee bestellen, Facebook-Seite aufrufen ... Oh, eine Freundschaftsanfrage. Von *ruderfrosch*. Aber gerne doch. Freunde sind immer gut. Ich würde auch Paddelschnecke und Tretbootdelfin nehmen ... Jetzt aber zurück zum Wesentlichen: Ich werde hier sitzen und ich selbst sein, was auch immer das ist. Und wenn sie kommt, werde ich so dermaßen ich selbst sein, dass es sie rückwärts umhaut. Sie wird gar nicht anders können, als sich in mich zu verlieben. Ich stelle mir vor, wie mir alle Beziehungsratgeber dieser Welt gleichzeitig mit jeweils einer Seite auf die Schulter klopfen. Zuversicht durchströmt mich bis in die letzte Faser ... Nein, stimmt gar nicht. Ich bin genauso unsicher wie zuvor, und außerdem noch höllisch aufgeregt. Mist ... Oh, Nachricht von ruderfrosch:

hallo. letzte woche ist dir doch dein laptop runtergefallen, weil du über das kabel gestolpert bist. wollte nur kurz sagen, mit einem macbook wäre das nicht passiert.

Was? Ich stehe hier unmittelbar vor dem vielleicht wichtigsten Treffen meines Lebens, und ruderfrosch will mit mir Computerfragen erörtern? Das muss ich ignorieren.

Hallo ruderfrosch, wieso wäre das mit einem Macbook nicht passiert? Und woher weißt du überhaupt, dass ich letzte Woche hier war?

Okay, das war jetzt nur, weil es unhöflich gewesen wäre, nicht zu antworten. Nun aber volle Konzentration auf das

Ich-selbst-Sein, sonst wird das nichts ... Oh, Nachricht von ruderfrosch.

ich war dabei, als es passiert ist. ich bin jetzt auch hier. schau mal zu den stehtischen.

Ich drehe mich um. Tatsächlich, da sitzt einer und winkt ausladend. Bisschen dicklich, Brille, lange blonde Haaren, Strohhut, Pickel ... Was macht er mir jetzt für Zeichen? Ich soll hinschauen? Was zum Henker ...? Er hält sein Netzkabel hoch ... und jetzt geht er durch, als wäre es ein Marathonlauf-Zielband ... und der Rechner auf dem Tisch rührt sich nicht von der Stelle ... Der Stecker ist irgendwie einfach rausgeflutscht ... Er tippt ... Nachricht von ruderfrosch.

magsafe-stecker. hält durch magnet und geht ab, wenn einer drüberstolpert ☺

Hm, schon irgendwie pfiffig ...

Beeindruckend. Bei mir war es aber das Kopfhörerkabel und ...

Argh! Sie ... ist da!

Kommt einfach so rein, als wäre nichts. Als sähe sie nicht bezaubernd aus, wie eine Fee, die nicht gemerkt hat, dass ein böser Zauberer sie in Büroklamotten gehext hat. Und als säße hier niemand, der darauf brennt, sie in die Arme zu schließen und an sich zu drücken, dass die Büroklamotten danach erst einmal in die Heißmangel müssen.

Noch einmal sage ich mir *sei du selbst*, und tauche im gleichen Moment blitzschnell hinter meinen Laptopbildschirm. Leider ist er viel zu klein, um mich zu verstecken. Warum habe ich Gewohnheitstier mich wieder an den gleichen Tisch wie letzte Woche gesetzt? Sie setzt sich doch bestimmt auch jedes Mal an den gleichen Tisch, und das heißt, sie sitzt gleich wieder neben mir ... Oder doch nicht? Vielleicht ist sie ja kein Gewohnheitstier? Vielleicht will sie im Lauf der Zeit alle Tische durchprobieren, so wie ich mit den Supermarktprodukten ... Nein. Sie kommt! ... Das heißt, sie will gerne, aber sie kommt nicht durch. Eine kleine Blase von Leuten hat sich um sie herum gebildet. Ein paar reden auf sie ein, aber die meisten starren einfach auf ihren Rollkoffer ... Oh, der ist ja neu. Strahlend weiß. Und, seltsam, er hat ein Display auf dem Deckel. Noch seltsamer sind allerdings die Coffee & Bytes-Gäste. Sie drängen sich immer dichter heran. Es sieht so aus, als wollten sie den weißen Koffer am liebsten streicheln. Was soll das? Schnell. Nachricht an ruderfrosch:

Warum starren alle den Koffer von der Frau, die gerade reingekommen ist, so an?

Mist. ruderfrosch ist auch von seinem Platz aufgestanden und bewegt sich wie ferngesteuert auf das Rudel um meine Traumfrau herum zu. Ich winke wild mit den Armen, um ihm zu bedeuten, dass er sich gefälligst wieder auf seine vier Buchstaben setzen und meine Nachricht lesen soll. Er guckt widerwillig, aber er gehorcht ... Er liest ... Er tippt. Komm, mach schon ... Nachricht von ruderfrosch:

augenroll sie hat den neuen iKoffer von apple!!! den kann man offiziell erst in vier wochen kaufen!!!

Nachricht an ruderfrosch:

Was ist ein iKoffer?

Ach, Mist, er ist schon wieder aufgestanden. Diesmal ignoriert er mein Fuchteln und versucht, sich im iKofferfanpulk nach vorne zu arbeiten. Meine Fee hat inzwischen genug. Sie lässt das Ding einfach in der Menge stehen und setzt sich an den Tisch neben mich. Ich kann nicht anders, ich muss sie anstarren. Zum ersten Mal kommen mir Zweifel am Sei-du-selbst-Konzept. Im Moment bin ich nämlich ganz bestimmt ziemlich ich selbst, aber ich bin mir trotzdem sicher, dass Anstarren keine gute Idee ist.

»Ach, Sie schon wieder.«

Ja, da hat sie einfach mal recht. Aber was darauf antworten? Sei du selbst ...

»Sie sind jetzt doch nicht etwa regelmäßig hier?«

Wenn man in Betracht zieht, dass sie gerade schwer genervt ist und ich sie gerade so aufdringlich mustere, als wäre ihr Gesicht ein frisch gebackener Schokoladenkuchen, klingt sie sehr freundlich. Ich habe wohl ein paar Sympathiepunkte dafür bekommen, dass ich der Einzige im ganzen Café bin, der nicht in dem Menschenhaufen steckt, unter dem ihr bemitleidenswerter Hightech-Koffer gerade begraben liegt, als wäre er ein Fußballer, der in der Verlängerung das entscheidende Tor zum WM-Sieg geschossen hat.

»Ja, doch, regelmäßig, also, so mehr oder weniger, aber, also, im Großen und Ganzen gesehen, doch schon irgendwie, ja, ne, regelmäßig, hmhm ...«

»So so.«

Verderben! Sie guckt einfach weg. Warum setzt sie das Gespräch nicht fort? Was habe ich falsch gemacht? Los. Ich muss noch mehr ich selbst sein. Ist doch ganz einfach ... Oder kann es sein, dass mein Selbst gerade nicht sprechen will? Kann es sogar sein, dass mein Selbst gerade schreiend wegrennen und sich für die nächsten Jahre in der Kanalisation verstecken will?

»Eins muss ich ja sagen ...«

Ja! Sie spricht doch weiter mit mir! Mein Selbst lugt vorsichtig aus dem Kanaldeckel heraus und lächelt dummfröhlich.

»... neulich auf der Straße waren Sie viel gesprächiger.«

Sie grinst. Oh, wenn sie ihre Mundwinkel hochzieht,

werden ihre Grübchen noch ein wenig tiefer. Das ist einfach zu entzücken ... Was hat sie noch mal gesagt? Gesprächiger? Ach sooo, das war doppeldeutig. Hihi, ich war damals »gesprächiger«, weil ich sie beschimpft habe. Alles klar. Schnell, lächeln, Humor zeigen ... Zu spät, sie schaut schon wieder weg.

»Ich ... ich war nur gerade in Gedanken.«

»Kann ja mal vorkommen.«

Sie zieht ihr Buch heraus und schaut nicht her.

»Ich ... ich habe über den neuen iKoffer nachgedacht.«

Sie rollt mit den Augen. Nein, das wollte ich nicht. Das falscheste Thema überhaupt. Wie konnte ich nur? Mein Selbst lässt den Kanaldeckel wieder zufallen und taucht ab.

»Nur damit Sie es wissen, das war ein Geschenk. Ich habe keine Ahnung, was man damit machen kann. Interessiert mich auch nicht.«

»Mich ... mich auch nicht.«

»Na wunderbar. Eine Sache, die wir gemeinsam haben.«

Sie dreht sich wieder weg.

Ich muss was sagen. Schlimmer kann es jetzt sowieso nicht mehr werden.

»Ich ... ich hab auch einen iKoffer zu Hause.«

Doch, es geht wohl noch schlimmer. Ich brauche ein neues Konzept. Sofort. Was würde Anton tun?

»Ich ... ich habe sogar zwei iKoffer zu Hause.«

Aua. Sprechen war doch keine gute Idee. Vielleicht bin ich besser beim gestischen Kommunizieren?

»Ganz schön viele iKoffer, dafür, dass Sie sich nicht dafür interessieren.«

»Ich ... ich ... da fällt mir ein, ich ... habe sie verschenkt.«

Jetzt schaut sie mich richtig an. Kein Augenrollen, kein Ärger, nur ehrliche Sorge. Na also, hab ich doch noch die Kurve gekriegt.

»Was ist eigentlich mit Ihnen los? Geht es Ihnen nicht gut?«

»Doch ... doch.«

»Wollen Sie mir etwas Bestimmtes sagen? Irgendwie wirken Sie so ...«

»Nein, nichts Bestimmtes, es ist mehr so, also im Großen und Ganzen, ich ... muss jetzt nur dringend wieder an meine Arbeit.«

»Ach so, entschuldigen Sie.«

»Das ... das macht nichts.«

Sie wirft mir ein kurzes Abfertigungshallenmädchenlächeln zu, dreht sich von mir weg und fängt an zu lesen. Ich starre auf meinen Bildschirm. Oh, eine Einladung. Ich kann der Facebook-Gruppe *Wir haben schon mal den iKoffer angefasst* beitreten. Ich schließe meine Augen, atme tief durch und fange an zu zählen.

* * *

Als ich bei 3875 die Augen vorsichtig wieder aufmache, sehe ich, dass sich der Haufen rund um den iKoffer meiner Traumfrau langsam auflöst. Auch mein Freund ruderfrosch geht langsam zurück zu seinem Platz. Sein Strohhut hat etwas gelitten, aber seine Augen glänzen vor Glück. Ich glaube sogar erkennen zu können, dass ein paar Pickel von seinem Gesicht verschwunden sind. Ich hingegen starre verkrampft auf meinen Bildschirm und beginne eine lange E-Mail an mich selbst. Erstens, um den Eindruck zu erwecken, dass ich arbeite, zweitens, weil es sehr wichtig für mich ist, dass mir endlich mal jemand tausend verschiedene Schimpfwörter hintereinander an den Kopf wirft. Ist doch wahr. Drei Mal habe ich sie inzwischen gesehen, und ich weiß noch nicht einmal ihren Namen, geschweige denn, dass wir uns näher gekommen sind. Ich kann eher froh sein, dass sie vor meinem irren Gestotter nicht panisch davongelaufen ist.

Hm, ist »Doofkolben« ein richtiges Schimpfwort? Ich bin erst bei Nummer 158. Vielleicht sollte ich trotzdem mal eine Pause machen. ruderfrosch sitzt längst wieder an seinem Platz und klickt irgendwo herum. Ich schicke ihm eine Nachricht:

Wozu ist so ein iKoffer eigentlich gut?

Ich sehe zu ihm hinüber. Meine Nachricht schlägt ein. Er liest kurz und fängt sofort an zu tippen. Seine Wangen werden dabei rot. Nachricht von ruderfrosch:

online-anbindung an internationale flug-, bahn-, mietwagen- und hotelreservierungssysteme, navigationssystem, freisprechanlage, stimmsteuerung, online-reisemanagement, -gepäckmanagement, -terminmanagement, umweltfreundlicher elektromotorantrieb, guckst du hier ...

Ich klicke auf den ersten Link der ellenlangen Liste, die er mitgeschickt hat. Ein iKoffer-Werbefilm läuft ab: Ein Mann schläft friedlich in seinem Bett, neben ihm steht ein iKoffer. Der iKoffer weckt ihn mit »Hells Bells« von AC/DC. Der Mann steht senkrecht im Bett und liest auf dem iKoffer-Display alle Daten zur anstehenden Reise. Schnitt. Der Mann ist jetzt angezogen und verlässt das Haus. Der iKoffer rollt hinter ihm her. Der Mann versucht ein Taxi zu kriegen, was ihm aber nicht gelingt. Macht nichts, er setzt sich einfach auf seinen iKoffer, und der rollt sofort in erstaunlich flottem Tempo los. Der Mann lenkt den iKoffer mit seiner Stimme. Wenn er »eieieieiei« singt, geht es nach rechts, wenn er »uauauauaua« singt, nach links. Je höher er singt, umso kleiner wird der Kurvenradius. Das Tempo regelt er mit seinem rechten Fußknöchel, der das berührungssensitive Display auf dem Kofferdeckel sanft streichelt. Das iKoffer-Navi erklärt dem Mann mit samtweicher Stimme den Weg zum Flughafen und lobt ihn jedes Mal, wenn er richtig abgebogen ist. Am Flughafen fährt er automatisch zum richtigen Terminal, der Mann steigt ab, der iKoffer checkt sich und seinen Besitzer ein, während der Mann Zeitung liest ...

Ich klicke auf den nächsten Link. Hier kann man sich einen iKoffer vorbestellen. Er kostet ... Waaaaaaaas? Ich schließe die Seite sofort wieder. Wer bitte macht meiner Traumfrau so teure Geschenke? Und Geschenke, die ein normal Sterblicher, selbst wenn er so viel Geld ausgeben wollte, im Moment nur vorbestellen könnte? Ich glaube, mir wird schlecht.

Der iKoffer-Film läuft derweil unbeirrt weiter. Das Ding steht irgendwo unbewacht herum. Ein gemeiner Dieb kommt und greift danach. Der iKoffer verpasst ihm einen Stromschlag und ein animierter Du-du-du-Zeigerfinger erscheint auf dem Display. Der Dieb lässt nicht locker und versucht es mit der Stimmsteuerung. Der iKoffer hört aber genau, dass das nicht die Stimme seines Herrchens ist, vertreibt den Dieb mit einer Wolke Pfefferspray und rollt flott zu seinem Besitzer zurück, der ein paar Meter weiter versonnen mit einer Frau flirtet. Ihre Augen leuchten, als der iKoffer sich am Bein des Mannes reibt.

Ich breche den Film ab, fahre meinen Rechner herunter, packe ein, bezahle und stehe auf. Eine Spontanreaktion. Schade eigentlich. Ich sehe sie nur ein Mal in der Woche und habe so gut wie nichts erreicht. Muss ich mich allein von der Existenz eines iKoffer-Schenkers ins Bockshorn jagen lassen? Vielleicht ist der Typ fett, alt und hat ein Gesicht wie ein Schimpanse? Ich könnte schnell ein Handygespräch simulieren, in dem ich so tue, als würde mein bevorstehender Termin abgesagt, und mich wieder hinsetzen ... Nein, das ist krank. Reiß dich zusammen. Sei du selbst. Geh einfach.

»So, ne, ich muss dann mal ...«

»Wiedersehen ... Also, jetzt wirklich, ist irgendwas? Sie starren mich schon wieder so an!«

Mist. Ich habe mir gerade vorgestellt, wie sie mit Zöpfen aussieht. Blöder Traum.

»Äh, ich sehe nur, Sie lesen *Der Knochenmann*.«

»Ja. Sie auch?«

»Ich bin schon durch. Sie ahnen nicht, was zum Schluss rauskommt. Der ...«

»Wehe, Sie verraten es!«

»Oh, natürlich. Ich, äh ... Wiedersehen.«

»Lassen Sie sich nicht aufhalten.«

Sonntag

Die Tausend-Schimpfwörter-Mail habe ich, obwohl ich noch bis spät in die Nacht daran getippt habe, doch erst am nächsten Tag und mit viel Hilfe von Tobi fertig bekommen. Aber seit ich sie an mich abgeschickt habe, geht es mir tatsächlich etwas besser. Und seit ich am Freitagnachmittag meinen letzten Satz für diese Woche ins Mikrofon gesprochen und kurz danach die letzten Worte mit Werbeagenturleuten gewechselt habe, ging es mir noch besser. Und seit ich Samstagnacht gemeinsam mit Tobi und Gonzo nach dem dritten Bier den Lehrsatz *Sei du selbst* auf den Müll geworfen und durch *Versuch wie George Clooney zu sein. Wirst du nicht schaffen, aber wen juckt das?* ersetzt habe, geht es mir sogar ziemlich gut.

Zu dumm nur, dass das Wochenende nun schon fast vorbei ist und ich gerade beim Einschlafen bin und genau weiß, dass es mir morgen früh wieder sauschlecht gehen wird. Und noch dümmer, dass ich die entspannte Zeit nicht genutzt habe, um wirklich mal darüber nachzudenken, was ich machen könnte, wenn ich nächsten Donnerstag im Coffee & Bytes die Frau wiedersehen werde, in die ich immer noch, oder besser gesagt, mehr denn je verliebt bin. Und ganz dumm, dass ich jetzt auf einmal in meiner alten Schule bin.

Es ist der Musiksaal. Einfach zu erkennen am großen schwarzen Flügel neben der Tafel. Mein Blick bleibt kurz am Fenster hängen. Ja. Das Fenster, das ich neulich hinter dem Kopf des Mädchens mit den Zöpfen gesehen habe. Es war also das Musiksaalfenster. Was will ich hier? Allein der Duft von muffigen Schultaschen und Lehrerschweiß ist schon eine Zumutung. Keiner ist da. Wie bin ich hier hereingekommen? Fenster und Türen sind zu. Ich drehe mich um. Oh, die Rückwand fehlt. Die Rückwand fehlt? Da war doch was. Genau. Die Rückwand vom Musikraum meiner Schule. Das war eine Faltwand. Wenn man sie weggefaltet hatte, öffnete sich der Raum zu einer großen Aula hin. Das hat man für die Schultheateraufführungen so gemacht. In der Aula saßen die Zuschauer, die hintere Hälfte des Musikraums war die Bühne, und die durch Vorhänge und Kulissen abgetrennte vordere Hälfte der Bereich hinter der Bühne, in dem wir uns umzogen, schminken ließen und ein letztes Mal leise unsere Texte murmelten, bevor es ins Scheinwerferlicht ging.

Hier stand ich zum ersten Mal vor Zuschauern. Ich war in der Achten. Es hatte sich zufällig so ergeben. Ich bin für jemanden eingesprungen. Ich hatte zwar nicht mehr als einen Satz zu sagen, aber ich war immerhin eine ganz Szene lang auf der Bühne. Das hatte gereicht. Die Scheinwerfer haben mich gestreichelt. Ich konnte trotz Gegenlicht die vielen Gesichter sehen. Die Gesichter, die Abbilder der Gehirne waren, in die die Schauspieler Gedanken einpflanzten. Seit diesem Moment wollte ich immer auf der Bühne stehen.

Und jetzt sind die Scheinwerfer wieder an. Und wenn ich die Augen gegen das Licht zusammenkneife, sehe ich wieder die Zuschauer. Keiner macht einen Mucks. Was soll ich hier? Einen Text sprechen? Wo sind die anderen? Wo sind die Requisiten? Was führen wir hier überhaupt auf? Was zur Hölle soll ich mitten in der Nacht auf einer leeren Bühne? Hier ist nichts als Scheinwerferlicht und die hässlichen braunen 80er-Jahre-Fliesen.

Hinter meinem Rücken höre ich Elvin und Adrian sprechen.

»☺ Gib alles. ☺«

»☺ Yay. ☺«

Hier ist doch etwas. Ein paar Meter links neben mir auf dem Boden. Ich mache einen Schritt darauf zu, schaue genau hin und schreie vor Überraschung auf. Es sind zwei abgeschnittene Zöpfe ... Zöpfe, Zöpfe, Zöpfe ... Zöpfe! Natürlich! Faust! Wir haben den Faust gespielt. Meine letzte Aufführung. Ich war Mephisto. Die größte Rolle, die ich je gespielt habe, und, so wie es aussieht, jemals spielen werde. Und die Zöpfe. Die gehören zu Gretchen. Und Gretchen, die Rolle hat Claudia Köhnel gespielt. Und Claudia Köhnel, das war mein erster echter Sex mit einem Mädchen ... Aber, ich erinnere mich genau, Claudia Köhnel hatte bei der Aufführung überhaupt keine Zöpfe. Ich hätte mich sonst auch niemals in sie verliebt. Ich hasse Zöpfe.

Warum liegen hier Zöpfe auf der Bühne? Hier müssten Claudia Köhnel und die anderen stehen und ich müsste »mit Frauen soll man sich nie unterstehn zu scherzen« und lauter so Zeug sagen. Das macht mir Angst. Ich schreie noch mal. Laut.

»☺ Ja, das war schon recht fancy, aber wir wollen echten Greed in deiner Stimme hören. ☺«

»☺ So ein bisschen Jack-Nicholson-crazy, aber auf keinen Fall überperformen, weißt du, was wir meinen? ☺«

Wah! Die Zöpfe haben sich bewegt. Das muss ... Das ist ... Das war ... ein Traum. Ich sitze aufrecht im Bett und bin hellwach. Mein linkes Ohr pfeift, mit dem rechten höre ich leise das Ticken meines Weckers.

Montag

Ich bin ausnahmsweise nicht auf dem Weg ins Studio, sondern ins Coffee & Bytes. Ungewohnt. Ich soll dort zusammen mit Elvin und Adrian einen Multimediafuzzi treffen, der uns irgendeine abgedrehte Multimediaidee erläutern wird. Und, klar, mit Multimediafuzzis trifft man sich immer im Coffee & Bytes.

Mir solls recht sein. Viel angenehmer als eine Studiositzung mit den beiden Kokshirnen wird das zwar auch nicht werden, aber wenigstens muss ich nicht in der muffigen Sprecherkabine rumhocken. Außerdem, falls irgendjemand im Coffee & Bytes den Eindruck gekriegt hat, ich würde nur kommen, um die Donnerstagsfrau mit dem iKoffer zu stalken, ist es sicher auch nicht schlecht, wenn ich mich mal an einem anderen Tag dort blicken lasse ...

»AAAAAAAH! SIND SIE WAHNSINNIG GEWORDEN, SIE KRANKE MÖRDERTUSSI? WOLLEN SIE MICH UMBRINGEN? SAGEN SIE ES DOCH GLEICH, DASS SIE MICH UMBRINGEN WOLLEN!«

Verdammt. Montag. Ich hab es immer noch nicht im Griff.

»Entschuldigen Sie, ich habe Sie nicht kommen sehen und ...«

»KEIN PROBLEM. ICH RADLE MIT 50 SACHEN DIE VETERANENSTRASSE RUNTER UND SIE REISSEN DIE AUTOTÜR AUF! KANN JA MAL VORKOMMEN.«

»Wie gesagt, ich ...«

»HÄTTEN SIE NICHT GEDACHT, DASS ICH ÜBERLEBE, WAS? TJA, PECH GEHABT! UND JETZT SCHWINGEN SIE IHREN FETTEN ARSCH ZURÜCK IN IHREN STINKENDEN TRAKTOR, SONST ...«

»Aber ich wollte doch gerade aussteigen.«

Nein. Nein, es ist keine gute Idee, ihr mein Fahrrad durch die Windschutzscheibe zu werfen. Auch wenn ich im Moment noch so fest davon überzeugt bin, es ist wirklich keine gute Idee. Ich muss weiterfahren. Ich. Muss. Weiterfahren.

»SONST ... ACH, LASSEN SIE MICH DOCH IN RUHE.«

Ich trete in die Pedale, dass mir fast die Kette reißt. Erst im letzten Moment sehe ich, dass die Ampel rot ist. Bei der fälligen Vollbremsung fliege ich fast über den Lenker. Weiterfahren war auch keine gute Idee. Ich sollte lieber schieben. Ich. Sollte. Lieber. Schieben.

Geschafft. Ich bin abgestiegen, schiebe mein Fahrrad achtsam über den Bürgersteig und mache einen großen Bogen um alle Leute. Der Griff meiner Hände ist so fest, dass meine Lenkergriffe stöhnen, aber ich versuche an niedliche Tiere und Buddha-Statuen zu denken. Das hilft. Mein Atem wird ruhiger, und, ganz wichtig, das Zähnefletschen hat auch aufgehört.

Trotzdem! Warum soll man Leute, die einen beinahe umbringen, nicht hassen? Ist doch ein ganz gesunder Reflex. Da kann die Frau noch so harmlos tun und hübsch sein, sie wollte einen kaltblütigen Autotürmord an mir begehen. Ich sollte doch noch umkehren und sie erwürgen ... Moment, Moment ... Das ist jetzt richtig seltsam. Warum will ich die Autotürfrau ein paar Minuten später immer noch erwürgen, wenn ich mich in die Rollkofferfrau in der gleichen Situation verliebt habe? Das ergibt doch alles keinen Sinn. Die Autotürfrau sah toll aus und war auch viel mehr mein Typ. Nicht so streng, Jeans, T-Shirt, offene Haare. Warum ausgerechnet die Rollkofferfrau? Ich kapier es nicht.

Immerhin hat mich diese kleine Grübelei noch etwas mehr beruhigt. Mein Lenker seufzt auf, als mein Griff endlich nachlässt. Es ist auch höchste Zeit, dass ich wieder normal werde. Das Coffee & Bytes ist schon in Sichtweite, und ich habe einen Gesprächstermin vor der Brust. Zum Glück bin ich ein bisschen zu früh dran. Vor Begegnungen mit Elvin und Adrian ist es ganz wichtig, dass man nicht das kleinste bisschen Restärger in sich trägt, sonst könnte man explodieren, wenn sie anfangen zu reden.

Leider muss ich, bevor ich ankomme, noch eine letzte schwierige Hürde überwinden. Zwei Häuser neben dem Coffee & Bytes ist Leckerbike. Ein Fahrradladen. Kein gewöhnlicher Fahrradladen allerdings. Leckerbike verkauft nur Fahrräder für eine bestimmte Klientel: Großstadtschnösel. Leute, die, wenn sie sich dazu herablassen, Rad zu fahren, optimal aussehen wollen, am besten wie eine Mischung aus verwegenem Fahrradkurier und strahlendem Tour-de-France-Sieger. Diese beiden Radfahrer-Grundtypen kommen nämlich statistisch erwiesen am besten bei Frauen an. Wenn dann auch noch Rahmen, Reifen und Sattel farblich perfekt aufeinander abgestimmt sind, ist der Großstadtschnösel glücklich.

Natürlich sparen die Fahrradhersteller das Geld, das sie für die farbkundigen Designer raushauen müssen, an Qualität und Haltbarkeit wieder ein. Würde ein echter Fahrradkurier auf einem der sexy Leckerbike-Räder losfahren, würde es nach dem ersten Kilometer in seine Einzelteile zerfallen. Das weiß jeder. Deswegen habe ich dieses Geschäft stets gemieden wie der Punk die Young-Fashion-Abteilung bei C&A.

Dann kam aber der Tag, an dem ich dringend neue Fahrradgriffe brauchte, weil meine alten nicht mehr fest saßen, und Leckerbike war der einzige Laden, der abends noch offen hatte. Ich ging schweren Herzens rein, nahm die erstbesten Griffe aus dem Regal und kaufte sie. Sie kosteten 30 Euro. Nach wenigen Wochen haben sie angefangen, sich unter meinen Händen aufzulösen. Daraufhin war ich so töricht, den Laden ein zweites Mal zu betreten.

»Guten Tag. Ihre 30-Euro-Griffe lösen sich auf.«
»Tragen Sie Handschuhe beim Fahren?«
»Nein.«
»Dann ist es kein Wunder. Ihr Schweiß greift das Gummi an.«

Zum Glück war damals nicht Montag, sonst hätte ich ihm die Griffe bestimmt in den Schlund gerammt. Aber auch heute noch ist es nicht gut für mich, wenn ich montags dieses Geschäft sehe und an die selbstzerstörenden 30-Euro-Griffe denke.

Als wir das Leckerbike-Schaufenster passieren, stöhnt mein Lenker schon wieder ein wenig unter meinen Wutpranken. Ich beschleunige meinen Schritt ... Geschafft. Jetzt ganz ruhig. Rad abstellen, alle Autotüren und Fahrradgriffe vergessen, freundlich lächeln und an was Schönes denken. Zum Beispiel an das Rauschen des blauen Meeres am Strand von Fuerteventura und ein Bambuswindspiel, das im Hintergrund einen erweiterten Dur-Akkord vor sich hinklöppelt. Ja, so geht das.

Leider sind der Strand von Fuerteventura und das Bambuswindspiel sofort wieder weg, als ich das Coffee & Bytes betrete. Stattdessen erscheinen ein sibirisches Sturmtief und dreißig Blechmülleimerdeckel, die mit Schmackes auf den Bürgersteig aufprallen. War ja klar, dass ich sofort wieder an meine letzte Begegnung mit *ihr* denken muss, wenn ich hier reinkomme. Wenigstens scheucht die Pein, die mir die Erinnerung an unser iKoffer-Gespräch bereitet, ganz locker die letzten Reste Ärger aus meinem Hirn.

Mein Freund ruderfrosch sitzt auf seinem Stammplatz. Als er mich sieht, fängt er sofort an zu tippen. Ich winke müde ab, aber das sieht er nicht mehr. Erst als er seine Nachricht fertig getippt hat und ich immer noch keinen Laptop ausgepackt habe, merkt er, das irgendwas nicht stimmt. Er zögert kurz. Ich kann fühlen, wie schwer ihm dieser Entschluss fällt, aber er zieht es durch. Er steht von seinem Platz auf, macht ein paar wackelige Schritte, und, hast du nicht gesehen, steht er auf einmal vor mir.

»Ähm, hallo ... Du hast bestimmt dein Netzteil vergessen, oder? Schade, wenn du einen Mac hättest, könnte ich dir meins leihen.«

»Danke, aber ich hab gar keinen Laptop dabei.«

»Ach so ... aber ... wie ... ich meine ...?«

»Ich treffe mich gleich mit ein paar Leuten.«

»Oh, verstehe, RL-Freunde.«

»RL?«

»Real Life.«

Er nickt anerkennend, tippt sich unbeholfen an den Strohhut und verzieht sich wieder auf seinen Sitz. Als Elvin und Adrian kurze Zeit später hereinkommen, habe ich es mir in einem Kuschelkissen aus Scham und Depression bequem gemacht. Normalerweise ist das kein toller Zustand, aber für Treffen mit Elvin und Adrian fast perfekt. Viel besser als fröhliche Offenheit oder gutgelaunter Tatendrang. Deprimiert achtet man nicht so sehr auf ihre Worte.

»☺ In a few words, Oliver, dieser Rüdiger Rodeo, den

wir gleich treffen, ist im Moment das Superbrain der Social-Media-Szene schlechthin. ☺«

»☺ Yay, alles, was der sagt und macht, lesen sofort 100 000 User. ☺«

»☺ Ein Shooting Star, wie er shootender nicht sein kann. Und der Mann hat ein Hirn, da wackeln dir die Ohren, wirst du gleich erleben. ☺«

»☺ Genau, und, ganz wichtig, wenn er jetzt kommt: Lass – ihn – reden. ☺«

»☺ Yep. Keine Zwischenfragen, keine cleveren Anmerkungen, einfach nur Nicken und abwechselnd *woa*, *yay*, *smashing* und *heyhey* sagen, rightpopight? ☺«

»☺ Und *rightpopight* kannst du natürlich auch sagen. Kchchch. ☺«

»☺ Stell dir einfach vor, er ist Gott. ☺«

»☺ Er kommt. Lächeln, Oliverchen. ☺«

Ja ja ... Oh? Der Mann, der gerade durch die Tür getreten ist, sieht auf den ersten Blick genauso aus wie mein Freund ruderfrosch. Strohhut, Brille, lange blonde Haare. Auf den zweiten Blick dann allerdings doch ganz anders als ruderfrosch. Strohhut heil, Haare gewaschen, Brille edel, Körper wohlgenährt, Haut braungebrannt. An der Hand hält er eine attraktive Blondine, die sich aber, nachdem alle im Raum sie gesehen haben, gleich wieder mit einem Kuss verabschiedet, und ein iKoffer zuckelt hinter ihm her wie ein kleines Hündchen. Während er sich auf unseren Tisch zubewegt, tippen die anderen im Raum hektisch Meldungen an ihre Facebook-Pinnwände und machen verstohlen Fotos. Zwei von ihnen bekommen von Rüdiger Rodeo die Hand geschüttelt. Man merkt, dass es sie große Willenskraft kostet, sich nicht sofort vor ihm in den Staub zu werfen. Langsam frage ich mich wirklich, was mit den ganzen Laptop-Rittern hier eigentlich los ist.

Als der Strohhut-Edelmann endlich bei uns aufschlägt, schießen Elvin und Adrian von ihren Sitzen hoch. Er erträgt ihr großes Hallo und Schultergeklopfe erstaunlich gelassen.

»☺ Dürfen wir bekannt machen, Rüdiger? Hier sitzt Oliver, the man who. ☺«

»Hallo Oliver.«

»Woa.«

»Elvin und Adrian haben schon von dir erzählt. Du kommst ursprünglich von der Schauspielerei her?«

»Yay.«

»Das ist gut, das ist sehr gut. Das Projekt, das ich im Kopf habe, erfordert Leute, die eng mit den analogen Aspekten der Mimenkunst verbunden sind. Antiautistische Authentizität und panreflexive Plausibilität sind dabei konklusivkritische Erfolgsfaktoren. Wir wollen über eine letztendlich fragilvulnerable Präsentation die Kraft des ... Alles in Ordnung, Oliver? Hast du Fragen?«

Elvin und Adrian rutschen nervös auf ihren Hintern herum. Mist, ich hätte ihn nicht so anstarren sollen.

»Heyhey ... rightpopight ... also ... das heißt, nein.«

Mist, das glaubt er mir nicht. Er ist ganz anders als Elvin und Adrian. Er schaut mir tief in die Augen. Entweder er kann meine Gedanken lesen, oder er kann verdammt gut so tun, als ob er es könnte.

»Also, um ganz ehrlich zu sein, ich habe mich einfach nur gefreut, drei Sätze am Stück ohne Englisch zu hören.«

»Ich versuche auf alle unnötigen Anglizismen zu verzichten, Oliver. Gerade in einer global vernetzten Kommunität kann sich Lokalismus endlich aus den Haftanstalten des primitivistisch-nationalistischen Denkschablonentums befreien und die positiven Kräfte des regionalen Traditionalismus mit denen des ubiquitären Internationalismus verbinden, wofür ich den Begriff immanent-kohärenter Kulturbolschecalvinismus geprägt habe.«

»☺ Smashing, Rüdiger. Das heißt, back to the roo… Ich meine, zurück zu den … Dingern. ☺«

»☺ Heyhey. ☺«

Rüdiger beachtet Elvin und Adrian gar nicht, sondern schaut nur mich an. Abgesehen davon, dass er meine Gedanken lesen kann und dass ich kein Wort von dem, was er redet, verstehe, finde ich ihn bis jetzt ganz angenehm.

»☺ Rüdiger, gib doch Oliver mal eine Outline von deinem … deinem … ☺«

» ☺ … Vorhaben. ☺«

»☺ Yay. ☺«

»Gut, Oliver. Es geht wie gesagt um Theater. Flip iPad.«

Das »Flip iPad« war nicht an mich gerichtet, sondern an seinen iKoffer. Etwas im Deckel leuchtet grün auf, ein Schlitz erscheint und ein iPad schießt daraus hervor wie eine frisch geröstete Scheibe Toast. Rüdiger Rodeo fängt es mit einer sicheren Handbewegung aus der Luft und legt es auf den Tisch. Der Bildschirm zeigt die Titelseite einer Präsentation: »Hamlet 2.0«. Rüdiger Rodeo lässt uns kurz Zeit, um die Überschrift sacken zu lassen, dann fährt er fort.

»Es geht um die retroaktive Reaktivierung obskur-teiladaptierten Schauspieltalents. Was viele Menschen sich nicht vorstellen wollen, ist, dass soziale Interaktion im Netz im hohen Maße infiltratorisch konditionierte Indikationen und global prokurierte Ratifikationskataster erzeugt. Die Spieler auf der virtuellen Bühne bestechen durch präpotente Präsenz, frugale Eloquenz, agronomische Impertinenz und vieles mehr. Parallel dazu werden die Schauspieler, die auf den großen Bühnen unseres Landes stehen, laufend von primadonnistischen Prekärdekadenzen und exopenal-fachimmanenten Metamechanismen korrumpiert. Mein Ansatz ist, neues Talent auf dem Partialmarkt der Web 1.5- bis 2.0-Netzwerke zu rekrutieren, affirmativ-affektiv zu performieren und kapitalatavistisch zu reüssieren.«

Hm.

»Dieses konkludizistische Deraptieren ursprünglicher Qualitäten nenne ich sozioform-paradigmatische Antiresubstitution unter umgekehrten Vorzeichen.«

»Heißt das ...?«

»Gute Frage. Ganz konkret: Wir werden den Hamlet aufführen, den Inbegriff eines Bühnenstücks schlechthin. Arglistige aurale Intoxikation trifft auf melancho-epistemologische Systemgrenzwertaggregation, aggrointensive Reflexaxiome verbinden sich mit kollektivemotionaler Hermokatalytik, euklidische Signifikanzprämissen erodieren profunde mesosoziologische Dilemmata, kurz – im Hamlet steckt alles, was universalakademistisch basisrelevant ist.«

Im Kern heißt das doch, er will eine Hamlet-Inszenierung machen, oder habe ich ihn da falsch verstanden? Und wenn ja, ist die nächste Frage, werde ich jetzt langsam wunderlich? Ich träume krauses Zeug von meiner alten Schulbühne und am nächsten Tag kommt prompt einer und erzählt krauses Zeug von einer Theateridee? Mit wird gerade ein bisschen schlecht, als hätte ich zu lange ein Karussell angestarrt.

»Ganz im Sinne des materialistischen Positivismus werden alle Schauspieler mit den gleichen Honoraren vergütet, die sie in dieser Zeit in der Werbung verdienen könnten.«

»☺ Yay, und finanziert wird das Ganze von starken Werbepartnern. Hauptsponsor ist Pinklbräu. ☺«

»☺ So sieht es aus. Die Pinklbräu-Produktpalette wird

vor, auf und hinter der Bühne abgefeiert. Plakate, Flyer, Monitore, Titelmusik. ☺«

»Ähm, ein normaler Vorgang im Rahmen des üblichen reziprok altruistischen Verhältnisses von Kultur und Kommerz.«

»☺ Yay. Und der Höhepunkt: die Schlussszene. Der vergiftete Trank, an dem sie alle verrecken, ist, tadaaam, eine Flasche Pinklbräu Export. ☺«

»☺ Das heißt, um eure Auftrittsfähigkeit zu erhalten, werden wir es natürlich durch alkoholfreies Pinklbräu Easy ersetzen, hähä. ☺«

»Und was sich hier im ersten Moment wie ein Paradebeispiel für marodierenden Kommerzialismus anhören mag, ist in Wirklichkeit ein überaus zwingendes Sinnbild für das, was ich kathartisch-dualistisch-sozialpragmatischen Multipolarismus nenne. Du hast sicher Fragen, Oliver?«

Jetzt ist mir wieder schlecht. Aber diesmal anders. Mehr so wie nach verdorbenem Essen.

»☺ Heyhey, hast du den Vorfreude-Flash in Olivers Äuglein gesehen, Elvin? ☺«

»☺ Das dachten wir uns schon. Endlich mal Kunst, nicht wahr, hähä? ☺«

Während mir die beiden von links und rechts auf die Schultern hauen, starre ich Rüdiger Rodeo an. Kein Zweifel: Dieses Projekt ist kränker als alles, was Elvin und Adrian sich je ausgedacht haben. Respekt. Hätte nicht gedacht, dass das überhaupt möglich ist. Ich muss mich da irgendwie rauswinden. Vielleicht, wenn ich es rhetorisch geschickt verpacke?

»Gut. Gut. Ich habe verstanden. Eine Wahnsinnsidee. Woa, heyhey, smashing ... ich meine, zerstörend ... zerschlagend ... wie auch immer. Der Punkt ist, ich soll mitspielen, ja?«

»☺ Yeah. Als Voice of Pinklbräu bist du natürlich der Hamletpopamlet. ☺«

»Okay. Also, was dafür spricht, ist, dass ich Schauspielerfahrung habe. Ich habe sogar ganz früher im Schultheater schon mal den Mephisto gespielt.«

»☺ Heyhey. ☺«

»☺ Smashing. ☺«

»Aber bei genauer Betrachtung ist es genau dieser Fakt, der leider gegen mich spricht. Ich bin vorbelastet, also, will sagen, dingens, exoderm-osmotisch präkorrumpiert. Dieses Projekt sollte Akteuren vorbehalten bleiben, die bisher ausschließlich im Web 2.0 aktiv waren. Und was das betrifft: Ich bin erst seit einer Woche bei Facebook und ich habe erst einen Freund. Mein Einsatz würde, ähm, die aktivistisch-genialistische Popularkomponente des Projekts konterkarieren. Oder so ähnlich.«

»Oliver hat recht. Darüber sollten wir noch einmal nachdenken.«

»☺ Keine Chance, Oliver ist The Voice of Pinklbräu. ☺«

»☺ Oder wie auch immer das auf deutsch heißt. ☺«

»Na gut, dann wollen wir mal kein Problem daraus kreieren. Ich bin überzeugt, du wirst ganz schnell viele Freunde auf Facebook finden. Da gibt es immer wieder große Überraschungen. Ich habe vor ein paar Jahren auch ganz ohne Freunde angefangen. Und ich kann jederzeit wieder von allen entfreundet werden. Ich habe dafür den Begriff polyambivalentes Latenzpotential eingeführt.«

»☺ Yay. ☺«

* * *

»Interessant. Heute hast du gar keine schlechte Laune.«

…

»Stattdessen bist du geistig abwesend. Ich mache mir Sorgen.«

»Hm? Ich bin nicht geistig abwesend.«

»Warum starrst du dann die Wand an, statt deine Karten in die Hand zu nehmen?«

»Ich muss über was nachdenken.«

»Lass das Nachgedenke. Wir haben doch alles geklärt. Wenn die Proben für den Hamlet 2.0-Mist gestartet sind, wirst du krank. Und zwar so, dass du nur noch Sprecherjobs machen kannst, aber nicht mehr schauspielern.«

»Ja, schon klar.«

»Und wenn dein Arzt dich nicht krankschreibt, geb ich dir irgendwas aus der Apotheke, das dein Gesicht dermaßen verpickelt und anschwellen lässt, dass kein Mensch dich damit auf die Bühne lassen würde. Sichere Sache.«

»Ja.«

»Warum guckst du dann immer noch so drein?«

Tja.

Ich gucke so drein, weil ich an meine Faust-Schultheater-Aufführung vor dreizehn Jahren denken muss. Ich war der Mephisto. Claudia Köhnel war das Gretchen. Gretchen hatte keine Zöpfe ... Zöpfe, Zöpfe, Zöpfe. Immer wieder das Gleiche. Ich komme nicht weiter.

»Gut, lass uns spielen, Tobi.«

»Kannst du das noch mal sagen?«

»Lass uns spielen.«

»Hm. Korrigiere mich, wenn ich falsch liege, aber ich habe das Gefühl, heute hast du zum ersten Mal seit Anbeginn der Menschheit wirklich keine Lust zu spielen.«

»Woher willst du das wissen?«

»Weil du deine Karten so hältst, dass ich reinschauen kann.«

»Oh.«

DIENSTAG

Habe ich die Tiroler Kaminwurzerl schon mal gekauft, oder nicht? Wenn ja, dann könnte ich es jetzt gleich mit den Chiliwurzerl probieren, aber ich bin mir einfach nicht sicher. Ich weiß, ich hatte neulich so eine Packung getrocknete Räucherwürste, aber waren das wirklich die Kaminwurzerl? Nein, ich glaube es waren die Pikanto-Sticks ... oder doch die Kaminwurzerl? Mal schnuppern ... Nein, durch das Plastik riechen die alle gleich. Wenn ich die Packungen aufreißen und reinbeißen dürfte, hätte ich eine echte Chance, aber ... Manno, warum werfe ich nicht einfach die Kaminwurzerl in meinen Einkaufswagen und gehe weiter? Schlimmstenfalls habe ich halt dann zum ersten Mal direkt hintereinander das Gleiche gekauft. Das ist überhaupt nicht schlimm ...

»Ähm, tschuldigung.«

»Ja, tut mir leid, ich blockiere das Regal. Nur einen kleinen Moment noch ...«

»Nein, ich wollte nur fragen, du bist doch ab und zu im Coffee & Bytes, oder?«

Ich drehe mich um. Vor mir steht eine kleine hellblonde Frau Anfang 20. Ihre unglaublich großen blauen Augen schauen etwas scheu an mir hoch.

»Ja, da bin ich manchmal.«

»Dacht ich mir doch, dass ich dich neulich gesehen habe.«

»Kann sein, ja.«

»Hihi.«

»Tja, so was.«

»Zufall, ne.«

»Ja.«

Wir schauen uns an. Wären wir in einer schummerigen Kneipe und hätten wir Bierflaschen in der Hand, wäre die Pause jetzt vielleicht ganz erträglich. Wir stehen aber im Supermarkt-Neonlicht, und jeder von uns fummelt verlegen mit dem, was er gerade in der Hand hat, herum, sie mit ihrem Einkaufszettel, ich mit der Packung Tiroler Kaminwurzerl. Jede normale hübsche Frau Anfang 20 würde jetzt einfach weitergehen und dabei die Worte »was für ein Dummbatz« in einer Denkblase über dem Kopf spazieren tragen. Sie tut es aber nicht. Sie schaut weiter an mir hoch. Und dass sie an mir hochschaut, liegt nicht nur daran, dass sie klein ist. Irgendwie wirkt sie so, als wäre ich ein Star und sie ein Mädchen vom Land, das über drei Ecken einen Backstage-Pass für meinen Auftritt bekommen hat. Das bin ich nicht gewohnt. Ich umklammere die kleine Plastikpackung immer fester. Die Kaminwurzerl-Würste darin haben inzwischen schon meine Handtemperatur angenommen, während man in ihrem Einkaufszettel wiederum die Form eines schwerverletzten Origami-Vogels erkennen kann.

»So so.«

»Häm.«

»Tja.«

»Also, was ich fragen wollte, bist du auch auf Facebook, oder so?«

»Ja, da heiße ich *OKrach*. Also, weil, eigentlich heiße ich Oliver Krachowitzer, aber die meisten sagen Krach zu mir.«

»OKrach. Merk ich mir. Darf ich dich befreunden?«

»Be...? Ach so, ja ja, mach nur. Ich hab eh kaum Freunde.«

»Hihi.«

Sie zieht ihr iPhone aus der Tasche und tippt blitzschnell drauf rum.

»So, schon passiert. Ich bin übrigens *Apfelsinchen*.«

»Ah, gut, freut mich.«

»Na dann.«

Im gleichen Moment platzt die Verpackung unter meinem Gefummel auf, und eine Trockenwurst schießt heraus. Es gelingt mir gerade noch, sie mit der anderen Hand aufzufangen.

»Upps.«

»Hihi. Was ist das? Kaminwurzerl? Sind die lecker?«

»Weiß nicht. Also, das heißt, ich bin mir nicht sicher, ob ich sie schon mal probiert habe. Genau genommen mag ich solche Räucherwürste nur so mittel. Ich kaufe sie nur, weil ... Ach, kompliziert.«

»Kompliziert?«

»Na ja, wenn du es wirklich wissen willst: Ich versuche im Lauf der Zeit jedes Produkt im ganzen Markt nur ein Mal zu kaufen. Ist nur so ein Tick von mir. Eigentlich sollte ich ...«

»Moment, sag bloß, du bist auch einer von uns?«

»Einer von euch?«

»Ein Supermarktkonzeptionalist.«

»Nie gehört.«

»Wirklich? Jeder Supermarktkonzeptionalist hat eine spezielle Methode, nach der er seine Supermarkteinkäufe abwickelt.«

»Oh, klingt interessant.«

»Ich versuche zum Beispiel nur ein Mal in der Woche hierherzukommen, und immer genau das Gleiche zu kaufen. Muss das allerdings noch gehörig optimieren. Irgendwie fehlt mir am Ende der Woche dann doch immer etwas. Aber so lerne ich wenigstens meine Nachbarn kennen, hihi.«

»Du kaufst immer das Gleiche? Wirklich interessant. Muss ich mal drüber nachdenken.«

»Wir haben auch eine Facebook-Gruppe. Such einfach nach *Supermarktkonzeptionalisten*.«

»Werd ich auf jeden Fall machen.«

»Na dann.«

»Na dann.«

Sie verschwindet zwischen den Regalen. Ich kann mich nicht erinnern, wann mich das letzte Mal eine hübsche junge Frau angesprochen hat, geschweige denn, dass sie mich gleich *befreunden* wollte. Vielleicht hat sie es mir angemerkt, dass ich auch ein Supermarktkonzeptionalist bin? Aber warum zur Hölle nennen die sich alle so? Apfelsinchen, ruderfrosch. Irgendwas habe ich da noch nicht verstanden.

Ich sehe mich vorsichtig um und beiße heimlich ein Stück Kaminwurzerl ab ... Nein, hatte ich wirklich noch nicht. Müssen doch die Pikanto-Sticks gewesen sein. Na also. Ich stecke das angebissene Stück zurück in die Tüte, werfe sie zu den anderen Sachen in meinen Wagen und bin endlich erlöst vom Trockenfleischregal.

Die Milch- und Tiefkühlprodukte meistere ich zum Glück mühelos und stehe nur wenige Minuten später in der Kassenschlange. Beim Warten mustere ich einmal mehr verzückt die Überraschungseier, die fein aufgereiht in ihrem Ständer strammstehen. Die sind prima. Da musste ich nur einmal eins kaufen, und mein Soll war erfüllt. Warum können andere Produkte nicht auch so sein? Warum muss es alles mit Kirsch-, Erdbeer-, Himbeer-, Kaffee-,

Zimt-, Avocado-, Cola-, Bier- und Onkel-Pauls-getragene-Socken-Geschmack geben? Vielleicht ist mein Supermarktkonzept einfach ein stummer Protest dagegen, ohne dass es mir bisher bewusst war?

Ich schaue weiter die Überraschungseier an. Eine Wohltat. Der Anblick der ganzen Kaugummisorten auf der anderen Seite würde mich richtig nervös machen … Ach du Schreck. Moment mal. In jedem Überraschungsei ist ja etwas anderes drin. Das heißt … oh nein … das heißt, ich lag falsch. Jedes Ei ist anders. Ich muss ab jetzt bei jedem Einkauf ein Überraschungsei mitnehmen. Mist.

Ich seufze und werfe eines auf das Band. Und mit einem Mal finde ich den Anblick der vielen Kaugummisorten nun doch viel entspannender als die finster-geheimnistuerisch dreinblickenden Überraschungseier.

»Sie, junger Mann, die Verpackung bei Ihren Kaminwurzerl ist ja schon aufgerissen.«

»Oh, Entschuldigung. Ich … ich hatte solchen Hunger.«

Die Kassiererin zieht die Augenbrauen hoch. Macht nichts. Im Großen und Ganzen betrachtet, war das heute ein sehr guter und interessanter Einkauf.

* * *

Ich habe das Tonstudio zwar schon lange verlassen, aber der fürchterliche Satz »Brambelfix, und keine Tricks!« spukt mir immer noch im Kopf herum. Und er wird mir noch viele Tage im Kopf herumspuken. Zum Glück konnte ich abwenden, dass ich in dem blöden Hundefutter-Spot bellen musste. Der Marketingleiter war im Studio und hat vorgemacht, wie er sich das in etwa denkt. Ich habe ihm sofort mit leuchtenden Augen versichert, dass das die beste menschliche Hundestimme war, die ich je gehört habe, und er hat angebissen. Jetzt haben wir alle etwas davon. Ich musste nicht bellen, und seine Kinder werden demnächst ihre Tage vor dem Radio verbringen und kichernd ihrem Papa-Hund zuhören.

Ich schaue auf die Uhr. Nein, die Zeit reicht nicht, um noch schnell nach Hause zu gehen und auf Facebook nach den Supermarktkonzeptionalisten zu schauen. Das verschiebe ich lieber und radele ganz entspannt direkt zum Valentin. Bin ich einfach mal ein paar Minuten früher da als Anton. So ein bisschen Ruhe zwischendrin kann ich sehr gut gebrauchen.

Übermorgen sehe ich meine iKoffer-Prinzessin. Und wenn ich diesmal wieder so planlos herumfuhrwerke, werden meine Hoffnungen dahinschwinden wie Socken in der Waschmaschine. Hoffentlich fällt mir vorher noch etwas ein, was zündet. Aber leider bleibe ich, wenn ich über sie und mich nachdenke, immer wieder an irgendwelchen Gedanken mit Zöpfen hängen. Was soll ich damit anfangen? Ich werde ihr keine Zöpfe schenken. So ein Blödsinn. Sie würde laut aufschreien, und außerdem würde sie mir mit Zöpfen überhaupt nicht gefallen. Wenn in dem Traum der Schlüssel zu meiner Mission liegt, warum drückt er ihn mir dann nicht direkt in die Hand? Zöpfe, Zöpfe, so komme ich nicht weiter. Ich muss noch mal ganz von vorne anfangen.

Die Schaufensterscheiben der Modeläden schweben an mir vorbei. Ha. Vielleicht sollte ich einfach das Gleiche tun, was eine Frau tun würde, wenn sie bald ein Date hat? Sich was zum Anziehen kaufen. Eine neue Hose zum Beispiel. Die, die ich anhabe, ist zwar erst zwei Jahre alt, und seit ich in meiner Wohnung einen Wäschetrockner habe, komme ich mit ihr als einziger Alltagshose prima hin. Ich finde sowieso, es gibt nicht viele Hosen, die wirklich gut sitzen, und wenn ich endlich eine entdeckt habe, die mir passt, dann will ich sie auch jeden Tag tragen. Allerdings, wenn man genauer hinschaut, kann man bei meinem aktuellen Modell durchaus die ein oder andere Verschleißspur entdecken. Und wenn man eine Traumfrau hat, die selbst immer so herausgeputzt ist, dann sollte man davon ausgehen, dass sie bei Männern auch auf makellose Garderobe achtet. Warum bin ich nicht schon früher darauf gekommen? Eine neue Hose muss her. Gleich morgen. Aber eine neue Hose kann nur der Anfang sein. Ich brauche dazu schon noch ein paar andere Knallerideen. So naiv bin ich auch wieder nicht.

Nach der ersten Viertelstunde im Valentin muss ich mir eingestehen, dass das mit der Hose immer noch meine einzige Knalleridee ist und dass bis jetzt auch keine weitere am Horizont hervorlugt, außer dass ich die Decke im Coffee & Bytes voll Geigen hängen lassen könnte und dass ich das wahrscheinlich genauso gut lassen kann, wenn mir nicht schleunigst noch was anderes einfällt. Was noch viel schlimmer ist, ich fühle mich überhaupt nicht wohl in meiner Haut. Ich frage mich, was mir fehlt. Ich habe genug geschlafen, gegessen, getrunken, frische Luft bekommen, hatte Kontakt mit Menschen, und der Hundefutter-Spot war im Vergleich zu dem ganzen anderen Kram auch nur mittelschlimm. Wie ... Ah, da kommt Anton mit Papa Gero.

»Tagchen, Herr Oliver!«

»Hallo Oliver!«

»Hallo Anton, hallo Gero.«

»Warum bist du heute so früh?«

»Kann ich einmal so kommen, dass du nichts dazu anzumerken hast?«

»Setz dich, Sohnemann, ich hol dir einen Kakao. Und dann muss ich abzischen. Bin schon wieder viel zu spät dran. Das gibt Ärger.«

Anton schaut mich an.

»Was machen wir heute? Unterhalten wir uns wieder über die Frau, in die du verliebt bist?«

»Vielleicht. Aber vorher ...«

Ha! Auf einmal weiß ich, was mir die ganze Zeit gefehlt hat. Klar. Kein Wunder, dass ich mich nicht so richtig konzentrieren kann.

»Kleinen Moment, Anton.«

Ich gehe zur Theke, lasse mir etwas geben und schlendere gut gelaunt an unseren Tisch zurück.

»Was ist das, Oliver? Ah, ein Motorradquartett.«

»Heiße Öfen. Klassiker.«

»Spielen wir?«

»Hast du Lust?«

»Ja!«

Ich summe beim Kartenmischen vor mich hin. Es war also das Nicht-Spiel von letztem Montag, das mir die ganze Zeit in den Knochen steckte. Klar. Warum bin ich nicht schon längst darauf gekommen? Aber das wird jetzt sofort nachgeholt. Anton röntgt sofort jede Karte, die ich zu ihm über den Tisch schlittern lasse, mit den Augen. Ganz klar, er hat schon Erfahrung. Aber Heiße Öfen ist natürlich ein Heimspiel für mich. Er hat keine Chance. Eigentlich unfair, aber da muss er jetzt durch. Ich mache es wann anders wieder gut.

»Du fängst an.«

»Hubraum ...«

»He, was macht ihr da?«

»Wir spielen Motorradquartett, Papa. Heiße Öfen.«

»Hier, dein Kakao. Schmeiß ihn nicht um.«

»Danke. Tschüss, Papa. Hubraum ...«

»Kann ich mitspielen?«

»Aber du musst doch zur Arbeit?«

»Eigentlich ja, aber ich habe schon so lange nicht mehr Heiße Öfen gespielt.«

* * *

»157 PS.«

»Du musst *sticht* sagen, Anton. Falls einer von uns das Gleiche hat.«

»Muss ich gar nicht. 157 PS gibts nur einmal.«

»Oh.«

»Tja, Herr Oliver, da staunst du. Zum Glück hat er wenigstens das halbe Hirn von mir geerbt.«

»Wieso hast du nur ein halbes Hirn, Papa?«

»Haha, hast du das gehört, Herr Oliver?«

Zehn Minuten später sind Gero und ich unsere Karten los. Anton strahlt, während sein Vater bezahlt.

»Spielen wir noch mal zu zweit, Oliver?«

»Wenn du willst.«

»Nächste Woche bringe ich mein Panzerquartett mit.«

»Machts gut, ihr zwei, ich muss mich beeilen.«

Gero kneift Anton in die Wange und winkt mir.

Eine harte Heiße-Öfen-Schlacht später, die ich am Ende auch verliere, ist mein seelisches Gleichgewicht wiederhergestellt. Anton trinkt zum ersten Mal von dem Kakao, der während unserer zwei Partien die ganze Zeit neben ihm auf dem Tisch gestanden hatte, und ich seufze wohlig, während ich die Karten zurück in die zerschrammte Plastikschachtel schichte.

»Bei meinem Panzerquartett gibt es auch Rohrlänge.«

»Aha.«

»Weißt du, wie lang die längste Rohrlänge ist?«

»Hm, keine Ahnung, bring es einfach mit.«

»4,04 Meter. Sind natürlich langsamer als die Motorräder, die Panzer.«

»Macht nichts.«

»Hast du letzte Woche die Frau getroffen, in die du verliebt bist?«

Hups.

»Ja, hab ich.«

»Und, wie …?«

»Es war mies.«

»Warum?«

Warum? Warum hat man Hemmungen, einen Siebenjährigen mit »darum« abzubürsten? Blöde 68er.

»Sagen wir einfach, ich hatte kein gutes Konzept.«

»Was ist ein Konzept?«

»Konzept, Konzept … Konzept kommt von Konz… Konz… ach, nicht so wichtig. Wenn man ein Konzept hat, bedeutet das, dass … dass … oder andersherum erklärt, wenn man eine Aufgabe hat, dann bedeutet das, dass man erst mal ein Konzept braucht, um … um …«

»Warum?«

»Weil es sonst eben nicht klappt.«

»Aber was ist ein Konzept?«

»Siehst du, hier haben wir ein tolles Beispiel. Ich habe kein Konzept, um dir zu erklären, was ein Konzept ist. Deswegen klappt es nicht.«

»Aha.«

»Bisschen kompliziert, weiß ich, ist aber so.«

»Kannst du mir mal eine Aufgabe geben?«

»Wie?«

»Einfach irgendeine Aufgabe.«

»Dann lauf einmal um den Tisch.«

…

»Geschafft.«

»Prima.«

»Aber ich hatte kein Konzept.«

»Natürlich hattest du ein Konzept. Du hast dir vorher überlegt, dass du einen Fuß vor den anderen setzt und im Kreis läufst.«

»Ach so. Und was hattest du für ein Konzept, als du die Frau getroffen hast?«

»Nicht groß darüber nachzudenken, was ich tue. Erwachsene sagen dazu immer *sei einfach du selbst*. War aber ein einziger Reinfall.«

»Wieso? Mag sie dich nicht, wenn du einfach du selbst bist?«

»Das weiß ich nicht mal. Der Punkt ist, ich komme einfach nicht an sie heran, wenn ich ich selbst bin.«

»Neulich habe ich einen Mann gesehen, der hatte wirklich ein tolles Konzept.«

»Was du nicht sagst.«

»Er kam in einer Kutsche an. Dann ist er ausgestiegen. Dann hat er der Frau einen Blumenstrauß gegeben. Dann hat er ein Lied gesungen. Mit Geigen.«

»Und dann?«

»Hat meine Mama die Fernbedienung gegen den Fernseher geschmissen und der ist dabei ausgegangen.«

»Sie hat die Fernbedienung geschmissen? Und was hast du dazu gesagt?«

»Gar nichts. Ich war schon im Bett. Ich bin nur heimlich aufgestanden und hab durch den Türspalt mitgeguckt.«

»Geniales Konzept. Hätte ich früher auch mal drauf kommen können.«

»Kannst du ja jetzt auch noch machen.«

»Ja. Noch mal Heiße Öfen?«

»Ja!«

* * *

Ich summe »Our love is here to stay« vor mich hin, als ich meine Wohnungstür aufschließe. Habe ich auch schon lange nicht mehr gemacht. Weder beim Aufschließen gesummt, noch »Our love is here to stay« angestimmt. Mir geht es gut. Und ich freue mich darauf, meinen Laptop anzuschalten. Das kenne ich gar nicht von mir. Unheimlich.

Während meine Windows-Möhre hochfährt, veredele ich die liegengebliebene Brötchenhälfte von heute Morgen mit einer fingerdicken Schicht Nutella und summe weiter. *It's very clear, our love is here to stay* ... Schon nach dem ersten Haps ist nur noch die halbe Brötchenhälfte übrig ... *not for a year, but ever and a day* ... Summen wird unterschätzt. Das Tolle daran ist, dass es auch mit vollem Mund funktioniert. ... *in time the Rockies may crumble, Gibraltar may tumble, they're only made of clay* ... So toll ist der Text sowieso nicht. Solide, aber es fehlt der romantische Booster. Also, perfekt zum Summen ... Habe ich gerade *romantischer Booster* gesagt? Dreck. Ich dachte immer, die Elvin-und-Adrian-Krankheit ist nicht ansteckend. Ich muss aufpassen.

So. Jetzt auf Facebook die Supermarktkonzeptionalisten suchen. Das ist es nämlich, was mir so gute Laune macht. Ich bin nicht allein. Es gibt Leute, mit denen ich offen über meinen Supermarkt-Tick reden kann. Ha. Nein. Eben kein Tick. Konzept.

Meine Startseite geht auf. Was? 129 Freundschaftsanfragen? Die Hälfte der Brötchenhälfte hatte ich zum Glück schon heruntergeschluckt. Die andere Hälfte steckt jetzt allerdings gnadenlos irgendwo fest, wo sie nichts verloren hat. Ich lese trotzdem weiter und achte gleichzeitig darauf, dass alles, was ich heraushuste, am Bildschirm vorbeigeht.

Was noch? 31 Einladungen zu irgendwelchen Gruppen.

Wir bringen unseren Hamstern das Bohnern bei, *Hüpfen ist gut für die Seele* und *Wir versuchen auszusehen wie unser T-Shirt-Aufdruck* … Ah, hier, *Supermarktkonzeptionalisten*. Gleich beitreten. Wow. Ich komme mir vor, als hätte ich viele Monate einsam in einem leeren Zimmer herumgehangen und würde nun feststellen, dass gleich im Raum nebenan die ganze Zeit eine gigantische Party tobt. Es wimmelt hier von individuellen Supermarkt-Einkaufskonzepten, eins durchgeknallter als das andere. *Der Robert* fährt zum Beispiel mit seinem Einkaufwagen immer die gleiche Route ab. Von oben betrachtet ergibt das die Anfangsbuchstaben seines Namens. *AnjaBlumenwiese* kauft nur Produkte, in deren Namen nicht mehr als drei Vokale vorkommen. Einzige Ausnahme: Schokolade. Ganz toll finde ich *Plüschmann*. Plüschmann benutzt seinen Einkaufswagen als Roller. Und bei jedem Einkauf darf sein Fuß höchstens 20 Mal den Boden berühren.

Ich spreize meine Finger und beginne mein Supermarktkonzept herunterzutippen. Es tut so gut, das endlich mal Leuten zu erzählen, die mich verstehen. Die Sätze fließen mühelos aus mir heraus. Schon nach wenigen Minuten kann ich den Text veröffentlichen.

So, was jetzt? Nachricht von ruderfrosch. Noch von gestern Vormittag.

WOHER KENNST DU RÜDIGER RODEO?

Ich brauche einen Moment, aber dann wird mir alles klar. Die Freundschaftsanfragen. Die Einladungen. Der ehrfürchtige Blick von Apfelsinchen. Alles nur, weil ich mit diesem Mann mit dem Strohhut und den komischen Wörtern an einem Tisch gesessen habe! Als wäre er der König. Haha. König einer postpluralistisch-romantofaschistischen Feudalnischengesellschaft. Nachricht an ruderfrosch:

Rüdiger Rodeo? Kenn ich nicht. Wer isn das?

So. Laptop zu. Schon komisch, diese Facebook-Leute. Kindisch bis zum Gehtnichtmehr, aber dann wieder so wichtige Sachen wie die Supermarktkonzeptionalisten erfinden. Trotzdem, noch lange kein Grund, internetsüchtig zu werden.

Ich klaube die rausgehusteten Brötchenreste von der Tischplatte und trage sie zum Küchenmüll. Die Spülmaschine müsste ich mal ausräumen. Und die Wäsche liegt, glaube ich, auch schon seit gestern in der Waschmaschine ... Ob ich vielleicht vorher noch mal schnell bei Facebook schaue, ob schon jemand mein Supermarktkonzept kommentiert hat?

MITTWOCH

Unglaublich, wie viel Zeit man mit Facebook verbringen kann. Und noch noch unglaublicher, wie man darüber die wichtigen Dinge vernachlässigt. Morgen ist der entscheidende Tag und ich kann jetzt nicht mehr einfach so tun, als ob alles noch in weiter Ferne liegt. Früher konnte ich mir zwar, wenn es drauf ankam, durchaus einreden, dass bis morgen noch ein paar gefühlte Monate vergehen, aber dafür bin ich inzwischen zu alt. Ich habe noch 24 Stunden zur Verfügung, um mir zu überlegen, wie ich morgen meiner Plötzlich-Liebe begegne. Gefühlt und in echt. Es gibt keinen Aufschub und keine Ausreden mehr. Blöde Lebenserfahrung.

Ein ausgetüftelter Plan muss her. Und er soll genau das Gegenteil von *Sei du selbst* sein. Wenn *Sei du selbst* so gründlich in die Hose gegangen ist, dann kann ich mit dem genauen Gegenteil davon auf keinen Fall falschliegen. Und Planung ist doch für einen erfahrenen Supermarktkonzeptionalisten wie mich eine Kleinigkeit. Ich habe zig Mal nachgesehen. Mein Supermarktkonzept hat am Ende 21 »Gefällt mir«-Markierungen bekommen und Rüdiger Rodeo hat höchstpersönlich mein Prinzip, alle Artikel mindestens ein Mal zu kaufen, als *deduktiv-holistisches Konsumieren* geadelt. Nicht, dass mir das irgendwas bedeutet, aber es zeigt doch, dass etwas Tragfähiges herauskommt, wenn ich eine Sache mit Verstand angehe.

Ich werde also für morgen jeden einzelnen meiner

Schritte im Coffee & Bytes genau durchplanen. Jede Geste, jeden Blick. Alles wird auf mein großes einziges Ziel ausgerichtet sein: Endlich das Eis zwischen der Frau-mit-dem-iKoffer-in-die-ich-aus-nicht-erklärbaren-Gründen-seit-drei-Wochen-verliebt-bin-und-deren-Namen-ich-noch-nicht-einmal-Weiß und mir zu schmelzen. Ich setze mich an meinen Schreibtisch und fange an.

* * *

Fertig. Ich strecke meinen Rücken durch und merke, dass ich mindestens drei Stunden lang abartig krumm dagesessen haben muss. Egal. Ich betrachte die sechs vollgeschriebenen Seiten vor mir. Für jeden anderen ein unverständliches Wirrwarr aus eingekreisten Texten, farbigen Verbindungslinien, Pfeilen und dem Grundriss des Coffee & Bytes. Für mich aber sind die Blätter ein Pfad aus marmornen Trittplatten, die, eingelassen in den feinen Rasen eines englischen Gartens, hin zu einem weißen Pavillon des Glücks führen. Alles ist durchgeplant, nichts kann schiefgehen.

Es ist gar nicht so schwer, wenn man sich richtig reindenkt. Ich habe fünf verschiedene Gesprächseröffnungen und doppelt so viele Gesprächsthemen und noch mal so viele Brücken zwischen den Themen. Ich habe Gesichtsausdrücke, die ich zu den Themen aufsetzen werde, ich habe Gesten zu bestimmten Sätzen, ich habe Pointen aus allen mir bekannten Spielarten des Humors. Und ich habe mir Varianten für sämtliche räumliche Situationen, in denen wir uns morgen gegenüberstehen könnten, zurechtgelegt. Was tue ich, wenn mein Tisch besetzt ist? Was, wenn ihrer besetzt ist? Was, wenn sie an meinem Tisch sitzt? Was, wenn sie sich mit Absicht woandershin setzt? Da ist nicht die kleinste Lücke mehr geblieben, nicht einmal für das kleinste *Sei du selbst*. Ich werde morgen den Beweis erbringen, dass *Schick dein Selbst in Urlaub und mach stattdessen einfach das Richtige* ein viel besserer Weg ist. Vielleicht werde ich ein Buch darüber schreiben und Seminare geben. Auf jeden Fall werde ich aber eine Facebook-Gruppe dazu gründen.

So. Jetzt noch eine neue Hose gekauft, und die Welt wird morgen Abend so grundlegend anders für mich aussehen, dass ich froh sein kann, wenn ich überhaupt noch nach Hause finde.

Nach ein paar Telefonaten muss ich allerdings einsehen, dass der Plan nicht ohne Weiteres umzusetzen ist. Ich habe nämlich niemand gefunden, der mich beim Hosenkaufen begleitet. Das wird schwierig. Alleine Hosen zu kaufen ist eine fast unlösbare Aufgabe. Bis man da erst mal eine gefunden hat, die auch nur halbwegs sitzt. Und wenn man das geschafft hat, wie soll man bitte sehen, ob man auch wirklich von allen Seiten eine gute Figur macht, wenn man sich selbst nicht auf den Hintern gucken kann, auch wenn man sich noch so sehr vor dem Spiegel verrenkt? Ich gehe deswegen nur Hosen kaufen, wenn eine gute Freundin dabei ist. Dann verziehe ich mich still in die Umkleide, probiere an, was sie mir reinreicht, zeige mich damit, und wenn sie den Kopf schüttelt, ziehe ich es sofort wieder aus, und wenn sie irgendwann nickt, gehe ich glücklich zur Kasse.

Diesen Job beherrscht natürlich nicht jede. Amelie, die es gemacht hat, solange ich noch in der WG gewohnt habe, ist, wie gesagt, leider nach Gastrop-Rauxel gezogen. Zum Glück hatte ich bald eine gute Nachfolgerin gefunden: Frauke, die Buchhalterin von Elvin und Adrians Werbeagentur Forza Idee, und meines Erachtens der einzige normale Mensch in dem ganzen Laden. Sie hat mir souverän zu der Hose verholfen, in der ich jetzt gerade stecke. Aber Frauke ist leider im Urlaub, und die beiden anderen Freundinnen, die ich mir als Notvertretung notiert hatte, sind nicht zu erreichen.

In meiner Verzweiflung rufe ich nun doch bei Amelie an. Nein, sie ist nicht zufällig gerade in Berlin und kann auch unmöglich heute noch kommen. Große Sorgen macht sie sich jetzt natürlich trotzdem. Klar, wer Amelie kennt, weiß, dass sie der Mensch ist, der das Helfersyndrom neu erfunden hat. Auch dass ich immer noch keine neue Freundin habe, wieder mehr Sport machen und mich gesund ernähren soll, gehen wir bei der Gelegenheit noch einmal gründlich durch.

Als wir uns verabschieden, ist es schon wieder eine Stunde später. Die Hose muss aber heute her, da gibt es kein Vertun. Ich gehe ein weiteres Mal in mein Adressbuch, suche einen Namen heraus, mache mir klar, dass es zwar eine große Torheit sein könnte, aber immer noch besser, als alleine zum Hosenkaufen zu gehen, und drücke »anrufen«. Komm, geh ran … Ah.

»Hallo Tobi.«

Er ziert sich ein wenig, aber als ich ihm verspreche, ihn danach in ein Fastfood-Restaurant seiner Wahl einzuladen, habe ich ihn. Ich weiß zwar nicht, wohin das führen wird, aber ohne Begleitung kann ich einfach keine Hose kaufen. Das ist, wie als Angeklagter ohne Rechtsanwalt vor Gericht aufzutauchen. Und jetzt Schluss mit Grübeln. Bis er klingelt, werde ich, ach, warum nicht, einfach noch mal bei Facebook reinschauen.

Na klar, Nachricht von ruderfrosch. Ich glaube, es würde mich inzwischen richtig deprimieren, wenn ich meine Facebook-Seite anschauen und nichts von ihm finden würde. ruderfrosch versucht mir lang und breit zu erklären, wer und was Rüdiger Rodeo ist, und kommt nach fünf Absätzen zu dem Ergebnis, dass man das irgendwie gar nicht richtig erklären kann, und auch nicht, warum er so wichtig ist, nur das es eben so sei. Außerdem will er wissen, wie es wäre, sich mit ihm zu unterhalten. Ich antworte, dass man sich am besten auf Gespräche mit ihm vorbereitet, wenn man auf dem aktuellen Stand der Diskussion um die Geisteshaltung des empirisch-flatulären Rabulismus ist.

Danach sehe ich nach meinem Supermarktkonzept. Was? Nur zwei neue »Gefällt mir«-Markierungen? Ich bin auf dem absteigenden Ast. Den Rest der Zeit verbringe ich damit, andere Supermarktkonzepte zu lesen und überall »Gefällt mir« anzuklicken. Vielleicht kriege ich von denen ja dann ein paar Revanche-gefällt-Mirs.

Tobi klingelt. Endlich! Ab ins Gewühl. Ich springe behende die Treppe hinunter.

»Hallo Tobi, bereit?«

»Lass mich deine Amelie sein. Wo gehen wir hin?«

Oh ja, da fängt es schon an. Mit Amelie oder Frauke bin ich einfach mitgelaufen. Oft habe ich nicht einmal mitbekommen, wie die Geschäfte hießen, in die sie mich geschleppt haben.

»Na ja, was meinst du denn?«

»Keine Ahnung. H&M?«

»Nö, ich brauche was Besonderes. Du weißt ja, was auf dem Spiel steht.«

»Ach so, verstehe.«

»Lass uns dorthin gehen, wo Frauen shoppen würden. Nach Mitte.«

»Wenn du meinst.«

* * *

»Und? Was denkst du?«

»Na ja, sieht okay aus.«

»Sag mal, Tobi, weißt du eigentlich, wie viele Hosen ich inzwischen in den drei Läden, in denen wir waren, anprobiert habe?«

»Waren wir schon in drei Läden?«

»Ja. Und es waren zwölf Hosen. Und weißt du, wie oft du *na ja, sieht okay aus* gesagt hast?«

»Zwölf Mal?«

»Dreizehn Mal, wenn man das eine Mal mitzählt, als ich mir aus Spaß die grün-gelb-karierte Krawatte als Gürtel umgelegt hatte. Von wegen *lass mich deine Amelie sein*. Die hätte schon längst ...«

Mist, der Verkäufer, den ich gleich nach unserem Eintreten in die andere Ecke des Ladens geschickt habe, weil ich Hosenverkäufern keinen Meter über den Weg traue, bewegt sich schon wieder langsam in unserer Richtung. Er kann riechen, dass wir nicht weiterkommen. Blödes Servicedenken.

»Kann ich ...?«

»Nein! Wir kommen zurecht.«

»Sicher. Nur wenn ich ...«

»Nein!!!«

Ich kenne diese Bande. Haben sich alle verschworen. Geben keine Ruhe, bis Oliver Krachowitzer endlich in Röhrenjeans durch Berlin läuft. Ha. Niemals. Ich werde eine Facebook-Gruppe gründen mit dem Namen *Wir sitzen den Röhrenjeanstrend einfach aus, und wenn es noch zehn Jahre dauert.*

»Komm, Tobi, wir gehen.«

Verflixt. Schlechter als bis jetzt hätte es gar nicht laufen können. Tobi ist ein Totalausfall. Es gibt hier noch jede Menge Geschäfte, aber ich bin mir sicher, so wird das nichts.

»Warum willst du eigentlich unbedingt eine neue Hose? Deine alte ist doch völlig in Ordnung.«

»Na schau mal hier unten an den Beinen. Ganz aufgescheuert. Und an den Taschen auch ein bisschen.«

»Stört doch keinen.«

»Wie gesagt, morgen ist Donnerstag. Und diesmal muss alles perfekt sein. Außerdem gehen Frauen auch immer einkaufen, bevor sie ein Date haben.«

»Ach so.«

»Genau.«

»Wir sind aber keine Frauen, Krach. Die denken ganz anders.«

»Aber deswegen muss es doch nicht verkehrt sein. Also komm. Unsere Lage: drei Läden, immer noch keine Hose. Was würden Frauen jetzt tun?«

»Prosecco trinken.«

* * *

»Meinst du, drei Gläser sind genug?«

»Denke schon.«

»Okay, zurück ins Getümmel!«

»Juppi!«

»Ich sag dir, die ganzen Leute wollen uns alle meine Hose vor der Nase wegkaufen. Das werden wir verhindern!«

»Genau. Wo gehen wir jetzt hin?«

»Scheiß auf Mitte. Wir gehen doch zu H&M. Da ist Amelie früher immer zu Hochform aufgelaufen.«

Eine Station mit der U-Bahn, und wir sind da. Schon während wir uns in die Herrenabteilung durchschlagen, bin ich sicher, dass wir was finden werden. Das mit dem Prosecco war die richtige Idee. Ein Glück, dass ich Tobi mitgenommen habe.

»Gut. Ich gehe jetzt in diese Umkleide, und du bringst mir jede verdammte Hose aus dem Laden mit 34er Weite. Alles klar?«

»Kann losgehen.«

Tobi wackelt von dannen. Wir haben eine gute Tageszeit erwischt. Es ist nicht voll, und die zielgruppenangepasste Raumbeschallung ist gegen 12 Uhr auch noch halbwegs menschlich. H&M vermutet nämlich, dass sich jetzt gerade mehr Erwachsene als Jungspunde hier herumtreiben. Das übliche DJ-Wasauchimmer-Geschrabbel ist deswegen gestrichen und sie lassen stattdessen zünftige Supermarkt-Rockklassiker laufen. »Power of Love« von Huey Lewis & the News. Rührend. Ich stelle mir grinsend zehntausend feuerzeugschwenkende Mittvierziger vor und summe mit ...

»Sodele, hier hätte ich schon mal ein paar wunderbare Beinkleidchen aus der Modewelt für den Mann von heute.«

»Her damit. Und ja nicht gucken, Schlingel.«

»Iwo.«

Vorhang zu.

You don't need money, don't take fame
Don't need no credit card to ride this train ...

Hach, Frauen verstehen einfach zu leben. Ich versuche mit beiden Beinen gleichzeitig in die Hose zu hüpfen, was nicht klappt, aber die Kabinenwand ist zum Glück stabil.

But it might just save your live
That's the power of ... Prosecco! Hihi.

»Naaa, Tobinchen?«

»Na ja, sieht okay aus.«

»Och nö, und dafür gebe ich ein Vermögen für Schaumwein aus?«

»Tschuldigung.«

»Bei der nächsten Hose will ich eine klare Meinung hören. In Gedichtform.«

Die hier war eh nichts. Trotz 34 viel zu eng. Ich brauche eine kleine Ewigkeit, bis ich mich da wieder rausgeschält habe ... Wow, jetzt »Sharp dressed Man« von ZZ Top. Das ist ein Zeichen. Die nächste Hose ist es. Ganz bestimmt. Noch mal reinhüpfen versuchen ... Warum klappt das eigentlich nie? Ich lasse es jetzt lieber. Die Nähte haben schon so komisch gekracht. Ein Bein nach dem anderen ...

They come runnin' just as fast as they can
Coz' every girl's crazy 'bout a sharp dressed man!
»Ha!«

Ich bin durch den Vorhang gesprungen und habe eine vollendete Hacken-Pirouette vor Tobis Nase gedreht. Als ich zum Stehen komme, sehe ich hinter Tobis Nase Tobis Gesicht. Hinter Tobis Gesicht etwas Luft. Und hinter der Luft ist ...

»Darf ich vorstellen, die Klasse 12b aus dem Lycée Victor Hugo, Paris, derzeit auf Klassenfahrt in Berlin.«

Gold watch, diamond ring
I ain' missin' not a single thing
And cufflinks, stick pin
When I step out I'm gonna do you in ...

Sie starren mich an. Sie starren mich einfach an.

»Schau nicht so verstört, Krach. Wenn die nicht wissen, welche Hose richtig ist, wer dann? Paris, Stadt der Mode, Stadt der Liebe, knickknack?«

»Welches Arrondissement?«

»Keine Ahnung. Hey, stell dir einfach vor, die Jungs und Mädels sind alle Amelie, okay?«

Es ist sowieso alles zu spät. Ich tue das Einzige, was man tun kann, wenn einen eine Wand aus 20 Teenagern anstarrt. Das einzig Richtige. Das absolut, ohne Alternative einzig Richtige.

Ich tanze weiter.

Natürlich könnte man behaupten, das einzig Richtige wäre gewesen, mit einem Hechtsprung wieder in der Kabine zu verschwinden und den Vorhang mit beiden Händen zuzuhalten, bis kein einziger Banlieue-Teenager mehr dahinter lauert, aber in solchen Lagen greifen einfach meine alten Bühnenreflexe. Die Schüler geben erste Zeichen des Gefallens von sich. Ich bleibe in Bewegung und drehe mich. Aber was meinen sie mit ihren Gefall-Zeichen? Die Show oder die Hose?

»Pst, Tobi, finden die jetzt die Hose gut?«

»Ich frag mal ... Est'ce que vous aimez le pantalon?«

Die Gesten und Geräusche sind eindeutig: non. Tobi hält ein paar von den anderen Hosen hoch, die er zusammengeklaubt hat. Die Klassenfahrer suchen mit großem Hallo die nächste aus und drücken sie mir in die Hand. Schade, dass ich kein Jedi-Ritter bin. Wenn ich jetzt mit einem Rückwärtssalto über die Vorhangstange wieder in der Kabine verschwinden würde, könnte ich punkten ohne Ende. So muss ich meinen Abgang mit Moonwalk-Schritten bewältigen, was zwar nicht ganz zu »Sharp dressed Man« passt, aber trotzdem sehr effektvoll daherkommt.

Kaum ist der Vorhang zu, schwinge ich meine Beine in die nächste Hose. Pünktlich zum Beginn des Gitarrensolos stürze ich wieder auf die Bühne. Die Paris-Kids sehen zu, wie ich meiner Luftgitarre zeige, wer der Boss ist. Einige beginnen zu headbangen, aber die meisten konzentrieren sich zum Glück doch auf den Sitz meiner Hose, deren Knie ich gerade einem bösen Härtetest durch eine Runde Über-den-Boden-Rutschen unterziehe.

Tobi hockt etwas abseits auf einem Stuhl und entspannt sich. Erst als das Solo zu Ende ist, steht er auf und bittet um das Urteil. Wieder negativ. Ich kriege die nächste Hose gereicht, widerstehe dem Drang, es doch mit einem Rückwärtssalto zu probieren und verschwinde stattdessen mit ein paar Angus-Young-Hüpfern wieder hinter dem Vorhang. Mal sehen, was als Nächstes kommt ... Nein! Suzie Quatro? Das machen die nur für mich, oder? Noch die richtige Stelle abgewartet ...

The 48 crash come like a lightning flash ...

... jetzt der Sprung durch den Vorhang.

48 crash! 48 crash! 48 crash! 48 crash!

Zum ersten Mal spontaner Applaus. Ich glaube, es sind inzwischen noch mehr Leute geworden. Ich drehe mit lässigen Rockerschritten eine Runde durch den zum Glück recht großzügig bemessenen Umkleidengang, wackele mit dem Hintern und klatsche die Hände ab, die mir hingestreckt werden. Tobi steht wieder von seinem Stuhl auf und schaut fragend in die Runde. Nein? Die Hose taugt auch nichts? Verdammt, die wollen doch nur, dass die Show weitergeht.

Ich bin wieder in der Kabine ... Nein! Jetzt läuft »Sheena is a Punk Rocker« von den Ramones! Gehts noch schneller? In der Rock-Disko wäre doch jetzt längst schon die Schmuseballade dran gewesen. Diese Textilgeschäft-DJs haben es einfach nicht drauf. Ich probiere fix ein paar Tanzschritte durch, die bei dem Tempo funktionieren, und fege sofort nach draußen, nachdem ich einen gefunden habe ... Boa. Anstrengend. Der Schweiß beginnt zu rinnen, aber die Leute mögen es. Konzentrieren die sich überhaupt noch auf die Hose? Tobi, mach mal was ...

Nein, die Hose fällt wieder durch. Erst als ich wieder in der Kabine bin und sie ausziehe, bemerke ich die hässlichen künstlichen Knitterfalten links und rechts vom Schritt. Wo die Pariskinder recht haben, haben sie recht. Johnny Ramone hat sich bestimmt gerade im Grab herumgedreht.

Meine nächsten Hosenpräsentationsmusiken sind »Rockin' all over the World« von Status Quo, »Living on a Prayer« von Bon Jovi und dann – endlich was Langsames – irgendeine Ballade von Gianna Nannini. Bei meiner Show stimmt alles, die Leute klatschen, pfeifen und johlen. Nur die Hosen fallen alle durch.

Zum Glück sind wenigstens drei Mädchen dabei, die allmählich beginnen, den Job ernst zu nehmen. Sie haben Tobi gesagt, dass er sitzenbleiben soll, und schwärmen selber zum Hosenfischen aus. Bei der ersten, die ich der Menge zu »Jukebox Hero« von Foreigner präsentiere, lagen sie noch knapp daneben. Dann aber die nächste! Schon beim Reinschlüpfen zu »Jump« von Eddie van Halen habe ich ein gutes Gefühl. Ich bündele meine letzten Kräfte und komme pünktlich zum ersten *JUMP!* mit dem größten Satz des Tages durch den Vorhang gesprungen und schüttele unter tosendem Applaus meine imaginäre Mähne. Die weitere Choreografie ist klar. Während der Strophe schonen und alles, was man hat, in den Refrain legen.

Und, tatsächlich, das Wunder geschieht. Der Song ist noch nicht einmal halb vorbei und alle drei Modechefinnen der Klasse 12b heben die Daumen. Ich mache einen extra hohen *JUMP!* und fange an, langsam Richtung Kasse zu rocken. Die Meute folgt mir johlend und die angerückten Sicherheitsleute rücken scheu zur Seite. Wirklich schade, dass Amelie uns nicht sehen kann. Der letzte Refrain beginnt. Jetzt das große Finale. Haben die Leute sich redlich verdient. Ein paar verwegene Drehungen, ein paar überraschende Ausfallschritte, und jetzt …

JUMP!

Ich springe mit einem Höllenspagat über einen Garderobenständer hinweg und lande weich und sicher wie Sven Hannawald auf beiden Füßen ... Also, das war zumindest der Plan. In der Ausführung war es dann doch mehr so, dass ich *auf* den Garderobenständer gesprungen bin. Noch bevor ich etwas fühle, kann ich an den Gesichtern meiner Fans erkennen, dass ich mit meinem Schritt genau auf der Stange gelandet sein muss. Während mein »ARGH!« im Raum nachhallt, kippt der Ständer langsam um. Ich kippe mit ihm und versinke in einem riesigen See aus Schmerz, Kleiderbügeln und Langarm-T-Shirts.

* * *

Eigentlich wollten mich die Sicherheitskeiler sofort rausschmeißen. Erst als sie mich bis zum Ausgang geschleppt hatten und die Alarmanlage losging, haben sie geschnallt, dass ich eine noch nicht bezahlte Hose anhatte. Dann haben sie gefühlte fünf Stunden untereinander diskutiert und ihre Funkgeräte befragt, und mich irgendwann endlich zur Kasse getragen und mich samt Ware auf den Tisch gelegt. Das Label wurde eingescannt und Tobi hat, unter ständigem Beteuern, dass er sonst nichts mit mir zu tun hätte, bezahlt. Ich kann nur hoffen, dass Gras über die Sache gewachsen ist, wenn ich in drei oder vier Jahren wieder eine neue Hose brauche.

Den versprochenen Fastfoodrestaurantbesuch haben wir wegen Schmerzen und Erschöpfung meinerseits verschoben, aber wir werden es auf jeden Fall machen. Schließlich, da gibt es nichts, hat mir Tobi bravourös zu einer neuen Hose verholfen, die über jeden Zweifel erhaben ist. Ich meine, hey, eine ganze Horde von Pariser

Teenagern hat dem Kauf zugestimmt. Und wirklich, sie sitzt wie eine zweite Haut. Nicht zu eng, nicht zu weit, nicht zu hell, nicht zu dunkel und nicht zu pobetont, nicht zu sackartig. Einfach die Hose, die Oliver Krachowitzer erst richtig zu Oliver Krachowitzer macht.

Inzwischen bin ich endlich wieder zu Hause. Ich habe das gute Stück ausgezogen und über meinen Stuhl gehängt, um es zu schonen. Mein Schritt tut immer noch genauso weh wie im ersten Moment nach dem Sprung. Ich versuche ein weiteres Mal, meinen Universalplan für die Begegnung morgen durchzupauken, aber die Konzentration lässt wegen der Schmerzen schnell nach. Ich muss mich ablenken. Laptop an.

»ruderfrosch hat dich zu der Veranstaltung ruderfrosch wird 30 eingeladen.«

Oh, morgen im Coffee & Bytes? Da bin ich ja sowieso da. Nachricht an ruderfrosch:

Ich komme. Was ich dich schon die ganze Zeit fragen wollte: Was machst du eigentlich so den ganzen Tag?

Bei den Supermarktkonzeptionalisten gibt es nichts Neues. Vielleicht sollten wir uns alle mal treffen? Vielleicht in einem Supermarkt?

Ich lehne mich zurück. Vielleicht doch noch ein Eisbeutel für die geschundenen Hoden? Nein, nützt jetzt eh nichts mehr. Das muss ausgesessen werden. Genau wie der Jump-Ohrwurm, der immer noch unerbittlich seine Runden durch mein Hirn dreht.

Nachricht von ruderfrosch. Was? So viel kann der in der kurzen Zeit tippen?

schön, dass du kommst. um dir einen kurzen überblick über das zu geben, was ich mache: ich ...

Und ab da folgt ein ausladender Text, aus dem ich bereits nach drei Zeilen wieder aussteige, weil ich schon längst alles verstanden habe. Mein Freund ruderfrosch macht irgendwas Technisches. Ich notiere im Hinterkopf, dass er einer ist, den ich ansprechen könnte, wenn mein Computer nicht mehr funktioniert, und wechsele schleunigst das Thema. Nachricht an ruderfrosch:

Warum hast du dich eigentlich ruderfrosch genannt?

Oh, Apfelsinchen hat was bei den Supermarktkonzeptionalisten an die Pinnwand geschrieben:

HABT IHR DAS GESEHEN?

Ich klicke auf den Link und lande bei Youtube. Ein Video läuft ab .... Nein! Das kann nicht wahr sein .... Das .... Das bin ich .... Bei H&M .... Die Franzosen-Pennäler haben alles mit ihren Handys gefilmt .... *Flashmob extraordinaire chez H&M à Berlin!*

Da ...

»Sharp dressed Man« ... »48 Crash« ... »Sheena is a Punk Rocker« ... »Rockin all over the World« ... »Living on a Prayer« ... Nannini-Ballade ... »Jukebox Hero« ... Wenigstens kann man mich nicht erkennen. Viel zu unscharf, oder? Das kann doch kein Mensch ...

leute, täusche ich mich, oder ist das okrach von den supermarktkonzeptionalisten?

Nein!

na klar ist das OKrach!!!

wow, der typ hat eier :-))

wahnsinnsaktion. aber seht ihr ein klares konzept dahinter?

ich würde sagen, der typ HATTE eier *gg*

Inzwischen läuft »Jump«. Während die Kamera mir bei meinem Tanz ins Unheil folgt, erscheinen in immer kürzeren Abständen neue Kommentare. Das wird mir alles zu aufregend. Immerhin habe ich morgen eine für den Rest meines Lebens höchst bedeutsame Begegnung.

Darauf sollte ich mich konzentrieren. Ich verlasse die Seite der Supermarktkonzeptionalisten und stoppe das Youtube-Video gerade noch rechtzeitig in dem Moment, als ich zum Sprung über den Garderobenständer ansetze.

Nachricht von ruderfrosch:

ich habe früher rudern als sport gemacht und mein lieblingstier ist der frosch. deswegen ruderfrosch. nicht besonders kreativ, ich weiß.

Ich fahre den Laptop herunter.

* * *

Komisch. Eben saß ich noch im Bett und bin ein letztes Mal meinen Plan für morgen durchgegangen, jetzt bin ich schon wieder woanders. Und es riecht wieder nach Schule. Und ich sehe schon wieder die Schulbühne. Diesmal stehe ich aber nicht darauf, sondern dahinter. Wenigstens macht das die Lage für mich einigermaßen entspannt. Durch einen großen Spalt in den Kulissen sehe ich, was gerade unter dem weißen Licht der Scheinwerfer passiert. Apfelsinchen und ruderfrosch tanzen ein Pas de deux. Zu ZZ Top. ruderfrosch dreht bei der Stelle *Coz' every girl's crazy 'bout a sharp dressed man!* eine vollendete Pirouette auf der Fußspitze. Als er anhält, dreht sich sein Strohhut in der Luft weiter. Es gibt etwas Applaus.

Apfelsinchen dreht anschließend eine Pirouette auf ihrem Kopf. Ihr Rock wirbelt mit und senkt sich, als sie langsamer wird, Richtung Bauch. Sie hat einen Schlüpfer aus der H&M-Mädchenabteilung an. Das Preisschild baumelt vor ihrem Po hin und her. Claudia Köhnel von meiner Schülertheatergruppe steht neben mir, knufft mich in die Seite und flüstert: »Nur Spießer gucken immer zuerst auf das Preisschild.«

Dann höre ich ein aufgeregtes Zischen. Es gibt nur einen Menschen, der so zischen kann. Unsere Schultheatergruppenleiterin Frau Brillmann. So hat sie immer während der Aufführungen hinter der Bühne gezischt. Man hat es deutlich bis in den letzten Winkel der provisorischen Umkleiden gehört, aber niemals auf der Bühne. Frau Brillmanns Zischen reichte immer exakt bis zu den Kulissen und stoppte dort. Ich weiß bis heute nicht, wie sie das gemacht hat.

»Auftritt Gretchen!«

Claudia Köhnel lächelt mir kurz zu und wendet sich zum Bühneneingang. Warum hat sie keine Zöpfe? Gretchen hat doch immer Zöpfe, weil … Ja, warum eigentlich? Zöpfe, Zöpfe, warum denke ich immer über Zöpfe nach? Jetzt höre ich eine andere Stimme.

»Viel besser ohne Zöpfe. Warum will da einfach keiner drüber nachdenken?«

Ja, doch, das ergibt alles Sinn. Ich weiß nur nicht warum. Ich kriege die Puzzleteile nicht zusammen. Wieso nur? Ich habe doch alles durchprobiert. Das macht mich wahnsinnig!

...

5:30 Uhr. Donnerstag. Ich bin aufgewacht.

...

Ich habe geträumt. Ich habe an einem Donnerstag geträumt! Zum ersten Mal seit mehreren Jahren! Ich drehe mich auf den Rücken und reibe mir die Augen. Woher kommt dieser Höllendurst? *Viel besser ohne Zöpfe. Warum will da einfach keiner drüber nachdenken?* Claudia Köhnel. Gretchen. Zöpfe. Keine Zöpfe.

Ich schlurfe im Dunkeln in die Küche, nehme mir ein Glas und mache es am Wasserhahn voll. Claudia Köhnel. Gretchen. Zöpfe. Keine Zöpfe. Ich trinke das Glas in einem Zug aus. In meinem Kopf legt DJ Da-war-doch-Irgendwas weiter pausenlos Platten auf ... Noch mehr Wasser. Ich schlurfe ins Wohnzimmer, setze mich in meinen Ohrensessel und ziehe die Knie an. Immer noch Schmerzen im Schritt. Ich gehe heute mal lieber zum Arzt. Oder gleich ins Krankenhaus. Wieso Krankenhaus? Da muss man doch stundenlang warten. Wie komme ich auf Krankenhaus? Noch ein Glas Wasser holen ...

Krankenhaus ... Krankenhaus. Claudia Köhnel. Gretchen. Zöpfe. Keine Zöpfe, Krankenhaus ... Claudia Köhnel, Gretchen ... Claudia Köhnel sollte doch am Anfang gar nicht das Gretchen spielen ...

Es ist, als hätte ich die ganze Zeit vor einem Malen-nach-Zahlen-Bild gesessen und als würde jetzt eine letzte lange Linie von einem Moment auf den anderen endlich dem Chaos auf dem Blatt einen Sinn geben.

Claudia Köhnel sollte gar nicht das Gretchen spielen ... sondern das Lieschen.

Während die dicke Wolkenschicht in meinem Kopf aufreißt, höre ich kaum noch, wie neben mir mein Glas auf den Holzdielen aufschlägt und davonrollt.

Wir hatten schon angefangen zu proben. Claudia Köhnel spielte das Lieschen. Und das Gretchen spielte ein Mädchen aus der Jahrgangsstufe unter uns. Ein großes Talent, dieses Mädchen. Und dann machten wir ganz früh die erste Kostümprobe, damit die Handarbeitslehrerin mit ihren Schülerinnen rechtzeitig alles fertigkriegt. Und dem Mädchen, das das Gretchen spielen sollte, wurden Zöpfe geflochten. Und als die Zöpfe fertig waren, hat das Mädchen gefragt, warum das Gretchen eigentlich unbedingt Zöpfe haben muss. Schließlich sei Gretchen kein verzagtes Mauerblümchen, sondern eine starke, selbstbewusste Frau, die nur einfach keine Chance gegen die vereinten Kräfte von Mephisto und Faust hat, oder so ähnlich. Ich stand irgendwo im Raum und bekam nur die Hälfte der Diskussion mit, aber es dauerte sehr lange, und weder Frau Brillmann noch der zweite Leiter der Theatergruppe, Herr Dr. Plössinger, noch die Handarbeitslehrerin hatten eine vernünftige Antwort darauf, warum das Gretchen bei Faust immer diese doofen Zöpfe tragen muss.

Schließlich beschlossen Frau Brillmann und Herr Dr. Plössinger, dass das Gretchen tatsächlich eine andere Frisur haben sollte, und die Handarbeitslehrerin war sehr ärgerlich darüber. Und wir probten weiter. Klaus Krummbeil aus der Parallelklasse den Faust, ich den Mephisto, und das Mädchen aus der Klasse unter uns das Gretchen. Wir paukten bis zum Erbrechen die endlosen Texte und Frau Brillmann ließ uns ganze Nachmittage lang immer wieder die gleichen Passagen sprechen, bis sie richtig saßen. Und eines Tages sagte sie, dass sie die Vorstellung von einem Gretchen ohne Zöpfe auf ganz neue Ideen gebracht habe. Das Gretchen musste nun mit einem anderen Ausdruck spielen. Faust und Mephisto auch.

Und ich wusste, dass Gretchen ein bisschen in mich verknallt war. Das ist normal bei Faust-Schulaufführungen. Die meisten Gretchen verknallen sich in Mephisto, weil der Typ einfach eine coole Sau ist. Und ich mochte sie auch. Ihre kleinen Lachgrübchen und ihre Eichhörnchenknopfaugen, ihre langen braunen Haare ohne Zöpfe, aber es war gerade die Phase, in der wir alle mehr hinter Mädchen mit Erfahrung her waren.

Und dann bekam Gretchen mitten in der Probenphase eine seltsame Krankheit namens paronimische Dystrophie. Sie musste ins Krankenhaus. Viele Monate. Und Claudia Köhnel ist für sie als Gretchen eingesprungen. Das Ex-Gretchen konnte nicht einmal zu den Aufführungen kommen, weil sie das Krankenhaus nicht verlassen durfte. Und ich habe das Ex-Gretchen nicht im Krankenhaus besucht. Weder vor der Aufführung noch nach der Aufführung. Nicht ein einziges Mal. Ich habe einfach weiter meinen Text gelernt, geprobt und mit Claudia Köhnel angebandelt, von der alle Jungs aus meiner Klasse wussten, dass sie in der Einliegerwohnung im Haus ihrer Eltern wohnte und dass Jungs bei ihr übernachten durften. Die Proben liefen gut, die Premiere war ein Riesenerfolg, und zwei Tage später hatte ich in Claudia Köhnels Einliegerwohnung den ersten Orgasmus, bei dem ich wirklich ein Kondom brauchte.

Als das Ex-Gretchen dann viele Monate später endlich wieder zur Schule konnte, habe ich das gar nicht mitbekommen. Ich steckte schon mitten im Abitur. Ein oder zwei Mal haben wir uns noch von Weitem zugewinkt, aber das war es.

Wie konnte ich nur? Sie war meine Schulschauspielerkollegin, ich habe sie gemocht. Aber ich war mit 17 offensichtlich ein emotionaler Krüppel, der nicht weiter fühlen konnte als von sich zum nächsten warmen Bett.

Ich starre aus dem Fenster auf die spärlich und kalt beleuchtete Straße. In mir zieht sich alles zusammen. Wie traurig muss sie gewesen sein, dass sie nicht mitspielen konnte! Jemand anderes hatte ihre Rolle übernommen. Das Gretchen ohne Zöpfe, das Gretchen, das sie erfunden hatte. Und das Krankenhaus war keine Viertelstunde mit dem Fahrrad entfernt. Und doch zu weit für jemanden, der nicht weiter denken kann als von sich zu dem, was direkt vor seinen Augen ist.

Ein Auto kommt lautlos aus einer Tiefgaragenausfahrt. Die Lichter schnuffeln kurz an der Straße, dann ist es wieder weg.

Ich kann es nicht fassen. Die schlimmste Untat, die ich in meinem Leben begangen habe. Und ich begreife es erst 15 Jahre danach. Und das Mädchen, das das Gretchen nicht spielen konnte, weil es im Krankenhaus lag, dieses Mädchen hieß …

* * *

»Lena Ameling.«

Die Frau mit dem iKoffer steht vor mir und starrt mich an. Ich war zeitig im Coffee & Bytes. Als sie hereinkam, bin ich sofort aufgesprungen und ihr entgegengelaufen. Mein fein ausgearbeiteter Plan war natürlich seit heute Morgen reif für den Müll. Der neue war viel einfacher. Ich hatte vor, ihr einfach nur in die Augen zu sehen und »Lena Ameling« zu sagen. Und das habe ich soeben ohne jeden Zweifel perfekt in die Tat umgesetzt.

Lena starrt mich weiter an. Man kann fast hören, wie ihr Gehirn hinter ihrer schönen glatten Stirn sucht und sucht, bis es irgendwann erkennt, dass es keinen Gesichtsausdruck parat hat, der zu dieser Situation passt.

Um uns herum tobt ruderfroschs Geburtstagsparty. Es ist zwar noch recht früh am Tag, aber trotzdem wird kistenweise Sekt getrunken. Irgendeine Getränkekette, deren Website er mal vor einem Hackerangriff gerettet hat, sponsert die Party. Zu mir dringt der ganze Lärm aber kaum durch. Zu ihr? Ich weiß nicht. Ich …

»Oliver Krachowitzer.«

»Hmja, genau, nämlich.«

Meine Arme machen lächerliche Bewegungen. Sie setzen immer wieder zu irgendwas an und brechen sofort wieder ab. Mal will ich ihr die Hand geben, mal sie umarmen, mal herumgestikulieren. Schließlich sinken sie einfach herab und baumeln herum, in der vagen Hoffnung, so am wenigsten verkehrt zu machen.

»Schön, dass du es am Ende doch noch gemerkt hast.«

Oh, ihr Blick sagt alles. Sie hat mich schon bei der ersten Begegnung erkannt. Nur ich sie nicht. Als hätte mein Verbrechen von damals noch ein Sahnehäubchen gebraucht.

»Lena, du kannst dir gar nicht vorstellen, was mit mir in den letzten Wochen los war. Seit wir uns, hm, getroffen haben, ist alles anders. Ich denke anders, ich träume anders, ich erlebe lauter komische Sachen, ich ... Also, jedenfalls, was ich sagen will, das war alles nur, weil ich dich irgendwie unbewusst, durch die Hintertür und irgendwie auf der Metaebene ... na ja, also auf jeden Fall irgendwie auch gleich erkannt habe. Es brauchte sozusagen nur ein bisschen Zeit, bis es sich ... durchgearbeitet hat.«

»Durchgearbeitet hat. So.«

Meine Arme fangen jetzt doch wieder an, wild zu fuchteln. Das ist aber noch gar nichts gegen das, was mein Mund tut.

»Wirklich, Lena, ich ... Also, ich habe dir doch von meinen schlechten Träumen erzählt, kannst du dich erinnern? Immer von Sonntag auf Montag. Tja, und seit wir uns getroffen haben, hab ich auf einmal nur noch von dir geträumt ... Das heißt, nein, nicht ganz, ich habe zuerst von Zöpfen geträumt, dann von unserem Schultheater. Und ich immer so Zöpfe, Schultheater, Zöpfe, Schultheater, Zöpfe, Schultheater, was war da nur? Du, ehrlich, da wäre ich fast verrückt geworden. Und gestern hat es auf einmal klingeling gemacht, hihi. Und dann ist mir alles wieder eingefallen. Dass du das warst, die das Gretchen ohne Zöpfe spielen wollte, und dass du dann ins Krankenhaus musstest und ... Ja, also, dann musste ich natürlich daran denken, dass ich dich nicht besucht habe ... Das hatte ich irgendwie all die Jahre völlig verdrängt, und jetzt, wirklich, ich komme mir einfach nur noch vor wie ein Schwein, und ...«

»Moment, du hast tatsächlich angefangen, von Zöpfen und Gretchen zu träumen, nachdem wir uns gesehen haben?«

»Ja, genau so war es.«

Sie lächelt! Sie versteckt ihr Gesicht in den Händen, aber sie lächelt!

»Oliver, das ist irgendwie ... schön.«

»Ja ... ja, das ... finde ich auch. Aber du bist mir auch so nicht mehr aus dem Kopf gegangen, seitdem wir uns getroffen haben und, ähm, diesen Wortwechsel hatten. Ich ... ich wollte dich unbedingt wiedersehen. Aber ich wusste ja nichts von dir. Ich hab dich nur in diesem Café verschwinden sehen. Deswegen habe ich hier ein paar Tage rumgesessen. Ich hatte keine andere Wahl.«

»Wirklich? Das war gar kein Zufall? Du auf mich gewartet?«

Sie freut sich! Mein Herz hüpft mir vor Glück fast in die Luftröhre.

»Ja. Ich wollte dich unbedingt wiedersehen. Einfach nur, weil du Lena bist, obwohl ich ja eigentlich gar nicht wusste, dass du Lena bist, also, nicht wirklich, sondern, ne, dings.«

Sie lächelt noch ein wenig breiter. Mein Mund. Was wäre ich ohne ihn. Gut, er hat mich in den letzten Wochen ein paarmal übel im Stich gelassen, aber jetzt, wo es wirklich drauf ankommt, macht er einfach die richtigen Wörter. Ganz von alleine.

»Und weißt du, was ich die ganze Zeit geglaubt habe, als ich noch nicht draufgekommen bin, dass du Lena bist? Ich habe geglaubt, ich bin in dich verliebt. Hihi!«

…

Mein Mund ist ein Arschloch.

»Also, das ist doch gut, oder? … So, im Sinne von … positiv?«

…

»Ich …«

…

»Wollen wir uns vielleicht setzen, Lena?«

»Nein. Nein, ich glaube, ich will mich ganz und gar nicht setzen. Ich glaube vielmehr, ich muss jetzt dringend los. Ganz dringend sogar.«

»Verstehe, du hast Termine und …«

Ich könnte mich ohrfeigen. Ich könnte vor Pein an die Decke springen. Ich … Dabei habe ich das doch nur gesagt, damit sie nicht denkt, ich denke, dass wir jetzt einfach so … oder dass ich … dass sie …

»Wo ist mein Koffer?«

»Dein Koffer?«

»Mein Koffer ist weg!«

Tatsächlich. Der iKoffer, der sich eben noch, wie im iKoffer-Werbefilm, an ihrem Bein gerieben hat, hat sich in Luft aufgelöst. Ich schaue noch einmal ringsherum, aber das hat sie auch schon drei Mal getan. Der Wunderkoffer bleibt verschwunden.

»Okay, keine Panik. Ich finde ihn. Das ist doch bestimmt eine dieser tollen Funktionen. Der ist sicher nur kurz weggefahren und holt dir gerade einen Kaffee.«

»Nein, verdammt noch mal. Ich hab ihn von Anfang an auf Normalkoffer-Mode geschaltet, damit genau das nicht passiert.«

»Aber … hier stiehlt doch keiner Koffer. Wenn, dann höchstens …«

iKoffer. Natürlich! Sie hat den einzigen iKoffer in der

Stadt außer Rüdiger Rodeo. Und ruderfroschs Partygemeinde besteht zu 90 Prozent aus Techniknerds. Und sie haben gerade alle einen in der Krone.

»Moment, ich regle das.«

ruderfrosch sitzt etwas abseits vom Geschehen an seinem Stammplatz. Das Einzige, was an seinem Geburtstag anders ist als sonst, ist, dass ein Glas Sekt neben seinem Laptop steht und dass das, was er liest, nicht nur Technik-Diskussionen, sondern auch hin und wieder Glückwunsch-Postings auf seiner Facebook-Pinnwand sind. Nein, er hat den Koffer auch nicht. Weder unter seinem Tisch, noch unter seinem Stuhl, noch unter seinem T-Shirt.

Ich stürze auf ihn zu. Er sieht mich kommen, steht auf und nimmt ungelenk die Grundhaltung für den Empfang einer stürmischen Geburtstagsumarmung ein. Keine leichte Übung für ihn. Er muss dringend öfter umarmt werden, geht mir durch den Kopf, aber ich kann jetzt nicht. Ich winke nur unwirsch ab und bedeute ihm, dass er sich sofort wieder hinsetzen und zuhören soll.

DONNERSTAG
(JA, NOCH IMMER)

Kann doch nicht wahr sein: ruderfrosch ist tatsächlich nicht in der Lage, Lenas iKoffer zu orten. Jedenfalls nicht sofort, hat er gesagt. Er müsse erst lauter komische Hackersachen mit Internet und Hast-du-nicht-Gesehen machen, dann würde es vielleicht gelingen. Zum Glück loderte bei diesen Worten sofort großer Eifer in seinen Augen. Wenigstens ein Grund zur Zuversicht.

Aber ich werde derweil hier nicht untätig herumsitzen. Ich stürme zum Ausgang und hechte raus auf die Straße. iKoffer, ich finde dich! Wenn es sein muss, einfach nur mit meinem Bauchgefühl ... Oh, wen sehe ich denn da? Hm ... Doch, einen Versuch ist es wert. Schnell wieder rein ins Coffee & Bytes, aber bevor die Tür auch nur zugefallen ist, bin ich schon wieder draußen. In der einen Hand halte ich das Einstecktüchlein, das Lena bis eben noch in ihrem Blazer herumgetragen hat, mit der anderen Hand winke ich wild herum.

»He! Hallo! Sie da! Ja, genau Sie!«

Manno, bis der Rentner mit dem Hund endlich mal kapiert, dass er gemeint ist ...

»Ach, Sie! Sie sind doch der, der mich und Theo neulich so unflätig ...«

»Genau der. Aber ich will es wiedergutmachen. Ist Teil eines groß angelegten Rehabilitationsprogramms. Helfen Sie mir?«

»Moment mal ...«

»Wunderbar. Ist Theo ein guter Spürhund?«

»Gut ist gar kein Ausdruck. Theo war früher bei der Polizei. Zehn Jahre Abschnitt 37, Abteilung ...«

»Prima. Wir machen jetzt ein Suchspiel mit Theo und anschließend gibt es eine schöne Überraschung.«

»Also ich weiß nicht ...«

»Hier Theo, schnuffel mal dran.«

Na bitte. Kaum hat Theos Nase Lenas Einstecktuch berührt, hebt er den Kopf, bellt und streckt seine Schnauze ostwärts die Torstraße entlang. Der Mann mit dem Cordhut glüht vor Stolz.

»Sehen Sie, er hat Witterung aufgenommen. Gelernt ist gelernt.«

»Na dann, hurtig los.«

»Sie sind mir ja einer.«

»Ein Polizeihund muss im Training bleiben.«

»Na, von mir aus. Such, Theo!«

Sehr gut. Sieht so aus, als ob Theo ganz genau weiß, wo er hinwill. Leider sind wir viel zu langsam. Bis der arme Hund dieses lahme Männlein am anderen Ende der Leine zu der Stelle geschleift hat, wo der Koffer jetzt gerade steht, ist der Dieb mit ihm schon am anderen Ende der Stadt.

»Vorschlag: Sie lassen die Leine los, ich setze mich auf Theo, wir erhaschen das Zielobjekt und wir treffen uns alle hier wieder?«

»Sitz, Theo! Was haben Sie da gerade gesagt?«

»Schon gut, blöde Idee. Wir suchen einfach weiter, okay?«

Er sieht mich lange an. Sein Blick ist wie der eines Schiedsrichters, der einem auf der nonverbalen Ebene kommunizieren will, dass man beim nächsten Foul sofort vom Platz fliegt. Ich mache mich ganz klein, gucke reumütig, und er pfeift endlich wieder an.

»Such, Theo!«

Wir quälen uns im Schneckentempo die Torstraße entlang. Dabei könnte dieses Tier locker jeden Radfahrer überholen, wenn man es nur ließe. Mist. Wann klingelt endlich mein Handy? Kann doch nicht so lange dauern, bis ruderfrosch den blöden iKoffer geortet hat. Oder steckt der am Ende selbst mit in der Sache drin?

»Theo will abbiegen.«

Das ist schwer zu übersehen. Theo zerrt sein Herrchen um die Ecke in die Alte Schönhauser Straße, als würde dort heute die Europawahl zur Miss Schäferhund ablaufen.

»Langsam, Theo, langsam.«

Darf ein so talentierter Hund einer so lahmen Krücke gehören? Dagegen müsste doch mal was getan werden! Wenn Theo so könnte, wie er wollte, hätte ich den iKoffer schon längst in meinen Händen, und er stünde breitbeinig und mit offenem Maul hechelnd über dem am Boden liegenden Dieb, der zu Tode verängstigt die Polizeibeamten herbeisehnt, die ihn gleich festnehmen werden.

Eine kleine Ewigkeit später will Theo wieder abbiegen. Diesmal in die Weinmeisterstraße. Ich frage mich, wie lange er noch so zielsicher auf der Spur bleiben wird, wenn wir weiter so trödeln. Ein Dieb, den seine Angst vorantreibt, ist bestimmt doppelt so schnell wie wir. Und so eine Duftspur in der Luft hält auch nicht ewig. Je mehr Vorsprung er bekommt, umso schwieriger wird es für einen Spürhund, auch wenn er noch so gut ist. Trotzdem ist Theo auch am Ende der Weinmeisterstraße wieder ganz sicher, wohin es geht, nämlich nach links in die Rosenthaler Straße. Ein unglaubliches Tier. Möchte nicht mit den Verbrechern tauschen, die früher von ihm gejagt worden sind. Nur sein Herrchen wird bald schlappmachen. Es fängt langsam an zu keuchen.

Mist, wir müssen die Straßenbahn abwarten, bevor wir die Neue Schönhauser Straße überqueren können. Komische Route, die der Dieb da genommen hat. Hier hätte er doch auch ohne den Umweg über die Weinmeisterstraße hinkommen können. Will er uns verwirren? Oder ist Theo ein Scharlatan? Bitte nicht! Oh, jetzt hat er gestoppt. Er setzt sich auf seine vier Buchstaben und starrt geradeaus.

»Waff! Waff!«

»Was hat er?«

»Er hat die Spur verloren.«

»Wie? Einfach so, von einem Moment auf den anderen?«

Der Rentner sagt nichts, sondern zeigt nur mit seinem Gehstock auf die Straßenbahnhaltestelle.

»Sie meinen, der Dieb ist in die Stra... Entschuldigung, mein Handy ... Hallo?«

»Hier ist Kurt.«

»Kurt?«

»Also, ähm, ruderfrosch.«

»Ah.«

»Ich hab es geschafft, über GPS-Trackbackpack die Parameter aus dem LOKUS-System abzufragen, dann war ich im iDent-Webserver und habe die Verschlüsselung der iKoffer-iDent-Datenbank ge ...«

»Hast du ihn gefunden?«

»Äh, ja.«

»Wo ist er?«

»Wenn du ein iPhone hättest, könnte ich dir jetzt direkt von meinem Macbook ...«

»Sag mir einfach, wo er ist.«

»Nun, er bewegt sich gerade die Oranienburger Straße Richtung Friedrichstraße rauf.«

»Welche Höhe?«

»Tucholskystraße. Hohes Tempo. Entweder ist er in einem Auto oder in der Straßenbahn.«

»Danke! Bleib dran!«

Mist, gegenüber fällt gerade eine Horde Anzugmänner über den Taxistand her. Das kann dauern. Dafür nähert sich im gleichen Moment die nächste M1-Straßenbahn.

»Vielen Dank ihr beiden, das habt ihr ganz toll gemacht.«

»Sie! Und was ist jetzt mit der schönen Überraschung? ... Hoppla! Nun passen Sie doch auf, meine Dame.«

»Passen Sie doch selber auf!«

»Na hören Sie mal, erstens kann ich nichts dafür, dass Sie sich in meiner Hundeleine verheddert haben, zweitens ...«

»Ich habe mich in Ihrer Hundeleine verheddert? *Sie* haben *mich* verheddert!«

»Sie hätten besser hinsehen können.«

»Sie hätten nicht ausgerechnet dort stehenbleiben müssen, wo der Bürgersteig am engsten ist.«

»Das ist nicht meine Schuld. Der junge Mann hier wollte unbedingt, dass mein Theo eine Spur verfolgt, und die hat genau hier geendet.«

»Oh, ist Ihr Theo ein guter Spürhund?«

»Gut ist gar kein Ausdruck. Theo war früher bei der Polizei. Zehn Jahre Abschnitt 37, Betäubungsmitteldelikte.«

»Tatsächlich? Mein seliger Mann war früher auch bei der Polizei. 22 Jahre Abschnitt 16, dann acht Jahre Leiter der Hundestaffel von ...«

Weiter kann ich das Gespräch nicht verfolgen, aber ich sehe durch die Straßenbahnscheibe, wie sich die beiden mit jedem Wort näherkommen, so nah, dass sie die anderen Passanten, die im Minutentakt über Theos Hundeleine stolpern und schimpfen, gar nicht bemerken. Theo sieht mir gelassen, aber auch ein bisschen traurig hinterher. Hätte wohl gerne noch die Jagd zu Ende gebracht, aber da muss er sich mit abfinden. Ruhestand ist Ruhestand.

Mann, fahr zu, lahme Straßenbahn!

»Oliver, hörst du mich?«

»Ja, Kurt.«

»Er biegt jetzt nach links in die Friedrichstraße ab ... jetzt bleibt er stehen ... und jetzt bewegt er sich weiter.«

»Ich bin ganz sicher, der sitzt in der M1. Hätte er natürlich auch gleich beim Coffee & Bytes einsteigen können, aber der wollte wohl eventuelle Verfolger verwirren.«

»Kann sein.«

»Ist Lena noch da?«

»Lena?«

»Na die Frau, der der iKoffer gehört.«

»Ach, die Trulla. Ja, ist noch da.«

»Nenn sie nicht Trulla!«

»Aber wir nennen sie hier alle Trulla.«

»Wieso?«

»Weil sie immer so hochnäsig die Venture-Capital-Tussi raushängen lässt, die zu cool ist, um mit irgendjemandem über seine Projekte zu sprechen.«

»Hast du mal mit ihr geredet?«

»Nein, aber sie wollte nicht mal Rüdiger Rodeo zuhören, als er ihr sein Konzept für die marktanteilrelativistische Mehrheitswebpräsenz zeigen woll... Oh, jetzt bewegt er sich auf einmal ganz langsam.«

»Dann ist er ausgestiegen. Wo ist er?«

»Beim S-Bahnhof Friedrichstraße.«

»Der steigt um, wetten, der steigt in die S-Bahn um?«

...

»Kurt?«

»Ja. Sieht so aus, als wäre er jetzt im Bahnhof.«

»So genau kannst du das sehen?«

»Ja.«

Unglaublich, dieser ruderfrosch. Warum beten die Leute nicht ihn an, statt diesen Rüdiger Rodeo?

»Jetzt zischt er ab. Richtung Alexanderplatz.«

»Okay, bleib dran. Und kannst du Lena zwischendrin ausrichten, dass ich den Koffer gleich habe und dass sie warten soll?«

»Geht nicht.«

»Wieso?«

»Hab keine Mailadresse und wir sind nicht auf Facebook befreundet.«

»Dann steh auf und geh zu ihr hin!«

»Ich soll sie einfach so ansprechen?«

»Kurt!«

»N… na gut.«

Mist, hoffentlich verliert er derweil nicht die iKoffer-Spur. Was weiß ich, was sein Macbook macht, wenn es mal eine Minute ohne ihn ist. Wahrscheinlich fängt es an zu schreien … Krass, sie nennen Lena »Trulla«. Ist sie wirklich immer so hochnäsig? Muss wohl so sein. Mist. Daran ist bestimmt mein Verhalten in der Schulzeit schuld. Muss tiefe Narben auf ihrer Seele hinterlassen haben. Und jetzt baut sie immer eine Mauer um sich herum auf, um nicht wieder verletzt zu werden, kennt man ja … Oh nein, wir bleiben schon wieder stehen! Ich weiß zwar nicht, was genau es nützt, dass ich mit den Füßen tappele, aber irgendwas muss es doch nützen, sonst würde ich es nicht tun … Na bitte, schon fahren wir weiter. Noch drei Stationen, dann kann ich auch in die S-Bahn springen.

»Oliver?«

»Ja.«

»Ich glaube, er ist am Alexanderplatz ausgestiegen.«

»Okay, mal sehen, wo der Sack jetzt hin will. Aber egal wohin, ich krieg ihn.«

…

»Kurt?«

»Ich … ich kann ihn nicht mehr sehen.«

»Nein! Wie kann das sein?«

»Hm, meine Verbindung zum GPS-Trackbackpack steht nach wie vor. Wahrscheinlich ist er in die U-Bahn umgestiegen und das iKoffer-Signal kommt nicht durch die Tunnelröhre.«

»Und in welche U-Bahn?«

»Keine Ahnung.«

»Mist.«

Wenigstens ist meine Lahm-Tram endlich beim S-Bahnhof Friedrichstraße angekommen. Mein Daumen, den ich schon die ganze Zeit auf den Türaufmachknopf gepresst halte, beginnt schon weh zu tun. Um von der Haltestelle zum Gleis zu kommen, brauche ich keine zwei Minuten, zwar um den Preis, dass es nun fünf Leute mehr in der Stadt gibt, denen ich auf keinen Fall ein zweites Mal begegnen möchte, aber das spielt jetzt keine Rolle.

»Kurt?«

»Ja.«

»Hast du mit ihr gesprochen?«

»Ja. Die Trull…, äh, Lena hat gesagt, du sollst dir bloß keine Umstände wegen ihr machen.«

»Hm, danke. Überhaupt, danke, dass du das alles tust. Ist ja schließlich dein Geburtstag heute.«

»Oh, keine Ursache, macht Spaß. Ich dachte bisher immer, dass die Verschlüsselung der iKoffer-iDent-Datenbank über kanalisierte Hexadezimalcluster erudiert ist, dabei sind es nur ...«

»Hast du den iKoffer jetzt wieder auf dem Schirm?«

»Nein ... Ha! Doch! Da ist er!«

»Wo?«

»Fährt die Karl-Marx-Allee runter. Aktuelle Höhe: Schillingstraße. Muss er wohl die U5 genommen haben.«

»Danke.«

Und da kommt auch schon die S-Bahn. Es dauert Äonen, bis die ganze Koffer- und Rucksackmeute ausgestiegen ist und noch mal ein ganzes Erdzeitalter, bis sich der Fahrer endlich entschließt, die Türen wieder zu schließen, aber irgendwann fahren wir. Die Dorotheenstadt und die Museumsinsel ziehen viel zu langsam am Fenster vorbei. Der fährt bestimmt nur so langsam, um den Bremsenverschleiß niedrig zu halten. Und mir geht am Ende deswegen noch der iKoffer-Räuber durch die Lappen. Dämlicher Sparzwang.

Die Rolltreppe am Alexanderplatz ist kaputt, aber das macht nichts. Ich springe mit ein paar Riesensätzen hinunter, die die entgegenkommenden japanischen Touristen dazu bringen, stehenzubleiben und miteinander zu diskutieren. Es geht vermutlich um die Gesetze der Schwerkraft und deren Auslegung in Deutschland.

»Sitzt er immer noch ... in der U5 ... Kurt?«

»Ja, ich hab ihn. Hat gerade die Straße der Pariser Kommune überquert. Ist irgendwas?«

»Nein ... ich renne ... nur.«

Ich weiß nicht, wer mir mehr leid tut. Menschen, die die gleiche Richtung haben wie ich, weil sie erschrecken, wenn ich von hinten auf sie drauflaufe, oder entgegenkommende Menschen, die mich zwar kommen sehen, aber dafür mit der doppelten Anprallkraft klarkommen müssen. Ist aber auch egal, denn für Entschuldigungen habe ich in beiden Fällen keine Luft, und den wütenden Zwei-Meter-Hip-Hopper, der mir nachsetzt, habe ich schon in kürzester Zeit wieder abgehängt, weil ihm sofort seine Hängehose runtergerutscht ist.

Endlich sitze ich in der U5, und wir fahren los. Schillingstraße, Straussberger Platz ...

»Oliver?«

»Ja.«

»Ich glaube, er ist Samariterstraße ausgestiegen und geht zu Fuß weiter.«

»Danke, Kurt.«

Ha, jetzt kann ich aufholen. Weberwiese ... Frankfurter Tor ... Samariterstraße! Ich springe auf den Bahnsteig.

»Wo ist er jetzt, Kurt?«

»Ich ...«

»Ja?«

»Ich weiß nicht ...«

»Hast du ihn verloren?«

»Nein, aber ... ich glaube ... also, ich weiß nicht ...«

»Was denn jetzt?«

»Ich weiß nicht, ob ich dir das sagen will.«

»Wieso?«

»Ich ... ich glaube, ich weiß, wer es ist.«

»Tatsächlich? Wo ist er? Sag schon, Kurt!«

»Aber ... es ist ein Freund von mir.«

»Woher willst du das wissen?«

»Er wohnt in der Straße, wo der iKoffer jetzt ist, und er war vorhin im Coffee & Bytes.«

»Er soll mir nur den iKoffer wiedergeben, der Rest ist mir egal ... Kurt?«

»Ich sehe gerade, die haben schon eine Facebook-

Gruppe gegründet: *Wir retten den iKoffer von der Trulla vor dem Normalkoffer-Mode.*«

»Das ist nicht witzig! Sie braucht ihren Koffer. Da ist ihr ganzes Zeugs drin, das sie für ihren Job dingsen muss. Und das ist bestimmt alles streng geheim. Sie wird ihre Arbeit verlieren! Wegen euch!«

»Ich ... okay, ich sags dir. Aber verrat niemandem, dass du es von mir weißt.«

»Versprochen.«

»Kinzigstraße 41, da muss er gerade ins Haus gegangen sein.«

Kinzigstraße. Mist, wenn ich mich doch nur ein bisschen besser in Friedrichshain auskennen würde. Zum Glück weiß der Erste, den ich frage, gleich Bescheid. Nur wenige Minuten später stehe ich keuchend vor der Kinzigstraße 41.

»Wo ... muss ich klingeln ... Kurt?«

»Weiß ich nicht.«

»Was? Ich dachte, du kennst ihn.«

»Auf Facebook heißt er *xman41*.«

»Und seinen echten Namen kennst du nicht?«

»Johannes, glaub ich.«

»Und sein Nachname?«

»Kein Ahnung.«

Mist! Ich stehe vor dem Klingelbrett. Hongmann, Bruzowski, Özdemir, Bannik/Köglmeier ... Keine Vornamen, nicht einmal Initialen.

»Weißt du wenigstens, ob dieser Verbrecher im Vorderhaus oder im Seitenflügel wohnt? Und vielleicht noch das Stockwerk?«

»Keine Ahnung.«

»Hast du seine Telefonnummer?«

»Nö.«

»Dann schreib ihm auf seinen verdammten Facebook-Account, dass er rauskommen und mir das Ding geben soll. Ich mach ihm sonst Riesenärger. Polizei, Staatsanwalt, Russen, alles. Ich schwörs!«

»Das kann ich nicht, dann weiß er, dass ich ihn verfolgt habe und so.«

»Manno! Der – Kerl – hat – einen – Koffer – gestohlen!«

»Ich glaube, ich habe eine elegantere Lösung. Moment ...«

Ich höre ruderfroschs Tastatur klackern, immer wieder unterbrochen von Pausen, in denen ich zu hören glaube, wie sein gigantisches Hackergehirn arbeitet. Ich tappele wieder mit den Füßen. Wenn es schon hilft, Straßenbahnen schneller fahren zu lassen, hilft es vielleicht auch dabei, dass dieser xman41 schneller wieder hier rauskommt.

»So, mal sehen, was passiert.«

»Was hast du gemacht?«

...

»Kurt?«

»Ow!«

»Hallo? Sag doch was!«

»Hm, vielleicht war das doch nicht so schlau. Ich glaube, er hat einen Riesenschreck gekriegt.«

»Das ist doch gut! Bewegt er sich?«

»Ja.«

»Wie hast du ihm denn den Riesenschreck eingejagt?«

»Ich hab die iStimme-Funktion genutzt.«

»iStimme?«

»Ein kleines Funkmodul im iKoffer kann mit dem Hörsinn des Benutzers gegenkalibriert werden, so dass der iKoffer ihm Stimmnachrichten sozusagen direkt ins Gehirn schicken kann. Ist eigentlich unmöglich, in den iStimme-Server reinzukommen, aber ich habe, während du in der S-Bahn warst, zufällig entdeckt, dass sie gerade Wartungsarbeiten an der Firewall ...«

»Er hört deine Stimme in seinem Kopf?«

»Wenn ich das will, ja.«

»Und was hast du ihm gesagt?«

»*Hier spricht der Polizeipräsident. Wir stehen vor Ihrem Haus, geben Sie den iKoffer heraus.*«

»Und was macht er jetzt?«

»So wie es aussieht, versucht er gerade, mit dem iKoffer über den Hof abzuhauen.«

»Mist! Musstest du auch gleich so dick auftragen mit Polizeipräsident und so?«

»Ich sag ja, dass es nicht so schlau war.«

»Wo ist er jetzt?«

»Er klettert irgendwie durch die Nachbarhöfe ... jetzt ist er in einem Haus ... und jetzt ist er in der Jungstraße rausgekommen ... er bleibt stehen ... Oh, das Signal ist weg.«

»Wie?«

»Er hat den iKoffer in den Privatmodus geschaltet. Jetzt funkt er nichts mehr nach außen.«

»Dreck! Wo ist die Jungstraße?«

»Einfach die Parallelstraße zur Kinzigstraße.«

Ich renne zur nächsten Straßenecke, als wäre ich Usain Bolt, der vom Teufel über glühende Kohlen gejagt wird, und biege links ab. Ha! Da ist er! Fast zum Greifen nah. Das Problem ist nur, er sitzt auf dem iKoffer und fährt davon. Und das Teil ist verdammt schnell.

»Eieieieieieieieiei!«

Mist, er hat natürlich das Werbefilmchen gesehen und weiß genau, wie man ihn lenkt. Schon ist er um die nächste Ecke. Aber jetzt lasse ich mich nicht mehr abschütteln.

»Taxi! ... Folgen Sie diesem Koffer!«

Arsch. Zeigt mir einfach den Vogel und fährt weiter ...
Dann eben anders. Da ist ein Fahrradladen an der Ecke ...
»Hallo, ich brauche ein Fahrrad. Schnell.«
»Nun ...«
»Ich nehme dies hier.«
»Eine gute Wahl. Starre Hinterachse, sportliche Auslegung, kein Schnickschnack und, natürlich, dieser Rahmen. Sehen Sie? Einfach nur schön ...«
»Moment. Wie heißt Ihr Laden?«
»Leckerbike, Filiale Friedrichshain.«
»Scheiße! Egal, ich muss los.«
»He! Halt!«
»Das Ganze ist eine Wiedergutmachungsaktion. Zerbröselnde Griffe gegen Fahrrad leihen. Erkläre ich Ihnen später. Ich muss jetzt einen iKoffer einfangen.«

Und schon bin ich draußen und trete so heftig in die Pedale, als müsste ich damit ein Propellerflugzeug zum Abheben bringen. Hinter mir höre ich den Leckerbike-Mann abwechselnd nach der Polizei rufen und mich anbetteln, dass ich das Fahrrad bloß nicht schmutzig machen solle, aber seine Stimme verliert sich schnell im Verkehrsgeräusch.

Schön leicht ist dieses Schnöselgefährt ja schon, aber der Rahmen ächzt und knarzt bei jedem Pedaltritt. Vielleicht gibt sich das, wenn ich das Rad etwas eingefahren habe. Dann kann mir der Verkäufer sogar dankbar sein, und alle haben was davon gehabt. Weia, jetzt erst sehe ich, dass der Rahmen mit der Maserung irgendeiner Edelholzsorte bedruckt ist. Ich habe wohl wirklich das peinlichste Rad der ganzen Stadt erwischt, aber das ist jetzt wurscht. Hauptsache, es hält die Jagd durch.

Ah, da ist der kleine iKoffer-Schumacher ja schon. So, jetzt geht es dir an den Kragen.

»Uauauauauauauauaua! Eieieieieiei! Uauauaeieiuauaeieieieiuauauaeieieiei!«

Er schlägt Haken, aber das nützt ihm gar nichts, ich bleibe dran. Argh! Kinderwagen auf der Straße! Vollbremsung ... So, das war es dann wohl schon mit der Handbremse. Seilzug gerissen ... Mist, jetzt hat er noch mehr Vorsprung. Vollgas! ... Nein! Müllauto blockiert die Straße. Ab auf den Bürgersteig. Der Fahrradrahmen ächzt schlimmer denn je, als ich die Bordsteinkante nehme. Langsam frage ich mich ...

»Eieieieieieieiei!«

Der Schuft biegt schon wieder ab. Jetzt aber schnell ... Ab um die Kurve, diesmal ohne zu bremsen. Hoffentlich kommt keiner entgegen ... Nein, Glück gehabt. Aber der Rahmen ist ob der auftretenden G-Kräfte jetzt endgültig beleidigt. Allmählich habe ich den Verdacht, dass Leute, die solche Fahrräder kaufen, sie nur brauchen, um sie sich zu Hause an die Wohnzimmerwand zu hängen.

Blöderweise ist dieser Bürgersteig noch im Nachkriegszustand. Das hat zwar seinen Charme, aber mein Fahrrad sieht das ganz anders. Es macht Geräusche, die ich noch nie von einem Fahrrad gehört habe. Wie kann das sein? Ich sehe noch einmal nach ... Nein! Ist das zu fassen? Ich habe mich getäuscht. Der Rahmen ist nicht mit Holzmaserung bedruckt, er *ist* aus Holz!

»Uauauauauauaua!«

Oh, oh! Die nächste scharfe Kurve. Wie lange das wohl noch gutgeht? Das Rad braucht Schonung, aber ich darf nicht nachlassen. Wenn ich nicht näher an ihn rankomme, hängt der mich irgendwann ab. Er braucht nur in einen der Hauseingänge zu schlüpfen ... Manno, je mehr ich trete, umso mehr ächzt es ... KRACKS! Das wars. Rahmen gebrochen. War ja klar. Das hintere Teil des Rads bleibt liegen, ich rutsche auf dem Hosenboden über die holprigen Steinplatten, halte dabei den Lenker in der Hand, und vor mir rollt weiter brav das Vorderrad. Weil die Kurve kommt, lenke ich nach links, muss aber erkennen, dass das jetzt auch nicht mehr so richtig Sinn ergibt. Ärgerlich. Und das alles nur, weil der moderne Stadtschnösel in dieser Saison unbedingt auf Holzrädern fahren muss... WUMM!

Ich will mich nicht beklagen. Der Altkleidercontainer, in den ich reingerumpelt bin, ist zwar aus hartem Stahlblech, und ich spüre nach dem Aufprall für einen kurzen Moment meine ganze rechte Seite nicht mehr, andererseits wäre ich ohne ihn auf die Straße geschliddert, wo die Trümmer des Holzrads gerade mit einem hässlichen Geräusch von einem Kleinbus zermalmt werden.

Ich lasse die traurigen Reste des schlechtesten pedalgetriebenen Fahrzeugs Berlins liegen und spurte los. Der iKoffer-Dieb ist inzwischen schon fast am anderen Ende der Straße. Mist, warum muss dieses Ding unbedingt so schnell sein? Und warum kann ruderfrosch es nicht einfach zum Stehen bringen, nur weil dieser xman41 ein bisschen die Funkverbindung gekappt hat? Ich werde ihn verlieren, wenn ... Oh, er hat angehalten ... Er klingelt irgendwo ... Die Tür geht auf, er schlüpft rein. Jetzt aber fix!

Mein rechter Knöchel tut zwar beim Auftreten sauweh, aber ich beiße die Zähne zusammen. Es lohnt sich. Kurz bevor die Eingangstür zu xman4s Schlupfwinkel ins Schloss fällt, kriege ich noch einen Fuß dazwischen. Er ist natürlich schon verschwunden, aber die zufallende Tür am anderen Ende der Durchfahrt sagt mir, dass er weiter in den Hof gegangen sein muss. Ich humpele voran. Im Hof habe ich wieder Glück und sehe gerade noch, wie die Tür zum Hinterhaus langsam zugeht. Wieder hin, wieder gerade noch Fuß dazwischengekriegt. Hätte er wohl nicht gedacht, dass jemand so hartnäckig auf seinen Fersen bleibt.

Ich höre, wie er die Treppen hochrennt. Ein Stockwerk ... zwei ... drei ... Eine Tür geht auf ... und gleich wieder zu. Okay, dritter Stock und dann nur noch die richtige Tür finden. Werde ich schaffen. Ich quäle mich die Treppe hoch und merke, dass meine Schulter und mein Hintern immer mehr schmerzen. Noch bevor ich den zweiten Stock erreicht habe, geht die Tür im dritten wieder auf und ich höre erneut Schritte. Jemand erscheint auf dem Treppenpodest. Ja! Das muss er sein. Den habe ich auch schon einmal im Coffee & Bytes gesehen!

»Wo ... ist der iKoffer ... xman41?«

Leider klingt meine Stimme überhaupt nicht wie die des Terminators, sondern mehr wie die eines Marathonläufers, der gleich nach dem Schlusssprint ein Interview geben soll.

»Keine Ahnung, wovon du redest, Mann!«

Er kürzt einfach über das Treppengeländer ab, springt auf den nächsten Treppenlauf und lässt mich stehen. Egal. Ich will nur das Diebesgut. Der letzte Treppenlauf gibt mir fast den Rest. Endlich stehe ich im dritten Stock, rechts und links von mir zwei Türen.

»Lensauer« und »Steinmann«. Hm.

Ich halte mein Ohr an Lensauer.

Nichts.

Ich halte mein Ohr an Steinmann.

»Drrrrrzingzingdrrrrzingzingzingzingdrrrrrrrrrrr ...«

Coffee & Bytes-Musik! Hier muss es sein! Ich bin am Ziel!

Ich nehme Anlauf. Das ist gut, denn während ich Anlauf nehme, kommt mir der Gedanke, dass es vielleicht gar nicht die beste Idee ist, gleich die Tür einzurennen. Klar, ich bin kurz vor dem Ziel. Adrenalin, Siegesgefühl. Andererseits mein Knöchel, die Möglichkeit eines Irrtums und, vor allem, da ist ein Klingelknopf. Was soll schon passieren, wenn ich ihn benutze?

»Näääähnänänäää.«

Typische Kaputtsanierter-Altbau-Türklingel-Melodie. Unwiderstehliche Soundmischung aus Spielzeugtelefon und 30 Jahre altem Computerspiel. So wohnen also iKoffer-Hehler.

»Machen Sie auf! Ich weiß, dass Sie da drin ... Na also, geht doch ... Oh!«

So was.

»O... Oliver.«

»A... Apfelsinchen.«

»W... willst du reinkommen?«

»J... ja.«

Ich folge ihr in einen schmalen Flur. Es riecht nach frischer Farbe und neuer Auslegware. Sie muss hier gerade erst eingezogen sein. Oder nein, das ist wahrscheinlich gar nicht ihre Wohnung, sondern ein Diebeslager. Sicher mieten sie und ihre Bande alle paar Monate ein neues Versteck, damit sie nicht so leicht entdeckt werden. Apfelsinchen ein Dieb. Ts, hätte ich nie für möglich gehalten.

»Was ist denn mit dir passiert? Du blutest ja am Arm. Und dein Hosenboden ist durchgescheuert, hihi.««

»Dem Fahrrad, auf dem ich gerade gefahren bin, gehts noch viel schlechter.«

»Oh je, setz dich erst mal.«

Rechts gehen zwei Türen ab zu Küche und Badezimmer. Geradeaus kommt man in einen großen Raum. Sie führt mich hinein. Schreibtisch, Bücherregal, Kleiderstange, Stereoanlage, Sessel, Bett. Hm, sie wohnt wohl doch hier. Aber mittendrin steht der iKoffer.

»Was verschlägt dich hierher? Ich meine, woher weißt du überhaupt, dass ich hier wohne?«

Nicht zu fassen. Kein Stückchen Schuldbewusstsein.

»Ach so, du willst den iKoffer von der Trulla sehen. Na, das hat sich ja schnell rumgesprochen, hihi.«

»Nenn sie nicht Trulla!«

»Äh ...«

»Sie heißt Lena.«

»Okay.«

»Und überhaupt, ihr stehlt der armen Frau am helllichten Tag ihren Koffer. Was soll das?«

»Nun ja ...«

»Ja?«

»Also, ich war ja gar nicht dabei. Das war irgendwie auf ruderfroschs Geburtstag. Alle hatten Sekt getrunken und dann kam die Trull... Lena wieder so voll angebermäßig mit ihrem iKoffer rein. Zuerst haben alle wieder rumgekichert, weil sie den Normalkoffer-Mode eingestellt hat, dann hatte *knoedel83* die Idee, eine Facebook-Gruppe dazu zu gründen, und die haben sie dann *Wir retten den iKoffer von der* ...«

»Ich weiß.«

»Na ja, und dann hatte xman41 wohl so dermaßen einen in der Krone, dass er tatsächlich den Koffer geklaut hat.«

»Na toll. Und jetzt?«

»Tja, ich weiß auch nicht. Wollen wir ihn mal ausprobieren?«

»Nein, wir wollen ihn der Trull... Orrrr! ... Lena zurückgeben. Und zwar sofort.«

»Ja, vielleicht sollten wir das machen. Aber ist das nicht spießig?«

»SAG MAL, HACKTS?«

»Ich mein ja nur. Warum ist dir denn die Trulla so wichtig? Glaubst du etwa, die würde irgendein Projekt von dir fördern?«

»Ich hab keine Projekte, und wenn du sie noch einmal Trulla nennst, reiß ich dir die DSL-Buchse aus der Wand ... Heee, war nur Spaß ... Oh, Handy ... Kurt?«

»Die Trulla will wissen, ob du dem iKoffer noch auf der Spur bist. Sie will jetzt die Polizei rufen.«

»Nein! Sag ihr, ich hab alles im Griff! Sie kriegt ihn wieder! Ehrenwort! Bin kurz davor!«

»Okay, mach ich.«

»Und nenn sie nicht Trulla!«

Ich lasse mich tief in den Sessel sinken und hole ein paarmal Luft. Komisch, diese Wohnung. Sie ist ganz normal eingerichtet. Nicht schön, aber auch nicht hässlich, nicht interessant, aber auch nicht öde. Und trotzdem erinnert sie mich an irgendwas ganz Bestimmtes.

»Willst du was trinken?«

»Danke, keine Zeit. Wir müssen jetzt wirklich ganz schnell den Koffer zurückbringen. Glaub mir, es ist besser.«

»Na gut, aber sag den anderen bitte, dass es deine Idee war. Sonst denken die, ich bin spie...«

»Moment, Handy ... Kurt?«

»Sie hat gefragt, wie lange es noch dauert. Sie muss spätestens in einer halben Stunde weg.«

»Ich hab den Koffer schon. Sag ihr, sie soll warten.«

»Okay, mach ich.«

Puh, alles wird gut.

»Vorsicht, du blutest auf meinen Sessel.«

»Oh, tschuldigung.«

»Ich hol dir ein Pflaster.«

Na gut, so viel Zeit ist auf jeden Fall noch. Apfelsinchen verschwindet kurz und kommt zurück.

»Da bist du ja ganz schön hingeknallt, was?«

»Och, ging so ... Autsch!«

»Ich würd dir ja auch eine Hose leihen, aber ... hihi.«

»Schon okay. Kann ich dich mal was fragen?«

»Ja?«

»Wohnst du schon lange allein?«

»Nein, ich bin gerade eingezogen. Vorher hab ich in einer WG gewohnt, aber da hatte wir keine 16er-Leitung und wenn wir alle gleichzeitig gesurft sind, ging gar nichts mehr.«

»Hab ich mir gedacht ... Wie, und du bist wegen der 16er-Leitung ausgezogen?«

»Schon. Ich studiere was mit Medien und ich will meine Magisterarbeit über Web 2.0 schreiben. Da brauche ich eine stabile Online-Verbindung.«

»Sag mal, die zwei Bücher, die da auf deinem Bett liegen, warum liegen die da?«

»Och, sind halt nicht aufgeräumt, wieso?«

Sie wird ein bisschen rot. Unglaublich.

»Du hast sie da hingelegt, damit es nicht so aufgeräumt aussieht, stimmts?«

Jetzt wird sie richtig rot und senkt den Kopf.

»Ja, stimmt. Woran hast du das gemerkt?«

»Ich hab das auch ab und zu bei mir zu Hause gemacht. Es hilft nichts.«

»Hast du auch vorher in einer WG gewohnt?«

»Ja. Kannst du noch zurück?«

»Nein, mein Zimmer ist schon wieder vergeben. Du?«

»Auch nicht.«

Wir schauen uns lange an.

»Wollen wir gucken, ob es neue Postings auf *Wir retten*

den Koffer von der Trulla vor dem Normalkoffer-Mode gibt?«

»Aber nur ganz kurz.«

Wir beugen uns über Apfelsinchens Laptop. xman41 hat lang und breit berichtet, wie er den Polizeipräsidenten abgeschüttelt hat, und ein paar andere wollen wissen, warum Apfelsinchen noch keine iKoffer-Erlebnisse gepostet hat.

»Was soll ich schreiben?«

»Gar nichts. Erstens ist das kein Spaß und zweitens ist er zu Ende.«

»Oh, schau mal.«

Ein neues Posting.

»Schaut euch DAS mal an!!!«

Apfelsinchen klickt fast noch schneller als ihr Schatten auf den Link. Ein Video: »Nerdrennen. iKoffer gegen schlechtes Fahrrad. Unbedingt anschauen!!!«

Was zur Hölle ... Nein, tatsächlich, jemand hat xman41 und mich aus einem fahrenden Auto heraus gefilmt und es bei Youtube reingestellt. Auf der Tonspur hört man zwei Männerstimmen.

»Ey, schau dir die Spinner an!«

»Krass, halt mal weiter drauf!«

»Der Koffer gewinnt.«

»Nee, auf der Geraden holt ihn das Fahrrad ein ... Ups, na das ging ja noch mal gut.«

...

»Jetzt die Kurve, ou ou ou ...«

...

»Kraaass!«

»Alter, den hats aber übelst zerlegt.«

»Uuuund ... Autsch! Oberkrass!«

...

»Boa, der steht tatsächlich wieder auf.«

»Ey, wie krass ist das, ey ...«

Unter dem Video erscheinen schon wieder im Sekundentakt Kommentare.

Fake oder echt?

Keine Ahnung, jedenfalls AUA!

Muss ein Fake sein. Der wär sonst nicht so einfach wieder aufgestanden.

Täusch ich mich, oder ist das schon wieder OKrach?

OMG! ES IST WIRKLICH OKRACH!

Der Typ hat Eier bis zum Mond!

Fette Action! OKrach rulez!!!

Wo muss man sich anstellen, wenn man ein Kind von ihm will? :)))

LOL

Für alle, die es noch nicht kennen, hier noch mal der Link zu OKrachs legendärem H&M-Tanzvideo:

http://www.youtube.com/watch?v=H7Mj6JXDOCw

Er braucht wirklich bessere Klamotten. *kicher*

Ich richte mich auf und schaue ins Leere. Mir ist schwindelig. Apfelsinchen richtet sich auf und schaut mich an. Mir ist immer noch schwindelig. Ich schaue Apfelsinchen an und rolle mit den Augen. Davon wird mir noch ein bisschen mehr schwindelig. Apfelsinchen schaut mich an, und da ist etwas in ihren Augen, das mir entfernt bekannt vorkommt. Apfelsinchen zieht ihr T-Shirt aus. Davon wird mir noch ein bisschen mehr schwindelig. Und ich erinnere mich ganz dunkel, was es ist, das ich in ihren Augen sehe, ganz dunkel, denn es ist lange her, dass ich so etwas zum letzten Mal gesehen habe. Mir wird noch einmal ein wenig schwindeliger, aber nur ganz kurz, denn im nächsten Moment befiehlt eine Stimme in meinem Männergehirn, eine tiefe mächtige Stimme, die nur Männer kennen und deren immense Tragkraft Nicht-Männern vom Anbeginn der Menschheit bis wohl in alle Zukunft immer ein Rätsel bleiben wird, dass das mit dem Schwindeligsein später zu Ende gebracht werden soll, weil jetzt etwas anderes ansteht.

* * *

Als ich ins Teenageralter kam, gab es etwas, das mir immer wieder von anderen Jungs prophezeit wurde. Mal von älteren Jungs, die schon viel Erfahrung mit Mädchen hatten, mal von gleichaltrigen Jungs, die vor mir ihre erste Freundin hatten, und sogar auch mal von jüngeren Jungs, die es ebenfalls geschafft hatten, mir ein paar Nasenlängen voraus in den geheimnisvollen Garten der körperlichen Liebe zu gelangen. Die Prophezeiung lautete immer gleich: »Sie wird total passiv sein, wirste sehen.«

Bei mir trat diese Prophezeiung aber niemals ein. Wirklich, wenn bei den ganzen Frauen, angefangen von Claudia Köhnel aus der Theatergruppe bis hin zu Julia, meiner Freundin aus den wunderbaren WG-Zeiten, auch nur eine passiv war, dann waren die jagenden Tiger und Löwen, die ich früher in unzähligen Tierfilmen im dritten Programm gesehen habe, auch alle passiv.

Heute scheint aber der Tag gekommen zu sein, an dem die Prophezeiung sich auf einmal die Hand vor den Kopf geschlagen hat und »Mensch, der Krachowitzer, den habe ich ja ganz vergessen!« rief. Ja, ich liege schnaufend neben Apfelsinchen, und ja, wir haben gedingst. Und ich will jetzt auf keinen Fall übertreiben. Wenn ich sagen würde, Apfelsinchen war total passiv, dann würde das nicht ganz stimmen. Dass sie ihr T-Shirt ausgezogen hat, war sicherlich ein wichtiger aktiver Beitrag. Und wenn ich jetzt so drüber nachdenke, hat sie auch die Vorhänge zugezogen und außerdem einmal sogar ihre Nase an meinem Ohr gerieben. Macht zusammen schon drei aktive Beiträge. Trotzdem, wie soll ich sagen, es hätte etwas mehr sein können. Ja, müssen. Wäre bei mir nicht durch monatelange Abstinenz so viel angestaut gewesen, wer weiß, ob ...

»Geht es dir gut, Oliver?«

»Ja, ja, äh, klar.«

Sie fängt an, meinen Kopf zu kraulen. Schön eigentlich, nur ...

»Tut der Arm noch weh?«

»Och, geht schon.«

»Wie du das nur immer machst.«

»Was denn?«

»Na ja, du bist erst vor kurzem ganz neu bei Facebook und so dazugekommen, und jetzt bist du schon richtig berühmt.«

»Hör mal, das war wirklich alles Zufall.«

»Ja ja, Zufall, was? Hihi.«

»Wirklich. Ich weiß, es gibt Leute, die so was mit Absicht machen, um berühmt zu werden, aber ich nicht. Wozu auch?«

»Find ich total sympathisch, dass dir das nicht so wichtig ist.«

Sie wuschelt weiter durch meine Haare und streichelt mir über die Stirn. Eigentlich könnte ich das stundenlang genießen, nur ... Irgendwas stimmt gerade nicht. Nur so ein Bauchgefühl.

»Was hältst du eigentlich von der konspirativ-kreativistischen Medien-Clashkollaboration?«

»Bitte was?«

»Also, du bist nicht ganz davon überzeugt, dass es so eintreten wird?«

»Ich habe keine Ahnung, was das überhaupt sein soll.«
»Na, das resonatorische Perdikt von Rüdiger Rodeo.«
»Höre ich zum ersten Mal.«
»Aber du bist doch mit Rüdiger Rodeo befreundet?«
»Erstens: nein. Zweitens: Ich kapiere kein Wort von dem, was er redet. Drittens: Ich habe so ein unbestimmtes Gefühl, dass das alles gequirlte Kacke sein könnte.«
»Oh ... Glaubst du das wirklich?«
»Nett ist er trotzdem.«
»Hm.«

Apfelsinchen sinkt neben mir auf die Matratze und schaut an die Decke.

»Aber dich interessiert es ja anscheinend sehr?«
»Ja. Ich schreibe meine Semesterarbeit darüber.«
»Oh.«
»Ich komm bloß überhaupt nicht voran. Ich finde nicht mal einen Einstieg.«
»Hm.«
»Ich hoffe ja, dass ich irgendwann mal mit Rüdiger darüber sprechen kann, aber dafür bin ich noch nicht weit genug. Ich ... Also, du glaubst wirklich, dass er nur Mist erzählt?«
»Bis es mir einer mit normalen Worten so erklärt hat, dass ich es verstehe, ja. Ich meine, kannst du das vielleicht?«

Ich drehe mich zu ihr und streichele ihr Gesicht. Die feine Nase, die helle Haut, die großen Augen, sie ist so hübsch, ich möchte sie am liebsten anknabbern.

»Also, das resonatorische Prinzip von Rüdiger Rodeo ist im Prinzip ... Oder, ich fang mal lieber so an ... Nein, Quatsch, also eigentlich dreht es sich um ... Hm, wie soll ich sagen ... gar nicht so einfach ... Stell dir einfach vor, dass ... dass ... dass ... d... d... d...«

»He, nicht weinen! Bitte! Ich ... Komm, reden wir von was anderem.«

»D...«

Sie schüttelt den Kopf, dreht sich auf den Bauch, vergräbt sich in ihrem Kissen und schluchzt. In mir zieht sich alles zusammen, weil ich weder weiß, was los ist, noch was ich tun kann, und vor allem, weil ich Angst habe, dass ich irgendwie schuld bin. Meine Finger fahren langsam über ihren glatten Rücken und Nacken. Es dauert lange, bis ihr Atem ruhiger und tiefer wird.

»Geht es wieder?«

Sie dreht den Kopf zur Seite, so dass sie mich anschauen kann, und nickt. Ich lege mich auch auf den Bauch und ziehe die Bettdecke über uns. Nur unsere Köpfe gucken noch heraus und sehen, so wie sie da herumliegen, von weitem bestimmt wie zwei abgelegte Bowlingkugeln aus.

»Also, du studierst Medien... ähm?«

»Medienwissenschaften, Schwerpunkt interaktive Medien.«

»Also, ich sags nur mal so, ich hab früher auch alles mögliche Zeugs studiert und auch immer viel zu spät gemerkt, dass es nicht so mein Ding ist.«

»Aber es ist doch mein Ding! Ich hab sogar extra zu Medienwissenschaften gewechselt.«

Sie muss schon wieder schlucken.

»Was hast du denn vorher gemacht?«

»Kunstrestauratorin ... studiert.«

»Und das war nichts?«

»Na ja, es war mir einfach ... zu spießig.«

»Hm.«

»Und außerdem ... genau das Gleiche, was ... mein Vater auch macht.«

»Hm.«

»Ich wollte lieber was ... mit Internet machen.«
»Hm.«
»Das ist nicht so spießig.«
»Hm.«
»Oder?«
»Hm ... Lustig, weißt du, an was ich gerade denken muss? Einer meiner besten Freunde ist ein siebenjähriger Junge. Anton. Anton wollte vor ein paar Monaten mal von mir wissen, was ›spießig‹ bedeutet. Ich habe versucht, es ihm zu erklären. Ich weiß gar nicht mehr, was ich genau gesagt habe und ob es überhaupt schlau war. Er hat aber einige Zeit darüber nachgedacht und dann gesagt: *Ich glaube, das Spießigste, was man überhaupt machen kann, ist, darüber nachzudenken, ob etwas spießig ist.* Und ich glaube, er hat den Nagel auf den Kopf getroffen.«

Ups. Waren das die richtigen Worte? Und, vor allem, zur richtigen Zeit? Wenn nein, hat mein Mund an einem einzigen Tag seinen ganzen Kredit bei mir verspielt und ich werde mich für die Zukunft nach anderen Kommunikationsformen umsehen. Schnalzen vielleicht. Obwohl, das wäre ja auch mit dem Mund ...

»Boa.«

Apfelsinchen hat sich aufgerichtet und schaut mich an. Irgendwas geschieht gerade in ihr, aber ich weiß nicht was. Wäre eigentlich schön, wenn wir so konstruiert wären, dass man innere Veränderungen sofort äußerlich ablesen könnte. Wie in Horrorfilmen, nur halt nicht immer so negativ. Von dem, was gerade in Apfelsinchen passiert, kann ich aber nichts sehen. Ich versuche zu raten, aber das klappt auch nicht. Ihr Blick ist so unheimlich. Mein ganzes Denken ist mit Angst-Haben und Auf-der-Hut-Sein beschäftigt. Was hat sie nur? Kann sie wenigstens mal was sagen?

»Boa!«

Ich warte, ob sie dem »Boa!« noch ein paar Erläuterungen hinzuzufügen hat, aber es kommt nichts. Nur ihre Augen sagen mehr denn je »Sieh dich vor, jetzt kommt was. Und zwar was Großes«. Aber es kommt nichts. Also, zumindest keine Worte. Was am Ende kommt, ist ... ein Kissen. Und zwar ein sehr großes. Und es kommt mit Wucht.

WHAMM!

Ich habe mich noch nicht einmal ansatzweise von diesem Schlag erholt, als schon der zweite auf meinen Kopf herniedergeht.

WHAMM!

Ich liege flach, angele blind und verzweifelt mit meinem linken Arm herum und kriege etwas zu fassen, das mir Hoffnung gibt. Während Apfelsinchen zum nächsten Schlag ausholt, habe ich kurz Gelegenheit nachzusehen, was es ist, das mir Hoffnung gibt, und erkenne sofort, dass es mir doch keine Hoffnung gibt. Was ich in der Hand halte, ist zwar auch ein Kissen, aber ein viel zu kleines, als dass ich mich damit ernsthaft wehren könnte. Wenigstens gelingt es mir, es ihr ins Gesicht zu werfen, und den Sekundenbruchteil, den ich dadurch gewinne, zu nutzen, um meinen Kopf vor dem nächsten Dampfhammerschlag in Sicherheit zu bringen.

WHAMM!

Dummerweise liege ich jetzt an der Wand, was meine Ausweichmöglichkeiten für das sich erneut mit Lichtgeschwindigkeit nähernde Kissen erheblich einschränkt. Ich reiße meine Arme vors Gesicht. Sicher keine schlechte Idee, aber Apfelsinchen ist nicht doof, nutzt die Zielkorrekturfunktion und der Schlag saust an eine Stelle, bei der ich wirklich froh bin, dass es nur ein Kissen ist, von dem sie gerade getroffen wird.

WHAMM!
Und sie holt schon wieder aus.
»Kissenschlachten sind spießig!«
»Pah!«
WHAMM!
»Hat Rüdiger Rodeo gesagt.«
»Pah!«
WHAMM!
»Echt! Er spricht vom medial-bourgeoisen ...«
WHAMM!
»... Feder-Daunen-Theorem.«
WHAMM!

Schon bald bin ich nicht mehr in der Lage, die Angriffswellen zu zählen, geschweige denn, mich noch irgendwie zu wehren. Einzig dass ich noch in der Lage bin, das »WHAMM!« zu hören, beruhigt mich etwas. Wenn das Gehör noch Nachrichten an das Gehirn übermittelt, heißt das, dass noch nicht alles kaputt sein kann.

Irgendwann hört sie auf. Weiß nicht warum. Wahrscheinlich hat das Kissen um eine Pause gebeten. Aber sie ist anscheinend fest entschlossen, mir den Rest zu geben, egal mit welchen Waffen. Sie zerrt mich aus meiner Schutzhaltung und dreht mich auf den Rücken. Und jetzt muss ich sagen, wenn ich vor einiger Zeit angemerkt hatte, dass Apfelsinchen mir zu passiv war, dann möchte ich nun hinzufügen, dass sie auch noch eine ganz andere Seite hat. Jedenfalls kann ich mich bei dem, was jetzt folgt, kaum rühren, und wenn, dann nur, weil ich ihre Bewegungen mitmache. Aber ich mag ihre Bewegungen. Ich mag sie sehr. Hätte ich geahnt, wie wichtig es für sie ist, ihren Partner vorher mit einem Kissen zu verdreschen, hey, wir hätten darüber reden können. Oder war es das gar nicht?

Jedenfalls sorgt sie nun dafür, dass wir jetzt alles nachholen. Alles und noch mehr ... noch mehr ... mehr ...

* * *

»Wie ... wie heißt du eigentlich in Wirklichkeit?«
»Franziska.«

* * *

Die Treppen des U-Bahnhofs Rosenthaler Platz sind normalerweise nicht steiler als die in den anderen U-Bahnhöfen. Nur heute haben sie sie anscheinend durch irgendeinen geheimen Mechanismus um 20 Grad nach oben gekippt. Anders kann ich es mir nicht erklären, dass ich schon nach der Hälfte Lust bekomme, zu verschnaufen.

Am iKoffer liegt es jedenfalls nicht, der ist nämlich nicht besonders schwer. Kein Wunder. Leute wie Lena rennen nicht mit riesigen Aktenbergen durch die Gegend. Sie hat da bestimmt nur ein paar wenige Papiere drin. Aber der Inhalt dieser Papiere ist purer Sprengstoff. Er entscheidet über Schicksale von Konzernen mit Angestelltenheeren in Kleinstadtgröße. Nicht auszudenken, wenn das Ding weiter in den Händen der Facebook-Nerds geblieben wäre.

Trotzdem, wären meine Gefühle Musik, so würden sie wie dieser eine seltsame Akkord klingen, der gleichzeitig Dur und Moll ist. Wie heißt der gleich wieder? Jedenfalls, so froh ich bin, Lenas Koffer endlich sicher in den Händen zu halten, so sehr macht mir Kummer, dass ich mich um satte ... Also, ehrlich gesagt, ich weiß gar nicht genau, um satte wie viel ich mich verspäte, ich traue mich nämlich nicht, auf die Uhr zu schauen. Die halbe Stunde, die ich Lena angekündigt habe, habe ich nämlich, na ja, sozusagen, genau genommen, hm, jedenfalls ... nicht eingehalten. Das ist schlimm, aber andererseits konnte ich doch nicht einfach wegrennen, wenn sich das kleine Apfelsinchen auf einmal vor meinen Augen in die wunderbare Franziska verwandelt, eine Frau, die mich einfach so an beiden Händen nahm und in eine andere Galaxis schleuderte. Wenn man es von dem Ende her betrachtet, bin ich sogar richtig schnell wieder zurückgekommen. Wie viel lieber wäre ich noch ein wenig dort geblieben, hätte mich an einen ihrer Spiralnebelarme gekuschelt und wäre einfach weggeschlummert.

Es wäre alles so schön, wenn ich mich nicht so schuldig fühlen würde. Nicht nur, dass die arme Lena früher diese fürchterliche Enttäuschung mit mir erlebt hat. Sie hat, wie gesagt, deswegen offensichtlich auch noch einen hochnäsigen Charakterzug entwickelt, der ihr sogar den Schmähnamen »Trulla« eingebracht hat. Und ich hatte heute die Chance, wenigstens ein klein bisschen damit anzufangen, es wiedergutzumachen. Und ich war ganz kurz davor, es zu schaffen. Und ausgerechnet dann passiert so etwas. Schicksal, du bist kein Sportsmann.

Aber mal sehen. Vielleicht kann ich es ja noch ein wenig zurechtrücken. Der Koffer ist heil und unversehrt, ich habe immerhin darum gekämpft wie ein Löwe. Ich habe Verletzungen vorzuweisen und, ha, genau, ich kann Lena als Beweis sogar das Video auf Youtube zeigen. Und dass der beachtliche Grad meiner Zerzausung zum größten Teil von Franziska stammt, kann ich dabei mühelos unter den Tisch fallen lassen.

Ich nehme die letzten drei Stufen. Jetzt noch über die Straße, dann bin ich da. Hoffentlich, hoffentlich hat sie gewartet ... Oh, da steht jemand an der Ampel.

»Kurt, altes Haus.«

»Hallo Oliver.«

»Schau, ich hab den iKoffer.«

»Das ist ja schön. Was ist denn mit deiner Hose passiert?«

»Lange Geschichte. Ist Lena noch im Coffee & Bytes?«

»Nein.«

»Mist.«

»Lena hat gesagt, ich soll sie anrufen, wenn du ihn tatsächlich gefunden haben solltest.«

»Ah, das ist doch gut. Dann rufe ich sie am besten gleich selbst an. Hast du die Nummer?«

»Sie hat gesagt, ich soll sie dir nicht geben.«

»Oh.«

»Ich sag ihr dann mal Bescheid.«

Kann doch nicht wahr sein. Sie gibt jemandem ihre Nummer, der ruderfrosch heißt, aber ich darf sie nicht wissen. Kurt kommt sich jetzt bestimmt ganz toll und überlegen vor. Glaubt wohl, das ist jetzt endlich der Start zu einer glänzenden Frauenheld-Karriere. Pah. Wie er da ein paar Schritte weiter an der Wand lehnt und mit ihr rumtelefoniert. Das soll wohl lässig aussehen. Freundchen, der Tag, an dem ich auf dich eifersüchtig bin, wird nie kommen. Und überhaupt, mir geht es darum, etwas wiedergutzumachen. Das mit den amourösen Interessen war ein Missverständnis mit mir selber. Schäker doch mit ihr rum, wie du willst. Das lässt mich völlig kalt. Völlig.

»Also, ich hab mit ihr ausgemacht, dass wir uns gleich treffen.«

»Und lass mich raten, sie will nicht, dass ich mitkomme?«

»Ja.«

»Na gut, dann ist ja ... alles klar.«

»Ja.«

»Dann viel Spaß beim Abgeben.«

»Danke.«

Und vor allem viel Spaß beim *Angeben*. Wenn ich nur dran denke, wie er sich gleich mit seinen Hacker-Heldentaten brüsten wird, wird mir ganz schlecht. Oder, besser gesagt, würde mir ganz schlecht werden, wenn ich nicht völlig drüberstehen würde.

»Übrigens, herzlichen Glückwunsch zum Geburtstag, Kurt.«

»Danke.«

»Ich habe zu danken. Bis bald.«

»Bis bald.«

»Ach ja, G7#9.«

»Was?«

»Nur ein Akkord.«

* * *

Am liebsten hätte ich die Tür zum Coffee & Bytes aufgetreten, aber das ging nicht. In Deutschland müssen sich Kneipentüren immer nach außen öffnen, falls eines Tages mal Panik ausbricht und alle schnell rauswollen. Beim Coffee & Bytes könnte das ganz leicht passieren. Würde reichen, wenn plötzlich das Internet ausfiele.

Ich lache dreckig vor mich hin, während ich mir das vorstelle. Gleichzeitig wecke ich meinen Laptop und rufe die Facebook-Seite auf. Also, nur weil ich schon mal hier bin und das Teil eh noch rumsteht, nicht weil es mich wirklich interessiert. Nicht zu fassen eigentlich. Lena passt ein paar Sekunden nicht auf, und ihr iKoffer ist weg. Mein Laptop kann dagegen einen ganzen Nachmittag unbeaufsichtigt hier herumstehen. Nicht mal mein Netzteil haben sie sich ausgeliehen, weil ihre ach so empfindlichen Macs davon ja sofort einen tödlichen Stromschlag kriegen würden. Nein, ich passe hier genauso wenig hin wie ein Leckerbike-Fahrrad in den Berliner Berufsverkehr.

Wow! Ich habe 586 Freundschaftsanfragen. 586! Und jede Menge Nachrichten. Alles Kommentare zu meinem Fahrradstunt. Jemand hat sogar eine OKrach-Fanseite eingerichtet. Ha! Und Lena gibt sich mit ruderfrosch ab. Muss sie selbst wissen. Was ist sonst noch los? Bei den Supermarktkonzeptionalisten herrscht große Aufregung. Erstens ist Apfelsinchen aus der Gruppe ausgestiegen, zweitens nennt sie sich nicht mehr *Apfelsinchen* sondern *FranziskaSteinmann*. Ihre Freunde vermuten, dass sie in eine schwere Identitätskrise hineingeraten sein muss. Ein Glück, dass es kein Video von unserer Nackt-Kissenschlacht gibt ... Moment. Ich lehne mich zurück und schaue an die Decke.

Ein Glück, dass es kein Video von unserer Nackt-Kissenschlacht gibt. An diesem Gedanken ist an sich nichts verkehrt. Im Gegenteil. Jeder normale Mensch sollte diesen Gedanken haben, wenn er das erlebt hat, was ich erlebt habe. Aber ich habe genau gemerkt, dass mein Gehirn diesen Gedanken gerade zwei Mal gedacht hat. Nur beim zweiten Mal mit »Schade, dass ...« statt mit »Ein Glück, dass ...« am Anfang. *Schade, dass es kein Video von unserer Nackt-Kissenschlacht gibt. Damit hätte ich heute noch die Tausender-Marke bei den Freundschaftsanfragen geknackt.* Ja, genau das habe ich gedacht.

Ich klappe den Laptop so fest zu, dass es laut knallt. Alle um mich herum drehen sich erschrocken um, und noch bevor sie das nächste Mal Luft geholt haben, habe ich meine Sachen zusammengepackt und bin nach draußen gestürmt.

* * *

Nachdem ich genügend Sicherheitsabstand zwischen mich und das Coffee & Bytes gebracht habe, meldet sich zum ersten Mal für heute mein Bauch. Bis ich Lena getroffen habe, war ich zu aufgeregt, während der Jagd nach ihrem Koffer zu beschäftigt, bei Ex-Apfelsinchen-Franziska zu verwirrt und auf dem Weg zurück zum Coffee & Bytes zu angespannt. Jetzt ist zwar immer noch nichts in Ordnung, im Gegenteil, ich muss alles Mögliche überlegen und tun und etwa genauso viel bleiben lassen, aber trotzdem hat sich fürs Erste das laute Grummeln meines Magens über den G7#9-Akkord in meinem Herzen gelegt.

Ohne groß hinzuschauen stolpere ich durch die nächste offene Tür, die nach Imbisseingang aussieht. Drinnen wird der Tresen leider von einer gemischten Gruppe junger britischer Hostel-Touristen mit Enghosen geblockt, die zehn Minuten lang mit angewiderten Gesichtern über die Speisekarte diskutieren, dabei den schichthabenden Türken vor ihrer Nase keines Blickes würdigen und schließlich ohne etwas zu bestellen und ohne Gruß wieder abziehen. Das Gute daran ist, dass ich so schneller an der Reihe bin. Mein Gegenüber schaut zwar verständlicherweise drein wie die Schnurrbartversion von Arnold Schwarzenegger während des Showdowns von Terminator II, aber ich werde ihn jetzt sofort von seiner Seelenqual befreien. Für einen kurzen Moment überlege ich, ob ich einfach »einmal alles« sagen soll, schaffe es dann aber doch mit letzter Kraft, eine präzise auf meine Bedürfnisse abgestimmte Order abzufeuern.

Was genau ich bestellt habe, habe ich zwar sofort vergessen, aber als gleich darauf ein paar Pappteller mit dampfenden Fleischsachen meinen Stehtisch bevölkern, bin ich überzeugt, dass es das Richtige ist. Und tatsächlich: Als ich wenige Augenblicke später mit vollem Magen, strahlendem Gesicht und einer Flasche Bier für den Weg wieder auf die Straße trete, bin ich ein glücklicherer Mensch.

Leider laufe ich nach ein paar Metern ein weiteres Mal in die Enghosenbritengruppe von vorhin.

»Do you know where Häckeschör Morkt is?«

»Ja, weiß ich.«

»Do you know where Häckeschör Morkt is?«

»Ganz ehrlich, mitten in Berlin auf Englisch angequascht zu werden, ohne vorher gefragt zu werden, ob ich überhaupt Englisch kann, sind das gute Umgangsformen? Ich sage nein. Da kannst du mich unlocker nennen.«

»Unlocker?«

»Weißt du, was ihr machen würdet, wenn ich euch mitten in London auf Deutsch ansprechen würde?«

»Sorry?«

»Lachkrampf oder Hitlergruß, so siehts aus.«

»Do you speak English?«

»Yes, I do.«

»Do you know where Häckeschör Morkt is?«

»Right here.«

»Sure?«

»Absolutely. Enjoy.«

Doch, das kann man ruhig mal machen. Ich sehe zu, wie die Enghosen davondackeln, nehme einen tiefen Zug aus meiner Flasche und gehe nach Hause. Es dämmert schon, trotzdem lasse ich das Licht aus, als ich in meine Wohnung trete. Ich befreie mich nur von den Schuhen und lasse mich in den Sessel fallen. Aua. Ja, genau. Fuß und Arm. Immer noch. Blödes Schnöselfahrrad. Und auch immer noch leichte Schmerzen im Schritt vom H&M-Garderobenständer. Ich sollte wieder anfangen, Fußball zu spielen. Wenn man ein bisschen fit und beweglich ist, kann man solche Stürze viel besser abfedern.

So viel dazu. Ist aber gar nicht wichtig. Ich denke nur darüber nach, weil ich mich nicht entscheiden kann, an wen ich zuerst denken soll. Franziska oder Lena? Soll ich mich bei Franziska melden? Wie sauer ist Lena auf mich? Braucht Franziska jetzt erst mal Zeit für sich? Gibt es irgendeinen Weg für mich, noch vor nächster Woche Kontakt zu Lena zu kriegen? Kann es sein, dass ich in Apfelsinchen verliebt bin, aber nicht in Franziska, oder ist es genau umgekehrt? Ist Kurt jetzt immer noch mit Lena zusammen und wenn ja, was zur Hölle treiben die beiden gerade? Kann es sein, dass ich so etwas wie einen multiplen Orgasmus mit Franziska hatte, obwohl so was für Männer ja gar nicht vorgesehen ist? Ist es überhaupt gerecht, dass Lena auf mich sauer ist?

Ich beiße mich mehr und mehr an der letzten Frage fest. Wirklich, ist das gerecht? Lena hat ihren Koffer wieder. Ohne mich wäre er immer noch in den Händen von xman41 und den anderen Nerds. Und wahrscheinlich hätten sie, sobald sie wieder halbwegs nüchtern gewesen wären, Panik gekriegt, den Koffer in die Spree oder sonst wohin entsorgt, ihre Facebook-Gruppe gelöscht und so getan, als wäre nie etwas gewesen.

Der einzige Makel an meiner Heldenaktion ist, dass ich ihr angekündigt habe, in einer halben Stunde da zu sein und das aus … nun, gewissen Gründen nicht geschafft habe. Könnte man natürlich sagen, dass sie das nicht so eng sehen soll, Hauptsache das Ding ist wieder da und so weiter. Aber sie hatte bestimmt einen wichtigen Termin vor der Brust. Und wahrscheinlich hat sie dafür ganz dringend ihre Akten gebraucht. Sie hatte die Wahl: absagen oder sich auf mich verlassen. Und sie hat sich dafür entschieden, sich auf mich zu verlassen. Und dann stand sie ziemlich blöd da, als sie am Ende doch absagen musste, weil der dämliche Oliver einfach nicht, wie er es gesagt hat, in einer halben Stunde kommt, sondern erst eine gefühlte Woche später. »15 Jahre sind vergangen, und er ist noch immer der gleiche Arsch«, so in etwa wird sie gedacht haben.

Schade. Es war nur das hintere Drittel der Aktion, in dem ich versagt habe, aber das hat gereicht. Und wenn ich jetzt nicht sofort den Hintern hochkriege und irgendwas exorbitant phänomenal Großartiges für sie tue, das jeden Zweifel daran beseitigt, dass ich mich gebessert habe, dass ich sie mag und dass mir das mit früher leid tut, wird sie für den Rest ihres Lebens eine verletzte Seele bleiben, die ihre Mitmenschen durch ihre vermeintliche Hochnäsigkeit vor den Kopf stößt. Schauderhaft ... Und außerdem will ich wissen, was zur Hölle sie an Kurt findet!

Obwohl, nein, das ist mir eigentlich ganz egal. Ich will nur nicht, dass Kurt sie vielleicht auch irgendwie enttäuscht. Ja, genau darum geht es mir ... Blödsinn, sie findet nichts an Kurt, sie wollte nur, dass er ihr den Koffer bringt ... Aber warum?

Autsch! Ich sollte nicht mit dem Fuß aufstampfen. Nicht mit diesem. Ich humple ins Badezimmer und suche aus meiner kramigen Hausapotheke Sportsalbe für meinen Knöchel heraus. Wieder im Sessel angekommen, fange ich an, ihn einzureiben.

AUTSCH! Ich sollte nicht an Lena und Kurt denken, während ich diese Stelle anfasse. Das verleitet mich dazu, viel zu fest zuzupacken. Lieber an Franziska ... Hmmm, ja, viel besser.

Das Ganze ist doch auch wie ein kleines Wunder. Ein nettes Mädchen, das heute Vormittag noch Apfelsinchen hieß und aus fadenscheinigsten Gründen Typen wie Rüdiger Fremdwortrodeo und Oliver Autschvideo angehimmelt hat, ist aus einer üblen Lebenssackgasse rausgekommen. Und ich habe dabei mitgeholfen. Das war zwar nicht mein Plan, aber es passierte einfach. Und überhaupt, da muss ich wohl noch ... viel drüber nachdenken.

Ich drehe den Deckel auf die Sportsalbentube, werfe sie vor mich auf den Boden und schaue sie verzückt an. Schon lustig, was Franziska und ich alles gemeinsam haben. Beide dieses Ich-vermisse-meine-WG-Problem, beide einen ausgeprägten Supermarkt-Tick und auch noch beide unfähig, irgendeinen Beruf zu finden, der uns glücklich macht. Kein Wunder, dass wir ...

Telefon!

Franziska? Kurt? Oder vielleicht Lena? Jedenfalls – nichts wie ran!

Ach, Amelie. Klar, der Anruf war längst überfällig. Hatte ich nur vergessen. Kein Wunder.

»Und ich störe auch wirklich nicht?«

»Nein, Amelie, wirklich nicht.«

»Dann ist es ja gut. Aber du kannst es ruhig sagen, ja?«

»Nein, Amelie, echt, alles okay.«

»Prima. Aber wenn ich wann anders anrufen soll – kein Problem.«

»Amelie, ich bin ganz allein, sitze in meinem Sessel und schaue an die Decke.«

»Ah, verstehe, dann können wir also gemütlich plaudern?«

»So siehts aus.«

»Ich wollte nur mal nachfragen, ob du denn eine Hose gefunden hast.«

»Ja, hab ich, Amelie. Alles gut.«

»Oh wie schön, dann bin ich ja beruhigt.«

Wie ich sie kenne, hat sie vor dem Gespräch schon vorsorglich ihren Terminkalender und den Zugfahrplan Gastrop-Rauxel – Berlin überprüft. So ein ausgeprägtes Helfersyndrom wie ihres nutzt sich nicht mit den Jahren einfach ab. Im Gegenteil.

»Bin wirklich sehr zufrieden damit. Würde dir bestimmt gefallen.«

»Ach, toll. Und hattest du jemanden, der dir geholfen hat?«

»Ja, Tobi und die Klasse 12b aus dem Lycée Victor Hugo, Paris.«

»Haha!«

»Echt. Es gibt sogar ein Video davon. Ich schick dir den Link.«

»Na, ich bin gespannt.«

Leider gibt es auch ein Video, auf dem sie sehen kann, wie die wunderbare Hose gleich wieder kaputtgegangen ist, aber das sage ich ihr nicht.

»Und, Oliver, also versteh mich nicht falsch, ich will nicht neugierig sein und es ist auch nicht so, dass ...«

»Du willst wissen, wie es beziehungstechnisch bei mir steht?«

»Na ja, ich denke nur manchmal, du weißt schon ...«

»Ja, ich weiß. Und, ganz ehrlich, ich glaube, da ist heute was in Bewegung geraten.«

»Ach, wirklich? Erzähl!«

Kann man vor Freude gerötete Wangen hören? Ich bilde mir jedenfalls fest ein, ich hätte sie gerade gehört.

»Hm, es gibt noch nicht so viel zu erzählen. Oder, um es mit Facebook zu sagen, *Beziehungsstatus: Es ist kompliziert*.«

»Oh je.«

Aber Amelie fragt nicht lange nach. Eine der vielen Eigenschaften, die ich so an ihr mag. Sie will Sachen nur wissen, um zu helfen und nicht weil sie neugierig ist. Es reicht, wenn ich ihr verspreche, dass wir bald wieder telefonieren.

Nachdem wir uns verabschiedet haben, bleibe ich noch eine Weile sitzen und schaue auf den Boden. Ja, zum hundertsten Mal, ich weiß, es bringt nichts, wenn ich die Sportsalbe auf dem Boden liegen lasse. Dadurch kommt kein WG-Gefühl auf. Auch nicht, wenn ich noch eine Socke und eine leere Bierflasche dazulege. Und auch nicht, wenn ich mir das Rambo-Poster an die Wand pinne, das früher in unserer WG-Küche hing. All das ist nur witzig, wenn man nicht weiß, wer was davon verbrochen hat.

Ich stehe auf und räume die Tube wieder in die Hausapotheke. Auf dem Weg zurück ins Wohnzimmer nehme ich meine Laptoptasche mit. Ich hatte mir zwar geschworen, dass ich ihn heute nicht mehr anschalte, aber wer weiß, vielleicht hat Kurt mir schon längst geschrieben. Und Franziska. Ich modifiziere meinen Schwur dahingehend, dass ich nicht schon wieder schauen werde, wie viele Freundschaftsanfragen ich habe.

Der Rechner schnurrt hoch. Facebook-Seite aufrufen. Tatsächlich. Eine Nachricht. Von ruderfrosch.

Ich soll dir schöne Grüße von Lena sagen und vielen Dank. Sie ist nächsten Dienstag um 12 Uhr wieder im Coffee & Bytes.

Warum bin ich jetzt so verzückt? Woher kommt die Musik? In einem fort zieht eine wunderbare Melodie mit dem Text »Dienstag um 12 Uhr im Coffee & Bytes« durch meinen Kopf. Nur langsam, ganz langsam wird sie von einer anderen Melodie überlagert. Sie klingt ungemütlich und dissonant und hat den Text »Was haben Kurt und sie gemacht?«. Als sich wenige Augenblicke später noch eine dritte, sehr laute, von Pauken begleitete Melodie dazugesellt, deren Text »Vielleicht ist Kurt sogar immer noch mit ihr unterwegs« lautet, halte ich es nicht mehr aus und rufe ihn an.

»Hallo Oliver.«

»Hallo Kurt. Was, ähm, treibst du gerade so?«

»Beschäftige mich gerade mit aktivem und passivem TCP/IP-Stack-Fingerprinting.«

Aktives und passives TCP/IP-Stack-Fingerprinting? Ist das seine Art zu sagen, dass er und Lena gerade ... Ich meine, hallo? Das klingt ja wohl eindeutig versaut ... Andererseits, eine Frau wie Lena und dieser ... ruderfrosch? Nein, oder? Wobei, man hört ja immer wieder, dass gerade unattraktive Männer einen ganz speziellen Reiz auf Frauen ausüben können. Und stille Wasser und so weiter ... Mist, ich ... Halt, es ist mir doch egal, verflixt noch mal. Kurt ist ein feiner Kerl. Ich sollte mich freuen, wenn sich die beiden ... Ja, das sollte ich ... Und Lena hat sich bei mir bedankt. Und sie will sich nächsten Dienstag mit mir treffen ... Also, was soll das alles?

»Oliver?«

»Hu, ja, hallo, bin noch dran ... Wo ... wo bist du gerade, Kurt?«

»Na wo wohl?«

»Ja ja, schon klar, hehe.«

Okay. Die beiden kuscheln in Lenas Dachgeschoss-Loft-Maisonette-sonstwas-Palast auf dem Sofa und machen Fingerprinting miteinander. Wahnsinn. Aber kein Problem für mich. Komm ich mit klar. Muss mich nur ein wenig an den Gedanken gewöhnen. Kein Ding.

»Scheiße!«

»Was ist, Kurt?«

»Latte Macchiato übers Macbook gekippt. Geht aber noch.«

»Oh.«

»Hallo, hallo, ähm, kann ich bitte paar Servietten haben ... Und einen neuen Latte Macchiato? ... Danke, vielen Dank ...«

Erst jetzt höre ich die Coffee & Bytes-Geräusche im Hintergrund. Nicht zu fassen. In was habe ich mich da reingesteigert?

»Ähm, ist noch was, Oliver?«

»Nein, nein, schönen Abend noch, Kurt.«

»Danke, dir auch. Ich muss mal die Sauerei hier wegmachen und das auf Facebook posten. Tschüss.«

Ich lasse mich in den Sessel fallen und atme tief durch. Komisch. Was hat dieses Strahlen auf meinem Gesicht verloren? Ich meine, hehe, es wäre doch okay gewesen. Lena und Kurt. Doch, ja, es wäre völlig okay für mich gewesen. Absolut. Kein Ding. Jetzt ist es halt nicht so, wie ich dachte. Auch gut. Auch völlig okay und ebenfalls kein Ding. Nicht die Bohne. Wie gesagt, da stehe ich drüber. Das Einzige, was wichtig ist, ist, dass ich noch was richtig Großes für Lena reiße. Und das möglichst schnell. Am besten bis Dienstag. Bis dahin sind es noch ein paar Tage. Alles, was ich brauche, ist eine wirklich gute Idee.

Wenn ich doch nur mehr über sie wüsste. Ich schleppe mich zum Schreibtisch und gebe »Lena Ameling« bei Google und Wikipedia ein. Nichts Brauchbares. Nur irgendwelche Mitschüler-find-Seiten. Mir bleibt nur die Erinnerung ans Schultheater. Da haben wir die meiste Zeit zusammen verbracht. Das Problem ist bloß, an was auch immer ich mich erinnere, ich muss mich jedes Mal fragen, ob das wirklich sie war oder nicht doch mehr ein Teil der Gretchenrolle ...

Oh, neue Nachricht. Von FranziskaSteinmann! Nein, die schau ich mir erst an, wenn ich eine gute Idee für Lena gefunden habe. Diese Erinnerungsprozesse sind ja sehr komplex. Da darf man sich nicht einfach rausreißen lassen. Noch mal von vorne ... Hm, immer wieder das Gleiche. Gretchen oder Nicht-Gretchen?

Vielleicht sollte ich lieber so vorgehen, wie sie es in diesen Manager-Kreativseminaren immer machen. Einfach frei assoziieren. Los geht es: Ich habe sie damals links liegen gelassen, als ich mich um sie hätte kümmern sollen. Ich konzentriere mich auf das Wort »links« und warte, was mich anspringt ... Linkshänder, Links-rechts-Verwechsler, Linksaufsteher ... Nein, das wird nichts. Auf welches Wort aus unserer Vergangenheit könnte ich mich noch konzentrieren? ...

Was will Franziska von mir? Und soll ich die Nachricht lesen, bevor ich überhaupt darüber nachgedacht habe, was ich von Franziska will?

So komme ich nie aus dem Quark. Ich will erst eine Riesenidee für Lena haben und dann über Franziska nachdenken, verdammt. Ich bin moralisch verpflichtet, diese Reihenfolge einzuhalten. Es geht hier immerhin um eine historische Schuld. Und wenn ich mich jetzt schon wieder von anderen Frauen ablenken lasse ... Andererseits, wie soll ich eine Riesenidee für Lena finden, wenn ich einen Riesenständer in der Hose habe? Nur weil ich kurz an Franziska gedacht habe. Oder war er schon vorher da? Ich weiß es nicht.

Also ... wenn ich ohnehin zu konfus bin, um gute Ideen zu haben, kann ich auch gleich die Nachricht von Franziska lesen. Bestimmt will sie von mir wissen, was ich fühle und wie ich das Ganze zwischen uns sehe. Mist. Ich bin doch noch gar nicht so weit. Was sage ich nur? Ach, ruhig Blut. Erst mal lesen ... Oder doch erst nachdenken? Der Mauszeiger ist auf der Nachricht, aber irgendwas in mir blockiert meinen Klickfinger.

Großhirn an Klickfinger: »Tu es!«

Kleinhirn an Großhirn: »Lieber nicht!«

Oliver an Otto Waalkes: »Lass mich in Ruhe!«

Klickfinger an Oliver und Otto: »Leckt mich, ich mach jetzt einfach, worauf ich Lust habe!«

Klick.

Der Wahnsinn, Oliver, ich habe gerade eine Riesenidee gehabt. Wollt ich dir nur kurz sagen. Lieben Gruß und schlaf gut, Franziska

Was? Mehr nicht? ... Boa ... Aber, hey, macht doch nichts. Genau. Hat sich erledigt. Ich kann jetzt wieder ungestört nach einer Idee für ... Mannomann, jetzt bin ich auf einmal sehr, sehr müde. Ich schreibe mit letzter Kraft.

Schlaf auch gut, Franziska. Bis bald.

Und jetzt muss ich wohl einfach mal ... Doch, die paar Schritte ins Bett schaffe ich noch. Ich nehme es mir ganz fest vor.

SAMSTAG

»Ich hätte gerne einmal McMenü mit Hamburger Royal TS, großer Cola und großen Pommes mit Ketchup und zusätzlich eine Portion Mayo, außerdem ein Happy Meal mit Chicken McNuggets und ebenfalls Cola sowie Pommes mit Ketchup und extra Mayo. Dazu bitte noch einen Nürnburger und zum Dessert wähle ich einen McFlurry mit Smarties-Topping und Erdbeersoße. Das wäre dann auch schon alles. Also, vorläufig.«

Niemand bringt eine McDonald's-Bestellung so flüssig vor wie Tobi. Der Junge hinter dem Tresen zeigt die leichte Andeutung eines anerkennenden Nickens.

»Und was nehmen Sie, bitte?«

»Ähm, kann ich einfach einen Hamburger und Pommes mit Ketchup und eine mittlere Sprite …?«

»Als Happy Meal? Das wäre dann mit kleinen Pommes und nullfünfundzwanzig Sprite.«

Und schon bin ich überfordert. Tobi stößt mich mit dem Fuß an. Ich sage einfach ja. Der McDonald's-Bestelltresen ist wirklich einer der Orte, an denen man immer wieder gnadenlos vor Augen geführt bekommt, dass Schulbildung alleine nicht reicht. Ich bezahle demütig, und kurz danach kriegen wir unsere beladenen Tabletts.

»Danke für die Einladung, Krach.«

»Keine Ursache, war ja der Deal, Hosenberatung gegen Essenseinladung. Und, mal abgesehen von Hausverbot und Schmerzen im Schritt war die Aktion doch ein Riesenerfolg. Ich hab die Hose sehr liebgewonnen, und wir beide hatten eine schöne Zeit.«

»Hatten?«

»Sie ist mir gestern kaputtgegangen.«

»Oh, wie das?«

»Lange Geschichte.«

Wir suchen uns einen Tisch in einer Nische und ich beginne Tobi über die Ereignisse der letzten Tage aufzuklären. Dazu muss ich natürlich etwas weiter ausholen und bin erst beim dritten Bissen, als Tobi den gewaltigen Essensberg vor seiner Brust bereits verschlungen hat.

»Aber viel wichtiger als die Hose ist, dass ich eine richtig gute Idee kriege, um wieder mit Lena ins Reine zu kommen. Und ich muss überlegen, was das mit Franziska überhaupt gewesen sein soll.«

»Vertrackt, aber sieh es positiv: Du musst dich zwischen zwei Frauen entscheiden. Andere träumen ihr Leben lang davon.«

»Moment, verstehst du denn gar nichts? Ich will nichts von Lena.«

»Hm.«

»Und das mit Franziska ... Wenn ich es nicht besser wüsste, würde ich fast denken, ich hätte das nur geträumt.«

»Apropos Traum, du könntest ja auch einfach abwarten, was dir dein nächster Sonntagstraum so bringt. Vielleicht ist es ja diesmal kein Stress-Albtraum, sondern irgend so ein Typ mit weißem Bart und wallendem Gewand erscheint auf einem Hügel und ruft dir zu, was du tun sollst. Na ja, kann auch eine Schildkröte sein oder ein Otter. Kommt ganz auf deine Psyche an.«

»Ach, Tobi.«

»Das war übrigens köstlich, mjam. Danke noch mal.«

»Schon gut.«

Ich schlinge meine Mahlzeit in mich rein, während er sich zufrieden räkelt und über seinen Bauch streicht.

»Ich wünschte, Diana würde mal so fein mit mir essen gehen wie wir heute.«

»Wenn ihre Mannequin-Karriere zu Ende ist.«

»Bin skeptisch.«

Tobi und Diana. Die Schöne und das Junk-Food-Biest. Da haben sich wirklich zwei gefunden. Ich lasse die letzten Pommes stehen.

»Komm, Kaffee trinken wir lieber im Valentin.«

»Bin dabei.«

Wir schieben unsere Tabletts in den Tablettwagen und streben zur Tür.

»He, hallo, wenn das mal nicht der Herr Oliver ist.«

Ich drehe mich um.

»Oh, was für eine Überraschung. Tobi, jetzt lernst du endlich mal einen guten Freund von mir kennen.«

»Tag auch. Gero.«

»Angenehm, Tobias. Und, kennt ihr euch schon länger?«

»Nein, Anton und ich kennen uns schon länger.«

Ich weise auf den Knirps, der Gero gegenübersitzt.

»Hallo Anton.«

»Hallo.«

»Anton hat Gero und mich neulich im Heiße-Öfen-Quartett geschlagen.«

»Wirklich? Dann bist du reif für das nächste Level, Anton. Mich.«

»Anton ist mies drauf heute. Müsst ihr verstehen. Seine verpeilte Mutter hat ihn letzte Woche nach dem Gitarrenunterricht über eine Stunde lang sitzen lassen.«

»Oh, nicht nett.«

»Kann man wohl sagen.«

»Wir sehen uns dann dienstags, wie immer, Anton?«

»Ja, ich bin da.«

»Wenigstens einer, auf den man sich verlassen kann, was, Anton?«

Wir verabschieden uns, aber bevor wir gehen, verabreden Tobi und Anton noch mit Handgesten, dass sie sich unbedingt bald mal zum Kartenspielen treffen müssen. Draußen fegt uns die Sommersonne fast weg. Tobi setzt sofort seine riesige schwarze Plastiksonnenbrille auf. Mir reicht meine Schirmmütze.

»Wie alt ist Anton eigentlich?«

»Sieben.«

»Und der hat dich bei Heiße Öfen geschlagen? Hahaaaaa!«

»Du warst nicht dabei.«

»Ich muss wohl wirklich mal gegen ihn antreten.«

»Übrigens, immer wenn du diese Brille aufhast, habe ich Angst.«

»Wieso?«

»Soll einen Zeitstrudel geben, der alle Leute mit dieser Brille ins Jahr 1985 zurückbeamt.«

»Hat Limahl da noch bei Kajagoogoo gesungen?«

»Wirst du dann bald rausfinden.«

* * *

Ich komme in meine Wohnung und stolpere wieder einmal sofort über meine Ordnung. Der Wunsch, dieser wohlsortierten Hölle sofort den Rücken zu kehren, ist wirklich eine tolle Ausrede, um gleich wieder an den Laptop zu gehen und dabei jedem Gedanken daran, dass ich womöglich langsam facebooksüchtig werde, ein lautes »Iwo« ins Gesicht zu schleudern.

Nachricht von FranziskaSteinmann.

Kannst du mich mal anrufen? Meine Nummer ist 0142-7745263.

Gestern Abend hätte mich diese Bitte noch völlig aus dem Gleichgewicht geworfen. Heute ist das anders. Schon allein deswegen, weil mich nichts so wunderbar entspannt wie ein Nachmittag mit Tobi. Außerdem hätte ich Franziska sowieso als Nächstes eine Nachricht geschrieben. Irgendwie habe ich Sehnsucht nach … Hm, oder sollte ich besser sagen … Es ist nämlich so, dass … Jedenfalls, kurz gesagt – ja, ich kann sie anrufen. Der Klickfinger bekommt eine Pause, der Wähldaumen muss ran. 0142-7745263.

»Hallo?«

»Hallo, hier ist Oliver.«

»Ah, hallo! Hör zu, können wir uns treffen? Ich muss dir unbedingt was erzählen.«

* * *

Mir ist, als hätte ich noch gar nicht richtig aufgelegt, aber ich sitze schon wieder im Valentin, und Franziska sitzt mir gegenüber. Sie strahlt mich mit ihren tiefen großen Augen an und redet. Schnell, aber konzentriert. Ein bisschen unheimlich ist mir ihre neue Art ja schon.

»Also, meine erste Idee: Real-Life-Pac-Man.«

»Äh, ja?«

»Du kennst doch Pac-Man.«

»Klar, das Computerspiel mit dem niedlichen gelben Monster, das das Labyrinth leerfressen muss und dabei von Geistern gejagt wird.«

»Exakt. Und genau das will ich in einem Supermarkt spielen. Mit echten Figuren.«

»Hä?«

»Ich und ein paar andere besorgen uns Pac-Man- und Geisterkostüme, und unser Labyrinth ist der Supermarkt. Dort fetzen wir rum, bis wir rausgeschmissen werden, und irgendjemand filmt mit.«

»Und du willst den Supermarkt leerfressen?«

»Hihi, wäre konsequent, aber nein. Ist nur für den Spaß.«

»Und das ist die Idee, die du mir unbedingt erzählen wolltest?«

»Nein, die kommt gleich noch. Das mit dem Real-Life-Pac-Man soll nur mein Abschiedsgeschenk an die Supermarktkonzeptionalisten sein. Machst du mit? Du kannst ein Geist sein. Welch Farbe hättest du gerne? Rot, Blau ...«

»Ich glaube, ich will nicht mitmachen.«

»Echt? Ach ja, stimmt, du machst ja weniger so geplante Aktionen, sondern improvisierst lieber.«

»So kann man es auch nennen. Warum verabschiedest du dich eigentlich von den Supermarktkonzeptionalisten? Ich meine, du hast doch auch einen mördermäßigen Supermarkt-Tick.«

»Nein, habe ich nicht. Ich habe nur so getan, weil ich dabei sein wollte.«

»Ach?«

Ich kann mir nicht helfen, ich bin enttäuscht.

»Ich frage mich, ob überhaupt jemand von denen in Wirklichkeit so drauf ist.«

»Ich zum Beispiel.«

»Echt, Oliver? Du glaubst tatsächlich, du musst alle Artikel ein Mal kaufen? Du solltest zum Arzt gehen.«

»Vielleicht. Sei froh, dass es dich nicht erwischt hat. Bei mir hat es angefangen, kurz nachdem ich aus meiner WG ausgezogen bin.«

»Wirklich?«

»Wirklich, Franziska. Nimm dich in Acht.«

»Okay, muss ich mal drüber nachdenken ... Aber jetzt die wirklich wichtige Idee. Ich hab dir doch erzählt, dass ich vorher Restauratorin studiert habe und dass mein Vater Kunstrestaurator ist?«

»Ja.«

»Genau da will ich ansetzen.«

Franziska legt los. Und so gaga, wie ihr Pac-Man-Projekt ist, so vernünftig hört sich das an, was sie mir jetzt erzählt. Sie will eine große internationale Kunstrestauratoren-Datenbank einrichten, über die man blitzschnell den passenden Spezialisten für jede Restaurationsaufgabe finden kann. Und sie hat die Idee in stundenlangen Telefonaten mit ihrem Vater bis ins kleinste Detail durchüberlegt. Zettel um Zettel malt sie vor meiner Nase voll, um mir die Einzelheiten besser erklären zu können. Ich weiß nicht, was mich mehr beeindruckt: das, was sie und ihr Vater sich ausgedacht haben, oder die Tatsache, dass sie in der Lage ist, mir alles so zu erklären, dass ich es auch verstehe. Erst nach dem achten Zettel macht sie eine Pause.

»Und, ganz ehrlich, was sagst du bis hierhin?«

»Ich sage ganz ehrlich: Wow. Und ich benutze das Wort *wow* hier in seinem eigentlichen und ursprünglichen Sinn, nämlich – wow!«

»Danke.«

Wenn sie so wunderbar strahlt, passieren seltsame Dinge mit mir. Ob das gut ist? Sie ist doch jetzt in ihr Projekt verliebt.

»Ich habe natürlich keine Ahnung, ob man damit wirklich Geld verdienen kann und ob man überhaupt Leute findet, die das finanzieren, aber ich habe alles verstanden und ich glaube einfach, das ist ein gutes Zeichen.«

»Weil du gerade von Finanzierung angefangen hast – du kennst doch die Trulla ... ich meine, die Lena. Kannst du sie vielleicht mal fragen, ob ihre Gesellschaft da einsteigen will?«

»Oh, schwierig, ich glaube, sie ist gerade nicht gut auf mich zu sprechen, und wenn ich richtig gehört habe, hat sie bis jetzt jeden aus dem Coffee & Bytes, der was von ihr wollte, abblitzen lassen. Ist wahrscheinlich alles eine Nummer zu klein für sie. Aber gut, ich frage sie, ob du mal mit ihr reden kannst. Versprochen.«

»Danke, Oliver.«

Sie neigt ihren Kopf zu mir und haucht mir einen Kuss auf die Wange. War das wirklich nur ein Danke-Kuss, oder ...? Mhmm, ich mochte es auf jeden Fall. Sie lehnt sich wieder zurück und trinkt ihren Apfelsaft aus.

»Oliver, kann ich mir mal deine Wohnung anschauen?«

»Och, klar. Warum nicht?«

* * *

Fremde Sachen. In meinem Wohnzimmer. Und ganz von selbst, ich habe nichts dazu getan. Ich bin mir wirklich nicht sicher, ob ich Franziska, die sich auf meinem Sofa fläzt, die ganze Zeit so verzückt anschaue, weil ich sie so mag, oder einfach nur, weil ihre Tasche in der einen, ansonsten leeren Ecke des Raums liegt, ihre Schuhe in der anderen, und weil sie selbst ganz wunderbar die Leere auf dem Sofa ausfüllt.

»Stimmt, es sieht wirklich aus wie bei mir.«

»Ja, oder?«

»Du hast zwar andere Sachen, aber irgendwie ist es trotzdem exakt das Gleiche.«

»Wie gesagt, ich finde einfach nicht raus, was man dagegen tun kann. Gibt anscheinend nur zwei Möglichkeiten, wenn man allein wohnt: Messie oder Ordnungsfreak.«

»Und man kann es sich nicht selbst aussuchen.«

»Ja, scheint so.«

»Und du hast dann nach einiger Zeit die Supermarktmacke entwickelt?«

»Ja, das kommt auch vom Alleine-Wohnen, ganz sicher. Wenn man für jemand anderen mit einkaufen müsste, käme man nie auf solche Gedanken. Würde mich auch nicht wundern, wenn ich mit der Zeit noch mehr solche Ticks kriegen würde.«

Franziska schaut sich schweigend um und mustert einmal mehr kritisch jedes Detail. Dann sieht sie mich an. Es ist wieder der Ich-habe-eine-Idee-Blick. Was hat sie jetzt vor? Wohnungstauschzirkel für Singles? Antiheinzelmännchendienst, der Unordnung macht, während man nicht da ist? Notunterkünfte in WGs für krisengeschüttelte Alleinwohner?

»Ich habe eine Idee: Ich ziehe einfach bei dir ein.«

* * *

»Es ist natürlich nur ein Experiment, Oliver.«

»Klar, Franziska, nur ein Experiment.«

Ich kann immer noch nicht glauben, dass sie ab sofort mein Wohnzimmer bewohnen wird, aber in der Ecke liegt unübersehbar eine Matratze mit ihrem Bettzeug, daneben auf der einen Seite ein Stapel Klamotten und auf der anderen Seite ein Koffer mit all dem Krimskrams, den man als Franziska so für den Alltag braucht. Meinen Schreibtisch haben wir für sie freigeräumt und stattdessen einen Behelfsschreibtisch in meinem Zimmer aufgebaut, also in dem Zimmer, das bis gestern noch mein Schlafzimmer war. Ein Glück, dass diese Altbauräume immer so groß sind.

Es ist inzwischen ein Uhr morgens. Zum ersten Mal seit vielen Stunden können wir durchschnaufen. Ich habe eine Flasche Rotwein aufgemacht, und wir stehen mit unseren Gläsern in den Händen herum und staunen ein wenig über das, was wir angerichtet haben. Schon irgendwie krass. Sie hat dauernd Ideen, und sie zieht sie sofort durch. Ist das cool oder geht das mehr so in Richtung Krankheitsbild Hyperaktivität? Aber, wie auch immer, wo sie recht hat, hat sie recht. Man kann ja auch mal nicht zögern. Ich bin glücklich, dass ich jetzt wieder in einer WG wohne, ich bin glücklich, dass endlich wieder jeden Tag Sachen herumliegen, die nichts mit mir zu tun haben und, ja, am allermeisten bin ich glücklich, dass Franziska hier ist. Ich ...

»Ganz wichtig ist natürlich, dass wir auch wirklich ein WG-Leben führen.«

Sie sieht mich an.

»Das heißt, keine Beziehung und kein Sex und solche Sachen.«

»Ja, stimmt, ist klar.«

»Ich meine, nicht, dass wir uns auf einmal so benehmen wie vorgestern, hihi.«

Sie gluckst, hält sich eine Hand vors Gesicht und greift mit der anderen nach meinem Arm.

»Nein, das geht natürlich nicht.«

Ich nehme ihre Hand.

»Das wäre ja dann keine WG mehr, also, eigentlich ...«

Sie drückt meine Hand. Fest.

»... eigentlich nicht. Also, eigentlich ...«

Unsere Stirnen berühren sich.

»... nicht. Also ...«

Sie zieht mich mit einem Ruck an sich.

»... eigentlich ...«

SONNTAG

Und jetzt sind wir doch eine richtige WG. Seit heute Morgen. Vorher haben wir allerdings noch einmal Sachen gemacht, die meinem beim Einzug angeschafften Ikea-Bett noch völlig unbekannt waren. Dabei schien ein Schild über uns an der Wand zu hängen, auf dem »Das muss jetzt einfach sein« stand. Ich glaube zumindest, dass ich es gesehen habe. Als wir heute Morgen jeder auf seiner Bettseite aufwachten, war es wieder verschwunden. Stattdessen trug Franziska ein Schild um den Hals, auf dem »Frisch ans Werk!« stand. Und hinter ihrer Stirn blinkten schon wieder mindestens drei neue Ideen-Glühbirnen. Und wenn man gemeinsam in einem warmen Bett aufwacht, das man vor dem Einschlafen noch auf verwegenste Art zerpflügt hat, und nicht sofort wieder übereinander herfällt, ist man entweder schon länger zusammen, oder man hatte am Abend davor Abschiedssex. Also, genau genommen Abschied-vom-gemeinsamen-Sex-Sex. Vielleicht wäre die Welt besser, wenn man so was für alle gemischten WGs zur Pflicht machen würde. Nun ja. Jedenfalls sind wir seit heute Morgen eine WG.

Was Franziska den ganzen Tag so getrieben hat, weiß ich nicht. Genau wie ich nimmt sie das wichtigste WG-Recht überhaupt für sich in Anspruch: ihre Tür zuzumachen. Bestimmt hat sie die ganze Zeit weiter emsig an ihrem Restauratoren-Datenbankdingskonzept weitergearbeitet. Ich dagegen wollte heute endlich mal wieder im

Monbijoupark Fußball spielen. Leider musste ich nach fünf Minuten wegen meiner Blessuren von der iKofferjagd wieder aufgeben. Ich setzte mich an den Rand und telefonierte die restliche Spielzeit ausgiebig mit Amelie, die sich meine theoretischen Erörterungen über Abschiedssex anhörte. Ob, und wenn ja, wie stark sie dabei den Kopf geschüttelt hat, hätte mich schon sehr interessiert, aber da war natürlich per Telefon nichts zu erkennen. Von ihr hörte ich anschließend zum hundertsten Mal, dass Gastrop-Rauxel nicht so langweilig sei, wie wir alle glaubten. Mein Kopfschütteln hat sie ebenfalls nicht mitgekriegt. Ich hoffe es zumindest.

Danach habe ich im Valentin gesessen und mit diesem und jenem geredet. Man könnte fast sagen, ich hätte den Nachmittag sinnlos verdaddelt, aber ich habe weiter über Lena nachgedacht, und was ich für sie tun könnte. Und ich habe dabei sogar ein wenig auf Zetteln herumgemalt, so wie es Franziska immer macht. Ich fürchte nur, es hat nichts gebracht. Jetzt, als ich in meinem stillen Zimmer auf dem Bett sitze und es mit zeitlichem Abstand noch mal durchlese, wird es mir noch einmal richtig klar. Auch wenn die Kugelschreiberlinien auf meinen Blättern aneinandergereiht eine beachtliche Strecke ergeben hätten, es ist einfach keine zündende Idee dabei.

Lena in ein teures Restaurant einladen? Bringt nichts. Die ganzen Leute, die von ihrer Firma Geld brauchen, stehen Schlange bei ihr, um sie zum Essen auszuführen. In die Oper? Genau das Gleiche. In den Zoo? Nicht zu fassen, wie unkreativ ich bin. Man kann ja über Elvin und Adrian sagen, was man will, aber die sind wenigstens in der Lage, jederzeit was aus dem Ärmel zu schütteln, an dem niemand vorbeikommt, ohne bis ins Mark erschüttert zu sein. Vielleicht sollte ich die beiden tatsächlich mal fragen ... Ups, das habe ich jetzt nicht wirklich gedacht, oder? ... Überhaupt, so ein Mist, fast hätte ich es geschafft, einmal einen ganzen Sonntag lang keinen einzigen Gedanken an den Montag und meine Arbeit zu verschwenden. Damit ist es jetzt natürlich vorbei. Jetzt bin ich nicht nur traurig über meine Unfähigkeit, Ideen zu haben, sondern auch darüber, dass ich schon wieder von finsteren Gedanken umflort einschlummern werde.

Ich schlurfe in die Küche und hoffe, dass Franziska dort sitzt. Tut sie aber nicht. Ich weiß nicht einmal, ob sie zu Hause ist. Verflixt. Was ist das für eine WG, in der ich in solchen Momenten alleine in der Küche sitzen muss? Früher mit den Jungs wäre das nie passiert, nur da waren wir ja auch zu fünft. Noch mehr Leute hier reinholen geht aber nicht. Jeder ein eigenes Zimmer, das muss schon sein.

Ich setze mich, mache ein letztes Bier auf. Nein, ich werde mich nicht wieder mit dem Zuckerstreuer unterhalten. Hab ich nicht nötig. Franziska kommt sicher gleich rein. Spätestens wenn man ein Bier aufmacht, kommt immer jemand rein in die WG-Küche. Fast immer. Haha. Ich schaue ein letztes Mal auf meine Zettel und zerknülle sie langsam. Hallo, ihr hunderttausend Traurigkeitsameisen, die ihr auf mir herumkrabbelt, ich gebe es ab sofort auf, euch zu ignorieren. Nützt ja eh nichts, ihr seid einfach zu viele.

* * *

Der große Baum im Garten meiner Großeltern. Das Baumhaus, das mein Vater dort reingebaut hat. Na ja, was heißt schon Baumhaus. Das Bretterplateau, das wir immer Baumhaus genannt haben. Jedenfalls sehe ich es. Und auf dem Baumhaus-Bretterplateau sitzen Franziska und Lena, und in den Ästen um sie herum sitzen Elvin, Adrian,

Kurt und xman41. Alle haben beste Laune und unterhalten sich. Dauernd wird gelacht, aber ich stehe unten und bin zu weit weg, um zu verstehen, was sie reden. Ich will auch zu ihnen, aber ich kann nicht. Die Strickleiter, die ich früher immer benutzt habe, ist nicht da.

Elvin springt mit einem hohen Satz vom Baum. Wie macht er das? Das waren gut und gerne vier Meter, aber er landet leicht wie eine Feder und verschwindet um die Ecke. Im nächsten Moment kommt er mit einem Tablett voller Coffee-to-go-Pappbecher wieder. Ha, jetzt hat er aber ein Problem. Wie will er …? Nicht zu fassen, er macht es einfach. Springt ab und landet sicher auf seinem Ast. Und nicht ein Tropfen Kaffee wird dabei verschüttet. Er verteilt die Becher. Einer bleibt übrig.

»☺ Oliverchen, wo bleibst du? ☺«

Ich nehme Anlauf und springe ab. Besser gesagt, ich versuche abzuspringen. Heraus kommt dabei nur ein weiterer Schritt, als wäre die Erdanziehungskraft für mich viel größer als für die anderen.

»☺ Ich stell deinen Latte mal hierhin. Lass dir ruhig Zeit. ☺«

Und sie reden weiter. Bestens gelaunt. Jeder mit jedem. Ich bleibe unten und außen vor. Sie vergessen mich einfach. Mist. Es muss doch irgendwie gehen. Es gibt bestimmt einen Trick. Aber welchen nur? Ich komme einfach nicht drauf. Und je länger ich nachdenke, umso mehr fühle ich, wie meine Füße am Boden haften, als wären sie dort festgenäht.

Montag

»Musst du echt schon los, Franziska?«

»Auf jeden Fall. Bin eh schon zu spät dran. Sorry, ich stell die Sachen nachher in die Spülmaschine. Bis später.«

»Du, kein Problem, echt.«

Die Tür geht zu. Kurz hier und da noch ein Knacken in den Bodendielen, über die sie gerade gelaufen ist, und schon öffnet wieder die Stille ihr gewaltiges Maul und gähnt mich an. Zehn Minuten hätte sie doch ruhig noch bleiben können. Was sind schon zehn Minuten? Und nein, Zuckerstreuer, nett, dass du dich schon wieder mit mir unterhalten willst, aber ich bin gerade nicht in der Stimmung. Ich räume meine Frühstückssachen wieder weg, ohne etwas zu essen, und schaue, dass ich so schnell wie möglich hier rauskomme. Montag. Die Mühle dreht sich wieder.

* * *

»Oh nein! Tut mir leid. Wie ungeschickt von mir!«

»Ach, schon in Ordnung.«

»Aber der Kaffee war sauheiß. Haben Sie sich nicht verbrannt?«

»Nicht so schlimm, tut fast gar nicht mehr weh.«

»Und Ihr Hemd. Völlig verschmutzt. Und Sie müssen jetzt bestimmt zur Arbeit. Ist mir das unangenehm!«

»Kein Problem.«

»Sie sind traurig, oder?«

»Hm?«

»Sie sehen sehr traurig aus.«

»Ach, seien Sie froh. Normalerweise sehe ich am Montag um diese Zeit immer schlechtgelaunt aus. Und benehme mich auch so.«

In der Tat. Letzte Woche hätte ich den kleingewachsenen jungen Mann mit der dicken Brille vermutlich noch ungespitzt in den Betonboden dieses minimalistisch eingerichteten Neo-90er-Mitte-Stehcafés, in das ich mich geflüchtet habe, gerammt. Und der Kerl bleibt hartnäckig.

»Hier, für die Reinigung.«

»Schon in Ordnung, wirklich.«

»Kann ich Ihnen denn gar nicht helfen?«

Er könnte schnell das Jinglefactory-Tonstudio, in dem ich gleich Elvin und Adrian treffen muss, in Brand stecken. Das würde aber auch nur für begrenzte Zeit etwas nützen.

»Nein, nein, alles okay.«

* * *

»Mir ist eh nicht zu helfen.«

»Dann nimmst du das hier!«

»Stimmungsaufheller? Nützt nichts. Hab ich schon probiert.«

»Aber nicht diesen!«

»Phrykamophal?«

»Genau! Phrykamophal – wie Kokain, doch ganz legal!«

…

»☺ Danke. Also ich sag mal, Oliver, du bist einfach zum Bodenkutschen. Derbe obergeil! Wie machst du das? Ich höre deine Stimme und denke sofort, du bist der übelste

Depri-Spinner, der in der Stadt rumläuft. Extra großes Strebersternchen für dich! ☺«

»☺ Und, Beate, du bist auch schon ganz toll, aber irgendwas fehlt mir da noch in deinem Sound. ☺«

»☺ Yep. Im Ansatz machst du ja alles komplettamente richtig. So klingt jemand, der dem Trottel, mit dem er da spricht, richtig in den Arsch tritt. Aber irgendwie muss der Sound noch wohlfühliger sein, verstehst du, was wir meinen? ☺«

»☺ That's it. Der Hörer muss glauben, dass du eine wunderschöne verführerische Frau wärst. Ups, das war jetzt nicht so gemeint, wie es sich anhört, hehe. ☺«

* * *

Bis jetzt war der Tag wirklich nicht so, dass er mich fröhlicher gemacht hätte. Und jetzt auch noch das. Sie haben das Valentin über Nacht neu gestrichen. Viel dunkler. Oder kommt es mir nur so vor?

»Bist du eigentlich traurig, Krach?«

»Wieso?«

»Na ja, du guckst dir die ganze Zeit in den Schritt.«

»Oh.«

»Würde ich dich nicht kennen, würde ich denken … Aber ich kenn dich ja. Spielen wir?«

»Hm?«

»Heiße Öfen?«

»Ach, hm, ich weiß nicht.«

»Du musst spielen. Ganz dringend.«

Noch während Tobi spricht, fängt er an, die Karten auszuteilen. Was dann passiert, ist seltsam. Die PS der Motorräder scheinen in meinen Körper zu fließen. Mit jeder Karte, die ich vom Tisch auflese, finde ich das Valentin wieder heller, und das Bier fängt auch allmählich an zu schmecken.

»152 PS sticht.«

»156.«

Ach, irgendwie muss man ja auch nicht immer alles so negativ sehen. Immerhin ist die Woche schon halb rum. Na ja, fast …

Nachdem ich verloren habe, lehnen wir uns zurück und widmen uns dem letzten Bier.

»Diana hat gesagt, ich soll Sport machen.«

»Das sagt sie jede Woche, Tobi.«

»Schon, aber sie hat angefangen, es jede Woche ein bisschen lauter zu sagen.«

»Dann mach doch was.«

»Hm.«

»Ich hab neulich mal wieder versucht, bei meinen Parkfußballern mitzumachen, ging aber nicht, wegen meinem Fuß. Den Mittwoch probier ichs noch mal. Hast du an dem Nachmittag Apotheke?«

»Nein, frei.«

»Dann komm doch auch.«

»Wenn, dann nur als Sanitäter.«

»Du musst ja nicht gleich mitspielen, aber drei langsame Runden Joggen im Monbijoupark, das wäre wenigstens ein Anfang.«

»Hm.«

»Also abgemacht.«

DIENSTAG

Ich bin halbwegs ausgeschlafen und überpünktlich da. In unserer Coffee & Bytes-Stammecke ist noch alles frei. Wunderbar. Ich schaue mich um. ruderfrosch-Kurt kauert wieder in der anderen Ecke an seinem Stehtisch. Ich überlege, ob ich kurz vorbeigehen und hallo sagen soll, aber das kann ich später auch noch machen. Jetzt erst mal Lena.

Nein, ich habe immer noch überhaupt keine Idee, was ich sagen soll und wie ich sein werde, aber das macht nichts. Wir treffen uns jetzt einfach und Punkt. Wir unterhalten uns, ich erfahre endlich mehr über sie, Vorlieben, Wünsche, Schwächen und den ganzen Kram, und schwupps, danach ist die Chance auf eine gute Idee auf einmal viel größer.

Lena Ameling. Ich vertreibe mir die Zeit, indem ich mir ihren Namen wieder und wieder auf den Lippen zergehen lasse. Hat natürlich vor allem damit zu tun, dass es einfach ein schöner Name ist. Versteht sich. Ah, da ist sie schon.

»Hallo Oliver.«

Sie kommt mit Schwung auf mich zu und strahlt mich an. Der iKoffer ist ihr mit kurzem Abstand gefolgt und bleibt nun direkt neben ihren schlanken Beinen stehen. Umarmen? Hm. Die Hand geben? Doppel-hm. Scheint, als gäbe es in solchen Situationen tatsächlich nichts Besseres als stehenbleiben und ein wenig hilflos herumfuchteln.

»Hallo Lena. Alles gut?«

»Danke, und bei dir?«

»Och ja, schon okay.«

Wir setzen uns. Der iKoffer witscht sofort neben ihren Stuhl.

»Oh, hast du den Normalkoffer-Mode jetzt doch ausgeschaltet?«

»Hihi, ja. Kurt hat mir alles perfekt eingestellt. Hätte ich gar nicht gedacht, dass das Ding auch praktisch sein kann. Vor allem kann ihn jetzt keiner mehr stehlen.«

»Echt?«

»Nein, versuch doch mal.«

»Autsch!«

»Siehst du? ... Sorry, tut anscheinend richtig weh, der Stromschlag. Hätte ich nicht gedacht.«

»Schon okay.«

Sie strahlt mich wieder an.

»Also, Oliver, vielen Dank noch mal, dass du ihn gefunden hast. Und tut mir leid, dass ich im ersten Moment, hm, etwas sauer war.«

Sie gibt sich einen Ruck und umarmt mich. Umarmen im Sitzen ist zwar wie Zungenkuss mit Zahnspange, aber es gibt Phasen im Leben, in denen man auch dafür dankbar ist.

»Schon okay ... Oder, um nicht immer das Gleiche zu sagen, geht klar.«

»Ich bin halt zu einem sehr wichtigen Termin viel zu spät gekommen und hab deswegen Probleme gekriegt.«

»Ja, dachte ich mir schon. Tut mir leid.«

»Nein, mir tut es leid. Kurt hat mir den Link zum Video geschickt, auf dem du mit dem Fahrrad hinter dem Dieb her bist.«

»Kurt? Hm, schreibt ihr euch jetzt öfter?«

»Ja. Ganz feiner Kerl. Also, nachdem ich das Video gesehen hatte, kam ich mir einfach nur noch undankbar vor. Ich hätte pünktlich gehen sollen und den Koffer Koffer sein lassen. Ich hätte ja auch später zurückkommen können. Meine Schuld.«

»Schon okay ... Ups. Wenn man zwischendrin einmal *geht klar* gesagt hat, kann man dann beim nächsten Mal wieder *schon okay* sagen?«

»Hihi, du bist noch genau so wie früher.«

Das hat sie als Kompliment gemeint. Auf mich wirkt es trotzdem wie der nächste Elektroschock.

»So wie früher. Na ja, also, was soll ich sagen ...«

Genau ab »was soll ich sagen« übernimmt mein Mund wieder die Kontrolle, als wäre das sein Stichwort gewesen. Er sprudelt alles heraus. Meine Erinnerung an das Faust-Schultheaterprojekt, mein schlechtes Gewissen über mein schäbiges Verhalten, als Lena im Krankenhaus war, meine Teilzeit-Besessenheit von Ersatzgretchen Claudia Köhnel und natürlich meine Zöpfe-Träume, nachdem wir uns wiedergesehen haben. Ich unterbreche nur einmal kurz, um Kaffee zu bestellen. Danach setzt der Wortschwall sofort wieder ein und spült einmal durch alle Ecken unseres bisherigen gemeinsamen Lebens. Nur das Thema Verliebt-Sein spart mein Mund diesmal sorgfältig aus. Er hat dazugelernt.

»... jedenfalls, so war das dann am Ende. Irgendwie verrückt, oder?«

Sie zögert einen Moment, weil sie unsicher ist, ob ich wirklich fertig bin. Dann lächelt sie, und ihr Gesichtsausdruck dabei ist eine seltsam perfekte Mischung aus erleichtert und gequält.

»Ja, das kann man wohl sagen.«

Wie denkt sie wirklich darüber? Sie sagt nichts.

»Ich war ein pubertierender Volltrottel, Lena, wirklich,

die, dings, Testostermone oder wie das heißt. Ich kann heute überhaupt nicht mehr begreifen, warum ich dich nicht jede Woche wenigstens ein Mal im Krankenhaus besucht habe.«

»Na gut, vergeben.«

»Wirklich?«

»Ich glaube schon.«

»Hm.«

»Übrigens, Oliver, nur falls du das glauben solltest – ich war nicht in dich verliebt.«

»Iwo, bewahre.«

»Ich war nur ... Ja, okay, ich war doch verliebt in dich. Aber nur ein bisschen. Also nicht so richtig. Will sagen ...«

»Schon klar.«

»Ja.«

Wir nippen an den Kaffeetassen und gucken in verschiedene Richtungen. Die Gesprächspause fühlt sich an wie eine mächtige Abrissbirne, die unsichtbar zwischen unseren Köpfen hin- und herpendelt. Ich muss was tun. Erstens, ich muss was sagen. Zweitens, anderes Thema.

»Wäre aber wahrscheinlich auch nicht so toll gewesen, wenn du da am Donnerstag pünktlich, aber ohne deine Akten zu dem Termin gekommen wärst, oder?«

»Was?«

»Also, der Termin am Donnerstag, zu dem du zu spät gekommen bist, also, da hast du doch sicher deine Akten gebraucht?«

»Akten?«

»Na ja, also die Papiere in deinem Koffer. Und was da noch so drin ist. Laptop, iPad, was weiß ich.«

»Hihi, soll ich dir mal zeigen, was wirklich in dem Koffer drin ist, Oliver?«

»Och, ja, klar.«

Die Abrissbirne verliert ihren Schwung. Mir ist alles recht, was dazu beiträgt. Lena nimmt das weiße Kerlchen auf ihren Schoß.

»Open.«

Der Deckel hebt sich lautlos und sanft. Ich kann hören, wie alle um uns herum die Hälse recken, aber wir schirmen den Koffer so mit unseren Körpern ab, dass keiner hineinschauen kann.

»Aber ...«

»Simsalabim.«

»... da ist ja gar nichts drin.«

»Hihi.«

»Ah, ich verstehe, optische Täuschung. Pfiffig. Wenn doch mal einer den Koffer stiehlt und ihn aufbricht, denkt er ...«

»Nein, Oliver, es ist wirklich nichts drin.«

Oh. Wie krass. Sie führt den iKoffer also nur zum Angeben spazieren. Entsetzlich. Ich hatte ja schon vermutet, dass sie durch meine Schuld einen kleinen Dachschaden davongetragen hat, aber dass er so groß ist ... Was kann ich nur tun?

»Gleich wird aber wieder was drin sein.«

»So?«

»Ja. Gleich gehe ich in den Waschsalon dort gegenüber und hole meine Wäsche aus dem Trockner.«

»Aber ... ich verstehe nicht ...«

»Dienstag und Donnerstag ist immer mein Waschtag. Da kann ich nämlich länger Mittagspause machen.«

»Wie? Aber ... was arbeitest du denn?«

»Ach, nichts Tolles. Empfangsdame bei Eppendorff von Bühring Rechtsanwälte. Teilzeit.«

»Aber ...?«

»Und den Wäschetransport mache ich mit einem Businesskoffer, weil der nicht so auffällt, wenn ich ihn hinter meinem Empfangstresen rumstehen habe.«

»Aber ... ein iKoffer?«

»Dem Seniorchef war der Rollkoffer, den ich vorher als Waschtagkoffer hatte, zu schäbig. Ich wollte mir schon einen neuen kaufen, aber dann hat ihm einer unserer Klienten, der Apple-Händler ist, einen iKoffer geschenkt, und er wollte ihn nicht mehr haben, nachdem er einen Stromschlag von der falsch eingestellten Diebstahlsicherung gekriegt hat, und dann hat er ihn mir weitergeschenkt. Und seit ich dank Kurt damit klarkomme, finde ich ihn klasse.«

»Aber ...«

»Ja, ich muss zugeben, ich bin ein kleiner Technik-Volltrottel.«

»Aber ... weißt du, dass dich hier alle für eine Venture-Capital-Managerin halten?«

»Was?«

»Ja. Alle glauben, dass du Riesensummen verwaltest und sie an hoffnungsvolle Start-ups verteilst.«

»Moment ...«

»Deswegen ...«

»... deswegen kommen hier dauernd Leute angekrochen und texten mich voll, was für tolle Projekte sie sich ausgedacht haben?«

»Genau.«

* * *

Die restliche Zeit im Coffee & Bytes hat Lena damit verbracht, schallend zu lachen. Die Leute schauten natürlich recht komisch. Ich habe irgendwann angefangen, einfach mitzulachen, weil das noch am wenigsten dämlich aussah. Zum Glück war kurze Zeit später der Wäschetrockner fertig und wir gingen, Lena immer noch glucksend, ich weiter verkrampft höchste Belustigung vortäuschend, und der iKoffer, wie gehabt, sich leise und emsig an Lenas Fersen heftend.

Der Waschsalon liegt schräg gegenüber vom Coffee & Bytes. Kaum zu glauben, dass ich Lena dort nie rein- und rausgehen gesehen habe, aber ich war, wie alle anderen auch, immer fest davon ausgegangen, dass sie mit einem Taxi, Oberklasse-Auto oder Hubschrauber zu ihrem Kaffee angereist kommt. Wahrscheinlich hätte ich sie gar nicht erkannt, hätte ich zufällig einmal dort durch die große Scheibe hineingeschaut.

Im Waschsalon knallt Lena mit ihren makellosen Büroklamotten und ihrem iKoffer natürlich erst recht heraus. Die anderen Waschleute interessieren sich trotzdem nicht für sie. Sie haben sich schon an sie gewöhnt. Ich lehne am Wäsche-Zusammenfalttisch, während Lena die Klamotten aus dem riesigen Trockner in einen Wäschekorb umlädt. Anschließend schubst sie mich sanft beiseite, beginnt die Sachen zusammenzulegen und in den iKoffer zu verfrachten.

»Sag mal, nur so, warum hast du denn keine Waschmaschine?«

»Ist vor einem halben Jahr kaputtgegangen. Reparatur lohnt sich nicht, Budget für eine neue ist nicht vorhanden, fertig. Liegt übrigens vor allem daran, dass der Vater meines Sohns sich weigert, Alimente zu zahlen, falls es dich interessiert.«

Als wolle sie die passende Bildspur zu dieser Information liefern, zieht sie im gleichen Moment eine reichlich ramponierte Kinderjeans mit einem geflickten Knie aus dem Wäschekorb.

»Oh, du hast ein Kind?«

»Ja. Bommi. Sechs Jahre und ein kleiner Racker vom Feinsten. Und du?«

»Ich? Nein. Also, hat sich bis jetzt nicht ergeben. Muss erst mal die richtige Frau ... und so.«

»Claudia Köhnel war es dann also doch nicht?«

»Also, das ist wirklich lange her. Und das Kind wäre dann ja schon, hm, fast volljährig. Aber ich kenne einen siebenjährigen Jungen, den sehe ich fast jede Woche. Wir sind richtig gute Freunde, auch wenn du dir das nicht vorstellen kannst.«

»Klar kann ich mir das vorstellen. Männer verstehen sich doch immer, was?«

»Darüber könnte ich dir viel erzählen. Ich habe acht Jahre in einer Fünfer-Männer-WG gewohnt.«

»Oh. Riecht es da tatsächlich so, wie immer alle sagen?«

»Hihi, allein für das Thema bräuchte ich einen ganzen Vormittag. Lena, pass auf, ich habe eine Idee. Ich wohne hier gleich um die Ecke. Du kannst bei mir waschen, bis du ein neues Gerät hast ... Also, wenn du willst.«

»Hm.«

»Ist doch viel billiger. Und ich habe eine gute Kaffeemaschine und einen sonnigen Balkon. Komm, sag ja.«

»Klingt gut. Aber ich bezahle was dafür.«

»Okay. Wir machen einfach eine Waschkasse. Müssen wir sowieso machen. Das ist nämlich auch eine WG. Nur eine, hm, gemischte.«

Wie da die Sonne in mir aufgeht, während ich diese Worte ausspreche. Ich wohne in einer WG. Es stimmt. Und Lena lächelt. Das Waschangebot ist zwar jetzt noch nicht die ganz große Wiedergutmachung, aber immerhin ein Anfang.

»Kann ich dann also am Donnerstag um zwölf kommen?«

»Klar, ich werde da sein. Moment, ich geb dir die Adresse.«

Während Lena die letzten Wäschestücke zusammenlegt, schreibe ich schnell alles auf die Rückseite eines alten Fahrscheins und drücke ihn ihr in die Hand.

»Danke. Na, dann sehen wir uns ja bald wieder.«

»Freu mich schon.«

Lena klappt den Koffer zu und stellt ihn auf den Boden, wo er sofort wieder sein drolliges Eigenleben beginnt. Sie betrachtet sich in einem der Spiegel an der Wand, löst den Zopfgummi, der ihren Pferdeschwanz zusammenhält, schüttelt die Haare und fasst sie wieder zusammen.

»So, ich muss dann auch schleunigst los. Tschüss, Oliver, war nett mit dir.«

»Ja, fand ich auch. Also, mit dir. Und so.«

Endlich eine richtige Steh-Umarmung. Ja, doch, ich habe mich danach gesehnt. Zum ersten Mal in meinem Leben drücke ich die kleine Lena Ameling an mich, so, wie ich es bestimmt damals nach der geglückten Theaterpremiere getan hätte, wenn nicht alles so fürchterlich schiefgelaufen wäre. Ich atme tief ein, und ihr Duft bleibt in mir hängen. Sie dreht sich noch einmal kurz um und winkt, dann verschwindet sie um die Ecke. Erstaunlich flotte Schritte dafür, dass sie Pumps mit hohen Absätzen trägt. Der iKoffer hält trotzdem tapfer mit. Ich schließe kurz die Augen und sehe sie noch einmal vor dem Spiegel stehen und ihren Pferdeschwanz neu sortieren, ihre klaren blauen Augen konzentriert auf einen Punkt gerichtet. Ich bin überzeugt, ich könnte es sofort malen …

Das heißt aber nicht, dass ich, also, na, ach, egal.

* * *

»Hallo Anton.«
»Hi.«
Keine Vorwürfe, dass ich zu spät komme? Wunderbar, der Knabe beginnt also zu akzeptieren, dass ich ein freier Mann bin. Ich setze mich und lächele ihn an.
»Ich hab eine Menge zu erzählen.«
...
»Über die Frau, in die ... also, du weißt schon ...«
...
»Hallo? Ich rede mit dir.«
...
»Ja. Merk ich.«
Das ist ja wohl die Höhe. Er ist also doch sauer, dass ich zu spät gekommen bin, nur spielt er diesmal nicht den Erzürnten, sondern den Beleidigten. Lernt er es vielleicht mal? Und überhaupt, was heißt hier *zu spät*? Ich komme, wann ich will, verflixt noch mal. Ich ignoriere dieses Theater jetzt einfach.
»Also, soll ich jetzt erzählen, oder nicht?«
»Können wir zuerst Heiße Öfen spielen?«
Was ist nur? Ich brenne darauf, eine Tonne voll Neuigkeiten vor ihm auszukippen, und er müsste sich normalerweise heißhungrig und mit einem ganzen Waffenarsenal aus seltsamen Fragen und unerwarteten Anmerkungen darauf stürzen. Aber gut, dann ist er eben nicht in der Stimmung. Kann ja mal sein. Dann spielen wir eben. Ist ja nicht so, dass ich keine Lust hätte. Im Gegenteil, ich brenne auf eine Revanche.

Während ich Spielkarten und Kaffee organisiere, starrt Anton weiter missmutig auf die Tischplatte. Vielleicht Ärger in der Schule? Werde es schon noch aus ihm rauskitzeln. Ich setze mich und teile aus. Schon bald nachdem Anton die ersten Karten in der Hand hält, wird er ein anderer Mensch. Das Missmutige, Verletzte, Beleidigte verschwindet und die hochkonzentrierte, siegesgewisse, killerinstinktgetriebene Heiße-Öfen-Zockermaschine fährt aus der Garage. Das gefällt mir schon besser.

»220 km/h sticht.«

»216.«

Macht nichts, ich lasse ihn erst mal kommen. Soll er nur glauben, dass er das mit links gewinnt. Ich werde im entscheidenden Moment vorpreschen und ihn im Genick packen. Die Karten wandern hin und her. Auch wenn Anton als Gegner kein bisschen weniger ernst zu nehmen ist als Tobi, muss ich mich doch erst noch daran gewöhnen, dass ich gegen jemanden spiele, der nicht durch seine schiere Körpermasse den Stuhl, auf dem er sitzt, komplett zum Verschwinden bringt. Manchmal denke ich noch an den einsilbigen Empfang von vorhin. Aber jetzt wird gespielt. Längere Unterhaltungen sind während Heiße Öfen genauso unmöglich wie beim Schach.

Zwanzig Minuten später habe ich doch wieder verloren. Hätte nicht sein müssen. Ich hatte einfach nur an zwei entscheidenden Stellen Pech. Nächstes Mal. Antons Stimmung ist nun allerdings viel besser. Die therapeutische Wirkung dieses Quartetts ist wirklich phänomenal.

»Und wie war das jetzt mit der Frau, in die du verliebt bist?«

»Tja, stell dir vor, es hat sich rausgestellt …«

Ich rede eine geschlagene Viertelstunde am Stück. Wenn man bedenkt, was ich alles zu erzählen habe, ist das überhaupt nicht lang. Im Gegenteil. Ich kann stolz darauf sein, wie geschickt ich alles in diese mickrigen 15 Minuten reingepackt habe. Gut, es gab ein paar nicht ganz jugendfreie Stellen in den Passagen mit Franziska und mir, die ich rauskürzen musste. Trotzdem, ein weniger disziplinierter Erzähler wäre jetzt gerade mal an der Stelle angekommen, an der xman41 versucht, sich über den Innenhof abzusetzen.

»… jedenfalls, schon witzig, ich dachte die ganze Zeit, ich bin verliebt in sie, dabei kannte ich sie einfach nur aus der Schule.«

»Wieso glaubst du, dass du nicht verliebt in sie bist?«

»Verliebt? Iwo, sie ist doch noch viel zu klein … Also, nein, natürlich nicht zu klein. Nur in meinem Kopf. Genau, das ist es, in meinem Kopf ist sie viel zu klein. Da kann man älter werden, wie man will, wenn man jemanden mal zu klein fand, findet man ihn immer zu klein.«

»Aber du bist doch trotzdem verliebt.«

»Aber nein. Ich habe nur ein schlechtes Gewissen, weil ich mich damals so schäbig verhalten habe, als sie krank war, und will es wiedergutmachen. Und dafür brauche ich unbedingt eine Idee. Weißt du vielleicht …?«

»Das sieht man aber, dass du verliebt bist.«

»Nein, zur Hölle, ich habe einfach nur gute Laune, weil wir endlich mal richtig miteinander gesprochen haben, weil die Stimmung zwischen uns gut ist und weil ich die Frau schon übermorgen wiedersehe. Das heißt aber jetzt nicht, dass, also, na, du weißt schon, und so.«

»Du siehst aber verliebt aus.«

Wie kriege ich das bloß aus seinem Schädel raus? Und wie kriege ich das Bild von Lena, wie sie sich im Waschsalon den Pferdeschwanz neu macht, aus *meinem* Schädel raus? Dauernd springt es mich von hinten an. Aber das hat doch alles keinen Sinn. Ich bin doch gar nicht ihr Niveau. Nein, das stimmt ja gar nicht mehr. Es geht darum, dass … Vielleicht bin ich auch einfach nur komisch.

»Jetzt lassen wir das mal, Anton. Was war vorhin eigentlich mit dir los? Schlechte Laune? Irgendwas passiert?«

»Kannst du heute so lange bleiben, bis meine Mutter kommt?«

»Würde ich ja gerne, aber ich habe gleich noch einen Termin in einer Werbeagentur. Der ist so wichtig, dass ich sogar meine Gesangsstunde ausfallen lasse, wobei, die bringt eh nichts.«

»Ist das wirklich so wichtig?«

»Für die Werbeagenturleute schon. Na ja, für mich auch, wenn ich weiter für die arbeiten will.«

»Bitte.«

Was hat er heute nur? Ach, stimmt, da war was.

»Hast du Angst, dass deine Mutter wieder zu spät kommt?«

Er nickt.

»Komm, das passiert ihr bestimmt nicht wieder. Sie hat sicher ein schlechtes Gewissen.«

»Ja, hat sie auch gesagt. Ich habe aber trotzdem Angst.«

Der arme Kerl. Ich kann ihn verstehen.

»Moment.«

Ich hole mein Handy heraus und wähle.

»☺ Oliverchen! Was gibts? ☺«

»Hallo Elvin, du, sag mal, kann ich heute vielleicht eine halbe Stunde später kommen?«

»☺ Ganz schlecht, ganz schlecht, dieser Rüdiger Rodeo hat kaum freie Slots im Terminkalender. ☺«

»Verstehe, es ist also quasi ganz schlecht, wenn ich nicht von Anfang an dabei bin?«

»☺ Es wäre nicht hundert Prozent optimal, wenn du verstehst, was ich meine. ☺«

»Verstehe. Nicht hundert Prozent optimal.«

»☺ Xactly ☺«

»Na gut, dann bis später.«

»☺ Wir sehn uns, alte Wursthaut. ☺«

Blöd.

»Tja, Anton, ich muss da wohl hin.«

Oh nein, er fängt an zu weinen. Ich rutsche auf den Stuhl neben ihm und lege ihm die Hand auf die Schulter.

»Okay, Anton, okay. Ich bleibe da. Alles gut, komm, beruhig dich.«

Er schluckt und schluchzt.

»Besser?«

»Papa ... Papa hat gesagt, ich bin Mama ... scheißegal.«

»Wie kommt er darauf?«

»Er sagt ... sie hat mich einfach vergessen, aber ... sie will es nicht zugeben.«

»Kann ich mir nicht vorstellen.«

»Ich ... ich auch nicht. Aber ... wenn es doch stimmt?«

Gio kommt an unseren Tisch.

»Anton, deine Mutter ist am Telefon.«

Anton strahlt ein bisschen und nimmt den Hörer. Er hört zu, nickt, sagt ein paarmal ja und nein und verabschiedet sich dann.

»Okay, sie hat versprochen, dass sie auf jeden Fall um Viertel vor sechs kommt. Und wir gehen noch ins Kino.«

»Na, siehst du. Und es ist schon fast halb fünf. Kannst du dir vorstellen, dass sie das jetzt noch vergisst?«

Anton schüttelt den Kopf, und ich zause ein wenig in seinen Haaren herum. Armer Kerl.

»Kriegst du Ärger, wenn du nicht zu deinem Termin hingehst?«

»Schon. Ist aber nicht so wichtig.«

»Also, wenn du Ärger kriegst, dann geh lieber.«

»Wirklich?«

»Wenn du mir versprichst, dass du nächste Woche pünktlich kommst.«

»Na gut. Versprochen.«

»Und dann bist du bestimmt immer noch verliebt.«

* * *

Muss er immer recht haben? Muss er verdammt noch mal immer recht haben? Während ich die ersten hundert Meter Richtung Agentur Forza Idee zurückgelegt habe, konnte ich noch den Kopf schütteln, dann kam es wieder. Lena vor dem Spiegel, ihr konzentrierter Blick und der Pferdeschwanz, den sie für einen kurzen Moment befreit und gleich darauf wieder einfängt. Und ihr lächelndes Gesicht, als sie sich zu mir umdrehte. So habe ich sie auch früher gesehen. Beim Proben vor dem Spiegel. Ihr Pferdeschwanz, den sie schon immer trug, und aus dem sie um kein Geld der Welt zwei alberne Gretchenzöpfe gemacht hätte. Und mag sie damals noch so klein gewesen sein, heute ist sie erwachsener als ich. Sie hat sogar schon ein Kind. Warum dauert es schon wieder so lange, bis eine einfache Erkenntnis in mein Bewusstsein durchsickert? Wenn hier einer klein ist, dann ich.

Und ich habe keine Chance. Ich habe ihren Stolz verletzt. Früher, und letzte Woche fast noch einmal. Ich kann von Glück reden, dass wir trotz allem wieder Freunde sind, ach was, gerade mal angefangen haben, wieder Freunde zu werden. Warum muss ich mich ausgerechnet in die Frau verlieben, bei der ich gründlichst und für alle Zeiten dafür gesorgt habe, dass wir in diesem Leben kein Liebespaar mehr werden können? Aber, so bitter das auch ist, ein Entschluss, den ich schon längst gefasst habe, wird in diesem Moment noch einmal mit einem dicken Stock zentimetertief in schnell härtenden Beton geschrieben: Ich will es wiedergutmachen. Und ich werde etwas finden.

Zwei Straßen weiter, und ich bin am Ziel. Ich schaue seufzend auf den Hauseingang, den ich früher tagein, tagaus benutzt habe. Erster Stock, die ersten fünf Fenster links, das war meine WG. Ich bin lange nicht mehr dort gewesen. Aus meiner Zeit lebt da nur noch Gonzo, der ewige Grafikerpraktikant, und gibt den WG-Opa. Zu gerne würde ich ihn spontan besuchen, aber bis zur angekündigten Party sind es noch zwei Wochen und mein Ziel heute ist leider das Haus nebenan. Kreativagentur Forza Idee, Heim der kränksten Hirne Berlins. Und die zwei allerkränksten von ihnen, Elvin und Adrian, waren es, die ihre Pausen immer als ungebetene Gäste in unserer WG-Küche verbracht haben. Wir waren schon kurz davor, sie mit Gewalt rauszuwerfen, bis sich eines Tages die Ereignisse überschlugen. Lange Geschichte. Jedenfalls, wenn mir damals einer gesagt hätte, dass die beiden später meine Hauptarbeitgeber sein würden, hätte man meinen Entsetzensschrei bis ins südliche Neukölln gehört.

Das Mädchen am Empfangstresen sieht mich kommen und drückt auf den Türöffner.

»Hallo Oliver.«

»Hallo Jaqueline.«

»Sie warten schon auf dich.«

»Ich weiß. Wieder im Besprechungszimmer?«

»Hihi, ja, im *Besprechungszimmer*.«

Nicht dass ich die Bezeichnung »Besprechungszimmer« schön fände, aber bevor mir das Wort, das sie bei Forza Idee dafür benutzen, über die Lippen kommt, muss noch einiges passieren. Mir reicht schon, dass ich es im Aufzug neben den Knöpfen lesen muss: *Skylounge*. Nachdem ich meinen Finger gezwungen habe, auf den Knopf neben dem schlimmen Wort zu drücken, nutze ich den Rest der Fahrt, um an dem »o« herumzukratzen. Nicht mehr lange, und dort wird *Skylunge* stehen. Und dann werde ich anfangen, aus dem »l« ein »j« zu machen. Ist zwar alles nur mittelwitzig, aber immer noch besser als, wie die anderen hier, in den Spiegel zu schauen, ob der modische Oberlippenflaumbart noch richtig sitzt.

Und überhaupt, würde ich in den Aufzugspiegel sehen, würde ich sowieso nur wieder an Lena denken. Ach was, ich tue es ja auch so schon. Wieder steht sie da, nimmt ihre Haare in die Hände, so wie früher in der Schule bei den Faust-Proben, und …

Ich habe es!

Klar!

Es lag doch die ganze Zeit auf der Hand!

Ein Glück, dass es mir gerade noch rechtzeitig eingefallen ist. Denn, so unglaublich das auch klingen mag, es gibt auch Situationen, in denen man froh sein kann, Elvin und Adrian zu kennen. Und so eine ist jetzt. Komm Aufzug, gib Gas!

Ein paar Atemzüge später betrete ich die protzige Glasbox auf dem Dach des Gebäudes. Elvin, Adrian und Rüdiger Rodeo räkeln sich auf Charles-Eames-Drehstühlen und ignorieren gepflegt die fantastische Weltbeherrscher-Aussicht um sie herum. Rein hierarchiemäßig betrachtet, dürfte jemand wie ich auf keinen Fall als Letzter zu diesem Termin erscheinen. Sie können aber nichts machen, außer mir einen kurzen »Das merken wir uns«-Blick zuzuwerfen und dann wieder die professionelle gute-Laune-Fresse auszupacken.

»☺ Oliver, wie massiv wunderbar, dich zu sehen! ☺«

»Tag auch.«

Ich schüttele die Hände und versuche die Zeit zu nutzen, um mir meine Worte zurechtzulegen.

»☺ Dann lass uns gleich loslegen. Wir wollen ja heute immerhin nichts weniger, als die mördermäßigste Social-Web-pub ... Wie hieß das noch mal, Rüdiger? ☺«

»Social-Web-publizitätskonforme Real-Life-On-Off-Installation.«

»☺ Genau, die. Die wollen wir heute kickoffen. ☺«

»☺ Yay. Hamlet 2.0. ☺«

»Falsch.«

»☺ Wie meinen, Oliver? ☺«

»Das Projekt wird anders heißen: Faust 2.0.«

»☺ Faust 2.0? ☺«

»Faust 2.0. Wenn ich das kurz erläutern darf ...«

Ich hechte zum Clipboard und nehme mir einen Filzstift. Ich habe zwar gar nicht vor, dort etwas hinzumalen, aber ich kenne die Regeln. Wer den Clipboard-Filzstift hat, hat das Wort. Das ist so wie früher mit dem Redestein. Elvin und Adrian gucken jetzt drein, als würde man sie zwingen, mitten im Winter nackt in die Spree zu springen und dabei in Zitronen zu beißen. Sie können aber nichts machen, außer mir auf der nonverbalen Ebene »Wenn du nicht The Voice of Pinklbräu wärst, wärst du jetzt tot« zu kommunizieren. Rüdiger Rodeo guckt dagegen interessiert. Und das ist immerhin schon mal die halbe Miete.

»Die Idee von Hamlet 2.0 an sich ist großartig. Faust 2.0 ist lediglich ihre konsequente Weiterführung unter Hinzufügung einer ... geolokalterritorialen Raumkomponente. Um mit Guido Westerwelle zu sprechen: *Es ist Deutschland hier*, und da liegt es auf der Hand, dass wir den *Faust* nehmen, den Inbegriff eines deutschen Bühnenstücks, gleichzeitig eine der stärksten bekannten ... Verbildlichungen des Antagonismus von ... Hedonismus und Polyhistorismus, oder, in zeitgemäßer Auslegung, Modernismus und kommunikativem Wertkonservativismus, also, im Ergebnis ... reziproker Altruinformismus ... unter umgekehrten Vorzeichen. Könnt ihr mir folgen?«

»Verstehe ich dich richtig, du findest ...?«

»Haargenau. Betrachten wir die Handlung. Ein ... universalgenialer kosmoheterosexuell geprägter Mann mit suizidaldesperativen Zügen begegnet einem ... obskurdiabolen, maximalmultioptisch transzendierendem Sphärenwesen, das ihn mit ... einem basisnaiv-attraktiven Mädchen sakrofrugalen Intellekts zusammenführt. Was passiert? Die ... triebaffirmativen Vektoren überragen schlagartig die horrifizierenden Befindlichkeits... äh ... dings ...«

Verdammt, mir geht die Luft aus. Ich war doch auf dem besten Weg ...

»Ich glaube, ich begreife dich. Du willst darauf hinaus, dass in einer kosmoglobalisierten Welt die gerontojuvenilen Genderdivergenzen nicht mehr zu Quasisubluxationen innerhalb des Gesamtgesellschaftskörpers führen müssen, und dass es an der Zeit ist, die final-maximallätale Komponente des Faust durch eine aktuelle Doppeldeutung unter Berücksichtigung der neuzeitlichen sozialharmonikalen Wertetektonik zu brechen?«

»Ja, besser hätte ich es nicht sagen können.«

»Gefällt mir gut, Oliver. Das wäre sozusagen eine Bühnenfassung meiner Theorie des offen-mehrheitlich vernetzten antagonistischen Sozialkapitalismus. Wir sollten das machen.«

Ich weiß nicht, ob Elvins oder Adrians Kiefer gerade tiefer hängt, jedenfalls sind beide für einen kurzen Moment außerstande zu sprechen. Ich nutze die Chance, um fix in riesigen Buchstaben »Faust 2.0« an das Clipboard zu schreiben. Das wiederum löst die Starre bei den beiden.

»☺ Also, ganz kurz und schmerzlos – NEIN! ☺«

»☺ Nehmt das bitte nicht persönlich, aber die Sache ist schon viel zu weit in progress. ☺«

»☺ War schon eine Meisterleistung unsererseits, den Pinklbräus das ganze Ding unter die Weste zu jubeln. Wenn wir da jetzt noch mit Last-Minute-Larifari-Kapriolen kommen, kann sich das Windchen ganz schnell drehen. Ups, das war jetzt natürlich nicht so gemeint, wie es sich anhört, hehe. ☺«

Hab ich mir schon gedacht. Jetzt heißt es kämpfen. Noch habe ich den Filzstift. Ich muss jetzt nur den Tonfall finden, der meine andere Zielgruppe anspricht.

»Momentchenpopentchen, habt ihr schon mal darüber nachgedacht, wie ihr das köstliche Getränk eures Lieblingskunden im Theaterstück platzieren wollt, ihr Schnuckels?«

»☺ Na, dann kram mal in deinem Kopf, Oliver. Schlussszene? Pokal mit dem Trank? Klingeling? ☺«

»Mit dem *vergifteten* Trank ... popank.«

»☺ Ach, Oliverchen. Ist ja soo süß, dass du versuchst unseren Job zu machen, aber das können wir schon selber, vertrau uns einfach. ☺«

»☺ Kapier mal, in den 50ern hätte man getextet: *Pinklbräu knallt, dass die Königin umfallt*, heute lösen wir das ganz smooth über die Bildspur. ☺«

»☺ Yay, und jetzt wollen wir ganz flott damit starten, Nägel mit ... ☺«

»Stopp!«

Ich richte mich zu meiner vollen Größe auf und hebe drohend den Filzstift.

»Faust. Auerbachs Keller.«

»☺ Das Verlies, in das man renitente Studiosprecher einsperrt, die ihre Art Directors nerven, Oliverchen? ☺«

»Der größte Alkoholexzess der deutschen Theatergeschichte. Pinklbräu-Tabletts, Pinklbräu-Bierdeckel, Pinklbräu-Serviettenständer und natürlich, tadaaa, Pinklbräu-Wirtshausschild. *Auerbachs Keller*, der Name des bekanntesten Wirtshauses der deutschen Hochkultur, und links und rechts davon das Pinklbräu-Logo. Na? Also, ich würde sagen, macht ihr nur weiter euren Hamlet, aber Rüdiger und ich, wir ziehen dann lieber ein paar Häuser weiter zur Agentur von Wurzlhauser Hopfenperle und verkaufen unsere Idee dort.«

Ich habe keine Ahnung, ob die Himmelsrichtung, in die ich dazu mit dem Filzstift zeige, stimmt, deshalb lasse ich bald wieder davon ab und male einen Galgen an das Clipboard. Und in die Schlinge zwei Traurig-Smiley-Gesichter, die ganz entfernt Ähnlichkeit mit Elvin und Adrian haben.

...

»☺ Weiß nicht. Was sagst du, Adrian? ☺«

...

»☺ Hm. Irgendwie doch, ja. Smashing. ☺«

...

»☺ Na gut, ihr Schlawiner. Wir machen es. ☺«

Ich highfive mich in Gedanken selber, schalte dann aber gleich wieder auf volle Konzentration. Meine Mission ist noch nicht zu Ende. Ich wende mich erneut zum Clipboard und streiche mit großer Geste die Galgenschlinge durch. Dann male ich ein Dreieck und an jede Ecke davon einen kleinen Kreis.

»Dann gleich zum nächsten Schritt, meine Herren. Wir sprechen also vom Faust, und wenn wir vom Faust sprechen, sprechen wir von drei Hauptrollen.« Ich haue mit dem Filzstift in die Kreise, dass in jedem ein dicker roter Tupfen zurückbleibt. »Faust, Gretchen und Mephisto.«

Ich drehe mich um. Nicht zu glauben. Elvin, Adrian *und* Rüdiger Rodeo sind gleichzeitig mucksmäuschenstill und hängen an meinen Lippen. Ich möchte mal wissen, wer auf der Welt außer Steve Jobs, Scarlett Johansson und mir das noch fertigbringen würde.

Weiter im Text. Blick auf Elvin und Adrian. »Nachdem wir den richtigen Hauptsponsor haben«, Blick zu Rüdiger Rodeo schwenken, »geht es nun darum, die Hauptrollen optimal-qualitätsintensiv zu besetzen. Fangen wir an: Mephisto bin ich, Oliver Krachowitzer, The Voice of Pinklbräu. Erstens bin ich im realen Leben ein idealtypischer Web 2.0-grenzaffiner, kommunikativ grenzkorrumpierter ... Pro-Antagonist, zweitens kenne ich die Rolle sowieso wie meine Hosentasche.« Häkchen in den ersten Kreis.

»Weiter. Dr. Faust ist Kurt alias ruderfrosch.« Rüdiger Rodeo ist etwas verblüfft. Ich darf jetzt nicht nachlassen. »Ich habe einige Kandidaten längere Zeit beobachtet, und er ist eindeutig der beste, auch wenn das zunächst überraschend scheinen mag. Aber wären wir ehrlich, wenn wir bei der Besetzung des Faust auf einen Web 2.0-Star setzen würden? Nein, das wären wir nicht. ruderfrosch ist in seiner Zerrissenheit zwischen selbstinszenatorischem ... Imitationsstrukuralismus und ... qualitativ-genuinem Technokratenkreativismus ein singulär typisches Produkt des aktuell vorherrschenden ... kanalisiert-instituierten Verhältnisses von Kultur und Technologie.« Na gut, überzeugt sieht Rüdiger noch nicht aus, aber das ist auch nicht so wichtig. Hauptsache, der nächste Hieb sitzt.

»Die Besetzung der dritten Hauptrolle wird dich sicherlich noch viel mehr überraschen, Rüdiger, denn für die

Rolle des Gretchen habe ich eine Akteurin gewonnen, die über null Web 2.0-Präsenz verfügt...« Rüdigers linke Augenbraue schießt schlagartig Richtung Decke. »... aber dennoch über enormen Bekanntheitsgrad. Ich spreche von Lena Ameling, die knallharte Venture-Capital-Managerin, die immer dienstags und donnerstags im Coffee & Bytes sitzt und bis heute auf ein wirklich erfolgversprechendes Web 2.0-Startup wartet. Mit ihrer Person steht sie für monetärpylogene Phrenesie sowie für positivistisch-kannibalistische Rollen-Produktverschränkung.«

Rüdigers rechte Augenbraue ist seiner linken hinterhergeschossen. Er starrt mich an. Sein Blick ist eine Mischung aus Staunen und Strahlen.

»Die Trulla? Die Trulla spielt das Gretchen? Wie in aller Welt hast du sie dazu breitgeschlagen?«

»Nenn sie nicht Trulla!«

* * *

Schon während ich die Wohnungstür aufmache, weiß ich, dass etwas Wunderbares in unseren Räumen passiert ist. Sekundenbruchteile später stehe ich in der Küche. Noch nie hat es hier so köstlich geduftet. Ich sauge jede Schwade ein, die an meiner Nase vorbeikommt, als hätte ich fünf Tage auf dem Kamin eines Braunkohlekraftwerks gesessen und würde nun frische Waldluft atmen. Leider darf ich nicht einfach stehenbleiben und mit geschlossenen Augen weiterschnuppern, denn Franziska scheucht mich, kaum dass wir uns begrüßt haben und ich erklärt bekam, was sie da macht, zum Tischdecken auf den Balkon. Während ich Teller, Gläser, Besteck, Weinflasche, Korkenzieher und zur Feier des Tages sogar

Papierservietten an die richtigen Stellen auf dem Tisch schubse, gleiche ich das Abhandenkommen der Geruchsempfindungen aus, indem ich das Wort »Rinderschmorbraten« vor mich hinmurmele. Rinderschmorbraten. Rinderschmorbraten. Oh, Rinderschmorbraten. Nach dem Rezept von Franziskas Mutter.

Gerade, als ich fertig bin, taucht meine formidable Mitbewohnerin auch schon mit den dampfenden Schüsseln in der Flügeltür auf. Hier auf dem Balkon verfliegt der wunderbare Soßendunst einfach in der Luft. Was für eine Verschwendung. Wir sollten schnell essen, bevor alles ausgeduftet ist.

»Na dann, guten Appetit. Bedien dich.«

Irgendwas in mir will »Darf ich wirklich?« sagen, aber das verkneife ich mir. Stattdessen strahle ich Franziska an, lade mir meinen Teller mit riesigen Fleischstücken, Kartoffeln und Erbsen voll und lasse eine ordentliche Kelle Soße drüberschwappen. Für einen kurzen Moment überlege ich, ob es nicht doch besser gewesen wäre, Franziska vom Fleck weg zu heiraten, statt eine WG mit ihr zu gründen, aber das darf keiner wissen, sonst heißt es »Männer« und »denken immer nur an das eine«. Haha. Hmmm ...

Ich strahle Franziska schon wieder an, als wäre sie die Lottofee, die gerade meine Zahlen vorgelesen hat.

»Na, was ist denn mit dir los?«

»Hörst du nicht das Rumpeln? Alles Geschmacksexplosionen in meinem Mund.«

»Das hab ich zum letzten Mal gekocht, als ich noch zu Hause gewohnt habe. Aber ich kann es noch.«

»Kann man wohl sagen. Mmh.«

»Hm, gibts eigentlich noch einen Grund dafür, warum du so strahlst?«

Franziska sieht mich an, wie ich meinen Papa früher

immer angesehen habe, wenn er nach Hause kam und ich genau wusste, dass er ein Geschenk für mich dabeihat. Mist. Genau. Da war ja noch was.

»Tja, Franziska, böse Überraschung für dich, Lena ist gar keine Venture-Capital-Managerin.«

»Was?«

»Sie sieht nur so schnieke aus, weil sie Empfangsdame in einer Anwaltskanzlei ist. Und im iKoffer transportiert sie nur Wäsche. Und die wäscht sie im Waschsalon gegenüber, weil sie sich keine neue Waschmaschine leisten kann. Sie ist nämlich alleinerziehende Mutter und der Vater zahlt keine Alimente. Von ihr gibt es also kein Geld für dein Projekt ... Und ab jetzt wäscht sie dienstags und donnerstags immer bei uns. Das heißt, wenn du nichts dagegen hast.«

»Haha.«

»Nein, es ist wirklich so.«

Franziska schlägt sich beide Hände vor den Mund. Falls sie vorhatte, damit die Quietschgeräusche zu unterdrücken, die sie jetzt in einem fort macht, hat sie damit keinen großen Erfolg. Ich hatte erwartet, dass sie erst einmal traurig ist, aber das Gegenteil passiert. Franziska wird von einem Lachkrampf geschüttelt, der in puncto Heftigkeit schon fast an den heranreicht, den mein Freund Caio und ich damals hatten, als unser Lateinlehrer Herr Nählbein vor unseren Augen die Schultreppe heruntergekollert war und anschließend von seinem hinterherpolternden Aktenkoffer am Hinterkopf getroffen wurde. Wir konnten damals noch nicht einmal mit dem Lachen aufhören, als wir vor dem Direktor standen und zwei verschärfte Verweise gegen uns ausgesprochen wurden.

»K... hihihihihi ... k... hihi ... k... hihihi ... k... hihihihihihihihihi ... k... hihihi ...«

»Alles klar, Franziska?«

Ein Glück nur, dass sie gerade keinen Bissen im Mund gehabt hat.

»K... hihihihihhiihihihihi ... k... kei... keine Venture-Capital-Managerin? Ich flipp aus! Hihihihihihihihihihi!«

»Tscha, so siehts aus.«

»Wenn ich überlege ... hihihi ... sogar Rüdiger Rodeo hat mal versucht, ihr ein Projekt zu vorzustellen ... pfffff-hihi ... Na, kein Wunder, dass sie immer so abweisend war ... Oder hat sie die Leute mit Absicht getäuscht?«

»Nein, überhaupt nicht. Sie wäscht ihre Wäsche immer im Waschsalon gegenüber und trinkt im Coffee & Bytes einen Kaffee, während die Maschine läuft. Und den iKoffer hat ihr ihr Chef geliehen, weil er ihren alten Koffer zu schäbig fand.«

Franziska kichert immer noch, kriegt sich aber langsam wieder ein. Ich trinke mein Weinglas aus, gebe mir einen Ruck und erzähle einmal mehr die ganze Geschichte von Lena und mir, von ihrer paronimischen Dystrophie, von meinem totalen sozialen Versagen, als sie im Krankenhaus lag, während ich und die anderen den Faust aufführten, von unserem unsanften Wiedersehen und meiner Blindheit bis hin zu unserem Treffen heute und dass ich noch bis eben gebraucht habe, um klar zu kriegen, dass sie kein kleines Mädchen mehr ist und dass ich wirklich in sie verliebt bin und eigentlich keine Chance für uns sehe, aber trotzdem irgendwie versuchen will, wenigstens die Sache von früher wiedergutzumachen. Und dann natürlich vom Projekt Hamlet 2.0, das ich vor gerade mal zwei Stunden ganz elegant in Faust 2.0 umgemünzt habe, und dass ich hoffe, dass Lena sich freut, wenn sie jetzt endlich das Gretchen spielen kann.

Erst beim Erzählen wird mir bewusst, was für einen

langen Tag ich hinter mir habe. Das Signal für mein Hirn, einige große Schalter mit einem Schlag auf »müde« umzulegen. Ein Glück, dass der »hungrig«-Schalter noch viel größer ist. Ich lade meinen Teller noch einmal voll und versenke meine Gabel tief im köstlichen Braten.

»Und du glaubst wirklich, dass Lena sich freut, dass sie bei diesem Faust-Ding mitspielen darf? Immerhin ist das Ganze ja vor allem eine Werbeveranstaltung.«

»Wenn nur Elvin und Adrian die künstlerischen Leiter wären, wäre ich bestimmt nicht auf die Idee gekommen. Aber Rüdiger Rodeo, der ist ja nicht ganz doof. Der hat schon seine Ansprüche.«

»Ja? Welche denn genau?«

»Hm, schwer mit Worten zu beschreiben.«

»Hihi.«

»Na, zumindest hat er einen Ruf zu verlieren. Er kann es sich auf keinen Fall leisten, dass wir da irgendwelchen billigen Klamauk veranstalten. Und Pinklbräu wird ja wohl auch keinen Wert auf einen Ruf als Faust-Schänder legen. Guck dir mal die Zielgruppe an und die Markenwerte ...«

»Schon gut. Trotzdem, ich habe irgendwie ein komisches Gefühl dabei. Hast du denn keine andere Idee, wie du es wiedergutmachen könntest?«

»Nein. Aber das wird schon. Warts nur ab.«

Wir vergehen uns an den letzten Bissen. Kaum zu glauben, aber wir haben wirklich alles aufgegessen, obwohl ich am Anfang dachte, dass man damit eine ganze Bande Möbelpacker satt bekommen würde.

»Meinst du, ich sollte nächstes Mal noch einen Tick mehr Preiselbeermarmelade in die Soße tun?«

»Nein, auf keinen Fall. Du musst alles wieder genauso machen. Es schmeckt, wie Rüdiger Rodeo sagen würde, konsequent vertikal-bonfortionösistisch mit exzessivbrachialen Gout-gusto-Tendenzen, ausgelöst durch modest-rurale Modulkomponenten mit observabel-frappanten Noten von …«

»Pah. Kunst wäre, es mit *einem* Wort zu sagen.«

»Mit einem Wort?«

»Warum nicht?«

Ich lehne mich zurück und sehe ihr mit verklärtem Blick in die Augen.

»Franziska, dieser wunderbare Rinderschmorbraten schmeckt einfach so richtig schön …«

»Ja?«

»Spießig. Aua!«

Wie schnell sie es geschafft hat, eine Erbse auf ihren Löffel zu laden, und wie präzise sie damit genau mein Auge getroffen hat! Ich habe die tollste Mitbewohnerin der Welt.

MITTWOCH

Es ist der perfekte Tag, um endlich da wieder anzuknüpfen, wo ich vor gut einem Jahr aufgehört habe: Als gefürchteter Parkfußball-Mittelfeldrackerer mit dem Laufpensum eines Windhunds. Ein paar Wolken sorgen dafür, dass es nicht zu heiß ist, die Luft hat genau den Feuchtegrad, der sie zur Delikatesse für hart arbeitende Lungen macht, und meine Fußballschuhe passen noch, als hätte ich sie nie ausgezogen. So weit zu den äußeren Bedingungen. Was meine inneren Bedingungen betrifft, sieht es anders aus. Die Motivation stimmt halbwegs, alles andere kann man getrost vergessen. Aber, nun ja, es war auch irgendwie zu erwarten gewesen.

»Kann ich ... noch mal ... ins ... Tor ... Theo?«

»Du warst doch gerade eben erst im Tor, Krach.«

»Ich ... kann nicht ... mehr.«

»Schon wieder? Gib mir wenigstens noch drei Minuten. Ich muss auch mal durchschnaufen.«

Mist. Und leider erfordert es die Spielsituation, dass ich mich sofort in den nächsten kräftezehrenden Zweikampf werfen muss. Während ich schwer schnaufend versuche, den sprintenden Gegnerstürmer von unserem Tor abzudrängen, schafft es der Kopf zwar wieder, alle Wünsche nach Zurückhaltung auszublenden, als die Situation aber geklärt ist, bin ich endgültig überzeugt, dass ich sofort sterben muss. Meine Beine sind wie Pudding und die Luft, die ich in harten Stößen aus meinen Lungen herauspresse, schmeckt nach Blut, als hätte in mir eine mittelalterliche Schlacht stattgefunden. Hätte ich doch lieber mit ein bisschen Jogging angefangen, so wie es Tobi gerade tut. Ganz langsam zwei, drei Runden traben, und am Ende vielleicht ein kleiner Sprint. Aber Tobi wird wahrscheinlich selbst das überfordern, so wie der in den letzten Jahren zugelegt hat. Mal sehen, in welchem Zustand er nachher zurückkommt.

Mist, warum kriege ausgerechnet ich den Pass von Serkan? Arne stand auf der anderen Seite mindestens genauso frei wie ich. Na gut, paar Schritte laufen und abspielen ... Nein, sie haben mich umzingelt. Soll ich mich einfach fallen lassen und einen Krampf simulieren? Oh, da sehe ich eine Lücke. Aber dahinter natürlich wieder keinen, den ich anspielen kann. Muss ich da wirklich selber durchrennen? Die wollen mich fertigmachen ... Ah, Piotr hat mir von hinten den Ball weggegrätscht. Meine Rettung ... Aber gleich wieder die nächste Pein. Rückwärtsbewegung, Gegner decken, gerade ich, der den Ball verloren hat, kann ja nicht einfach stehenbleiben. Hört das denn nie auf?

»Kann .... ich jetzt .... ins .... Tor .... Theo?«

Man sieht Theo an, dass er immer noch nicht genug verschnauft hat. Dass er mich trotzdem wieder ins Tor gehen lässt, geschieht aus reinem Mitleid. Wie erbärmlich.

Zwanzig Minuten später ist es endlich vorbei. Tobi steht schon seit geraumer Zeit am Spielfeldrand und guckt zu. Ich werfe mich neben ihm ins Gras und warte darauf, dass meine Atemfrequenz so weit abnimmt, dass ich wieder aus meiner Wasserflasche trinken kann. Tobi sieht dagegen erstaunlich frisch aus. Klar, ein bisschen verschwitzt, etwas roter Kopf, aber für drei Runden in dem Tempo ist das ja wohl das mindeste.

»Piotrs Schuss war ordentlich, und ich will jetzt auch nicht über Gebühr auf dir rumhacken, Krach, aber ich sage, der war haltbar.«

Ich atme einfach weiter, schaffe es aber, dabei einen Grunzlaut zu produzieren.

»Das stimmt, Krach, und ich habe durchaus in meine Überlegungen mit einbezogen, dass Torwart nicht deine Stammposition ist. Hätte auch keiner erwartet, dass du den Ball fängst, trotzdem, wegfausten wäre auf jeden Fall drin gewesen.«

Wieder ringe ich mir ein paar Laute ab.

»Doch, doch, er kam fast genau auf den Mann.«

»Ach Tobi …….. gib mir mal …….. die Flasche …….. danke.«

»Wenn du fertig bist, können wir ja noch eine Runde drehen, so als Cooldown.«

»Wie … bitte?«

»Cooldown nach dem Sport. Das ist gut für die Muskulatur, hilft dem Körper dabei, die bei der Belastung entstandenen Stoffwechselabbauprodukte beschleunigt zu entsorgen, das Herz-Kreislauf-System …«

»Du willst wirklich … noch eine Runde drehen?«

»Na klar.«

Der blufft doch.

»Gut … bin dabei, Tobi.«

»Dann gleich los. Bevor der Körper in den Ruhezustand schaltet, das ist ganz wichtig.«

Mist. Aber wie kann das sein? Habe ich seine Fitness so unterschätzt? Ich richte mich stöhnend auf und warte, dass Tobi zu traben beginnt. Das geschieht aber nicht. Stattdessen geht er zu seinem Fahrrad und steigt auf.

»Haha, wusste ich doch, dass du nur geblufft hast.«

»Wieso? Wir machen eine Cooldown-Runde.«

»Moment, soll das heißen, dass du deine drei Runden vorhin auch mit dem Fahrrad …?«
»Ja, was glaubst du denn?«

* * *

Selten war eine Dusche so schön. Ich habe meine Luxus-Einhand-Wassermischarmatur bis zum Anschlag hochgezogen. Aus dem spaghettitellergroßen Brausekopf über meinem Kopf kommt Liter um Liter auf mich hinuntergeflutet. Doch das allein reicht heute nicht. Ich habe die zusätzliche Handbrause auf ultraharten Massagestrahl gestellt und sie so in die Wandhalterung gesteckt, dass sie genau zwischen meine Schulterblätter zielt. Meine Augen sind zu, ich fühle, wie der harte Wasserfinger zwischen meinen Rückenwirbeln herumpult, und seufze von Zeit zu Zeit »AUMMMMOARRRFF«. Irgendwann werde ich damit beginnen, mich einzuseifen. Aber jetzt noch nicht.

Dass ich darauf bestanden habe, die Cooldown-Runde zu Fuß zu erledigen, war schon keine besonders kluge Entscheidung gewesen, dass ich dann auch noch versucht habe, mit Tobis Fahrrad Schritt zu halten, war einfach nur noch bescheuert. Aber ich bin mir sicher, wenn ich lange genug im Massagestrahl stehenbleibe, wird mir mein Körper irgendwann verzeihen. Ist auch wichtig. Morgen kommt Lena zum ersten Mal zum Waschen. Da kann ich es mir nicht leisten, mit einem Körper herumzueiern, der nicht eins mit mir ist.

»Oh. Tschuldigung.«

Ach so, WG-Leben. Ich tauche aus dem Wasserfall heraus, öffne die Augen und wische mir ein Guckloch auf der vom Wasserdampf beschlagenen gläsernen Duschkabinenscheibe. Nichts zu sehen. Franziska ist wohl gleich wieder rausgegangen. Tja, Badezimmertür abschließen. Daran werde ich mich jetzt wieder gewöhnen müssen. AUMMMMOARRRFF ...

* * *

Es klopft.

»B... ...u ... och ...ang...?«

Der Wasserschwall ist wirklich ohrenbetäubend, aber den Satz, den Franziska durch die Tür gerufen hat, könnte ich auch ganz ohne Gehör verstehen. Einer der häufigsten und wichtigsten Sätze in einer WG. Ich hole tief Luft und brülle.

»Nein, ich brauche nicht mehr lange.«

Das stimmt zwar irgendwie nicht, aber es ist auf jeden Fall höflicher, als keine Antwort zu geben. Wenigstens bis die Haut abfällt, will ich noch drinbleiben. Kurze Zeit später klopft es aber schon wieder.

»...ann i... ...ein ...omm...?«

Wieder Kopf aus dem Wasser.

»Ja, ist okay, kannst reinkommen.«

Kopf zurück, Augen zu. Ich höre die Tür.

»Tschuldigung, aber ich muss auch duschen und ich habe gleich einen wichtigen Termin mit meinem Vater und einem Unternehmensberater.«

»Und das geht nicht ... spotz ... ungeduscht?«

»Na ja, ich war gerade beim Thaiboxen.«

»Du machst jetzt Thaiboxen?«

»Ja, 14-Tage-Crashkurs, damit ich möglichst schnell in den Fortgeschrittenen-Kurs kann. Jeden zweiten Tag eine Übungseinheit. Macht Spaß, ist aber Hölle anstrengend.«

»Na gut, noch fünf Minuten.«

»Ach, bleib einfach drin, ich nehme die Dusche in der Badewanne.«

»Okay.«

Während ich Franziska aus den Sportklamotten steigen höre, stelle ich den Massagestrahl um und lasse ihn nun zehn Zentimeter tiefer auf meinen Rücken zielen.

»MUOOORRAAAAAAH.«

»Was hast du gesagt?«

»MUOOORRAAAAAAH.«

»Verstehe. Achtung, ich mache jetzt das Wasser bei mir an. Könnte sein, dass die Temperatur ...«

»AAAAAARGH!!!!!«

»Tschuldigung, müsste gleich wieder kälter werden bei dir.«

»MUOOORRAAAAAAH.«

»Sag ich doch.«

Ich höre es neben mir plätschern. Nach erstaunlich kurzer Zeit ist Franziska schon wieder fertig.

»Achtung, ich mache jetzt wieder aus.«

Ich halte mich bereit, notfalls schnell aus der Kabine zu springen, aber diesmal bleibt das Wasser netterweise bei seiner dezenten Wärme.

»Ich bin bestimmt sauberer als du, Franziska.«

»Du bist bestimmt ertrunken, wenn ich wiederkomme. Tschüss, ich muss sausen.«

»Rinderschmorbraten und Terminhetze. Bald bist du eine Herzinfarktkandid... Aua!«

Ich suche das Seifenstück, dass sie mir über die Glastür in die Kabine geworfen hat, und sammele es ein. Und wenn ich es schon mal in der Hand habe, sollte ich jetzt vielleicht doch zur Reinigungsphase übergehen. Ich mache den Massagestrahl aus. Irgendwann muss auch mal Schluss sein, sonst kriegt man noch ein Loch in den Rücken massiert.

Das Einseifen und Abbrausen bekomme ich erstaunlich flott hin, und ich glaube sogar die ersten Signale von meinem Körper zu vernehmen, dass er sich überlegt, wieder mit mir zusammenzuarbeiten. Bis zum endgültigen Handshake wird aber wohl noch etwas Zeit vergehen.

Auf den Fliesen sind überall noch nasse Spuren von Franziska. Ich trockne mich ab und trippele zwischen den Pfützen hindurch. In meinem Zimmer steige ich wieder in meine gute alte Hose. Zum Glück war sie nicht beleidigt, als ich sie für kurze Zeit durch die Franzosen-Hose ersetzt habe. Leider muss ich jetzt noch in ein Meeting für den nächsten Tierfutter-Radiospot. Hoffentlich schlafe ich dabei nicht ein. Wobei, einschlafen werde ich bestimmt. Sagen wir lieber, hoffentlich fällt mir eine gute Entschuldigung ein.

DONNERSTAG

Was das Schlafen betrifft: zuerst, wie befürchtet, während des gestrigen Meetings. Sorgte für Irritationen, auch wenn ich dreist behauptet habe, dass ich nur den neuen leistungssteigernden Bürotrend *Nap'n'Work* aus den USA praktiziere. Beim Feierabendbier mit Franziska konnte ich mich dann noch mal zusammenreißen, aber anschließend habe ich mein Bett dermaßen heftig beratzt, dass es ganz erleichtert dreingeschaut hat, als ich morgens endlich aufgestanden bin. Ich war so frisch und erholt, dass mir nicht einmal mein infernalischer Muskelkater ein Fluchen abringen konnte.

Die Vormittagstermine habe ich anschließend mit links erledigt. Wir waren jedes Mal viel schneller mit den Aufnahmen durch, als geplant. Das war auch gut so, denn so konnte ich mir auf den Wegen zwischen den Studios mehr Zeit lassen. Bei jedem etwas festeren Tritt in die Pedale haben mir meine strapazierten Oberschenkelmuskeln nämlich einen Vogel gezeigt. Und obwohl alles, was ich sprechen musste, wieder quälender Mist war und eine Beleidigung für jedes Hirn, das denken kann, ist meine Laune jetzt immer noch blendend. Ist auch gut so, denn in einer Viertelstunde kommt Lena mit ihrem Wäsche-iKoffer.

Ich säubere die Kaffeemaschine und lüfte die Zimmer. Dann bleibe ich kurz bei Facebook hängen. Nein, noch keine Ankündigung von Faust 2.0. Na ja, wäre auch noch etwas zu früh. Dafür haben jede Menge Leute an meine Pinnwand geschrieben, wann endlich das neue OKrach-Trottelaction-Video auf Youtube kommt. *Trottelaction*. Ich denke immer noch über eine passende Antwort nach, als es klingelt.

Schluss mit dem Kinderkram, Laptop zu und ab zur Tür.

»Hallo Lena, komm rein ... Oh, und du natürlich auch, iKöfferchen.«

»Hihi, ich nenne ihn jetzt R2D2. Hallo Oliver.«

Nur ein kleiner Schritt, aber es ist geschehen. Sie steht in unserer Wohnung! Und wieder ist es so seltsam. Ihre Kleidung, ihre Haut, ihre Haare, keine Falte, keine Delle, keine Beule, kein Fleck, nichts tanzt aus der Reihe. »Wie eine Schaufensterpuppe«, schießt es mir kurz durch den Kopf, bevor mich wieder das Gefühl überwältigt, dass sie die Frau ist, die ich liebe. Diesmal ist es stärker denn je. Als sich unsere Wangen kurz berühren, zieht sich etwas in mir auseinander wie die Luftkammer eines Akkordeons und das, was hereinströmt, ist wunderbar, macht mir aber gleichzeitig so weiche Knie, dass es weh tut, stehenzubleiben.

»Schön habt ihr es hier.«

Mir wird schwindelig. Zum ersten Mal in meinem Leben glaube ich daran, dass Obelix wirklich umgefallen ist, als er von der Frau, in die er verliebt war, geküsst worden ist. Lenas Blick streift über alles, was herumliegt. Wenn sie wüsste, dass ich es hier erst so schön habe, seit Franziska eingezogen ist.

»Oh, hier stehen eh schon Damenschuhe. Darf ich meine gleich dazustellen?«

»Nur zu.«

Lena setzt sich und zieht ihre hochhackigen Pumps aus. Meine Blicke bleiben am Randabdruck auf ihrem

Fußrücken hängen. Kein Wunder. Das Erste an ihr, was nicht perfekt ist, und deswegen für mich das Schönste an ihr. Oder bin ich irgendwie seltsam?

»Ah, wunderbar, wenn man mal aus den Dingern rauskommt.«

Wir schauen beide auf unsere Füße. Ich laufe schon barfuß rum, seit ich die Wohnung betreten habe. Immer wenn ich meine Füße neben Frauenfüßen sehe, nehme ich mir vor, diese Haare auf meinen Zehenrücken abzurasieren. Ist doch wahr, sieht lächerlich aus. Zum Glück guckt sie schon wieder weg. Ich muss an unsere Begegnung neulich denken.

»Du, Lena, also ehrlich noch mal, es tut mir leid, dass ich dich so angefarzt habe, als wir uns wiedergesehen haben.«

»Ach, ich fand, du warst sehr kreativ mit den Schimpfwörtern. Hättest du nicht die Stirn gehabt, mich einfach nicht zu erkennen, hätte ich wahrscheinlich sogar gelacht. Wo ist denn eure Waschmaschine?«

»Im Bad. Hier lang.«

Ich zeige auf die Tür mit dem Frei-besetzt-rot-grün-Dings.

»Waschpulver ist im Schrank neben der Tür. Magst du Kaffee?«

»Unbedingt.«

Ich trolle mich in die Wohnküche. Nachdem Lena die Waschmaschine beladen hat, kommt sie mir nach.

»Tolle Wohnung, wirklich. Aber bestimmt nicht billig, oder?«

»Och, zu zweit geht es.«

»Ihr seid nur zu zweit?«

»Es sind ja nur zwei Zimmer.«

»Und? Versteht ihr euch gut?«

»Ja, klar. Meine Mitbewohnerin ist übrigens Franziska.

Kennst du vielleicht. Sie war bis vor kurzem auch noch dauernd im Coffee & Bytes. Blond, blaue Augen, eher klein.«

Und sie wurde als Aufbewahrerin deines gestohlenen iKoffers missbraucht.

»Ich hab im Coffee & Bytes meistens nur in mein Buch geschaut.«

»Wie konntest du da eigentlich lesen, bei dieser elenden Drrrrrrrzing-Musik?«

»Ha, wenn du mal ein Kind großgezogen hast, stört dich so ein kleines Lärmchen nicht mehr.«

»Respekt.«

»Und du und Franziska, ihr seid *nur* Mitbewohner? Ihr habt also nichts miteinander?«

»Nein, wirklich nicht.«

Mist. Meine roten Ohren verraten mich selbst noch auf zehn Meter Entfernung. Sogar ein Blinder würde zumindest die Wärmestrahlung spüren.

»Na ja, also ... genau genommen ... also, das heißt ...«

»Offene Beziehung?«

»Nein, wir haben keine Beziehung. Wir hatten ... nur mal Sex, das ... hat sich so ergeben. Da gibts auch so einen Fachbegriff für, fällt mir jetzt nur gerade nicht ein.«

»Ist sie wenigstens schön, die Franziska?«

»Na ja, schon. Wie gesagt, war öfter im Coffee & Bytes, klein und blond.«

»Ah, ich glaube, ich weiß doch. Ja, die sieht toll aus.«

»Darum geht es ja gar nicht. Es ...«

»So ein bisschen wie Claudia Köhnel.«

»Nein ... Na ja, ein bisschen, aber das hat ... Also, ich bin nicht verliebt in sie, und sie nicht in mich. Wir sind eine WG. Und hatten mal Sex. Weiter nichts. So.«

»Ist doch okay.«

»Jetzt weiß ich wieder wie der Fachbegriff heißt: Kollateral... dings. Also, nicht Kollateralschaden, weil es war ja kein Schaden, dass wir mal miteinander Sex hatten, sondern ... Dings. Ähm, wollen wir auf den Balkon gehen?«

»Okay.«

Mist. Warum hat sie das mit Claudia Köhnel gesagt? Wollte sie mich nur kurz anpieksen oder ist sie eifersüchtig? Komische Stimmung ist das jetzt auf einmal zwischen uns. Wenigstens haben wir noch jede Menge Zeit zum Reden, bis die Wäsche durch ist. Ich verteile die Kaffeetrink-Ausrüstung auf Lenas und meine Arme, und wir trollen uns nach draußen.

Nachdem wir uns gesetzt haben, fasse ich mir ein Herz und beginne, ihr die ganze Geschichte der Affäre zwischen Franziska und mir zu erzählen ... Na ja, die ganzganze Geschichte natürlich nicht. Der Teil mit der iKofferjagd bleibt draußen. Stattdessen erzähle ich ihr, dass ich aus Versehen an Franziskas Tür geklingelt habe, weil ich eine falsche Adresse hatte ... Na ja, eigentlich erzähle ich Lena nicht mal die halb-ganze Geschichte. Genau genommen ist es eine Geschichte, die von vorne bis hinten erfunden ist. Aber am Ende stimmt sie im Kern trotzdem, finde ich.

»Also, das eine Mal war es Befreiungssex, das zweite Mal Abschiedssex. Wahrscheinlich klappt es deswegen so gut mit dem Zusammenwohnen, weil das alles vorher zwischen uns passiert ist.«

»Abschiedssex? Also ich weiß ja nicht.«

»War aber so.«

»Hm.«

Auch wenn sie nur »hm« sagt, bin ich sicher, dass ihre Laune nun besser ist. Diese Themen, das braucht halt immer seine Zeit, um zu sacken.

»Eigentlich wollte ich dir ja was ganz anderes erzählen, Lena. Ich habe tolle Neuigkeiten.«

»Neuigkeiten?«

Ihr Gesicht ist ein einziges Fragezeichen. Bestens.

»Wir beide werden noch mal den Faust spielen. Du Gretchen, ich Mephisto. Wie früher.«

Sie sieht mich an, als hätte ein Lastauto zu ihr gesprochen.

»Häää?«

Wunderbar. Sie ist barfuß und sagt »häää?«. So komisch es ist, es daran festzumachen, aber endlich kommen wir uns näher. Ich erzähle ihr die ganze Geschichte von Hamlet 2.0 und wie daraus Faust 2.0 wurde … Na ja, ein bisschen biege ich die Wahrheit wieder zurecht. Dass ich die treibende Kraft hinter der Umwandlung und der Rollenbesetzung war, lasse ich unter den Tisch fallen. Zuerst hört Lena schweigend mit offenem Mund zu, anschließend kichernd und kopfschüttelnd, und schließlich wieder schweigend und sehr nachdenklich.

»Na, was sagst du?«

»Ich … ich weiß nicht.«

»Wie gesagt, Gretchen ohne Zöpfe. So, wie du es damals schon wolltest.«

»Ich … ich finde es ja toll, dass du an mich gedacht hast, aber, hm, das kommt alles ziemlich überraschend, weißt du?«

»Klar, es sollte ja auch eine Überraschung sein.«

»Ich habe seit der Schule überhaupt nichts mehr mit Schauspielerei gemacht.«

»Warum denn? Du warst doch früher so begeistert dabei. Und alle fanden, du wärst ein Riesentalent.«

Sie winkt grob ab. Nicht schwer zu erkennen, dass sie das in Wirklichkeit nicht tut, weil sie ärgerlich ist, sondern weil sie verstecken will, dass sie traurig ist.

»Hast du denn gar nicht mehr weitergemacht, als das mit der paronimischen Dystrophie ausgestanden war?«

»Nein.«

»Warum denn nicht?«

Und warum frage ich immer weiter, wenn ich nicht mehr weiterfragen sollte?

»Ich habe es ja versucht. Als nächstes Stück haben sie *Die Komödie der Irrungen* gemacht ...«

»Genau, ich habe mir die Aufführung angeschaut. War wirklich klass... Ähm, warum hast du nicht mitgemacht?«

»Am Anfang hab ich ja, aber, ach, irgendwie war die Luft bei mir raus.«

»Schade.«

»Okay, und ich habe mich dauernd mit Claudia Köhnel in die Haare gekriegt. Das wolltest du doch sicher hören?«

»Ich? Nein, warum?«

»Tschuldigung.«

Lena hat ihre Beine angezogen und mit den Armen umschlungen. Sie schaut geradeaus ins Nichts.

»Die Rolle war einfach nicht mit dem Gretchen in Faust zu vergleichen. Es ging nicht mehr. Punkt. Kannst du dir wahrscheinlich nicht richtig vorstellen.«

»Doch, schon, also so im Großen und Ganzen.«

»War wohl auch besser so. Ich hätte sonst vielleicht tatsächlich versucht, Schauspielerin zu werden.«

»Wäre doch toll gewesen, oder nicht?«

»Kannst du dich an Michi Stemmer erinnern?«

»Glaub schon. Der war damals noch ziemlich klein, aber die Brillmann hat ihm schon ganz beachtliche Rollen gegeben.«

»Der hat nach der Schule weitergemacht. Schauspielschule. Arbeitslos. Volkshochschuljob. Wieder arbeitslos. Jetzt Teilzeitkneipenbedienung und hin und wieder miese kleine Werbespots, über die er aber richtig froh ist, weil sie Geld bringen.«

»Werbespots. Ha, genau wie ich.«

»Aber du kannst ganz gut davon leben, oder?«

»Schon. Aber *damit* leben? Na ja. Es ist alles ziemlich erbärmlich.«

»Immerhin kannst du ja jetzt wieder den Mephisto spielen.«

»Und du das Gretchen.«

Lena schüttelt wieder den Kopf und lacht. Wie jemand, der eben noch im Schwimmbad war und nun auf einmal bäuchlings in einem Mondkrater liegt und mit seinen Schwimmbewegungen Mondstaub aufwirbelt.

»Und wer spielt noch mal den Faust? Kurt?«

»Ja. Ich dachte, es wäre gut, wenn es jemand wäre, den du schon kennst.«

»Kurt ist sehr nett.«

»Ja. Und ich glaube, er wird das prima machen. Den muss man nur mal wachkitzeln.«

»Ich mag ihn wirklich. Hatte ich eigentlich schon erzählt, dass er den Auftrag gekriegt hat, die ganze IT in unserer Anwaltskanzlei durchzubürsten?«

»Glaub nicht.«

»Wir gehen jetzt manchmal mittagessen.«

Ich ertappe mich dabei, mich zu verfluchen, dass ich Kurt als Faust besetzt habe. Es ist okay, verflixt noch mal. Wenn Lena sich in ihn verliebt, werde ich danebenstehen und wohlwollend Applaus klatschen, schwöre ich mir in Gedanken, ertappe mich dabei, die Finger zu kreuzen, entkreuze sie und merke im nächsten Moment, dass ich versuche, meine Zehen zu kreuzen. Weg mit dem Gedanken.

»Also, bist du dabei?«

Sie guckt immer noch geradeaus. In diesem Moment

piept die Waschmaschine ihr »bin fertig«-Piepen. Lena löst sich aus ihrer Kugelhaltung und steht auf.

»Bin gleich wieder da.«

»Die Trocknertür klemmt. Einfach fest dran ziehen. Noch einen Kaffee?«

»Lieber ein Wasser.«

Ich muss Kurt fragen, ob er mir eine In-Lena-reinguck-Maschine bauen kann. Ha, er ist wahrscheinlich inzwischen selbst die beste In-Lena-reinguck-Maschine. Warum haben ausgerechnet die beiden so einen guten Draht zueinander? Das kann doch eigentlich gar nicht sein. Er ist ein Techniknerd und als solcher ein klassischer Frauennichtversteher. Mache ich was falsch?

Lena kommt zurück, setzt sich, nimmt wieder Kugelhaltung ein und sagt nichts. Nein, ich frage jetzt nicht noch mal nach, ob sie bei Faust 2.0 mitmacht. Sie soll in Ruhe überlegen. Was habe ich mir eigentlich vorgestellt? Dass sie mir jubelnd um den Hals fällt? Eben ... Wobei, hm, ja, doch, stimmt, genau *das* habe ich mir vorgestellt. Was für ein Blödsinn. Was für eine blöde Situation, in der sie jetzt steckt. Was für eine blöde Stille.

»Sag mal, du und dein Exmann, warum habt ihr euch eigentlich getrennt?«

Hätte man feinfühliger fragen können, aber die Stille hat mich unter Druck gesetzt. Die Lenakugel neben mir spannt alle Muskeln an und wird so hart wie ein prall aufgepumpter Fußball. Ein Fußball, aus dem sich mir ein steinernes Gesicht entgegenstreckt.

»Stell dir einfach den größten Arsch aller Zeiten vor, dann weißt du, warum wir uns getrennt haben.«

»So schlimm?«

»Ich nenne ihn inzwischen nur noch GAAZ. Ist kürzer und praktischer.«

»Hm, aber ...?«

»Warum ich mit ihm zusammen war? Nun, wenn sich einer lieb um dich kümmert, alles für dich tut und dabei auch noch charmant und lustig ist, kann man sich ja wohl einfach mal verlieben, oder?«

»Klar, schon.«

Das da in ihrem Auge, das ist eine Träne. Und das da im anderen auch eine.

»Konnte ich ja am Anfang nicht wissen, dass er mir mit seiner Eifersucht das Leben zur Hölle machen wird.«

Lena sitzt zu weit weg, als dass ich mit meiner Hand an ihre Schulter herankäme. Vielleicht ist das gut, vielleicht aber auch ganz schlecht. Was würde Kurt jetzt machen?

»Ich verstehe. Aber jetzt seid ihr ja getrennt.«

Lena durchbohrt mich kurz mit einem Blick, dann bricht sie endgültig in Weinen aus. Und jetzt weiß ich auch, was Kurt gemacht hätte: Er hätte geschwiegen. Ohne nachzudenken rücke ich nun doch näher an sie heran und patsche ihr zaghaft auf den Arm. Es ärgert sie, dass sie vor mir die Fassung verloren hat. Klar. Ausgerechnet vor mir, der ... Nun ja, das Ganze halt ... Jedenfalls versucht sie sich möglichst schnell wieder zusammenzureißen. Das Dumme ist natürlich, dass einen nichts so sehr daran hindert, seine Fassung wiederzubekommen, wie zu versuchen, sich möglichst schnell wieder zusammenzureißen. Das ist ganz ähnlich wie mit dem Nicht-spießig-sein-Wollen. Soll ich ihr das sagen? Nein, ich glaube, ich sollte ihr das nicht sagen. Mein Mund will nicht. Stattdessen verteilt meine Hand weiter ungefragt diese ungelenken Patscher, die, und ich weiß beim besten Willen nicht warum, irgendwie ganz in Ordnung sind.

Lena gehört nicht zu den Frauen, die viel Make-up benutzen, aber das wenige, das sie benutzt, fließt nun irgendwo auf ihrem Gesicht herum. Das macht sie aber für mich nicht weniger schön. Im Gegenteil. Stimmt wirklich. *Im Gegenteil.* Ich habe sie nie so gesehen, weder früher noch heute. Weder früher noch heute wollte sie mir dieses Gesicht zeigen. Ich verstehe nicht warum, und verstehe gleichzeitig doch warum. Es hat mit Erkennen zu tun, und mit Angst. Sie sieht mich an, und jetzt es ist ihr egal, weil sie es sowieso nicht mehr ändern kann.

»Ja, wir sind getrennt. Und stell dir vor, jetzt ist alles nur noch schlimmer.«

»Wie?«

»Du hast keine Ahnung, wie durchgeknallt dieser Typ ist. Er hat nur ein Lebensziel: mich fertigzumachen.«

»Aber er kann dir doch nicht wirklich was.«

»Ach nein? Schon allein bis ich die Scheidung durch hatte, bin ich fast zusammengeklappt. Ich habe ihm am Ende unser ganzes Geld gelassen, nur damit es endlich vorbei ist. Aber denkste, nichts ist vorbei.«

Lena erzählt mir den zweiten Teil der schlimmen Geschichte. Sie muss sich, trotz Scheidung, immer noch fast täglich mit ihrem Exmann herumschlagen, weil sie das gemeinsame Sorgerecht für das Kind haben und er ihre Verabredungen zur Übergabe systematisch immer fünf Mal umlegt, damit sie möglichst oft telefonieren müssen und er viele Gelegenheiten hat, sie mit Schimpfwörtern zu überschütten. Der eine Freund, den Lena seit der Scheidung hatte, hat den Terror nach einem halben Jahr nicht mehr ausgehalten. Und damit nicht genug, Lenas Exmann, alias GAAZ, will sich das alleinige Sorgerecht für das Kind erstreiten und sammelt »Beweise« dafür, dass Lena ihre Elternpflichten vernachlässigt. In zwei Wochen ist die entscheidende Gerichtsverhandlung.

Puh. Und ich komme mit dieser Faust-Geschichte und

bilde mir ein, dass ich wer weiß was für sie tue. Von einem Moment auf den anderen sehe ich, wie es wirklich ist: Lena ist zwar auf dem Papier immer noch zwei Jahre jünger als ich, aber während der Lebensphase, die ich in einer Zeitschleife namens Männer-WG verdaddelt habe, hat sie mich kilometerweit überholt. Ich bin klein, sie ist groß.

»So ist meine Lage im Moment. Und wenn der GAAZ mir meinen Bommi wegnimmt, dann hat er es geschafft. Dann ...«

Sie wischt sich ein letztes Mal mit der Hand über das Gesicht und holt tief Luft. Wenn ich ihr nur helfen könnte.

»Lass uns über was anderes reden.«

Ich sehe sie an. Ihre Tränen trocknen zusammen mit ein paar kleinen Spuren von Kajal langsam auf ihrem Gesicht. Ja, ich bin klein, sie ist groß. So sieht es aus. Hat sich dadurch etwas für mich geändert? Ja. Ich liebe sie noch mehr.

»Und du bist also recht gut im Geschäft mit deinen Radiospots, Oliver?«

»Lass uns über was anderes reden.«

»Warum machst du es denn, wenn es so schlimm ist?«

»Ich hab nichts, was ich sonst machen könnte. Und es wird richtig gut bezahlt.«

»Dann mach doch einfach weniger.«

»Würde ich ja, aber ich kann einfach nicht nein sagen.«

»Das kenn ich. Irgendwann lernt man es.«

Der Trockner ist nun leider auch durch mit seinem Programm. Ich begleite Lena nach drinnen. Sie lädt ihre Sachen in einen Wäschekorb, anschließend falten wir sie auf dem Küchentisch zusammen und legen sie in den iKoffer. Als wir damit fertig sind, klappt Lena den Deckel zu und stellt das Ding wieder auf seine emsigen Rädchen.

»Ich hätte den Koffer übrigens auch schließen können, indem ich *close* sage, aber das dauert zu lange. Findet sogar Kurt.«

»Wer hätte das gedacht.«

»Kann ich noch mal kurz ins Bad?«

»Klar.«

Soll ich ihr sagen, dass sie Franziskas Kajalstift nehmen kann? Ich hoffe, sie tut es einfach. Kurze Zeit später kommt sie heraus. Ja, sie hat. Bis auf die immer noch fehlenden Schuhe sieht sie wieder genauso bürotauglich aus wie vorhin.

»So, jetzt muss ich aber.«

»Warte, ich geb dir noch einen Wohnungsschlüssel, falls ich mal nicht da bin, wenn du Waschtermin hast. Ich sage Franziska Bescheid.«

»Wirklich?«

»Klar. Hier, der große ist für unten, der kleine für oben.«

»Oh, vielen Dank ... Und, Oliver, es war sehr lieb von euch, dass ihr bei eurem Faust-Projekt an mich gedacht habt. Ganz ehrlich, ich glaube, das ist nichts für mich. Ich schaue es mir aber auf jeden Fall an, versprochen.«

Hätte mir vorher einer verraten, dass sie das sagen würde, wäre ich fürchterlich enttäuscht gewesen. Jetzt bin ich es aber nicht. Kein Stück. Sie drückt mich an sich. Erst als sie mich wieder loslässt, merke ich, wie unerträglich mir der Gedanke ist, sie vier Tage nicht zu sehen. Wenn man Umarmungen nur konservieren könnte. Sie öffnet die Tür.

»Du hast was vergessen, Lena.«

»Echt? Ups, die Schuhe. Oh Mann.«

Sie setzt sich, schlüpft wieder in ihre Pumps und betrachtet dabei Franziskas Schuhsammlung.

»Deine Mitbewohnerin hat ja auch Größe 38.«

»Ich glaube trotzdem, dass ihr nie eure Schuhe verwechseln werdet.«

Sie zwinkert kurz.

»Machs gut, Oliver.«

FREITAG

Immer wenn ich das Büro von Elvin und Adrian betrete, bleibt mein Blick als Erstes an Elvins Gummiballsammlung hängen. Über 500 Stück in allen Farben, Größen und Formen liegen in dem strahlendweißen deckenhohen Regal aus irgendeinem futuristischen Plastikzeugs. Manche von ihnen haben nicht die Form einer Kugel, sondern eines Rugby-Eis, eines geschliffenen Edelsteins oder eines Gehirns. Und ob man will oder nicht, man fängt sofort an, darüber nachzudenken, in welche Richtungen sie abprallen würden, wenn man sie auf den Boden schleudert. Bestimmt steht das Gummiballregal genau deswegen an der Wand gleich neben dem Besprechungstisch. Es lenkt die Gesprächspartner so ab, dass man ihnen mühelos jede Mistidee verkaufen kann. Ich selbst stelle mir am liebsten vor, was passieren würde, wenn man das Regal so kippen würde, dass alle Bälle gleichzeitig herausfallen. Dürfte gut und gerne drei Tage dauern, bis wieder Ruhe in dem Raum eingekehrt ist.

Das Gummiballregal ist aber nur der Anfang. Der Boden ist mit Stofftieren und Spielzeugautos übersät, zwischen denen ohne Unterlass ein japanischer Roboterhund herumkurvt, in der einen Ecke hängt ein großer Sandsack, auf dem man Stoffbezüge mit Promigesichtern anbringen kann, neben dem Schreibtisch liegen große Stapel Comics und Pornohefte, und an den Wänden hängen teure Fotoprints von russischen Trinkern, die zufällig in irgendwelchen Yogaposen eingeschlafen sind, um nur mal das Wichtigste zu nennen. Dazu läuft Musik, die immer einen Tick aktueller ist, als die Drrrrrrrrrrzing-Musik aus dem Coffee & Bytes, aber trotzdem kein bisschen weniger nervtötend. Wüsste ich es nicht besser, würde ich Elvins und Adrians Büro für das Kinderzimmer zweier verwöhnter Teenager halten. Und, völlig verrückt, bis vor kurzem habe ich die beiden noch heimlich um ihr Jungszimmer beneidet. Nicht wegen des Spielzeugs, sondern weil es so schön unaufgeräumt war. Aber die Zeiten sind vorbei, seit Franziska bei mir eingezogen ist.

Nun sitze ich mal wieder mit den beiden am Besprechungstisch und versuche die Gummibälle weder anzuschauen noch an sie zu denken. Ich bin in einer schwierigen Situation, und da ist es nicht gut, wenn man sich ablenken lässt.

»Also, was ich sagen will, es gibt da ein kleines Problem: Lena Ameling, die Frau, die ich für das Gretchen vorgesehen habe, also, die kann nicht.«

»☺ Die Trulla ist verhindert? ☺«

»Ja. Aus beruflichen Gründen. Und nenn sie nicht Trulla.«

»☺ Macht nichts, Oliver-Bolliver, stell dir vor, wir brauchen gar kein Gretchen mehr. ☺«

»Wie jetzt? Warum brauchen wir kein Gretchen mehr? Wir spielen doch den Faust?«

»☺ Yepchen, aaaber – es wird eine gekürzte Fassung sein. ☺«

»☺ Unser böööser Kunde hatte ein paar Anmerkungen zur Budgetkalkulation. ☺«

»☺ So ist das nun mal. ☺«

»Aber ... wir brauchen doch trotzdem ein Gretchen?«

»☺ Neinpopein, wir beschränken uns nämlich auf die Szene in Auerbachs Keller. ☺«

»Wir spielen nur die Szene in Auerbachs Keller?«

»☺ Blitzschnell erfasst, Oliver. Wie immer. ☺«

»☺ Setz dich doch wieder. Keks? ☺«

»☺ Kannst übrigens stolz sein, wir haben das in dem Projekt-Rettungsmeeting mit dem Pinklbräu-Marketing genau so präsentiert, wie du es damals formuliert hast: *Der größte Alkoholexzess der deutschen Theatergeschichte. Pinklbräu-Tabletts, Pinklbräu-Wirtsschürze, Pinklbräu-Zapfhahnschilder, Pinklbräu-Bierdeckel, Pinklbräu-Serviettenständer und natürlich, tadaaa, Pinklbräu-Wirtshausschild. Auerbachs Keller, der Name des bekanntesten Wirtshauses der deutschen Hochkultur, und links und rechts davon das Pinklbräu-Logo. Na?* ☺«

»Aber ...«

»☺ Genau, da war noch was. Du schlimmer Finger hattest uns nämlich verschwiegen, dass sich die Gäste beim Faust kein Bier, sondern massiv konkret *Rheinwein*, *Champagner* und *Tokayer* reinkippen. ☺«

»☺ Nicht so gut, macht aber nichts, denn wir ersetzen das einfach durch Pinklbräu Hell, Pinklbräu Urtyp, Pinklbräu Easy und Pinklbräu Power. ☺«

»☺ Xactly. Die Texte werden entsprechend angepasst. Aber keine Angst, Mephisto lässt das Bier auf jeden Fall aus dem Tisch fließen, da bleiben wir ganz dicht beim Original. Ich sag dir, dass wird der smashendste Beverage-Communication-Kracher des Jahres. ☺«

»☺ Wohin so eilig? ☺«

»Muss nur mal schnell aufs Klo.«

SAMSTAG

Wie schlimm die Idee wirklich war, wurde mir erst richtig klar, als Elvin und Adrian mir die angepassten Texte vorgelesen haben. Goethe hat sich dabei sicher nicht darauf beschränkt, sich im Grab umzudrehen, sondern ist wie einer von Elvins Gummibällen im Sarg hin- und hergeflippert. Und ich hatte große Schwierigkeiten zu erklären, warum ich gleich noch mal aufs Klo musste.

Zum Glück hatte ich danach einen erholsamen Freitagabend mit Tobi, den anderen aus meiner alten Band und vielen Bieren. Also, zumindest das war erholsam. Als ich nach Hause kam und noch einmal kurz bei Facebook reinschauen wollte, meldete sich zufällig gerade meine Exfreundin Julia aus Peru. Wir unterhielten uns per Skype, woran eigentlich nichts Verkehrtes ist, aber dann habe ich ihr unvorsichtigerweise erzählt, dass ich demnächst bei einer Faust-Aufführung mitmachen werde, bei der es kein Gretchen gibt. Und bei Julia ist es immer so, dass sie, wenn irgendwo auf der Welt eine Frau zu kurz kommt, sofort ausflippt. Deswegen haben wir dann noch die halbe Nacht vor uns hingestritten wie in alten Tagen, nur dass wir zwischendrin keinen Sex hatten.

Heute morgen bin ich entsprechend spät aufgestanden. Franziska war schon lange weg. Trifft sich bestimmt schon wieder mit ihrem Vater und irgendwelchen Business-Fuzzis, um weiter an ihrer Restauratoren-Datenbank zu feilen. Wenigstens hat sie ein paar Brötchenkrümel auf dem Esstisch dagelassen. Ich bringe sie vor meinen Teller in eine Reihe und betrachte sie, während ich esse. Nachdem ich selber ein paar Krümel produziert habe, vermische ich sie mit Franziskas und lege »Lena« daraus. Beim Tischabwischen wische ich um das Wort herum. Danach berühre ich alle Buchstaben ein Mal mit der Nase. Beim letzten muss ich niesen.

Gut. Frühstück geschafft. Was jetzt? Der Tag will nach allen Regeln der Kunst verdaddelt werden. Wäre natürlich viel einfacher, wenn ich eine etwas phlegmatischere Mitbewohnerin hätte, die jetzt genauso bewegungsunwillig wie ich am Tisch sitzen und sich stundenlang mit mir über jeden Mist unterhalten würde. *Oliver Bond – steh auf another day…* Ich könnte auch ein paar Gesangsübungen machen. Aber inzwischen hat mich die Lehrerin so weit, dass ich bei jedem kleinen Piepser ein schlechtes Gewissen kriege. Ich Böser habe ja immer noch nicht meine eigene Stimme gefunden … Joggen könnte ich auch. Andererseits, Joggen könnte ich auch später.

Überhaupt, bevor ich irgendwas mache, sollte ich mal bei Facebook reinschauen. Nur kurz. Ich hole den Laptop und stelle ihn auf den Esstisch. Hm, ein paar Nachrichten von Unbekannten, die weiter nach neuen Videos von mir gieren. Muss mir mal eine bissige Standardantwort für so was einfallen lassen. Und eine von Rüdiger Rodeo. Er will sich heute Abend mit mir im Coffee & Bytes treffen, um über die Kürzungen bei Faust 2.0 zu reden. Kann er haben.

So, jetzt reicht es auch wieder mit Facebook. Na ja, kurz mal bei den Supermarktkonzeptionalisten reinschauen sollte ich schon … Hui, was ist das hier schon wieder für eine Aufregung? Meldungen im Sekundentakt, genau wie neulich. Was zur Hölle …? Aber bei was auch immer sie mich in den letzten Tagen gefilmt haben, es war doch nichts dabei was …? Hmmm …

ICH KANNS NICHT FASSEN!!!!!

Ich fall auf die Knie. WER IST DAS?

VOLL DER BRÜLLER!!!

naja, schon lustig. aber könnt ihr ein klares konzept erkennen?

HAMMER!!! HAMMEEEEEEEEEER!!!!!!

konzept??? ich würde sagen, da hat jemand den begriff supermarktkonzept KOMPLETT NEU ERFUNDEN!!!

ICH MUSS MIR DAS IMMER WIEDER ANSCHAUEN!!!

Ich klicke auf den Link zum Video.

…

Nein!

Supermarkt-Pac-Man!

Franziska hat es getan!

Sie ist mit einem Pac-Man-Kostüm in den Supermarkt gerannt und hat sich mit drei Typen mit Geisterkostümen eine wilde Verfolgungsjagd geliefert. Unglaublich, wie lange sie durchgehalten haben, bevor sie rausgeschmissen wurden.

Wahnsinn! Schaut mal die letzte Sekunde, wenn der Sicherheitstyp am Pac-Man-Kostüm zieht, sieht man kurz das Gesicht!

AWWW! DAS IST APFELSINCHEN!!!!

JAAAA! APFELSINCHEN! EINE VON UNS!!!

ihr meint wohl ex-apfelsinchen. und ich frage mich immer noch, wo ihr da ein klares konzept seht?

Wahnsinn!!! Die hat ja noch mehr Eier als OKrach!!!

Auf jeden Fall! Das muss OKrach erst mal TOPPEN!

Was glaubt ihr, wie lange brauchen die, um den Supermarkt wieder aufzuräumen?

LOL! Allein der umgefallene Ständer mit den Glückwunschkarten!
DAS GUTE ALTE APFELSINCHEN! WIE GEIIIIIL!!!
sie heißt jetzt franziskasteinmann. und hallo? können wir endlich mal über das konzept sprechen?

Ein Schlüssel dreht sich im Schloss. Ich springe auf und renne in den Flur. Hätte mir je einer erzählt, dass eines Tages in mannshoher Pac-Man in meiner Tür stehen und mich mit seinem ein Meter breiten Maul angrinsen würde, hätte ich vermutet, dass ich einen Riesenschreck bekommen würde. Jetzt ist die Situation natürlich anders.

»Hallo Franziska.«
»Puh, hallo.«

Pac-Mans Stimme kling stark gedämpft durch das Kostüm. Er schleppt sich mit letzter Kraft auf seinen dünnen gelben Beinchen über die Schwelle. Die drei Geister folgen ihm und sagen ebenfalls matt und dumpf hallo. Ich schließe die Tür. Sie lassen sich zu Boden sinken und verschnaufen erst mal. Dann schälen sich nach und nach ihre Köpfe aus den Kostümen. Alle sind völlig verschwitzt und erschöpft, strahlen sich aber gegenseitig an, als hätten sie gerade den Highscore geknackt.

»Krach, kannst du mal *Pac-Man* und *Supermarkt* bei Youtube eingeben? Vielleicht sind wir schon drauf.«
»Seid ihr.«

Ich hole meinen Laptop, stelle ihn so auf den Boden, dass alle sehen können, und lasse den Film in Endlosschleife laufen. Sie gucken gebannt, dann juchzen sie und fallen sich gegenseitig um den Hals. Ts. Pac-Man und ein Geist umarmen sich. Sieht man auch nicht alle Tage.

»Jemand ein Bier?«
»Oh, bitte!«

»Jaaaaaa!«

»Durst!«

Ich schaffe eine kleine Sammlung gekühlter Flaschen herbei und setze mich dazu. Man muss ja kein Fan von diesem Blödsinn sein, aber, hey, endlich ist es mal wirklich gemütlich hier.

»Ich bin übrigens Uli.«

»Andreas.«

»Johannes.«

»Oliver.«

»Wissen wir schon, OKrach und so, ne?«

»Stimmt. Ach, Moment, bist du nicht xman41?«

»Tja, man sieht sich immer zwei Mal, was? Prost!«

Viel zu früh für Bier. Vor allem, wenn man sich noch kaum bewegt hat und eigentlich auch gar nicht so richtig durstig ist. Trotzdem kann ein Bier kaum besser schmecken als das hier. Mitfreubier eben.

»Ich hab gehört, du machst auch bei diesem Faust 2.0-Ding mit, Oliver?«

»Ich fürchte, ja.«

»Wir auch. Alle.«

»Echt?«

»Ja. Rüdiger Rodeo hat uns angelabert. Zuerst wollten wir nicht, aber das wird ja richtig gut bezahlt. Ich spiele den Brander.«

»Und ich den Frosch.«

»Angenehm, Mephisto.«

»Ich muss sogar was singen. Du auch?«

»Ja, aber das kürzt er bestimmt noch raus.«

»Hoffentlich.«

Schon sind die ersten Flaschen leer. Franziska und ihre Geister greifen nach der zweiten. Muss ziemlich heiß in den Kostümen gewesen sein. Auf Facebook und Youtube prasseln währenddessen weiter unermüdlich die Kommentare herein. Alle sind sich einig. Franziska Steinmann ist die neue Krawallaction-Queen und Trottelaction-Titan OKrach kann sich warm anziehen. Haha, wurmt mich das jetzt etwa? ... Verflixt, doch, ja, irgendwie schon. Ich taste nach meiner Schulter. Tut schon fast gar nicht mehr weh.

»Du, Krach?«

»Hm?«

»Was ich noch sagen wollte, könntest du ab jetzt für uns beide einkaufen? Es ist nämlich so, ich, ähm ...«

»Oh, lass mich raten, du hast ...«

»Hausverbot im Supermarkt gekriegt, genau.«

»Prost.«

* * *

Als ich das Coffee & Bytes betrete, ertappe ich mich dabei, Heimatgefühle zu bekommen. Aber nein, das ist nur ein kurzer Anflug. Ich werde nie einer von diesen Internet-Menschen. Hm, Rüdiger ist noch nicht da. Schade, dass ich keinen Laptop dabei habe, sonst könnte ich noch mal schnell nach meinen Nachrichten schauen. Wenigstens sitzt Kurt in seiner Ecke.

»Hallo altes Haus. Lange nicht mehr gesehen, was?«

»Hallo Oliver. Hast du schon das Video von Franziska-Steinmann geguckt?«

»Oh ja.«

»Ein Riesenerfolg für sie. Wie wirst du reagieren?«

»Entspannt. Und du schraubst gerade die IT in Lenas Anwaltsbude neu zusammen, habe ich gehört?«

»Ja. Ein Graus, was ich da vorgefunden habe. Und das nicht nur unter Sicherheitsaspekten. Ich soll dich übrigens von ihr grüßen.«

»Danke.«

Ups, hat eigentlich irgendwer Kurt schon eingeweiht, dass er den Faust spielen wird? Vermutlich nicht, sonst hätte er sicher gleich davon losgequatscht. Kann doch nicht wahr sein, wie schlecht wir organisiert sind. Hier muss langsam ein anderer Wind wehen. Werde ich gleich mal mit Rüdiger drüber sprechen ... Andererseits, Auerbachs Keller ... Wenn ich mich recht erinnere, hat Faust da eh nur ein oder zwei Sätze. Das kriegt Kurt jederzeit hin. Außerdem ist es mir auch egal. Lena macht nicht mit, jetzt geht es nur noch um den Spaß.

»Alles klar mit dir, Oliver?«

»Alles klar. Hast du eigentlich schon mal Theater gespielt?«

»Äh, was, ich? Nein, warum?«

Rüdiger Rodeo ist inzwischen hereingekommen. Wie immer schüttelt er ein paar Hände und lässt sich mit Leuten fotografieren. Zwischendrin signalisiert er mir winkend, dass ich mich irgendwo hinsetzen soll. Schon klar. Wenn er sich jetzt alleine irgendwo hinsetzt, wird er sofort belagert, und wir können uns nicht unterhalten. Wir hätten uns natürlich auch woanders treffen können, aber ich verstehe ihn langsam. Er hat zu große Angst davor, dass er mal einen Schritt macht, der nicht sofort im Internet veröffentlicht wird. Deswegen geht er lieber auf Nummer sicher und bewegt sich nur an Orten mit verlässlich hoher Nerd-Dichte.

»Entschuldige, Kurt, ich erzähl dir nachher alles. Bin mit diesem iSuperstar verabredet, und wenn ich ihn mir nicht gleich schnappe, wird er aufgefressen. Bis gleich.«

Ich setze mich an einen kleinen Couchtisch in der hintersten Ecke des Raums. Die beiden großen Plüschsessel, die um ihn herum stehen, erdrücken ihn fast. Hier kann sich unmöglich noch ein dritter dazugesellen. Ein paar Minuten später sitzt Rüdiger mir gegenüber.

»Hallo Oliver. Ein Menschenauflauf ist das hier wieder.«

»Wirklich, nicht zu glauben, tsts.«

Er setzt den Strohhut kurz ab und richtet seine Haare, während sein iKoffer in die kleine Lücke zwischen unseren Sesseln hineinzuschnurren versucht. Ich rücke ein Stück zur Seite und mache dem Kleinen Platz. Einen kurzen Moment lang glaube ich, dass er mich dankbar angestrahlt hat.

»Gut, lass uns über Faust 2.0 sprechen. Du bist von den Forza-Idee-Leuten über die beabsichtigten Kürzungen unterrichtet worden?«

»Ja.«

»Meine Meinung dazu: Durch diese geradezu paliopermutative Exkavation wird das dramaturgisch-inszenatorische Tremolo der Inszenierung teilvaporisiert. Als unmittelbarkomplementäre Kernreaktion darauf sollten wir es – und das sage ich bewusst ganz einfach und direkt – lieber lassen. Was denkst du?«

»Bin dabei.«

»Gut. Dann werden wir das Elvin und Adrian gleich mal mitteilen. Flip iPhone ... Upsa, danke, Oliver.«

Ich lehne mich entspannt zurück, während Rüdiger seine Faust 2.0-Ausbrems-SMS tippt. Eine Sorge weniger. Fein.

»Darauf ein Bier, Rüdiger?«

»Oh, ja, sehr gerne.«

* * *

Kaum zu glauben, aber je später der Abend, umso besser lässt es sich im Coffee & Bytes aushalten. Irgendwann wird die Drrrrrrrrrzing-Musik abgestellt und durch angenehm normale Klänge ersetzt, die Laptops werden nach und nach zugeklappt und die Latte Macchiatos verschwinden ebenfalls von den Tischen und machen verschiedensten Alkoholika Platz. Rüdiger scheint der Meinung zu sein, dass das Projekt Faust 2.0 durchaus würdig ist, mit ein paar Gläsern mehr als sonst beerdigt zu werden, und ich sehe mich keinesfalls in der Rolle, ihn dabei zu stoppen. Im Gegenteil, mit jedem Bier wird der Abend mit ihm unterhaltsamer. Dass er so ein standhafter Trinker ist, hätte ich gar nicht gedacht. Da meine Leber schon heute Vormittag ihre erste Trainingseinheit hatte, versuche ich mich unauffällig zurückzuhalten, muss aber erkennen, dass ich darin nur mäßig begabt bin.

»Undu bisalso sozusagen seelenpragmatisch-psychoempathisch verwandtmit derTrulla, kannman dasso umschreiben?«

»Wir kennuns ganzgut. Und nennsienicht Trulla. Sieheißt Lllena.«

»Gut. Lllena. Undwie warnochmal ihrNachname?«

»Frag siedoch einfachselber.«

»Verstehe, duneigst nichtzu toxikokausalinduzierten Indiskretionen.«

»Ehernicht.«

»Nungut. Und waswird siesagen, wennsie erfährt, dassihre prospektive Gretchenperformanz finalirreversibel abgesagtwurde?«

»Ichdenke daswirdsie frontalsouverän aufnehmen undsich wieder prioritativ ultrapositionierten Dingenwidmen.«

In der Zwischenzeit haben sich nun doch mehr und

mehr Rüdiger-Rodeo-Verehrer und -Verehrerinnen in unsere Ecke getraut. Mehrere Stuhlreihen stehen im Halbkreis um uns herum. Dazwischen sitzen Leute auf dem Boden. Zwei attraktive junge Frauen haben sich auf Rüdigers Armlehnen gesetzt, eine dritte steht hinter ihm und massiert ihm hin und wieder als Belohnung für besonders gelungene Sätze die Schulterpartie. Alle hängen an seinen Lippen und kosten die Glücksgefühle aus, die seine Worte offenbar bei ihnen auslösen.

»Ich fragemich, wielange Lllena nochihre ignorant-anamnestische Haltung gegen konsolidiert-progressive Illuminationsiterationen aufrechterhalten will? Irgendwann musssie docherkennen, dassihre strukturell designierte Banalaffinität einerneuen Integrationsmotivation weichenmuss, zumindest wennsie mitihren Kapitalkonvoluten inRelation zurZentralkonstellation vertikal reüssieren will. Wasdenkst du?«

»Nunja, ichvermute, wir sehen Lllena alle pauschalgeneralistisch inUmständen, dieeiner prinzipiellen Initialrelativierung bedürfen. Adhoc-impulskonfrontative Ejakulationen latenter Primärenergien unsererseits tragennichts dazubei, die Prinzipaldemaskierung der Manifestkonstitution ihrer Realitätsformation zu provozieren. Ihrsolltet zunächst permanentkonsekutiv eureImaginationspräferenzen überprüfen undmit den Manifestsekuritativinformationen abgleichen, bevorihr erneuteure labilspezialisierten Zerebralprodukte vorihr zelebriert ... Mit anderen Worten: antisubhegemoniale Applikationsrezession ... Natürlich unter umgekehrten Vorzeichen ... Muss man auchmal imGroßenundGanzen sehen.

»Hm. InteressanterGedanke Oliver, wirklich. Dubist vielmehr alsnur ein destruktivanarchistischer Martialrabauke, wieich zugegebenermaßen bisvorkurzem nochdachte.«

»Prost.«

Vielleicht hat er recht. Jedenfalls spüre ich, wie mit einem Mal auch meine Rückenpartie auf das Angenehmste von zwei sanften Händen durchgewalkt wird.

Montag

»Ist was mit dir, Oliver?«

»Hm? Oh, ich bin nur verwirrt.«

»So, so.«

Wirklich. Nicht zu fassen. Es ist Montagmorgen, ich sitze mit Franziska am Frühstückstisch und ich fühle mich ... ausgeruht und erholt. Ist auch kein Wunder. Ich habe zum ersten Mal seit vielen Monaten wieder so geschlafen, wie ein Mensch schlafen sollte. Hingelegt, gleich weg gewesen, bisschen harmloses Zeugs geträumt, aufgewacht. Hört sich zwar ganz normal an, aber wenn man das gewöhnt ist, was ich dauernd am Montagmorgen erlebe, ist es eine Form von Paradies. Irgendwas habe ich richtig gemacht. Oder wurde irgendwas mit mir richtig gemacht?

»Ich muss schon wieder los.«

»Restauratoren-Dings?«

»Genau.«

»Lass ruhig, ich räum später alles ab ... Was ist?«

»Das hat noch nie jemand in einer WG zu mir gesagt.«

»Ich weiß, ich bin komisch.«

Der Anblick von Geschirr, das jemand anders benutzt hat. Für mich immer noch der Inbegriff von Luxus. Als ich fertig bin, lasse ich es einfach stehen und mache mich auf den Weg. Auch draußen keine Spur von Montag. Entweder ist die Welt über Nacht besser geworden, oder gesunder Schlaf macht viel mehr aus, als ich gedacht hatte. Jedenfalls komme ich überpünktlich und bestens gelaunt im Jinglefactory-Tonstudio an.

Erst dort fällt mir wieder ein, an was für einem extra abartigen Projekt ich mich heute abrackern muss, und nach einer Stunde Arbeit ist meine Laune wieder ziemlich unten. Heute läuft es sogar besonders zäh. Es ist einer von diesen Radiospots, bei dem ich zwei Rollen mit jeweils verschiedenen Stimmen sprechen muss. Das ist aber nur das kleinste von vielen Problemen.

Ich beobachte Elvin und Adrian durch die Sprecherkabinenscheibe. Respekt. Das Faust-Projekt mit Web 2.0-Star Rüdiger Rodeo war eins der größten Dinger, die sie jemals angeleiert haben. Und dass jener Rüdiger ihnen am Wochenende kurz und trocken abgesagt hat, stecken sie einfach so weg. Sie sitzen, wie immer, gut gelaunt im Regieraum, trinken Kaffee und werkeln an ihrem absurden Mist herum. Kein Wort von dem Desaster, kein Anflug von Frust oder gar schlechter Laune. Woher nehmen sie diese Gelassenheit? Es kommt mir wirklich nur schwer über die Lippen, aber ihr Rückschlag-Verdauverhalten ist einfach vorbildlich. Vor allem, wenn man in Betracht zieht, wie lange wir hier jetzt schon an diesem elenden Spot rumprobieren, ohne dass irgendwas annähernd Brauchbares herausgekommen ist.

»☺ Also, Adrian, ich sag es mal so, an Oliver liegts nicht, oder? ☺«

»☺ Nein, ausnahmsweise. Harhar, kleiner Scherz. ☺«

»☺ Also, was tun? ☺«

»☺ Weiß nicht. Krachilein, sag du doch mal was. Woran liegt es, dass es hier noch nicht ROAAARRR macht? ☺«

»Ich spinn jetzt einfach nur mal rum: Vielleicht weil *YAM! YAM! YAM! YAM! Voll lecker! – Was denn, Mann? – Na, die Wurst, Alter! – Welche Wurst? – Na die, die ich in der Hand halte! – Cool! Matrexx-Wurst! Gib her! YAM! – Heee, Sucker!* kein guter Text ist?«

»☺ Autsch! Du legst ja gleich alle zehn Finger auf einmal in die Wunde. ☺«

»☺ Hätte ich nicht gedacht, dass er so ein Brutalinsky sein kann. ☺«

»☺ Sollen wir es ihm sagen? ☺«

»☺ Weißt du was? Ja. ☺«

»☺ Es ist nämlich so, Oliver, dieser Text ist in Wirklichkeit kein Text, sondern ein ebenso frischer wie wohlgeformter Haufen Hundeexkrement. Richtig umschrieben, Adrian? ☺«

»☺ Yay. Das Problem ist nur, er stammt von Gerwin-Paul, dem Sohn unseres wichtigsten Kunden, der gerade ein Praktikum bei uns macht. ☺«

»☺ Und da dachten wir uns, egal, durch Olivers Mund wird selbst dieses teuflische Machwerk genießbar. Ups, hihi. ☺«

»☺ Aber man kann ja auch mal danebenliegenpopiegen. ☺«

»☺ So sieht es aus. Hilft alles nichts, wir müssen durch. Und ich sag mal, auch in den übelsten Kackhaufen kann man immer noch ein paar Cocktailschirmchen reinpieken, nicht wahr? ☺«

»☺ Was gibts denn da zu kichern, Palmoliver? ☺«

»Ach, mir ist nur gerade was Lustiges durch den Kopf gegangen. Kchchch.«

»☺ Spucks aus. Der Boden ist eh dreckig, hähä. ☺«

»Ich hab neulich mal im Supermarkt heimlich eine Wurst angebissen, weil ich probieren wollte, ob ...«

»☺ Laaangweilig. ☺«

»Aber man könnte doch einen Fernsehspot drehen, in dem ein Mann im Supermarkt zuerst heimlich alle möglichen Matrexx-Würste anbeißt, und dann mit schreckensweiten Augen draufzeigt und DIE BESTIE MUSS NOCH HIER SEIN! kreischt. Dann Panik, alles stürzt raus, und er bleibt als Einziger zurück, isst in Ruhe weiter und feixt.«

»☺ Hm. ☺«

»☺ Hmhm. ☺«

»☺ Hmhmhm. ☺«

»☺ Was sagst du? ☺«

»☺ Na ja, bisschen too much. ☺«

»☺ Ja, so ganz slightly over the top. ☺«

»☺ Hm. ☺«

»☺☺ Ach, scheiß drauf, geben wir es ruhig zu, Elvin! ☺☺«

»☺☺ Yay, das ist übelst gut! ☺☺«

»☺☺ Das kaufen die uns ab! Und wie! Die sind heilfroh, wenn sie nicht für diesen Scheißradiospot, zu dem wir gemeinen Kerle sie breitgeschlagen haben, geradestehen müssen. Die machen den Fernsehspot, und wenn das ganze Budget dafür draufgeht! ☺☺«

»☺ Und Gerwin-Paul stellen wir auch ruhig. Der kriegt einfach die Hauptrolle. ☺«

»☺ Stimmt! Ich meine, hallo? Wenn Gerwin-Paul kein Wurstgesicht hat, wer dann? ☺«

»☺ Haha! Feinpopein! ☺«

Elvins und Adrians High-Five-Klatscher ist bis auf die Straße zu hören. Die beiden. Manchmal muss man sie fast gern haben. Ich nehme den Kopfhörer ab und gehe in den Regieraum, um meine Tasche zu holen. Ein schwerer Fehler.

»☺ Bruhaha! *Die Bestie muss noch hier sein!* Wie kommt man auf so was, Oliverchen? ☺«

»☺ Aus dir wird noch mal ein ganz Großer! ☺«

»☺ *Die Bestie muss noch hier sein!* Komm, wir gehen gleich mal in den Supermarkt und probieren es aus. Harharhar! ☺«

»☺ Und du kaufst dir jetzt sofort ein Rieseneis, Oliver. Geht aufs Haus. Hohoho! ☺«

»Danke. Könnt ihr jetzt bitte mit dem Hauen aufhören?«

Wenige Minuten später haben wir unsere Zelte im Studio abgebrochen. Ich bin heilfroh, dass ich so billig aus der Nummer rausgekommen bin und ertappe mich beim Trepperunterschlendern sogar dabei, wie ich über einen Witz von Elvin lache. Ist aber auch alles zu schön. Ich muss nicht mehr »YAM! YAM! YAM! YAM!« sagen und habe jetzt satte drei Stunden Erholung, bevor ich heute Nachmittag für die nächsten Krankhirne ins Studio muss.

»Also dann, bis morgen.«

»☺ Yeah, bis morgen, Kreativkanönchen! ☺«

»☺ Bleib frisch! ☺«

»☺ Oh, fast vergessen, Mittwochnachmittag ist die erste Faust 2.0-Probe. Rüdiger schickt dir die Infos. ☺«

»Was? Moment ... ich ... ich dachte, das ist abgeblasen? Rüdiger hat doch ...?«

»☺ Ach was. Rüdiger hat am Samstag bisschen rumgeschnieft, ja. Daraufhin haben wir am Sonntag sein Honorar verdoppelt und ihm gewisse zusätzliche künstlerische Freiräume zugesichert, und schon war er wieder voll so peace man. ☺«

Das darf doch nicht wahr sein! Deswegen waren sie so entspannt. Bin ich naiv.

»☺ Und, ganz ehrlich, ich bin neugierig, was er noch so an Ideen ausbrüten wird. ☺«

»☺ Yay. Manchmal glaube ich, der Typ ist noch kränker als wir, haha! ☺«

»☺ Manchmal, hihi. ☺«

»☺ Ach, übrigens, ganz vergessen, der Aufführungstermin ist schon nächsten Montag. ☺«

»WAS?«

»☺ Pinklbräu will Faust 2.0 mit dem Launch ihrer Satelliten-Website www.urtyp-typen.de koppeln. Schlauer Plan, finden wir. ☺«

» ☺ Und die Aufführung ist im Coffee & Bytes. ☺«

»☺ Tschö mit ö. ☺«

»☺ Popö. ☺«

* * *

»Danke, Franziska. Dieses Mittagessen verscheucht alle bösen Gedanken.«

»Geht mir auch so. Vorhin war ich noch sauer auf dich, weil du das Geschirr nicht weggeräumt hast.«

»Tschuldigung, ich dachte, du bist den ganzen Tag weg. Wie heißt das, was wir da essen?«

»Spießergemüse an bürgerlichem Reis mit Landeisoße.«

»Und was ist da genau drin?«

»Kein Basmati, kein Zitronengras, kein Rucola, kein Bulgur und kein Kurkuma.«

»Tolles Rezept.«

* * *

Es ist Abend. Und noch immer ist es der wunderbarste Montag, den ich seit langem erlebt habe. Nicht dass irgendwas Besonderes passiert wäre. Aber dafür ist jede Menge nicht passiert, was sonst immer passiert.

Tobi nimmt einen tiefen Schluck Bier und zückt die Karten.

»Spielen wir?«

»Teil aus!«

»Das freudige Schimmern in deinen Augen macht mir Angst, Krach.«

»Solltest du auch haben. Haha.«

Sieh an. Gar nicht übel, die Karten, die ich vom Tisch auflese. Kann mich nicht erinnern, wann ich zum letzten Mal am Anfang den Spitzentrumpf hatte. Trotzdem habe ich eine Stunde später wieder verloren, auch wenn es lange hin und her ging. Hoffentlich langweilt sich Tobi nicht irgendwann mit mir.

»Du, übrigens, dieser siebenjährige angebliche Heiße-Öfen-Champ, den wir neulich bei McDonald's getroffen haben, können wir nicht bald mal mit dem spielen?«

Als hätte er meine Gedanken gelesen.

»Du meinst Anton? Klar, du musst einfach nur dienstags um fünf hierherkommen.«

»Ginge morgen zum Beispiel?«

»Sicher. Und, warst du inzwischen mal mit Diana essen?«

»Nein, aber wir gehen diesen Mittwoch dinieren. Sie ist noch dabei, das Restaurant auszusuchen. Ich befürchte das Schlimmste.«

»Sei nicht so zimperlich.«

»Es ist ja nicht so, dass es letztes Mal nicht geschmeckt hätte. Im Gegenteil. Nur die Mengen! In Dianas Restaurants ist selbst der Hauptgang nicht mehr als ein Appetithappen.«

»Bestell doch doppelte Portionen. Geht das nicht?«

»Selbst wenn, Diana ist Europameisterin im Augenrollen.«

»Du müsstest mal ...«

»Wenn du mir jetzt wieder erzählst, wie gut deine Mitbewohnerin kocht, muss ich dich töten.«

»Aber ...«

»Themenwechsel, sofort. Siehst du zum Beispiel nicht morgen die Dame deines Herzens wieder?«

»Ja, Lena kommt zum Wäschewaschen, und ich hab mir die Zeit freigehalten.«

»Romantisch.«

»Ja.«

»Jetzt mal im Ernst, du musst allmählich vorankommen.«

»Nein, im Gegenteil, wir müssen uns schön langsam wieder annähern. Da ist das mit den Waschterminen doch prima. Wenn schönes Wetter ist, setzen wir uns auf den Balkon und trinken Kaffee. Ist wie ein perfektes Date.«

»Frag sie doch, ob sie am Samstag zur Party in der WG mitkommt.«

»Ach, stimmt. Schon ganz vergessen. Nein, das ist noch zu früh.«

»Du wirst in die Freundschaftsfalle tappen.«

»Werde ich nicht.«

»Doch.«

»Und weißt du was? Selbst wenn ich in die Freundschaftsfalle tappe, es macht mir nichts aus. Vor kurzem hat sie mich noch gehasst. Ich kann eigentlich jetzt schon glücklich über alles sein. Wir sehen uns, reden miteinander und verstehen uns. Was soll ich noch mehr wollen?«

»So, so.«

* * *

Tobi hat recht. Ich werde in die Freundschaftsfalle tappen. Und wie. Und es macht mir natürlich was aus. Ich liebe sie!

Es ist 0:17 Uhr, ich sitze senkrecht im Bett und bin hellwach. Wieder typisch ich. Ignoriere die Gefahr so lange, bis alles zu spät ist. Fast alles. Noch kann ich etwas tun. Und dieses Etwas, mit dem ich vermeide, dass Lena und ich morgen endgültig den öden Bund der elenden ewigen Freundschaft schließen, werde ich jetzt finden. Ist ja nicht so, dass ich keine Ideen habe. Hat man doch gestern gesehen. So was wie »DIE BESTIE MUSS NOCH HIER SEIN!« brauche ich. Nur ganz anders.

Ich mache das, was ich sowieso in jeder freien Minute tue, ich denke an Lena. Ich fühle, wie es in mir zieht und drückt, wenn ich ihre warmen braunen Augen vor mir sehe, ihre Haare ... das Lächeln ... die wunderbaren Lachgrübchen ... der Boden unter meinen Füßen kippt weg, meine Stimme wird hoch und säuselig, meine Hände wissen nicht mehr, wohin, und ... Das alles muss ich ihr irgendwie sagen. Am besten schreibe ich ein Gedicht. Wobei, wie übergebe ich es ihr dann? Vortragen? Singen? Oder stecke ich ihr heimlich einen Zettel zwischen die Wäschestücke? Egal, das kommt später. Erst mal dichten.

* * *

Wenn du mich anschaust
...

Der Anfang ist schon mal ganz gut, aber da müssen noch mindestens fünf Zeilen dazu, damit es ein ordentliches Gedicht ist. Mist. Ich bin viel zu ängstlich. Gibt doch keinen Grund. Solange man am Schreiben ist, kann man immer noch alles ändern. So ist das. Wenn ich nicht schleunigst lockerer werde, habe ich verloren. Ich stemme mich aus dem Bett und suche in der Küche nach Alkohol.

Bier wäre noch reichlich da ... Nein. Ich wette, keines der wirklich guten Liebesgedichte der Welt wurde unter Einwirkung von Bier geschrieben. Das passt nicht zusammen. Zum Glück finde ich noch einen Rest Rotwein in Franziskas Vorräten. Das sollte es für den Anfang tun. Muss nur dran denken, morgen Nachschub zu kaufen.

* * *

Wenn du mich anschaust
Mit zwei Augen
Braun und Grübchen nebendran
…

Hm. *Mit zwei Augen*. Entweder ist das dämlich, oder … oder … Ach was, das *ist* dämlich! Mit was soll sie mich sonst anschauen? Irgendwas mit anschauen und Augen ist ja gut, aber da muss Leidenschaft rein. Zu dumm, dass der Rotwein schon alle ist. Ich könnte mich noch mal schnell anziehen und zum Spätkauf, aber das würde mich ganz schön aus der Arbeit rausreißen. Es gäbe natürlich auch noch die Flasche Eierlikör ganz hinten im Schrank … Brrr, so ein bisschen zieht sich mein Magen bei dem Gedanken daran ja schon zusammen. Aber man darf einfach nicht zu viel auf einmal davon trinken, das ist die Kunst.

* * *

Wenn du mich anschaust
Braun deine Augen
Taugen zum ahnen
In was für Bahnen
…

Hm. Nicht aufgeben. Solange Eierlikör da ist, ist noch Hoffnung da.

* * *

Wenn du mich anschaust
Braunenden Auges
Wunder im Lächeln grübchenbeprangt
Ist der Boden

weg, verschwoden
Schwebend Krachens Körper dankt

Wenn du mich anschaust
Haarende Glänze
Gretchen, stark und geradeaus
Wozu noch lenken?
Hände verschenken
Frag meinen Namen, ich sag Klaus

Das ist gut! Richtig gut! *Frag meinen Namen, ich sag Klaus*, allein in dieser Zeile steckt doch schon alles drin! Vielleicht kann ich mir morgen noch eine Melodie dazu ausdenken … Boa, drei Uhr. Ich schreibe es jetzt noch einmal sauber ab, und dann ab ins Kopfkissen mit mir.

DIENSTAG

Mit dem Schädel, den ich heute Morgen hatte, hätte man eine ganze Stadt abreißen können. Deswegen war mein Jubel darüber, dass ich schon um halb neun im Studio sein musste, recht kurz. Neben den Kopfschmerzen peinigten mich noch mein Schlafdefizit und die Anwesenheit von Elvin und Adrian. Allerdings hatte der Termin auch sein Gutes. Er war kurz, und er war der letzte Forza-Idee-Termin für diese Woche. Die beiden haben mir tatsächlich die übrigen Tage freigeschaufelt, damit ich in Ruhe mit Rüdiger und den anderen Hanseln für Faust 2.0 proben kann.

Trotz dieser glücklichen Umstände – als ich wieder nach Hause kam und in den Spiegel sah, war mir sofort klar, dass etwas geschehen musste. Ich sah einfach nicht aus wie der, der heute Mittag die Frau seines Herzens mit einem Gedicht betören wird. Ich sah vielmehr aus wie der, der überlegt, ob er sich auf dem Rummelplatz als Geisterbahn-Geist oder als lebender Boxsack bewerben soll. Der Plan, das Gedicht zu vertonen, wurde sofort gestrichen. Stattdessen habe ich eine Aspirin eingeworfen, Turnschuhe angezogen und bin losgejoggt. Normalerweise hätte ich mich in diesem Zustand nie dazu durchgerungen, aber wenn Lena gleich kommt, will ich wenigstens wieder ein bisschen gesunde Farbe im Gesicht haben.

Dumm nur, dass ich losgelaufen bin, ohne vorher richtig über die Route nachzudenken. Einfach immer die Spree entlang ist ja nicht schlecht, aber mir wird gerade mit jedem Schritt klarer, dass ich viel früher hätte umkehren müssen. Eigentlich kann ich nicht mehr, aber ich muss weitertraben, sonst komme ich zu spät oder bin noch unter der Dusche. Lena hat zwar einen Schlüssel, aber, nein, irgendwie wäre das doof. Ich will sie doch richtig empfangen. Vielleicht ergibt sich dabei auch gleich eine Gelegenheit, mein Gedicht ... Wobei, ich weiß ja immer noch nicht, soll ich es vortragen oder doch heimlich in die Wäsche stecken? Vom Bauch her bin ich mehr für heimlich in die Wäsche stecken, aber was, wenn es verlorengeht? Die Unsicherheit wird unerträglich sein. Hat sie es gelesen? Hat sie nicht? Ist es womöglich in eins der Hosenbeine ihres Sohnes Bommi gerutscht? Entziffert er es jetzt gerade zusammen mit seinen Klassenkameraden?

Ich kann vor Seitenstechen kaum noch nachdenken. Und da kommt schon wieder einer dieser elenden Ausflugsdampfer vorbei, die mehr Abgase ausstoßen als einen Flotte usbekischer Reisebusse. Zum Glück habe ich den größten Teil der Strecke schon geschafft. Nur noch ein paar Meter, dann biege ich links ab und schaukele mich über den letzten Teilabschnitt nach Hause.

Fünf Minuten später keuche ich unser Treppenhaus hoch und falle durch die Tür. Keine Zeit für einen Drink. Raus aus den Klamotten und rein in die Dusche ... Ups.

»Oh. Tschuldigung.«

Warum muss Franziska immer ausgerechnet dann von ihrem Thaibox-Crashkurs zurück sein, wenn ich auch gerade verschwitzt bin? Wäre ja sonst kein Problem, aber ich habe Termindruck. Ich schreie durch die Tür.

»Bist du noch lang drin?«

»Na ja, bisschen schon noch. Der Massagestrahl ist ... AUMMMMOARRRFF.«

Mist.

»Wenn du es eilig hast, kannst *du* ja heute in die Badewannendusche gehen.«

»Wenn das okay ist?«

»Nur zu. AUMMMMOARRRFF.«

Sehr gut. Jetzt aber flott. Im Nu bin ich aus den Sachen draußen und habe mich mit Wasser besprenkelt und eingeseift.

»Franziska, kochst du eigentlich irgendwann noch mal?«

»Klar. Als Nächstes wollte ich Semmelknödel probieren. Morgen Abend?«

»Wunderbar! Kann ich noch einen Freund und seine Freundin einladen?«

»Warum nicht?«

»Du wirst ihn mögen. Ist ein guter Esser.«

So, jetzt nur noch abduschen. Bleib doch in der Seifenschale, blöde Seife! Oh, da fällt mir was ein, Franziska hat noch was bei mir offen.

»Da kommt was!«

»Au! Boa, na warte!«

»Au! ... Au! ... Daneben! ... Au!«

Seife, Duschgel, zwei Mal Haarshampoo – sie hat nichts mehr. Ich kann mich in Ruhe abtrocknen.

»Au!«

Ach ja, die Spülung.

»Komm raus, Franziskachen, ich warte auf dich.«

Ich mache mir einen dicken Knoten in mein Handtuch.

»So?«

Ich sehe noch, wie sich die Duschkabinentür öffnet. Dann geht alles sehr schnell.

»Prust! ... Nicht mit dem Massagestrahl! Nicht mit dem M...!«

Ich schütze mich mit dem Handtuch, arbeite mich zu ihr vor und versuche ihr die Brause aus der Hand zu winden.

»Na warte, wenn ich mit dir fertig bin, weißt du nicht mehr, wo oben und unten ist!«

»Zeigs mir, Schlappschwanz!«

»Ich störe sicher.«

»Hallo Lena ... Wir ...«

Die Tür geht wieder zu. Ich überlege kurz, ob ich ihr sofort hinterherhechten soll, entscheide dann aber, dass es besser ist, wenn ich mir zuerst etwas anziehe. Anschließend stelle ich fest, dass das nicht geht, weil ich mir keine Kleider ins Bad mitgenommen habe. Abschließend stelle ich fest, dass jetzt ein guter Zeitpunkt wäre, um mich in Rauch aufzulösen und im Lüfter zu verschwinden.

* * *

Lena und ich sitzen auf dem Balkon, Franziska ist abgerauscht. Mein Ziel, dass ich nicht mehr ganz so verschlafen rüberkomme, habe ich erreicht. Ganz klar. Mein Puls ist immer noch weit, weit oben, und die Schamesröte will und will nicht mehr raus aus meinem Gesicht. Kein Mensch, der mich so sieht, könnte auf die Idee kommen, dass ich saumüde bin und Kopfschmerzen habe. So weit, so gut. Die Nachteile, die ich mir dadurch eingehandelt habe, überwiegen allerdings klar die Vorteile.

»Wir haben wirklich nichts miteinander, Lena.«

»Ist ja gut, Oliver. Zum dritten Mal, es geht mich nichts an und interessiert mich auch nicht.«

»Wirklich nicht?«

»Nein.«

»Okay.«

»Ich habe ganz andere Probleme. Wie gesagt, Mittwoch in einer Woche ist die Gerichtsverhandlung um das Sorgerecht für Bommi. Mir ist jetzt schon schlecht.«

Lena hat wieder eine Sitzkugel aus sich gemacht und schaut geradeaus auf die Straße. Das strenge graue Kostüm, das sie heute trägt, und diese Haltung – was für eine merkwürdige und wundervolle Kombination. Ich würde sie zu gerne heimlich fotografieren.

»Du hast doch sicher einen guten Anwalt?«

»Ja. Aber ich bin kein gerissener Drecksack wie der GAAZ. Der hat bestimmt eine riesige Sammlung der kleinen Verfehlungen der Lena Ameling angelegt. Und jede einzelne davon wird er bis zum Gehtnichtmehr aufblasen. Ich hätte das auch die ganze Zeit machen müssen, aber hättest du vielleicht Lust zu so was? Jedes Mal, wenn er irgendwohin zu spät kommt, sofort ein Eintrag mit Ort und Zeit in ein Notizbüchlein, und das alle paar Tage fein säuberlich in eine Excel-Datei übertragen? Aber so gewinnt man einen Sorgerechtsprozess.«

»Aber wird sich der Richter nicht vor allem anhören, was dein Kind will?«

»Bommi will uns beide. Er weiß nicht, dass sein Vater der größte Arsch aller Zeiten ist. Ich habe ihm nie was davon erzählt, wie er mich beleidigt und bedroht hat. Er ist erst sechs. Das wollte ich ihm nicht antun. Hätte ich aber vielleicht doch machen sollen.«

»Ich wünschte, ich könnte dir helfen.«

Sie hat wieder Tränen in den Augen. In mir kribbelt die Wut. Womit hat sie so viel Pech verdient? Ich möchte zu ihr heranrücken und sie in den Arm nehmen. Ich möchte es nicht nur, ich tue es einfach. Nein, irgendwas lässt mich nicht.

»Ich will es nur noch einmal sagen, wir haben wirklich nichts miteinander, Lena.«

»Ist ja gut, Oliver. Zum vierten Mal, es geht mich nichts an und interessiert mich auch nicht.«

»Wirklich nicht?«

»Nein.«

»Okay.«

Der Trockner meldet sich. Lena steht auf, ich trotte hinterher. Die Kopfschmerzen sind schlimmer denn je. Während sie den Wäschekorb füllt, hole ich mir noch eine Aspirin aus meinem Nachttisch. Dort liegt auch der Zettel mit dem Gedicht. Ich denke kurz nach, beschließe dann, einfach nicht mehr nachzudenken, sondern endlich den Schritt nach vorne zu machen. Ich stecke das Gedicht in meinen Ärmel und gehe zurück in die Wohnküche. Lena hat schon angefangen, die Wäsche zusammenzulegen. Nichts würde ich lieber tun, als ihr zu sagen, dass ich sie liebe. Jetzt sofort, auf der Stelle. Es geht aber nicht. Es ist nun mal nicht der Moment. Mein Kopf und mein Mund sind sich einig. Stattdessen nehme ich allen Mut zusammen, warte, bis sie kurz nicht hinschaut, ziehe wie ein schlechter Zauberer mein Gedicht aus dem Ärmel und schiebe es hastig in den Stapel mit der fertig zusammengelegten Wäsche.

* * *

»Aber warum hast du ihr nicht gesagt, dass du sie liebst? War doch keiner dabei, der dich auslachen konnte.«

»Es ging nicht, Anton, glaub mir einfach, es ging nicht.«

Ach, was rede ich. Wie soll ein Siebenjähriger das verstehen?

»Das kenn ich. Manchmal kann man einfach was nicht sagen, obwohl man es sagen will. Ich wüsste halt nur gern, warum es dann nicht geht. Aber du weißt es auch nicht, oder?«

»Nein.«

»Eigentlich müsste man nur den Mund aufmachen und die Worte sagen, aber es geht nicht.«

»Genau.«

»Und wann anders geht es doch.«

»Ja. Hat vielleicht damit zu tun, dass man das Gefühl hat, dass der andere einen gerade gar nicht richtig hören kann.«

»Wenn das so ist, dann ist es ja gut, wenn man in dem Moment nicht kann.«

»Ja, dann ist es eigentlich ganz gut, oder?«

»Eben. Und dann ist auch egal, wie es genau funktioniert, dass man nicht kann. Weißt du, ob Katzen Feinde haben?«

»Was? Na ja, Hunde, würde ich mal sagen.«

»Nein. Katzen haben keine Feinde. Wenn, dann könnte man sagen Autos, aber das sind ja keine richtigen Feinde.«

»Und Hunde gar nicht?«

»Nein, die missverstehen sich bloß. Der Hund hebt den Schwanz hoch, weil er gute Laune hat, aber für die Katze heißt das, er will angreifen. Dann rennt sie weg, und ein Hund jagt immer alles, was wegrennt.«

»Wieder was gelernt.«

»Müsstest du eigentlich wissen.«

»Na ja, ich habe halt nie ein Haustier gehabt.«

»Du hättest ihr was schenken müssen.«

»Was? Ach so, der Frau, in die ich verliebt bin?«

»Ja. Wenn du ihr vorher was Schönes schenkst, also ich glaube, dann kann sie viel besser hören, wenn du ihr das sagst.«

»Vielleicht. Sag mal, Anton, wie fändest du es, wenn ich ihr ein Gedicht dazu schreiben würde?«

»Wieso?«

»Nur so.«

»Weiß nicht. Kommt wahrscheinlich drauf an, ob das Gedicht gut ist.«

»Tschuldigt die Verspätung, ihr Rabauken, aber unsere beste Kundin, die alte Frau Krusenbaum, hatte ihr Portemonnaie vergessen. Das habe ich ihr dann noch flugs hinterhergetragen. Wer weiß, ob ihr angegriffenes Herz den Schreck überlebt hätte.«

»Hallo Tobi. Macht nichts.«

»Hallo Anton. Bereit?«

»Klar.«

* * *

Na klar. Es hat nicht lange gedauert, bis ich draußen war. Ich wurde erbarmungslos zwischen zwei Giganten des Heiße-Öfen-Spiels zu Pulver zerrieben. Aber was seitdem hier passiert, ist spannender als jeder Krimi. Es geht hin und her. Jeder von den beiden war schon mal auf drei Karten runter, hat sich aber wieder berappelt. Ein Ende ist nicht abzusehen. Eine Weile hat Tobi versucht, Anton zu provozieren. All die Tricks, mit denen er mich Dutzende Male auseinandergenommen hat, bevor ich sie mir endlich gemerkt habe. Aber Anton ist zu schlau. Und das, obwohl er erst sieben ist. Gibt wohl nur zwei Möglichkeiten, entweder ist er hochbegabt, oder ich bin … Na ja. Ob er sich mit Lenas Sohn verstehen würde? Bommi und er sind ja nur ein Jahr auseinander. Vielleicht kennen sie sich sogar vom Spielplatz?

Eigentlich würde ich Tobi jetzt gerne vom jüngsten Lena-Besuch erzählen, aber das geht natürlich nicht. Er muss sich konzentrieren. Und ich muss jetzt sowieso los zur Gesangsstunde. Ich stehe auf und ziehe meine Jacke an.

»Tschüss, Jungs.«

...

»Tschüss, Jungs!«

»Tschüss, Oliver.«

»Tschüss, Krach.«

»Wieso hast du ihn Krach genannt?«

»Weil er Krachowitzer heißt und wir ihn deswegen alle Krach nennen. Schon immer. 154 PS.«

»156.«

»Argh! Du hast mich abgelenkt. Ich wusste genau, dass die Kawasaki kommt. Ich hab nur kurz nicht aufgepasst. Darf ich noch mal? Komm, sei fair, Anton.«

»Nein.«

Die Straße hat mich wieder. Jetzt noch ein bisschen singen, dann habe ich Feierabend. Rein arbeitstechnisch war das heute eher der Schongang. Ein Glück. Nie wieder Eierlikör. Das heißt, hm, hoffentlich haben sie im Supermarkt nicht noch mehr Sorten von dem Zeug, sonst bin ich in Schwierigkeiten.

Ich bin ja schon sehr gespannt, wer von den beiden gewinnen wird. Wirklich, keine Ahnung, auf wen ich mein Geld setzen würde. Tobi ist abgebrüht, Anton ist schlau ... Na, man wird sehen. Ist auf jeden Fall schön, dass Anton heute Gesellschaft hat, bis seine Mutter kommt ... Moment mal ... Ich bin schon halb an dem einen Riesen-Straßencafé an der Ecke vorbei, als ich mich noch einmal umdrehe. Doch, tatsächlich, das ist Gero. Er sitzt direkt vor der Scheibe alleine an einem Zweiertisch in der Sonne und liest Zeitung. Ich schlängele mich durch das Stühlegewirr. Er bemerkt mich erst, als ich direkt vor ihm stehe.

»Der Herr Oliver! Schau einer an. Setz dich doch. Hast du Heiße Öfen dabei? Haha!«

»Hallo Gero, nein, ich muss zu einem Termin.«

»Ja, ja, kenn ich. Termine, Termine. Dann lass dich nicht aufhalten.«

»Ist nur die Gesangsstunde, und ich glaube, die bringt eh nichts. Aber, nur mal so, ich dachte immer, du gibst Anton im Valentin ab, weil du um fünf zu deiner Spätschicht musst?«

»Die Spätschicht ist heute ausnahmsweise später.«

»Ach so, aber ...«

»Ich muss auch bald los. Viel Spaß beim Trällern, Herr Oliver. Bis bald.«

»Bis bald.«

Komisch. Andererseits, wenn er im Valentin geblieben wäre, hätten wir zu viert Quartett spielen müssen. Kann man machen, aber dann zieht es sich ganz schön lang hin. Muss man auch mal im Großen und Ganzen sehen.

* * *

Endlich im Bett. Nachdem meine Gesangslehrerin wieder eine Stunde lang vergeblich versucht hat, meine echte Stimme aus mir herauszuholen (»Ich möchte, dass du ab jetzt immer zehn lange Atemzüge machst, bevor du einen Ton singst. Und denke dabei an einen Ozean, so tief wie dein Atem.«), bin ich ziemlich erschöpft nach Hause. Dort habe ich angefangen, den Mephisto-Text zu lernen, und festgestellt, dass ich ihn fast noch genauso kann wie zu Schulzeiten. Danach habe ich auf Facebook herumgehangen, Dutzende Gefällt-mir-Buttons gedrückt, Kommentare geschrieben und neue Supermarktkonzepte gelesen, bis mir gegen elf zum ersten Mal der Kopf herunterfiel. Und auch wenn ich von der Fallbewegung ziemlich heftig hochgeschreckt bin, dauerte es nicht mehr lange, bis er das nächste Mal herunterfiel. Ein paarmal riss ich mich noch trotzig zusammen, aber als ich schließlich mit der Nase auf der Tastatur landete und dadurch das neue Profilbild einer mir nicht näher bekannten Seniorin mit »RRRRRRRRRRRRRRRRRRRRRRRRR« kommentierte, sah ich endlich ein, dass ich aufgeben musste.

Man kann ja auch mal früh ins Bett. Schon beim ersten Kontakt mit meiner Matratze weiß ich, dass es ein wunderbares Schlaffest wird. Hat man sich auch redlich verdient, wenn man gestern die halbe Nacht durchgedichtet hat. Aber ich bereue nichts, es hat sich gelohnt. Wenn ich nur sicher wüsste, dass Lena mein Herzenspapier auch findet … Ich nehme den Zettel, auf dem ich gestern das Gedicht ausgebrütet hatte, noch einmal in die Hand und lese es lächelnd durch.

* * *

»Jetzt beruhig dich doch erst mal, Krach.«

»Verstehst du nicht? Sie wird dieses erschütternde, unmissverständliche Zeugnis meiner allumfassenden geistigen Verwahrlosung lesen!«

»*Schwebend Krachens Körper dankt*. Hätte ich dir gar nicht zugetraut.«

»Und sie weiß noch nicht einmal, dass ich *Krach* heiße! Aber das ist noch das kleinste Problem. Was kann ich machen, damit sie diesen Eierlikörquatsch nie in die Finger bekommt?«

»Es gibt zwei Möglichkeiten. Entweder du hoffst, dass sie den Zettel nicht findet, oder du brichst bei ihr ein.«

»Ich weiß gar nicht, wo sie wohnt.«

»Na, dann die erste Möglichkeit. Hoffen.«

»Keine dritte Möglichkeit?«

»Nein.«

»Dreck!«

»Meine Lieblingsstelle ist übrigens *Frag meinen Namen, ich sag Klaus.*«

»Zitiere das nie wieder!«

»Na gut. Sag mal, anderes Thema, das mit dem Essen morgen, steht das noch?«

»Ja, steht. Wie kannst du jetzt nur an Essen denken?«

»Das solltest du auch tun. Mich beruhigt das immer sehr. Apropos, die Pizza ist gerade fertig geworden. Tschuldige bitte. Schönen Abend noch.«

MITTWOCH

Vielleicht hatte ich ja Glück? Wenn das Gedicht zufällig zwischen zwei Klamotten geraten ist, die sie nur ein Mal im Jahr anzieht, dann liegt es jetzt ganz hinten im Schrank, und wenn sie es irgendwann findet, hat sie keine Ahnung, woher es kommt. Aber wie hoch ist die Wahrscheinlichkeit?

»Mit Espressolöffelchen kann man keine Semmelknödel essen. Kannst du dich bitte mal konzentrieren, wenn du den Tisch deckst?«

»Oh, tschuldigung.«

Den ganzen Tag schon komme ich nicht los von dem Gedanken. Ein Glück, dass heute nichts Wichtiges war. Gut, am Anfang dachte ich, die Probe wäre wichtig, aber das, so stellte sich bald heraus, war nicht der Fall. Wir waren ganz schnell fertig. Ich konnte danach sogar noch zum Fußball. Und ich freue mich jetzt richtig auf die Aufführung. Es wird komplett in die Hose gehen, aber dafür wird alles sehr lustig.

Franziska steht am Herd und fischt mit einem Schaumlöffel riesige, perfekt runde Semmelknödel aus dem Wasser. Es duftet herrlich nach Champignonrahmsoße. Und das ist auch gut so. Das Problem am Tischdecken ist nämlich, dass es eine weitere körperliche Anstrengung für mich bedeutet. Dabei bin ich schon vom Fußball völlig erschöpft. Heute ließen sie mich nicht mal ins Tor, weil Piotr sich gleich am Anfang so den Fuß verknackst hatte, dass er für den Rest des Spiels den Torwartpart übernahm, um nicht mehr rennen zu müssen. Würde es nicht so gut nach der köstlichen Soße riechen, würde ich vermutlich mitten beim Tischdecken einschlafen und in eine Gabel stürzen.

Als ich fertig bin, lasse ich mich schnaufend auf einen Stuhl fallen. Franziska sieht mich neidisch an. Alle zwei Tage Thaiboxen, das steckt sie auch nicht ohne weiteres weg. Aber solange das Mahl in den Töpfen noch den letzten Feinschliff braucht, bleibt sie eisern stehen und rührt weiter. Ich probiere derweil den Rotwein. Gut, aus dem kleinen Probenippen wird schnell ein restlos geleertes Glas. So ein Nach-dem-Fußball-Durst verschwindet nicht einfach nach der ersten Flasche Wasser. Der hält sich auch gerne mal über einen ganzen Abend. Und er ist eine der heftigsten Arten von Durst, eine, der völlig egal ist, mit welcher Sorte Getränk sie gestillt wird.

Als die Gäste kurz nacheinander eintreffen, ist mir schon sehr gemütlich ums Herz. Ich hatte Tobi und Diana eingeladen und Franziska den xman41 plus die anderen beiden Supermarkt-Pac-Man-Geister. Zum Glück halten wir uns nicht mit einer Vorspeise auf. Die Gläser werden gefüllt, die Knödel kullern auf die Teller und die Soße strömt dazu. Jeder vergisst für einen kurzen Moment alles um sich herum und genießt die ersten Happen. Tobi rollt mit den Augen. Er will etwas über das Essen sagen, aber er kann nicht, weil er sofort den nächsten Bissen hinterherstopfen muss. Dafür rühren sich die anderen.

»Wie bei meiner Mutter früher in Ingolstadt ... Oh. Ja, okay, ich komme aus Ingolstadt, ich gebe es zu.«

xman41 ist etwas rot angelaufen und steckt sich ein extra großes Stück Knödel in den Mund.

»Echt jetzt? Ich komme ursprünglich aus Gunzenhausen. Da gab es mehr so Kartoffelknödel. Könnte ich aber nicht kochen.«

Auch der dritte Geist legt noch spontan seine Provinznest-Herkunftsbeichte ab. Worte, die ihnen im Coffee & Bytes nie über die Lippen gekommen wären. Und alles nur, weil Franziska so gut spießig kocht. Ein kleines Wunder. Diana hat bis jetzt noch kein Wort gesprochen. Nicht, weil sie sich unwohl fühlt, sie ist so. Wer sie kennt, weiß, dass sie später noch aufdreht. Ich erinnere mich kurz an den Tag, als sie das erste Mal unsere Männer-WG betreten hatte, um mit unserem Mitbewohner Reto, dem mit der Mannequin-Agentur, einen Vertrag abzuschließen. Die vielen Biere, die umkippten, als sie plötzlich in der Tür stand und lächelte, hatten den halben Küchenfußboden geflutet.

Warum habe ich eigentlich nicht Lena eingeladen? Das wäre *die* Gelegenheit gewesen, endlich von unseren immer noch viel zu verspannten Zweiertreffs wegzukommen. Aber gut, die Stimmung war gestern einfach nicht danach, und ihre Telefonnummer hätte ich auch nicht gehabt. Muss ich sie morgen mal nach fragen … Na ja, wenn ich sie morgen überhaupt sehe. Wenn sie mein Gedicht findet, wird sie sich gut überlegen, ob sie unsere Wohnung noch mal betritt.

Tobi hat die ersten zweieinhalb Knödel vertilgt und kann jetzt wieder am Gespräch teilnehmen.

»Ein Gedicht in Kugelform, diese Speise! Ganz exquisit. Und du warst auch noch die, die das mit dem Supermarkt-Pac-Man durchgezogen hat? Meine Verehrung! Ihr solltet das Video übrigens noch mit den original Pac-Man-Videospielgeräuschen unterlegen. So dütdütdütdüt-dütdüt uiiiuiiiuiiiuiiiuiii.«

»Stimmt. Kriegt man bestimmt irgendwo im Netz.«

»Oder wir nehmen Tobi auf.«

»Stimmt, wäre doch nur logisch, wenn die Geräusche auch analog wären.«

»Kannst du auch die Game-Over-Melodie?«

»Oieeoieeoieeoiee Wakwak.«

»Perfekt!«

»Wenn ich fertig gegessen habe, bin ich noch besser.«

»Ich finde es auch köstlich, Franziska. Ganz wunderbar.«

»Danke, Diana.«

»Ha! Ich weiß schon unsere nächste Aktion: Wir verkleiden uns als Ninja-Köche, dringen in ein Sushi-Restaurant ein, und Franziska kocht Knödel.«

»Macht ihr das mal ruhig alleine, Jungs, ich habe auch noch was anderes zu tun.«

»Schade. Wie du kochst, echt Bombe.«

»Konnte ich übrigens schon als Kind, so was vergisst man nicht.«

»Heee, Krach, nicht einschlafen!«

»Das sieht nur so aus.«

Von wegen. Ich sollte schleunigst anfangen, bei den Gesprächen mitzumachen, sonst liege ich wirklich gleich mit dem Kopf in der Soße.

»Hast du eigentlich schon deinen Faust 2.0-Text gelernt, Andreas?«

»Hör mir bloß auf damit. Ich sitze fast rund um die Uhr dran, aber ich kriegs nicht hin.«

»Mach dir keine Sorgen, das gehört zum Konzept. Ich habe heute mit Rüdiger geprobt und …«

»Wie, du hast mit Rüdiger geprobt? Warum waren wir nicht dabei? Am Montag ist die Aufführung!«

»Tja, Rüdiger hat gesagt, er will *keine durch zu viel Probenarbeit verbalkorrumpierten Darsteller, sondern pures antidezent-disproportioniertes Agieren.* Er nennt das *kategorischen Spontanprimitivismus.*«

»Und was habt ihr dann überhaupt bei der Probe gemacht?«

»Nicht viel. Ich habe ihm meine Mephisto-Stimme vorgeführt, und den Rest der Zeit hat er mir sein neues Konzept erklärt.«

»Hat er endlich die Singpassagen gestrichen?«

»Nein, im Gegenteil, er hat extra einen südamerikanischen Bossa-Nova-Komponisten engagiert, der die Lieder neu vertonen soll. Ist noch in Arbeit.«

»Nein! Was noch alles?«

»Och, nichts Besonderes, wir werden alle in lila-braunen Kostümen auftreten. Begründung hab ich vergessen.«

»Igitt!«

»Ach nein, stimmt nicht ganz. Alle außer Faust. Faust kriegt einen Anzug von einem angesagten Modedesigner aus Mitte auf den Leib geschneidert.«

»Hihi, ruderfrosch im feinen Zwirn.«

»Nein, Rüdiger wird selbst den Faust spielen, Kurt ist draußen. Rüdiger findet ihn *zu melanchomedioker.*«

»Boa.«

»Oh, und nicht zu vergessen, Rüdiger hat ein Gretchen in die Szene eingebaut.«

»Wie? Gretchen tritt doch in Auerbachs Keller gar nicht auf.«

»Jetzt schon.«

»Und was sagt sie?«

»Gar nichts. Sie wird sich devot um Rüdiger-Fausts Beine schlängeln. Nackt.«

»N... nackt?«

»*Starke Aussage durch pure hyperreduktionistische Minimalperformanz.*«

»U... und wer spielt das Gretchen?«

»*devotionella26.*«

»Schade, ich dachte Franziska ...«

»Seit dem Supermarkt-Pac-Man denkt ihr, dass ich jeden Käse mitmache.«

»Na ja.«

»Ich hab jetzt andere Sorgen. Ich muss einen geeigneten IT-Chef für ein echtes Business-Projekt finden. Da geht es um Leben und Tod.«

»Aber es laufen doch haufenweise Programmier-Nerds rum.«

»Ja, aber wenn ihr glaubt, dass die alle gleich gut sind, habt ihr euch getäuscht. Alleine jemanden zu finden, der in der Lage ist, vormittags aufzustehen, ist ein Problem.«

»Und wie gehst du jetzt vor? Kennst du dich da überhaupt aus?«

»Nicht besonders. Aber ich habe einen Kandidaten, bei dem alles darauf hindeutet, dass er richtig gut ist. Ich werde ihm eine harte Testaufgabe stellen. Nehmt euch noch Knödel. Die werden kalt.«

»Bist du eigentlich auch auf Facebook, Diana?«

»Nein, nur meine Agentur.«

»Och.«

...

...

Warum lachen denn alle so? So witzig war das doch auch wieder nicht ... Ach, verstehe. Jetzt bin ich doch eingeschlafen. Mist. Ein Glück, dass ich Lena nicht eingeladen habe.

»Du solltest wirklich ins Bett, Krach.«

»Nicht ohne Nachtisch.«

Ich hebe den Kopf aus der Soße, gehe ins Bad, um mich sauber zu machen, und bin stolz auf meine, wie ich finde, ausgesprochen souveränen Worte in dieser entwürdigenden Situation.

DONNERSTAG

Der Muskelkater ist viel schwächer als letzte Woche. Natürlich konnte ich auch heute keine Sprints mit dem Fahrrad hinlegen, um zu meinen Terminen zu kommen, aber hin und wieder ein leichtes Beschleunigen, um eine grüne Ampel noch zu kriegen, war durchaus drin. Noch zwei, drei Fußballtermine, und ich bin wieder der Alte. Und am besten immer mit anschließendem Franziska-Essen. Die Kocherei ist das Einzige, in das sie sich gerade so reinhängt wie in ihr Projekt. Zum Glück weiß ihre alte WG nicht, was ihr da entgeht, sonst würde sie sie kidnappen.

Ich sitze wieder auf dem Balkon, wieder mit Kaffee und wieder mit schönem Wetter. Und neben mir kauert wieder eine Lena-Kugel. In einem ZDF-Liebesfilm müsste die weibliche Hauptdarstellerin ihre Sitzhaltung zu diesem Zeitpunkt der Geschichte schon längst geöffnet haben, um auf der Bildebene zu signalisieren, dass ihre Vorbehalte gegenüber dem männlichen Hauptdarsteller langsam dahinschmelzen. Sie könnte zum Beispiel mit übergeschlagenen Beinen dasitzen und damit andeuten, dass sie der Typ noch auf keinen Fall ganz überzeugt hat, aber ihre Arme würde sie nicht mehr vor der Brust verschränken, geschweige denn damit ihre Knie umklammern, wie Lena es gerade tut. Aber vielleicht bedeutet Körperhaltung im wahren Leben ja auch nicht ganz so viel, wie sie im Film immer tun. Vielleicht sitzt Lena einfach gerne kugelig da, wenn sie entspannt ist und sich in vertrauter Umgebung befindet. Und wenn mein Balkon es schon mal in die Liste ihrer vertrauten Umgebungen geschafft hat, dann ist das doch wunderbar. Außerdem ist Lena heute viel besser gelaunt als letztes Mal.

Das mag daran liegen, dass ich diesmal darauf geachtet habe, nicht in einen Nacktringkampf mit Franziska verwickelt zu sein, wenn sie auftaucht, aber irgendwie glaube ich, dass das bei weitem nicht der einzige Grund ist. Sie ist sicher mehr so der Frauentyp, der sich zuerst innerlich öffnet. Ihre Vorbehalte gegen mich fangen erst ganz tief in ihrem Kern an zu schmelzen, während an ihrer Körperhaltung noch nichts zu bemerken ist, dann arbeitet sich die Erkenntnis immer weiter nach außen, und am Ende, schwupps, öffnet sie sich auf einen Schlag und tanzt auf mich zu. Ich muss es nur abwarten.

Zum Glück hat ihr Gesicht aber eine direkte Verbindung zum schmelzenden Kern. Sie lächelt. Das hat sie letztes Mal kaum getan. Bestimmt hat sie mein Gedicht *nicht* gefunden. Sonst wäre sie bestimmt nicht noch einmal gekommen. Oder sollte ich mich täuschen? Besteht die Möglichkeit, dass sie mein Gedicht doch gefunden hat und dass ich die Wirkung von komplett wirren Worten auf Frauenherzen völlig falsch eingeschätzt habe? Wenn ich es nur wüsste. Aber ich kann sie nicht einfach darauf ansprechen. Wenn sie es nicht gefunden hat, würde ich sie ja mit der Nase darauf stoßen. Nein, wenn, dann muss ich es irgendwie aus ihr herauskitzeln.

»Hast du eigentlich letztes Mal dieses flache weiße T-Shirt mit den Buchstaben drauf mitgenommen, Lena?«

»Ein *flaches* weißes T-Shirt?«

»Ja. Mit Buchstaben drauf ... und so.«

»Was meinst du mit *flaches T-Shirt*?«

»Es gibt ganz spezielle, die sind besonders flach. Weißt du, was ich meine?«

»Hihi, ich würde mal sagen, wie flach ein T-Shirt ist, hängt nicht vom T-Shirt ab, sondern von dem, der es trägt.«

»Aber wenn das weiße T-Shirt gar nicht getragen wird?«

»Ich weiß zwar nicht, worauf du hinauswillst, aber ich habe keine T-Shirts mit Buchstaben drauf vermisst, falls du das meinst.«

»Und neu hinzugekommen sind auch keine?«

»Ach so, fehlt dir eins von deinen?«

»Das ... kann man so sagen.«

»Ich kann ja noch mal nachsehen.«

Nein, alles klar. Sie hat es nicht gefunden. Wusste ich es doch gleich.

»T-Shirts mit Worten sind ehrlich gesagt auch nicht so mein Fall, Oliver. Worte können mich richtig berühren, aber solche Worte stehen nicht auf T-Shirts.«

Sie guckt in den Himmel.

»Manchmal können sie ganz wirr sein, aber sie haben eine unheimliche Kraft. Weißt du, was ich meine?«

»Glaub schon.«

Dann hat sie es also doch gefunden? Und sie mag wirre Worte. Was für ein Glück. Aber, hm, was jetzt? Soll ich ...? Wird sie ...?

»Ach, wenn ich überlege, dass ich jetzt wieder mal im düsteren Waschsalon sitzen würde, wenn ich dich nicht wiedergetroffen hätte und alles.«

Ihr Lächeln. Atombombe in meinem Brustkorb.

»Irgendwie ... geht es dir heute ganz gut, Lena, oder?«

Mist, das war bestimmt nicht wirr genug.

»Weißt du, ich hatte ein gutes Gespräch mit einer

Freundin, und ich habe jetzt eine andere Einstellung zu der Sorgerechts-Gerichtsverhandlung nächste Woche.«

»Oh, tatsächlich?«

»Sie hat mich gezwungen, mir vorzustellen, was das Schlimmste wäre, was passieren könnte. Erst musste ich mich überwinden, aber als ich es dann am Ende getan habe, ging es mir viel besser. Weißt du, selbst wenn das Schlimmste passieren würde und ich mein Sorgerecht an den GAAZ verliere und Bommi zu ihm ziehen muss – wir sind trotzdem alle weiter am Leben, gesund und unverletzt, verstehst du? Und außerdem liegen in der Zukunft noch tausend Möglichkeiten, wie alles wieder besser werden kann.«

»Ich verstehe. Darf ich fragen, was deine Freundin beruflich macht?«

»Lehrerin an einer Waldorfschule. Warum? Vorurteile?«

»Nein. Und ich glaube auch, dass das, was sie gesagt hat, manchmal helfen kann. Aber, na ja, muss man auch mal im Großen und Ganzen sehen …«

»Ich kann nichts anderes machen, als es einfach auf mich zukommen zu lassen, Oliver. Auch wenn es mich wahnsinnig macht. Der GAAZ sieht mich auf jeden Fall nicht am Boden liegen und flennen, das bin ich mir schuldig. Warum lachst du?«

»Mir ist bloß gerade was zum Thema *das Schlimmste, was passieren könnte* eingefallen. Du ahnst nicht, was inzwischen aus Faust 2.0 geworden ist.«

Ich berichte Lena das ganze Unheil von vorne bis hinten. Schon dass das Stück auf Auerbachs Keller reduziert wurde, bringt sie zum Grinsen, und als ich von der Bossa-Nova-Neuvertonung erzähle und aus den Pinklbräu-vergewaltigten Texten rezitiere, kriegt sie endgültig einen

Lachkrampf. Das Einzige, was ich verschweige, ist das devote Gretchen. Auch hier sind sich mein Mund und mein Kopf mal wieder einig. Schon zum zweiten Mal in dieser Woche. Erstaunlich. Und ich nehme mir im Stillen vor, es zu schaffen, dass dieses Gretchen wieder gestrichen wird. Das bin ich ihr schuldig.

Lena ist immer noch eine Sitzkugel, aber die Sitzkugel hat sich um 90 Grad zu mir hingedreht, und ihr lachendes Gesicht strahlt mich an. ZDF, was weißt du schon davon, wie tolle Frauen sitzen. Ich würde sie gerne nehmen und hochwerfen. Vielleicht würde ich es sogar schaffen. Die Waschmaschine piept. Sie steht auf, ich gehe ihr hinterher.

»Übrigens, das Beste an der ganzen Sache: Die Aufführung ist schon nächsten Montag.«

»Nein!«

»Und wir haben davor nur eine einzige Probe mit allen Schauspielern.«

»Das *muss* ich sehen!«

* * *

Eigentlich ist mein Leben schon lange nicht mehr so entspannt gewesen. Keine Studiotermine, weil mir Elvin und Adrian die Zeit für die Proben freigehalten haben. Keine Proben, weil Rüdiger Rodeo meint, dass wir uns nur ein einziges Mal am Samstag treffen müssen. Kein Lernen, denn meinen Mephisto-Text beherrsche ich im Schlaf und hoffe nur, dass ich die Pinklbräupassagen nach der Aufführung schnell genug wieder vergessen kann. Umso mehr freue ich mich dafür auf die wunderbare Mephisto-Stimme, die ich mir ausgedacht habe. So was Fisteliges, genau die Schnittmenge aus Märchenfilmhexe, Helge Schneider und dem Butler aus der Rocky Horror Picture Show, und aus Nostalgiegründen noch eine ganz kleine

Prise Ernie aus der Sesamstraße dazu. Elvin und Adrian werden rückwärts umfallen, wenn sie hören, was aus ihrer Voice of Pinklbräu geworden ist.

So weit wäre alles ganz fein, wenn mich nur nicht dauernd diese eine Frage von hinten würgen würde: Bin ich in der Lena-Freundschaftsfalle?

Sie mag mich. Klar. Sonst hätte sie mich zum Abschied nicht so umarmt. Es ist schon mehr als eine Stunde her, aber wenn ich mich darauf konzentriere, spüre ich immer noch ihre wunderbaren Hände auf meinem Rücken. Und ich konzentriere mich alle fünf Minuten darauf, weil mir dann immer so ein herrlicher Schauer durch die Brust wandert.

Aber hat sie nun mein Wirrwort-Gedicht gefunden? Oder war sie wirklich nur so gut gelaunt, weil ihre Waldorf-Freundin ihr den Kopf gewaschen hat? Durch meine verklemmte In-die-Wäsche-steck-Aktion habe ich mir natürlich selbst ins Knie geschossen. Ich werde es nie sicher wissen. Und wir sehen uns erst Montag wieder, wenn sie zur Aufführung kommt.

Diese Warterei macht mich wahnsinnig. Es reicht. Egal was passiert, wenn der Faust 2.0-Vorhang gefallen ist, mache ich irgendwas Superkrasses. Ganz direkt und mutig. Ich nehme sie an der Hand und entführe sie. Wir setzen uns in ein Flugzeug nach ... Okay, Bommi würden wir auch mitnehmen ... Nein, ich entführe sie auf die Pfaueninsel und ... Oder ich mache ihr einen Heiratsantrag. Ja, das mache ich. Mitten in den Schlussapplaus hinein. Und ich ...

Oh, SMS von Kurt. Aus heiterem Himmel. Was will er? ... Ob ich Zeit für einen Kaffee im Coffee & Bytes hätte. Nein. Lieber im Valentin. Ich smse ihm das zurück.

Ein paar Wortbotschaften später steht die Verabredung. Er war etwas zögerlich, aber am Ende hat er ja gesagt. Nicht schlecht. Jetzt besucht er wenigstens mal ein anderes Café. Ich habe das Gefühl, er kommt langsam aus seinem Schneckenhaus raus. Letztes Mal, als ich ihn gesehen habe, war er sogar ohne Rüdiger-Rodeo-Strohhut unterwegs. Hätte ich nicht Tobi, würde ich ihn glatt als Trauzeugen nehmen.

Ich breche auf. Inzwischen sind ein paar Wolken heraufgezogen. Könnte Regen geben, aber egal. Auf dem kurzen Weg kann man notfalls auch mal nass werden.

Das Valentin ist nachmittäglich lose besetzt. Kurt ist schon da. Er fällt etwas auf, weil sein Blick die ganze Zeit wild herumzuckt. Der Kerl ist es eben nicht gewöhnt, keinen Bildschirm vor sich zu haben. Ich sage hallo, setze mich und bestelle.

»Es gefällt mir hier, Oliver.«

»Oh, das freut mich. Ist schon seit langer Zeit mein Lieblingscafé.«

Endlich kommen seine Augen zur Ruhe. Es tut ihm gut, ein Gegenüber zu haben.

»Gibt es hier eigentlich WLAN?«

»Keine Ahnung, kann schon sein. Ich komme hier aber immer nur zum Trinken, Unterhalten und Motorradquartett spielen vorbei.«

»Heiße Öfen?«

»Genau.«

»Hab ich schon ewig nicht mehr gespielt.«

»Wollen wir?«

»Ach nein, jetzt nicht. Ich wollte dich nämlich nach deiner Meinung fragen.«

»Gut. Worum geht es denn?«

»Es ist etwas Privates.«

»Okay, ich werde niemandem was erzählen, versprochen.«

»Ach, das ist nicht so wichtig. Ich wollte dich nur fragen, ob du glaubst, dass ... Wie soll ich sagen?«

»Manchmal gar nicht so einfach.«

Ich bin zu Tränen gerührt. Er will mir etwas anvertrauen. Und man sieht ihm an, wie viel Überwindung es ihn kostet. Ich werde ihm helfen, aber so was von.

»Also, es geht darum, ich frage mich, ob, hm ... ob man Liebe und Beruf unter einen Hut bringen kann.«

Ich muss kurz nach Luft schnappen. Kurt redet über Liebe. Was zum Henker ...? Während mein Kopf noch darüber nachdenkt, fängt mein Mund schon an zu reden. Komisch, immer wenn ich mich mit Kurt unterhalte, fühle ich mich für den Gesprächsfluss zuständig. Muss ich mir mal abgewöhnen.

»Natürlich kann man das, Kurt. Ich verstehe schon, was du meinst. *Entweder du liebst deinen Partner, oder du liebst deinen Beruf*, heißt es immer wieder. Schnickschnack. Du wirst ganz schnell deinen Beruf als Auszeit vom Partner, und deinen Partner als Auszeit vom Beruf schätzen lernen. So ähnlich höre ich das auf jeden Fall oft von glücklichen berufstätigen Pärchen. Wird schon richtig sein.«

Kurt schaut gequält. Was hat er nur?

»Stimmt was nicht? Du guckst so. Okay, ist natürlich wichtig, dass sich alles die Waage hält. Du darfst dich auf jeden Fall nicht von deinem Beruf auffressen lassen. Fleißig wie du bist, sehe ich da durchaus eine kleine Gefahr, aber wenn du jemanden richtig liebst, kriegst du das hin. Es gibt nichts Schöneres, als wenn man sich nach einem harten Arbeitstag auf seine Liebste freut. Aber warum fragst du eigentlich?«

»Na ja, ich frage mich, wie es ist, wenn die, die du liebst, eben genau da arbeitet, wo du auch arbeitest.«

»Oh, verstehe. Das umgekehrte Problem. Hm, ehrlich gesagt, keine Ahnung.«

Halt ... HALT! ER SPRICHT VON LENA! Natürlich! Er arbeitet doch jetzt in ihrem Büro! *Wenn die, die du liebst, eben genau da arbeitet, wo du auch arbeitest ...* Nein, Freundchen, so haben wir nicht gewettet! Und überhaupt, du glaubst doch wohl nicht im Ernst, dass Lena ... MOMENT MAL! Während Kurt weiterredet, ballen sich die üblen Erkenntnisse in meinem Kopf im Nu zu einem riesigen schwarzen Klumpen. Ich weiß jetzt, warum Lena gestern in Wirklichkeit so entspannt war. Von wegen Gespräch mit der Waldorfschul-Freundin! Sie hat mein Gedicht gefunden, UND SIE GLAUBT, ES IST VON KURT! So muss es sein! Es hat schon die ganze Zeit hinter meinem Rücken zwischen den beiden geknistert, aber dieser schüchterne Kerl war einfach nicht in der Lage, den entscheidenden Schritt nach vorne zu machen. Da kam mein Gedicht genau im richtigen Moment. Sie hat es irgendwo gefunden und sah gar keine andere Möglichkeit, als dass es von Kurt stammt. Oh, Mann! *Frag meinen Namen, ich sag Klaus.* In *Klaus* steckt schon ein *K* und ein *U* drin. Von da ist es nur noch ein kurzer Weg hin zu *Kurt*. *Oliver* ist da auf einem ganz anderen Kontinent.

»Ich glaube, du hast recht, Oliver. Es gibt nichts Schöneres, als wenn man sich nach einem harten Arbeitstag auf seine Liebste freut. Ich stelle mir vor, dass das sogar die schönsten Momente in einer Beziehung sind. Und wahrscheinlich braucht man solche Momente. Und wenn man zusammen arbeitet, dann verzichtet man nicht nur auf diese Momente, man ist auch noch gezwungen, sich täglich über banale und oft nervige Dinge auszutauschen, die gar nichts mit einem als Paar zu tun haben. Und so zerstört man in kürzester Zeit den Zauber, der in so einer

Liebe innewohnt. Und das ist ja eins von den Dingen, die man nicht einfach reparieren oder warten kann wie eine Maschine, stelle ich mir vor. Was meinst du? Ich glaube, du hast da einfach ein bisschen mehr Erfahrung.«

Ich sehe ihn an. Er weiß nicht, dass ich Lena liebe. Ich war zu stolz, es ihm zu erzählen. Er könnte es aber wissen ... Weiß er es, oder weiß er es nicht? Ahnt er es? Warum wendet er sich mit dieser Frage ausgerechnet an mich? Will er mir damit etwas sagen? Und was? Das Valentin wird allmählich voller und lauter. Ich lehne mich zurück und mein Stuhl knarrt etwas dabei. Kurt hat gerade selbst die perfekte Argumentation geliefert, warum das mit ihm und Lena nichts ist. Allerdings frage ich mich, warum er so rumjammert. Es ist doch nur ein befristeter Job für ihn, oder habe ich da was falsch verstanden? Haben die ihn jetzt am Ende etwa fest angestellt? Hat Lena vielleicht sogar selbst die entscheidenden Hebel dafür umgelegt? Liebt sie womöglich tatsächlich ... *ihn*? Das ist ein Irrtum! Die Geschichte, die Matrix, die großen interglobulistischen Zusammenhänge – das kann alles nicht so gewollt sein!

»Ich bin sicher, du hast recht, Kurt. Das kann nicht gutgehen. Sicher nicht.«

Kurt seufzt.

»Und es gibt keine Lösung?«

»Nein, Kurt, ich fürchte nein.«

Die eine Hälfte in mir sagt, dass ich ein Arsch bin. Die andere Hälfte sagt, dass ich nicht anders konnte.

* * *

»☺ Schön, dass du uns besuchst, Olivia. Die Faust-Auerbach-und-so-weiter-Probenarbeit läuft gut, hörten wir? ☺«

»☺ Dein Kollege Rüdiger Rodeopopodeo hält uns ja laufend auf dem Laufenden. Und er enttäuscht uns nicht, kränkere Ideen kann man nicht haben, haha. ☺«

»Genau darüber wollte ich mit euch sprechen. Hat er euch erzählt, dass er vorhat, ein Gretchen in der Szene auftreten zu lassen, obwohl es in Auerbachs Keller überhaupt nichts verloren hat? Und *auftreten* ist sogar verkehrt. Er will es mehr so aufkriechen lassen.«

»☺ Yep, wissen wir. Alle Achtung. Hätte ja wohl niemand gedacht, dass das Kerlchen so ein böööser Junge sein kann. ☺«

»Ich bin dringend dafür, dass wir das lassen. Das passt doch niemals zu den Markenwerten unseres Kunden. Ihr sagt doch selbst immer, *Pinklbräu ist zuallererst eine Traditionsmarke, die von dieser Basis aus einen Zugang zur Zielgruppe der Fitnessproleten finden will.* Und Traditionsmarke plus nackte Frau auf der Bühne, das geht doch gar nicht.«

»☺ Absoextremefuckinglutely, Oliver. So siehts aus. ☺«

»☺ Wir haben das auch schon längst mit Rüdiger geklärt. ☺«

»☺ Zu viele Katholiken in der Kernzielgruppe. ☺«

»☺ Geht nicht. Müsst ihr in eurer Freizeit machen, hähä. ☺«

»Okay, dann ist ja alles gut.«

»☺ Genau, unser Gretchen muss sich was anziehen. Wir haben schon was ausgesucht. ☺«

»☺ Yay. Kannst du dich an das, ähm, Kostüm erinnern, das Prinzessin Leia als Sklavin von Jabba the Hut in *Die Rückkehr der Jedi-Ritter* getragen hat? ☺«

»☺ Das wird es nämlich. Devot, penisaufrichtend sexy plus hoher Kultfaktor. ☺«

»Wie bitte?«

»☺ Rüdiger hat erst einen Flunsch gezogen, aber wir konnten ihn ein weiteres Mal mit bisschen Geld geschmeidig machen. Weißt ja, sensible Künstlerseele und so. ☺«

»☺ Aber die paar Euros sind absolut nichts gegen die Reichweite, die wir durch ihn kriegen. ☺«

»☺ Und das Pinklbräu-Marketing findet das Sexy-Sklavin-Gretchen absolut perfekt. ☺«

»☺ Kein Wunder, ist ja auch eine ideale Mischung aus gerade noch katholikenkompatibel und dem Wunschfrauenbild unserer Kernzielgruppe konservative Männer 40 plus. ☺«

»☺ Und die jungen Fitnessproleten werden sie auch mögen, kannste wetten. ☺«

»☺ Aber gut mitgedacht, Oliver. Ich sag ja, aus dir wird noch mal ein ganz Großer. ☺«

Mist.

Mist, Mist, Mist, Mist, Mist.

* * *

Die Leute, die die ZDF-Liebesfilme schreiben, verstehen anscheinend doch viel mehr vom wahren Leben, als ich heute Vormittag noch dachte. Ich glaube nicht mehr, dass Lena dabei ist, sich in mich zu verlieben und ihre Sitzkugelhaltung genau dazu passt. Zweitens regnet es im ZDF immer, wenn ein Mann endlich erkannt hat, dass es herzenstechnisch eher schlecht für ihn aussieht. Er läuft dann langsam mit ernstem Gesicht durch die Wasserfäden und merkt gar nicht, dass er nass wird, weil er so traurig ist. Genau wie ich gerade.

Ist doch wahr. Ich mache mir die ganze Zeit etwas vor. Wie soll Lena sich in mich verlieben, wenn ihr Exmann gerade versucht, ihr ihr Kind wegzunehmen? Ich tue, was ich für sie tun kann, aber mehr, als um Gretchens Würde in einem Werbespektakel zu kämpfen, kann ich nicht. Und noch nicht einmal das klappt. Und es gibt im Moment sowieso kaum etwas, was ihr so egal sein könnte wie Gretchens Würde. Selbst wenn zehn nackte Gretchen mit Zöpfen eine ganz Woche lang um Rüdiger Rodeos Beine herumwuseln würden, würde sie herzlich darüber lachen, wenn sie nur ihre Sorgen los wäre.

Und, ohne mich da reinsteigern zu wollen, aber vielleicht läuft tatsächlich irgendwas zwischen ihr und Kurt. Und wenn es wirklich so sein sollte, dann muss ich es der Geschichte und der Matrix selbst überlassen, ob sie etwas dagegen haben.

Mich kümmert der Regen so wenig, dass ich sogar im Gehen SMSe schreibe. An Kurt. Eine nach der anderen. Ich behaupte, dass ich mich getäuscht habe und dass man sehr wohl Liebe und gemeinsame Arbeit unter einen Hut bringen kann. Ich finde Dutzende Gründe dafür, und ebenso viele Wege, wie man die Gefahren, die trotz allem in dieser Konstellation stecken, umschiffen kann. Die letzte SMS schicke ich ab, als ich vor meiner Haustür stehe. Mein Handy ist nass, lebt aber immer noch.

Soll ich jetzt wirklich reingehen? Gene Kelly ist in *Singin' in the Rain* auch nicht in sein trockenes Taxi gestiegen, sondern hat sich nassregnen lassen. Allerdings im Gegensatz zu mir vor lauter Glück. War aber auch kein ZDF-Film.

SAMSTAG

Andere Männer hätten sich vielleicht noch am gleichen Abend betrunken, ich aber nicht. Gestern habe ich es dabei belassen, weiter stundenlang im Regen zu spazieren. Als ich wieder zu Hause war, legte ich mich in die Badewanne. Schließlich wollte ich mir, trotz allem, nicht meine Mephistostimme von einer Erkältung versauen lassen.

Nach dem Bad habe ich versucht zu lesen, aber Wolf Haas hat mich wieder an Lena erinnert, und ich bin dazu übergegangen, stattdessen alle möglichen langsamen Lieder in Molltonarten zu singen, die mir in den Sinn kamen. Irgendwann sollten wir die WG-Band wieder zusammenbringen. Und wenn es nur für einen Abend ist. Ich nahm es mir fest vor. Und dann merkte ich, wie ich vom letzten Lied aus dazu übergegangen bin, selber eine Melodie zu erfinden. Ich sang sie immer wieder im Kreis, feilte an ein paar Ecken noch etwas herum, probierte Varianten, verwarf sie wieder und hatte am Ende ein kleines Schmuckstück. Ich schaltete meinen Laptop ein und nahm mich mit der eingebauten Kamera auf, damit ich es nicht wieder vergaß.

Dann bekam ich noch eine SMS von Kurt:

danke, oliver, ich werde drüber nachdenken, aber ich bin skeptisch. im zweifelsfall lasse ich den job einfach.

Was für ein Ritterheld.

In der Nacht träumte ich nicht viel und nichts Besonderes. Ich war froh, dass ich schlafen konnte. Das Aufwachen war hart, wie immer, wenn man traurig ist. Ein paar ahnungslose Momente, dann fällt einem alles wieder ein, und die ahnungslosen Momente sind auf einmal wie ein weit entferntes weißes Watteparadies, aus dem man eben kilometertief auf harten Grund geplumpst ist.

Franziska hat heute zum Glück wieder etwas mehr Zeit für das Frühstück. Auch wenn meine Gedanken im Moment von jedem Gespräch der Welt immer wieder zurück zu Lena kehren würden, ist es doch fein, zwischendrin ein wenig abgelenkt zu sein.

»Ich glaube, ich steige irgendwann bei der Restauratoren-Datenbank wieder aus.«

»Wieso das denn, Franziska?«

»Wenn es erst mal rundläuft, wird es mich langweilen.«

»Aber es ist doch noch nicht einmal gestartet.«

»So lange bleibe ich auch noch dabei. Aber danach gibt es eigentlich nichts Interessantes mehr für mich zu tun.«

»Ich verstehe. Und was willst du dann machen?«

»Es gibt da schon eine Idee. Will ich aber noch nicht verraten.«

»Ich habe jetzt schon Angst. Und ab wann wird die Restauratoren-Datenbank laufen?«

»Haha, noch ist das mit dem IT-Chef nicht entschieden. Und wenn ich da einen Fehler mache, kann es sehr lange dauern, bis es richtig fluppt. Aber, wie gesagt, der Mann, auf den ich ein Auge geworfen habe, hat seine Testaufgabe bekommen. Bis Montag hat er Zeit. Ihr werdet es mitbekommen, wenn er es schafft.«

»Was denn genau?«

»Ich sag nichts. Wird lustig. Wartet einfach ab. Machst du heute noch Sport?«

»Nein.«

»Sehr gut, dann hab ich nach dem Thaiboxen auf jeden Fall die Dusche für mich alleine. Ist Mephisto eigentlich eine traurige Rolle?«

»Nein.«

»Dann solltest du bis Montag noch etwas an deinem Gesicht arbeiten.«

* * *

Ich komme das Treppenhaus nur langsam hoch. Die drei prallgefüllten Stoffbeutel in meinen Händen gehorchen stur den Gesetzen der Schwerkraft und sind, wie immer, nicht bereit, auch nur ein bisschen fünfe gerade sein zu lassen. Nicht wie immer ist dagegen der Inhalt der Beutel. Ich kann es selbst noch nicht glauben, aber ich habe wirklich nur das gekauft, was Franziska und ich brauchen. Zwar bin ich schon bei den ersten beiden Einkäufen nach ihrem Supermarkt-Hausverbot einige Male von meinem alten Konzept abgewichen, aber dass ich nun, wie früher, einfach nur eine Einkaufsliste abarbeiten kann, überrascht mich. Und beunruhigt mich. Aber gut, wenn ich will, kann ich ja jederzeit wieder damit anfangen, alle Artikel genau ein Mal zu kaufen und so weiter. Muss ja kein Abschied für immer sein.

Während ich die Sachen in die Schränke räume, geht mir wieder die Melodie von gestern durch den Kopf. Soll ich mir das noch mal anhören, was ich mit dem Laptop aufgenommen habe? Einerseits, der Schock mit dem Klaus-Gedicht sitzt noch tief. Andererseits, diesmal war kein Alkohol im Spiel. Und selbst wenn ich meine Melodie trotzdem ganz schlimm finden sollte, ich habe sie niemandem zwischen die Wäschestücke oder sonst wohin geschoben und brauche mir keine Sorgen zu machen. Wenn ich sie lösche, ist sie für immer aus der Welt.

Ich fahre meinen Laptop hoch. Ich klicke auf den Play-Button. Ich erscheine auf dem Bildschirm. Ich schaue mich an. Ich öffne den Mund und ich fange an zu singen.

* * *

Ich bin schon fast bei dem leerstehenden Ladengeschäft, das Rüdiger als Proberaum für uns angemietet hat, aber ich singe immer noch laut. Und immer noch die gleiche Melodie. Schon seit einer Stunde. Sie ist nämlich wunderbar. Sie singt sich wie von selbst. Ich habe nur noch keinen Text. Mal singe ich irgendwelche Laute, mal summe ich einfach. Ich suche gar nicht erst nach Worten. Mir ist, als wäre tief in mir ein Text für das Lied und als würde der irgendwann herauskommen und alle anderen Textversuche zu Staub machen.

Und nebenbei versuche ich zufrieden zu sein. Auf jeden Fall geht es mir besser als in der Zeit, bevor ich Lena getroffen habe. Ich habe endlich wieder eine WG. Und ich habe mich in Lenas Achtung von »gewissenloser Hallodri« zu »guter Freund« hochgearbeitet. Und außerdem habe ich das Gefühl, dass sich auch noch viel bei mir tun wird. Alles bewegt sich. Es ist wirklich okay.

Jemand hat in großen Buchstaben »Auerbach« auf die Schaufensterscheibe geschrieben. War auch klar, dass Rüdiger uns einen Proberaum besorgt, in dem wir die ganze Zeit über beobachtet werden können. Aber ich habe mir vorgenommen, mich über nichts mehr aufzuregen. Ich klopfe immer noch summend an die Tür, und Rüdiger öffnet. Außer ihm ist noch keiner da. Mein »hallo« hallt im Leeren nach, als wäre ich der Kinderhauptdarstellers eines Gruselfilms, der gerade damit beginnt, den dunklen Keller eines leerstehenden alten Hauses zu erforschen. Zum Glück ist hier genug Tageslicht, und Rüdigers »hallo« klingt auch nicht wie die Stimme eines bösen Geists. Wenn mich in diesem Augenblick schon wieder dunkle Vorahnungen erfassen, liegt das mehr an den nackten Fakten: Übermorgen ist Aufführung, es ist 15 Uhr, und hier läuft immer noch keine Probe.

»Wo sind die anderen?«

»Die kommen gleich. Ich mache dich in der Zwischenzeit mit den aktuellen Entwicklungen bei Faust 2.0 vertraut. Kaffee?«

»Okay.«

Was macht er da mit seinem Handy?

»He, schreibst du das jetzt etwa an deine Facebook-Pinnwand?«

»Selbstverständlich. Wir leben im postprivaten Zeitalter, Oliver. Zu unserem Projekt: Der Bossa-Nova-Komponist ist noch nicht ganz fertig mit der Neuvertonung der Lieder, die in der Szene gesungen werden, aber wir haben ja auch so erst mal genug zu tun.«

»Erst mal ist gut. Es ist unsere einzige Probe.«

»Reinardo, so heißt der Komponist, wird die Lieder als Tondateien ins Netz stellen, wenn er fertig ist. Du und die anderen singenden Darsteller können sie dann zu Hause proben. Heute werden wir die Liedtexte nur sprechen.«

»Schon ein dicker Hund, dass dieser Reinardo zwei Tage vor der Aufführung nicht fertig ist, oder?«

»Er war schon fast fertig, aber dann wurde vorgestern vom Sponsor die Anforderung an ihn herangetragen, bayerische Folklore-Elemente in die Musik aufzunehmen.«

»Nein!«

»Auch unsere Kostüme werden solche Elemente aufweisen.«

»Nein!!!«

»Außer das des Faust natürlich.«

»Und Gretchen trägt jetzt einen Wildlederbikini mit weißen Rüschen, nehme ich an?«

»Nein, Oliver, das Gretchen ist gestrichen. Es gab ein paar Meinungsverschiedenheiten mit devotionella26 diesbezüglich.«

Es klopft. Vor der Tür steht ein Pulk von etwa zwanzig Leuten, alle mit jeweils zwei dampfenden Kaffeebechern für uns in den Händen. Von der anderen Straßenseite nähern sich xman41 und seine Freunde und gucken irritiert.

* * *

Ach nein, ich möchte nichts über diese Probe sagen.

Wirklich.

Ich möchte nichts über die Kostüme sagen, die kurz, nachdem endlich alle da waren, geliefert wurden. Es gibt keine Worte, die ihnen gerecht werden. Näherungsweise tun es vielleicht die Sätze, die das Pinklbräu-Marketing dem Kostümdesigner mit auf den Weg gegeben hat: »Gewünscht ist eine gesunde Mischung aus dem, was wo modern ist mit Computer und Internet, und dem, was wo oberbayerische Tradition ist.«

Und ich möchte auch nichts über die Art sagen, wie xman41 und seine Kollegen die Texte gesprochen haben. Es reicht, wenn man sich Viertklässler vorstellt, die in einer Landgrundschule auf der Weihnachtsfeier Gedichte vortragen. Ich bin einfach nur froh, dass Lena kein Wort hören musste. Und ich bin jetzt auch wild entschlossen, zu verhindern, dass sie das Ganze jemals zu hören bekommt.

Und am allerwenigsten möchte ich etwas über die Menschenflut sagen, die Rüdigers Kaffeewunsch-Posting ausgelöst hat. Nur kurz die Fakten: Gegen Ende der Probe hatte jeder von uns gerade noch einen Quadratmeter zum Stehen, und ich konnte den Raum erst eine halbe Stunde nach Probenende verlassen, weil ich vorher nicht zum Ausgang durchgekommen bin.

Der Nachmittag hat nichts gebracht außer der Erkenntnis, dass nach der Aufführung am Montag das Buch der Apokalypse neu geschrieben werden muss. Positiv waren nur zwei Dinge: Erstens gab es keine Verletzten, zweitens hat Rüdiger als Faust seine einzigen beiden Sätze »Seid uns gegrüßt, ihr Herrn!« und »Ich hätte Lust, nun abzufahren« halbwegs passabel zum Besten gegeben.

Nachdem das nun erledigt ist, blicke ich nur noch nach vorne. Richtung heute Abend. Der lang ersehnte Moment, in dem meine alte WG nach über einem halben Jahr endlich mal wieder den Partyschalter umlegt.

* * *

»Du bist früh dran, Krach.«

»Weiß ich. Ich will jede Minute auskosten, Gonzo.«

Mein früherer Mitbewohner und ich umarmen uns lange im WG-Flur. Wir haben viel zusammen erlebt. Wir haben gemeinsam in unserer infernalischen WG-Band gespielt, unzählige wunderbare Fußballspiele angesehen, hektoliterweise Bier getrunken, Verstecke gesucht, um unser Essen vor Tobi in Sicherheit zu bringen, einen uneinsichtigen Ex-Stasi-Agenten zur Räson gebracht, Strategien entwickelt, wie wir Elvin und Adrian aus unserem Heim heraushalten können, einen wahnsinnigen Vermieter vertrieben und vieles mehr. Außerdem waren wir beide gleichzeitig in Amelie verliebt. Tiefere Männerfreundschaft geht nicht, auch wenn wir uns noch so selten sehen.

»Darf ich vorstellen? Meine wunderbare neue Mitbewohnerin Franziska.«

»Hallo Franziska. Hab schon gehört, du warst der Supermarkt-Pac-Man. Respekt. Beide ein Bier?«

»Unbedingt.«

Gonzo macht sich mit routinierten Handgriffen an der guten alten Zapfanlage, dem weitaus gepflegtesten Gegenstand der WG-Küche, zu schaffen.

»Bei der Bierfrage muss man hier immer mit *unbedingt* antworten, Franziska. Das ist Tradition seit ... Egal, soll ich dir kurz die Wohnung zeigen, bis Gonzo fertig ist?«

»Klar. He, ich glaube, ich habe dich noch nie so strahlen sehen.«

Ich führe sie durch die Räume. Nein, ich weine nicht dabei. Ich habe höchstens bei manchen Erläuterungen ein leichtes Beben in der Stimme. Kann man doch mal haben. Nachdem Franziska alles Sehenswerte dieser Wohnung, vom Ausklapp-Balkon bis zum Inzaghi-Hass-Altar*, kennengelernt hat, kehren wir wieder zurück. Gonzo hat unsere frisch gezapften Biere tapfer gegen stetig nachrückende Neuankömmlinge verteidigt. Wir stoßen an, trinken und lächeln.

»Und sonst so, Gonzo?«

»Läuft.«

Ich frage lieber nicht weiter. Während wir zusammen gewohnt haben, hat sich Gonzo dauernd von einem Grafiker-Praktikum zum nächsten gehangelt. Und irgendwie habe ich den Verdacht, dass er das auch heute noch tut.

---

* Kommode, die mit Bildern des italienischen Fußballstars und Schwalbenkönigs Filippo Inzaghi beklebt ist. Siehe *Kaltduscher – ein Männer-WG-Roman*

»Übrigens, schone deine Stimme, Krach, wir machen später wieder Musik. In der alten Besetzung.«

»Na gut.«

Zugegeben, in Wirklichkeit hüpft mein Herz vor Vorfreude. Solange ich hier gewohnt habe, war die wöchentliche WG-Bandprobe ein lästiger Pflichttermin für mich. Erst seit wir nicht mehr proben, ist es für mich das, was ich außer meinem alten Zimmer am allermeisten vermisse. Ich kann es nur nicht zugeben, weil ich früher immer so hochnäsig auf den anderen herumgehackt habe. Vor allem auf Francesco am Bass, der, wenn überhaupt etwas, allenfalls die unwichtigen Töne hin und wieder richtig gespielt hat.

»Die Instrumente sind schon in Tobis altem Zimmer aufgebaut, hast du gesehen?«

»Hab ich. Und? Habt ihr es diesmal geschafft, dass Elvin und Adrian nichts mitkriegen?«

Wir sehen uns an und brechen in Gelächter aus. Eine WG-Party, von der Elvin und Adrian nichts mitkriegen, ist genauso unmöglich, wie dass der alte Boiler in der Küche nicht mindestens einmal pro Monat kaputt geht. Sobald es hier auch nur ansatzweise gesellig wird, stehen die beiden Pestbeulen von nebenan sofort in der Tür. Das ist Naturgesetz.

Wir trinken, und ich gebe mich der Illusion hin, dass es wieder wie früher ist.

»Hi, Vorvorbewohner.«

»Hi.«

Mist. Daniel, der junge Hüpfer, der jetzt mein Zimmer bewohnt. Wahrscheinlich ein netter Kerl, aber ich schaffe es immer noch nicht, ihn zu mögen, weil ... Ach, ich hätte hier einfach niemals ... Na ja, lassen wir das. Und außerdem, ich habe ja jetzt wieder eine WG. Mit einer schönen intelligenten Frau. Die kochen kann. Und überhaupt.

»Das ist Franziska, meine Mitbewohnerin.«

»Hi, fein, dass du da bist.«

Ja, okay, es ist nicht dasselbe. Nicht ganz. Dafür ... Nein, wirklich, lassen wir das. Sinnlos.

Der Gästezustrom wird immer stärker, und alle paar Minuten wird die Musik lauter gedreht. Als es in der Küche zu voll wird, siedle ich mit meinen WG-Veteranen Tobi, Gonzo, Reto, Francesco und Hendrik nach nebenan in Francescos altes Zimmer um. Nachdem wir uns auf dem Boden niedergelassen haben, sehen wir zwar aus wie ein Sitzkreis auf einem Wochenendseminar der evangelischen Landjugend 1983, aber das ist uns egal. Wir erzählen, trinken und rauchen Retos Bio-Gras.

Manchmal werden wir vom Jungvolk belächelt. Diese Leute interessiert es ja nicht, dass es die WG nur noch gibt, weil wir sechs uns damals dem wahnsinnigen, zu allem entschlossenen Vermieter Herrn Wohlgemuth widersetzt haben. Und sie wissen nicht, warum klar erkennbar ein großes Rechteck aus dieser Zimmertür hier herausgesägt und später wieder eingesetzt wurde. Und sie ahnen nicht einmal ansatzweise, welch entscheidende Rolle die Toilette am Ende des Flurs, in die sie jetzt alle gedankenlos hineinscheißen, in unserem Kampf gespielt hat. Aber lassen wir auch das. Wir können froh sein, dass wenigstens Gonzo immer noch hier wohnt und für Ordnung sorgt.

»Daniel hat neulich vorgeschlagen, dass wir den Inzaghi-Hass-Altar umgestalten.«

»Er hat WAS?«

»Na ja, Krach, Inzaghi spielt schließlich gar nicht mehr. Muss man auch mal so sehen.«

»Das ist ja wohl die Höhe! Und was will er aus dem Inzaghi-Hass-Altar machen?«

»Einen Podolski-Grins-Altar.«

»Nur über meine Leiche! Es muss ein italienischer Fußballer sein. Und auf jeden Fall ein Hass-Altar!«

Ich weiß, es ist lächerlich, aber ich kann es einfach nicht ausstehen, wenn Neuankömmlinge hier alles umwursteln. Ist doch wahr! Womöglich soll demnächst auch noch die Küche neu gestrichen werden. Zum Glück werden wir Alten mit jedem getrunkenen Bier ausgeglichener. Ist doch auch schön, wenn die Dinge ein wenig im Fluss sind und hier nach und nach ein Generationswechsel stattfindet ... Nur den Inzaghi-Hass-Altar sollen sie gefälligst in Ruhe lassen!

»☺ Hey, hey! Alles frisch bei euch? ☺«

»☺ Sehr stylish, euer Senioren-Sit-in. So ein Setting könnten wir vielleicht für den Pitch beim Alternative-Travel-Anbieter verbraten, was meinst du, Adrian? ☺«

»☺ Noch zwei, drei blonde Hippie-Schnitten dazu, jou, könnte werden. ☺«

»☺ Haltet euch alle mal nächste Woche bereit, wir buchen euch dann, hähä. ☺«

»☺ Könnte für den einen oder anderen von euch der Beginn einer steilen Modelkarriere werden, höhö. ☺«

»☺ Ach, Krach, schau mal, wen wir mitgebracht haben. ☺«

»Oh, hallo Rüdiger.«

»Hallo Oliver, kann ich kurz mit dir sprechen?«

»Ich werde mich nicht dagegen sträuben.«

Rüdiger drängt sich in unseren Sitzkreis und beginnt auf mich einzureden. Auch gut. Bin ich wenigstens weg von Elvin und Adrian.

»Deine schmal kontingentierte Zufriedenheit nach der heutigen Probe ist mir nicht entgangen, Oliver.«

»Och, wenn du zufrieden bist, bin ich auch zufrieden. Oder bist du das nicht?«

Er legt los. Faust 2.0, das Stück, die Probe, das Dilettantische, das Ungeklärte, das Geschmacklose, das vorprogrammierte Scheitern – alles Teil seines Plans: »... denn die inszenatorische Kernidee fußt auf peristatisch-organischen Wechseldeterminanten ... kategorische Verneinung der Bühne als Quasisanktuarium ... basiskarnevalistischer Prinzipduktus ...« Wollte er nur noch einmal sagen. Ich habe bereits so viele Rauschmittel in mir, dass ich eigentlich bestens in der Lage wäre, auch im Rüdiger-Slang zu antworten, aber im Gegensatz zu neulich im Coffee & Bytes bin ich zu faul, um viel zu sprechen. Retos Bio-Gras. Ich nicke nur, hebe von Zeit zu Zeit die Augenbrauen und zeige mit dem Zeigefinger auf ihn. Das erweckt nicht nur den Eindruck, dass ich zustimmend zuhöre, sondern gibt meiner Reaktion auch einen interessanten rhythmischen Aspekt.

Neben mir haben Elvin und Adrian den armen Gonzo fest im Griff, während die anderen Veteranen sich feige verzogen haben. Wenn Rüdiger mit mir fertig ist, muss ich Gonzo da raushauen, nehme ich mir vor. Aber das kann noch dauern.

* * *

»... und so ist Faust 2.0, um es zusammenzufassen, am Ende ein hochspekulatives Reizgemenge aus endogenerogen induzierten Realkapriolen und biozentrisch justifizierten Quisquilien.«

»Unter umgekehrten Vorzeichen?«

Er denkt kurz nach.

»Nein, nicht wirklich. Doch ein interessanter Gedanke, Oliver.«

»Zeit für Musi-hik!«

Als hätten die anderen zugehört und genau das Ende des Gesprächs abgepasst. Fein! Ich freu mich schon und lasse mich willig in Tobis Zimmer mit dem aufgebauten Musikequipment ziehen. Vor lauter erwartungsfrohen Leuten ist kaum noch Platz. Erstaunlich, wie wenige Gesichter ich hier noch kenne. Aber gleich werden sie mich kennen. Erst ein paar von den alten Hits zum Warmwerden, dann versuche ich mal diese Melodie, die ich gestern gefunden habe. Vielleicht fällt den anderen ja spontan was dazu ein.

Es knackt laut in den Boxen, als Francesco mal wieder seinen Bass einstöpselt, ohne vorher seinen Verstärker herunterzudrehen. Wir lachen im Chor. Dann lässt Gonzo ein paar krachende Akkorde aus seiner Gitarre, die anderen steigen ein und ... Ist das mein Handy in meiner Hosentasche? Ja, ist es. Noch stehe ich nicht auf der Bühne. Die anderen spielen beim ersten Stück immer ein paar Takte voraus. Trotzdem, das ist doch jetzt irgendwie ... Ich kenne diese Nummer nicht. Hm ...

»Hallihallo?«

»Hier ist Lena.«

»Woher hast du meine Nummer?«

Kann das wahr sein? Lena ruft mich an! Und ich sage nicht »Wie wunderbar!«, ich sage auch nicht »Oh, ich habe so viel an dich gedacht«, sondern ich sage »Woher hast du meine Nummer?«. Es gibt auf dieser Welt keine Strafe, die hart genug wäre, um das sühnen.

»Kurt hat sie mir gegeben. Sei ihm nicht böse, ich habe sie ihm abgebettelt.«

Um den Lärm abzudämpfen, presse ich meine rechte Hand so fest auf mein Nicht-telefonier-Ohr, dass es weh tut.

»Ich bin Kurt nicht böse. Im Gegenteil, ich werde gleich morgen damit anfangen, Kurt ein Denkmal dafür zu bauen, dass er dir meine Nummer gegeben hat. Ich war nur so verdattert. Außerdem wollte ich gerade ... Ähm, alles okay?«

»Ich kann dich nicht so gut hören, ist so laut bei dir.«

»Moment.«

Ich dränge mich mit Gewalt durch alles durch und über alles hinweg, was mir den Weg zur Wohnungstür versperrt. Und wenn ich sage alles, dann gehört dazu auch der Inzaghi-Hass-Altar und eine Fünfergruppe Hip-Hopper à 100 Kilo plus das Stück. Als ich endlich im Treppenhaus stehe, spreche ich weiter.

»Jetzt besser, Lena?«

»Ja. Wo bist du denn?«

»Auf einer Party in meiner alten WG. Komm doch auch. Es ist ...«

»Nein.«

»Okay.«

»Oliver ...«

Sie weint. Das merke ich nicht nur an ihrem Atem. Ich bilde mir sogar ein, die Tränen zu hören, die ihr das Gesicht herunterströmen. Nein!

»... kannst du ... kommen?«

* * *

Ich wohne lange genug in dieser Stadt, um die breite, aber stille Straße im Wedding zu kennen, die mir Lena als ihre Adresse genannt hat. Mein Fahrrad schließe ich nicht ab, sondern werfe es einfach vor ihrem Haus ins Gebüsch. Das Schloss der Eingangstür ist kaputt. Ich drücke sie auf und stürze die Treppen in den zweiten Stock hoch. Es ist ein ärmliches, vor vielen Jahren dürftig renoviertes Treppenhaus, das die Spuren etlicher Umzüge an Wänden und Decken trägt. Lena öffnet sofort. Sie trägt Pantoffeln, einen hellblauen Pyjama und darüber ein Kapuzen-Sweatshirt. Ihr Gesicht ist verweint, aber für den Moment hat sie sich wohl zusammengerissen.

»Hi Oliver. Danke, dass du kommst.«

Sie muss schlucken, ich trete ein und höre, wie sie die Tür hinter mir schließt. Während ich mich in dem schmalen Flur umsehe, wird mir klar, dass ich in den immerhin zehn Minuten seit ihrem Anruf gar nicht darüber nachgedacht habe, warum sie traurig ist. Irgendwie war in meinem Hinterkopf der Fall von vorneherein klar: Sie ist ein Burgfräulein, wird von einem Drachen bedroht, ich muss ihn erschlagen, und dann ist alles gut. In Wirklichkeit gibt es hier keinen Drachen, nicht einmal eine Spinne.

»Oliver, ich ... also ... es ist nur ... ich habe solche Angst.«

Sie zieht mich den Flur entlang zu einer der Türen und zeigt in das Zimmer. Das Kinderzimmer. Ein kleiner Schreibtisch, ein paar Regale mit Spielen und Büchern, an der Wand eine wüste Mischung aus Tier- und Fußballerpostern, auf dem Boden ein paar nicht aufgeräumte Legosteine und in der Ecke ein Bett mit Ernie-und-Bert-Bettwäsche. Zwischendrin sorgen Ikea-Lichterketten für funzelig-gemütliche Höhlenstimmung.

Lena zeigt auf das leere Bett.

»Bommi ist das Wochenende über beim GAAZ. Am Mittwoch ist die Verhandlung. Er wird ihn das ganze Wochenende über nach Strich und Faden verwöhnen und ihm nebenbei immer wieder ins Gehirn blasen, was für eine schreckliche Mutter ich bin. Er wird ihn dazu bringen, dass er dem Richter sagt, dass er im Zweifelsfall lieber ... zu Papa will.«

Ich konnte ihr Weinen schon am Telefon kaum aushalten. Jetzt, da sie einen Meter vor mir steht, ist es völlig unerträglich. In mir steigt ein Schmerz hoch, als hätte ich ein glühendes Schwert verschluckt.

»Und ich habe versucht, es zu machen ... wie meine Freundin gesagt hat. Ich habe mir das Schlimmste vorgestellt und ... ich kann mir ... das Schlimmste nicht mehr ... vorstellen, und mich ... damit abfinden. Es macht mich ... kaputt. Wenn ich daran denke, dass ... dieses Bettchen für immer ... leerbleibt, dann ...«

Lena geht in die Knie und versenkt ihr Gesicht tief in der Ernie-und-Bert-Bettdecke, die ihr Schluchzen trotzdem kaum dämpft. Ich kauere mich neben sie, lehne mich mit dem Rücken an das Bett, schaue geradeaus und sage nichts. Der Rausch von der Party kreist immer noch durch meinen Kopf, aber ich habe nichts mehr damit zu tun. Er ist wie ein lästiger Affe, der mich kreischend an den Haaren zieht, während ich mir von Zeit zu Zeit mit dem Handrücken die Tränen aus meinem Gesicht wische. Was soll ich sagen? Es gibt nichts zu sagen. Es ist die Hölle.

Eine kleine Ewigkeit später taucht Lena wieder aus der Bettdecke auf, dreht sich um und setzt sich neben mich. Ich sehe sie an, und sie vergräbt ihr Gesicht in meiner Schulter. Ihr Schluchzen ist leiser geworden, aber noch verzweifelter. Wenn ich wenigstens etwas hätte, was ihr Hoffnung gibt. Wenn ich ihr Anwalt wäre, oder sonst wie juristisch beschlagen, und den Fall in allen Details kennen würde. Ich könnte ein paar Strohhalme aufstellen, an die wir uns klammern würden. Und die stickige Stille wäre auch gebrochen. Aber so ...

Warum hat sie eigentlich nicht Kurt gefragt? Wenn es so wäre, wie ich es mir vorgestellt habe, hätte sie ihn doch bestimmt gefragt? Aber vielleicht konnte er nicht ... Blödsinn, natürlich hätte er gekonnt. Ich gestehe mir ein, dass ich das zu gerne wissen würde, obwohl es im Moment ganz unwichtig ist. Ich kenne ja die Wahrheit. Weder Kurt noch ich konnten ihr Herz gewinnen, weil sie im Moment die schlimmsten Sorgen der Welt hat.

* * *

Lena hat mich gebeten, bei ihr zu bleiben. Wir liegen in ihrem Bett, sie in ihrem hellblauen Pyjama zu einer Kugel zusammengerollt unter ihrer Decke, ich angezogen auf dem Rücken ausgestreckt. Ihre Stirn drückt sanft gegen meine Schulter, und sie umklammert meinen Arm. Ich weiß nicht, wie lange schon, aber es kommt mir wie eine Ewigkeit vor. Hoffentlich ist sie endlich eingeschlafen.

Ich selbst bin immer noch hellwach und betrachte die Decke im Nachttischlampenlicht. Unsere Schulzeit geht mir durch den Kopf, das, was mir zu unserer Schulzeit durch den Kopf gegangen ist, geht mir durch den Kopf, und das, was mir damals durch den Kopf gegangen ist, ist so anders als das, was mir heute durch den Kopf geht, dass ich Angst vor mir bekomme. Irgendwann werde ich auch einschlafen. Und morgen werden wir gemeinsam aufwachen. Und Tobi hatte recht. Ich bin in die Freundschaftsfalle getappt. Und so traurig die Lage im Moment auch ist, es ist die wunderbarste Freundschaftsfalle, die es gibt. Ganz kurz denke ich noch einmal an die WG, die Party, die Band, den Inzaghi-Hass-Altar. Es ist alles so weit weg wie noch nie. Ich summe leise meine Melodie.

SONNTAG

»Und du willst es dir wirklich antun, Lena?«

Sie lächelt.

»Ja, will ich.«

»Ich sags noch mal, mit Faust hat es nicht das Geringste zu tun. Und es wird schrecklich.«

»Solange es einen Mephisto gibt, der von dir gespielt wird, will ich es sehen. Nenn mich sentimental.«

»Aber du hast doch jetzt wirklich andere Sorgen.«

»Trotzdem. Ich kann ja eh nichts machen. Außer darauf warten, dass mir ein weißes Einhorn einen gerichtsfesten Beweis dafür liefert, dass der GAAZ keine gute Wahl für das alleinige Sorgerecht ist.«

Wir haben beide den Vormittag verschlafen. Ich, weil ich erst im Morgengrauen weggedämmert bin, sie, weil sie schon zuvor eine durchwachte Nacht hatte und den Schlaf dringend brauchte. Irgendwann bin ich aufgestanden und habe die besten Brötchen, die am Sonntag im Wedding zu kriegen waren, organisiert. Und nach einem langen, schweigsamen und doch irgendwie auch glücklichen Frühstück in ihrer kleinen Küche sind wir aufgebrochen, um durch die Stadt zu spazieren, bis Lena zum Treffpunkt muss, den sie mit ihrem Exmann ausgemacht hat. Jeder von uns weiß von dem Schatten, der über ihr hängt, aber wir haben die ganze Zeit kein Wort darüber gesprochen.

»Ich muss dann los, Oliver.«

»Soll ich mitkommen?«

»Auf keinen Fall. Wenn dich mitbringe, erzählt mir der GAAZ beim nächsten Mal, wenn ich ihn treffe, laut in aller Öffentlichkeit und vor Bommi, was ich seiner Meinung nach alles mit deinem Schwanz mache.«

»Wie bitte?«

»Kein Scherz.«

Sie drückt mich fest an sich. Ihr Gesicht verschwindet wieder an meiner Schulter. Ich spüre, wie sie aus- und einatmet.

»Machs gut, Mephisto, wir sehen uns in Auerbachs Keller.«

»Ich freu mich. Aber freu du dich lieber nicht.«

»Gut, mach ich.«

Ein Lachen noch, und sie ist weg.

Montag

Wenn man mit den schlimmsten Erwartungen irgendwo hinkommt, ist man ja eher enttäuscht, wenn sie nicht gleich erfüllt werden. Die Theaterbühne, die heute tagsüber mit großem Hallo in das Coffee & Bytes reingezimmert wurde, ist ein prima Beispiel dafür. Ich kann es kaum glauben, aber alles daran stimmt. Die Bühne steht perfekt im Raum, so dass man von fast jedem Platz aus bestens das Stück verfolgen kann. Der wuchtige hölzerne Wirtshaustisch dominiert das Bild so stark, dass die ganzen Pinklbräu-Werbeelemente, die auf der Bühne verteilt sind, darüber fast verschwinden. Die übermächtige Leinwand, die den Bühnenhintergrund bildet, hat zusammen mit dem Tisch ein so starkes optisches Gewicht, dass man gar nicht anders kann, als sofort dort hinzugucken, wenn man durch den Eingang kommt. Wen auch immer Elvin und Adrian für diesen Job gebucht haben, er hat es großartig gemacht. Zu schade, dass das, was wir gleich darbieten werden, diese wunderbare Bühne überhaupt nicht verdient.

In einer halben Stunde ist Einlass. Ich verziehe mich in den leergeräumten Nebenraum, der heute unsere Garderobe ist. Als Erstes sehe ich die Kamera, die in einer Ecke steht. Na toll, selbst von hier werden Bilder ins Internet gepustet. Rüdiger wird gerade geschminkt. Er begrüßt mich kurz, xman41 und die anderen ebenfalls. Sie sitzen zusammen mit einem grauhaarigen Südamerikaner mit

Gitarre, der wohl Reinardo sein muss, in einer Ecke und proben verzweifelt ihre Lieder.

Ich könnte Rüdiger fragen, warum er sich ausgerechnet für einen Bossa-Nova-Komponisten entschieden hat, aber erstens muss er sein Gesicht stillhalten, und zweitens ist es ja auch eigentlich egal, ob die Antwort »Antigentrifizierung durch xenofolkloristische audible Elemente« oder »angewandte akustomethodische Mnemotechnik« heißt. Ich hänge meine Jacke über die Kameralinse und schlüpfe seufzend in mein bereitgelegtes Mephisto-in-Lederhosen-Kostüm. Trotz Durst ignoriere ich die zahlreichen bereitgestellten Pinklbräu-Easy-Flaschen und pflanze mich stumm leidend ans Ende der Sitz-Warteschlange derer, die noch ein Mal von Reinardo begleitet singen wollen.

»Deine Hörner sitzen schief, Oliver.«

»Das soll so. Bewusst allozierte Symmetriediskordanz.«

* * *

Unglaublich. Elvins und Adrians Rechnung ist aufgegangen. *Rüdiger Rodeo spielt Faust 2.0!* Einmal diese Überschrift ins Internet geplärrt, und sie kamen aus allen Ecken angerauscht. Dem Vernehmen nach sind sogar Leute aus Österreich und der Schweiz angereist. Das Coffee & Bytes platzt aus allen Nähten. Und nicht nur das, sie haben, nachdem klar war, dass dort nie und nimmer alle reinpassen, noch schnell ein Public Viewing in unserem Proberaum-Ladengeschäft eine Straße weiter organisiert. Ob sie alle wissen, dass ihr Star Rüdiger im ganzen Stück nur ein Mal »Seid uns gegrüßt, ihr Herrn!« und ein Mal »Ich hätte Lust, nun abzufahren« sagt?

Noch sitze ich mit ihm in unserer Garderobe. Wir können über einen Monitor verfolgen, was auf der Bühne passiert. Ein Beamer wirft eindrucksvoll animiertes grünliches Gewaber an die große Leinwand hinter der Bühne. Die Scheinwerfer gehen an. xman41, Reinardo und die anderen sitzen in ihren lila-braunen, mit bayerischen Trachtenapplikationen versehenen Kostümen am großen Wirtshaustisch und starten vor den Augen der versammelten Web 2.0-Massen das Unheil.

»*Will keiner trinken? Keiner lachen?*
Ich will euch lehren Gesichter machen!
Ihr seid ja heut wie nasses Stroh,
Und brennt sonst immer ähm ... lichterloh.«
»*Hrrhäm ... Das liegt an dir; du bringst ja nichts herbei,*
Nicht eine Dummheit, keine Sauerei.«

Okay, jetzt kippt xman41, so wie es im Text steht, Uli Bier über den Kopf. Zumindest das kriegt er ziemlich souverän hin.

»*Da hast du beides!*«
»*Doppelt Schein ... Schwein!*«
»*Ihr wollt es ja, man soll ... pffffhihihi ... es sein.*«

Ich sehe Rüdiger an. Er nickt. Ganz ruhig und zufrieden. Klar. Peristaltisch-organische Wechseldeterminanten. Alles so gewollt. Das war aber erst der Anfang. Ein paar holprige Zeilen später zieht Reinardo seine Klampfe unter dem Tisch hervor und xman41, nun ja, *singt* das erste Lied. Ich sehe Rüdiger an. Er nickt wieder. Noch ruhiger und noch zufriedener. Schon gut.

Ich schaue ein letztes Mal in den Spiegel und teste noch einmal meine Mephistostimme.

»Okay, Faust, wir sind dann gleich dran.«
»Ja.«
»Ähm, du solltest dich bereithalten, Rüdiger.«
»Tue ich.«

»Bereithalten im Sinne von aufstehen und am Bühneneingang warten! Unser Stichwort kommt gleich!«

»Du gehst auf die Bühne, ich bleibe hier. Ich habe mein Konzept noch mal geändert.«

»Aber Faust und Mephisto kommen zusammen in ...!«

»... *Er sieht in der geschwollnen Ratte*
Sein ganz natürlich Ebenbild.«

Das Stichwort! Ach, leck mich. Gehe ich halt ohne Faust auf die Bühne. Mir doch alles egal. Los.

HUCH!

Aha. Das grüne Gewaber ist weg, stattdessen ist Rüdigers Gesicht genau in dem Moment, als ich die Bühne betreten habe, absurd vergrößert auf der riesigen Leinwand erschienen. Mein Kopf reicht gerade mal bis zu seinem riesigen Mund. Dafür war also die Kamera in der Garderobe! Seine Haut hat einen unheimlichen grünen Farbton. Das Kamerabild wird anscheinend durch einen Blitzrechner mit Bildbearbeitungseffekten gejagt. Ich muss sofort an Shrek denken, aber trotzdem kichere ich nicht, sondern spule souverän meinen Text ab. Und genieße hämisch den Stolz, dass ich das viel besser kann als alle anderen hier.

»*Ich muss dich nun vor allen Dingen*
In lustige Gesellschaft bringen,
Damit du siehst, wie leicht sich's leben lässt
Dem Volke hier wird jeder Tag ein Fest ...«

Das kann doch nicht wahr sein! Die riesige stumme Faustfresse im Hintergrund stiehlt mir dermaßen die Show, dass alles zu spät ist. Hallo? Ich bin es doch, der gerade spricht! The Voice of Pinklbräu, heute exklusiv für euch mit Märchenfilmhexe-Helge-Schneider-Rocky-Horror-Picture-Show-Butler-plus-kleine-Prise-Ernie-Stimme! ... Nö, ist ihnen egal. Na gut, mir auch. Ich wickele meine Konversation mit den Säufern ab, so gut es geht, und wende mich danach wieder an den Riesenfaust.

»*Den Teufel spürt das Völkchen nie,*
Und wenn er sie beim Kragen hätte.«

»SEID UNS GEGRÜSST, IHR HERRN!«

Ich falle fast rückwärts von der Bühne, Reinardo japst erschrocken, und die anderen machen große Augen. Toll. Hätte uns Rüdiger vielleicht mal vorwarnen können, dass er sich einen übermächtigen Basseffekt auf die Stimme legen lässt? Es dauert gefühlte zehn Minuten, bis der völlig verdatterte Uli in der Lage ist, sein »*Viel Dank zum Gegengruß*« zu erwidern, und das Stück weiterplätschern kann. Eigentlich ist es auch egal, was wir machen. Es fällt kaum auf, ob wir sprechen oder schweigen. Selbst wenn wir jetzt alle spontan Handstandüberschläge machen und dazu »Waka-Waka« singen würden, würde es niemanden kümmern. Alle gucken nur auf Rüdigers riesiges grünes Gesicht. Jedes Zucken seiner Mimik wird mit einem Raunen bedacht. Ich habe sogar den Eindruck, dass die Zuschauer kollektiv seine Atemfrequenz übernommen haben. Und im gleichen Rhythmus fotografieren und twittern sie mit ihren Smartphones.

Aber mir soll es nur recht sein, wenn sie nichts mitkriegen, jetzt ist nämlich mein Lied dran.

»*Es war einmal ein König*
Der hatt' einen großen Floh,
Den liebt' er gar nicht wenig,
Als wie seinen eignen Sohn ...«

Das soll lustig sein. Mephisto singt das, um sich bei den Säufern einzuschleimen. Würde ich allerdings im echten Leben versuchen, eine Kneipenbesatzung mit diesem Lied für mich einzunehmen, würde ich sofort an die Wand genagelt. Damit ist einfach nichts zu holen, auch wenn der gute Reinardo sich noch so sehr bemüht, seine südamerikanisch-bayerische-Hybridmelodie gekonnt auf der Gitarre zu begleiten.

Was bin ich froh, als es endlich vorbei ist. Immerhin war es das letzte Lied. Nun müssen wir zwar gleich noch durch die oberpeinlichen Passagen, in denen der Text an die Pinklbräu-Produktpalette angepasst wurde, aber die Hälfte ist geschafft.

Die Säufer wünschen sich jetzt Getränke von Mephisto. Ich binde mir eine Pinklbräu-Wirtsschürze um, während xman41 und die anderen beginnen, ihre auf Pinklbräu umgebürsteten Begehren vortragen. Ich flüstere dazu den echten Text aus Faust mit, ohne die Lippen zu bewegen.

(»Gut! Wenn ich wählen soll, so will ich Rheinwein haben.
Das Vaterland verleiht die allerbesten Gaben.«)

»*Gut! Wenn ich wählen soll, dann Pinklbräu Hell,*
und wenn ich bitten darf, recht schnell.«

(»Autsch!«)

Im echten Faust müsste Mephisto jetzt ein Loch in den Tisch bohren, aus dem später Wein strömt. Ich darf stattdessen einen Bierzapfhahn mit Werbeschild einschlagen und dabei den nächsten Säufer nach seinen Wünschen fragen. Bei der Antwort flüstere ich wieder den echten Text mit, auch wenn dadurch nichts auch nur einen Deut besser wird.

(»Ich will Champagner Wein,
Und recht moussierend soll er sein!
Man kann nicht stets das Fremde meiden,
Das Gute liegt uns oft so fern.
Ein echter deutscher Mann mag keinen Franzen leiden,
Doch ihre Weine trinkt er gern.«)

»Verschont mich mit Franzosenbier,
Pinklbräu Urtyp trink ich hier.«
(»Autsch!!!«)
…

(»Ich muss gestehn, den sauren mag ich nicht,
Gebt mir ein Glas vom echten süßen!«)
»Pinklbräu Power, und ich schrei Juchee,
denn ich steh auf Snowboard und Puderschnee!«
(»Argh!!!!!«)
…

(»Geschwind! Nur grad' heraus gesagt!
Mit welchem Weine kann ich dienen?«
»Mit jedem! Nur nicht lang gefragt.«)
»Ich armer Tropf muss die Bagage nach Hause fahren,
drum Pinklbräu Easy, um den Führerschein zu bewahren.«
…

Geschafft. Einfach abhaken und nicht mehr dran denken. Denn jetzt kommt das Schlimmste überhaupt: Mephistos Zauberspruch, mit dem er die Getränke aus dem Tisch sprudeln lässt. Im echten Faust sind es hochromantische Sätze mit Trauben, Weinstock und Reben, hier ein haarsträubendes Reimgeschüttel aus Brauerei- und Bierzeltdunst. Ich lasse mir etwas Zeit und schaue mich um. Dann gucke ich unheimlich drein und starre den Tisch an, dann fange ich …

…

… nicht an zu sprechen, sondern schaue mich noch einmal um. Ich habe Lena gesehen. Sie sitzt weit vorne, nur ganz am Rand, so, dass ich sie bis jetzt nicht wahrgenommen habe. Wir schauen uns an, sie lächelt …

…

Die Pause irritiert die Leute. Zum ersten Mal, seit das

riesige grüne Rüdigergesicht auf der Leinwand zu sehen ist, beachten sie mich. Na gut. Ich schaue wieder unheimlich drein und starre den Tisch an. Nur die Worte kommen mir nicht über die Lippen. Stattdessen fängt mein Mund an, meine Melodie zu summen. Es ist leise genug im Raum, dass sie bis in den hintersten Winkel gehört wird. Was tue ich da? Ich sehe aus den Augenwinkeln, dass Reinardo mitzuwippen beginnt. So schlecht kann es nicht sein. Ich fange seinen Blick auf und wiederhole die Melodie. Er holt seine Gitarre unter dem Tisch hervor und beginnt zu spielen. Und er findet so sicher und selbstverständlich die richtigen Töne, wie es nur ein alter südamerikanischer Bossa-Nova-Gitarrist kann, der schon auf jeder Hochzeit, jedem Strand und jedem Parkplatz dieser Welt gespielt hat. Und wenn ich eben noch nicht genau wusste, warum mein Mund angefangen hat zu summen, jetzt weiß ich es. Der Text ist da! Zumindest der Anfang. Jetzt oder nie!

Ich summe die Melodie einmal mehr zu Ende und beginne von vorne. Meine Mephisto-Stimme ist weg und eine andere Stimme ist da. Ich kenne sie nicht. Sie ist zusammen mit dem Text tief von innen gekommen. Reinardo lächelt und zupft weiter, xman41 und die anderen sitzen vor ihren Zapfhähnen und machen schon wieder große Augen, während hinter mir der riesige grüne Rüdigermund auf- und zuklappt und dabei freundlich den Takt hält. Hier stehe ich, Mephisto in Lederhosen und Pinklbräu-Schürze, lächerlicher Kasper, bis auf die Knochen gedemütigt, einzige Verbündete mein Lied, ein alter Bossa-Nova-Gitarrist und Lenas große Augen. Doch es reicht.

Wär es ein Baum, ein großer Stein
Ein Sumo-Ringer und sein Verein
Es wäre alles viel zu klein
Um zwischen uns im Weg zu sein

Wär es ein Bach, spräng ich ganz weit
Und nasse Sachen trocknen mit der Zeit
Es wär auch leicht, wär es ein See
Nur ist das, wovor ich steh
Ein Beeeeeeerg
Doch mir egal, ich grab und grab
So lang ich eine Schaufel hab
So lang ich eine Schaufel hab

Hm, »grab« und »Schaufel hab« ... Muss man vielleicht noch bisschen dran feilen. Aber so im Ansatz ...

Den Rest der Strophe summe ich wieder, und Reinardo setzt einen leisen Schlussakkord, der so schön ist wie ein Sommerabend am Strand. Das Einzige, was noch schöner ist, sind Lenas Augen, die mich ohne Pause ansehen, in denen ich genau in diesem Moment für immer rettungslos ertrinke.

Dann geht alles sehr schnell. Das riesige Rüdigergesicht verschwindet plötzlich. Sogar ich, der nichts außer Lenas Augen sieht, bekomme es mit, weil mit dem Gesicht auch der grünliche Lichtschein im Raum verschwindet. Zuerst geht ein erstauntes Murmeln durchs Publikum, an das sich gerade wieder erwartungsfrohe Stille anschließen will, als ein grauenhafter Schrei die Luft durchschneidet.

»DAS INTERNET IST WEG!«

Dies waren letzten Worte, die zu verstehen sind. Was auch immer danach noch gerufen wird, geht in ohrenbetäubendem Kreischen unter. Stühle fallen um, Gläser zerbrechen, alles ist aufgesprungen und drängt zum viel zu kleinen Ausgang. Wer stürzt, wird niedergetrampelt.

Ich kann Lena nicht mehr sehen, aber ich arbeite mich mit Händen, Füßen und meinen Mephisto-Hörnern zu der Stelle durch, an der ich sie aus den Augen verloren habe. Sie liegt am Boden und hat die Augen geschlossen. Franziska steht neben ihr und versucht sie so gut es geht vor dem mörderischen Tumult abzuschirmen. Ich dränge mich an ihre Seite.

»Sie wurde von einem iPad am Kopf getroffen. Hier.«

Franziska zeigt mir die kleine Beule an ihrer Stirn. Zum Glück sind wir weit vom Ausgang entfernt und das Chaos um uns herum lässt allmählich nach. Ich nehme Lenas Kopf in beide Hände und rede sanft auf sie ein. Es dauert etwas, aber dann gibt sie erste Lebenszeichen von sich. Zuerst ist es ein Zittern in den Augenlidern, dann höre ich einen tiefen Atemzug und sie öffnet die Augen. Sie sieht mich und lächelt.

»Bleib schön liegen, Lena. Du hast was an den Kopf gekriegt.«

»An den Kopf?«

»Sieht nicht schlimm aus, aber ich glaube, wir holen lieber doch einen Arzt. Bleib ganz ruhig.«

Im nächsten Moment wird das Licht im Raum wieder grünlich. Wir schauen alle drei auf die Leinwand. Das Gesicht ist wieder da. Genauso groß und genauso grün wie zuvor. Es ist nur nicht Rüdiger. Es ist ... Kurt!

Ich stoße einen Schreckensschrei aus.

Franziska hat ihr Handy am Ohr.

»Gut gemacht, Kurt ... Ja, mit Bravour.«

Sie legt auf.

»Mein neuer IT-Mann. Er hat die Prüfung bestanden.«

»Die Prüfung?«

»Das Coffee & Bytes während Faust 2.0 komplett internetfrei machen, und anschließend Rüdigers Computer kapern und sein eigenes Bild einspielen. Und das von meinem Zimmer aus mit nichts anderem als einem Laptop und einem normalen DSL-Anschluss.«

»Kurt sitzt gerade in deinem Zimmer?«

»Genau.«

Eine Riesenhand erscheint vor dem Riesengesicht und winkt, dann verschwindet Kurt ebenso plötzlich und lautlos, wie er gekommen ist, und Rüdiger erscheint wieder. Sein Mund geht immer noch langsam auf und zu. Aus irgendeiner Ecke schallt ein froher Ruf.

»Internet geht wieder!«

Rund die Hälfte des Publikums hat es noch nicht durch den schmalen Ausgang geschafft. Alle hören mit einem Schlag mit dem Gedrängel auf und lassen sich, wo immer sie gerade sind, zu Boden sinken. Von überallher hört man erleichtertes Aufatmen, als wäre der Raum ein einziger großer Mund. Nach und nach holen die Leute ihre Smartphones und iPads heraus und beginnen wieder zu fotografieren und zu twittern, auf den Mienen ein Ausdruck, wie man ihn von glücklichen Menschen kennt, die gerade knapp eine Naturkatastrophe überlebt haben.

Lena setzt sich auf. Ihr Gesicht ist ganz nah vor meinem. Meine Hand hebt sich wie von selbst und streichelt über ihre Wange. Sie schaut mich wieder an und lächelt. Es scheint ihr gut zu gehen. In mir drin ordnen sich gerade alle Organe neu an. Keine Ahnung, ob ich das überlebe, wichtig ist nur, dass ich das eine noch loswerde.

»Ich liebe dich.«

»Oliver ... Ich ... Aber ... Das ... Oh Mann ...«

Ihre Augen flackern. Ihre rechte Hand macht eine abwehrende Bewegung, während ihre linke derweil heimlich zart an meinem Arm herumnestelt.

»Also, Oliver, das ist doch nicht so einfach, weil, verstehst du, ich habe ein Kind, und ...«

Von einem Moment auf den anderen spannt sich ihr ganzer Körper an.

»Wie spät ist es?«

»Zehn nach neun.«

Sie springt auf, als hätte sie auf einer Stecknadel gesessen.

»Nein!!!«

»Was ist?«

»Der Babysitter! Er kann nur bis neun. Der GAAZ wird erfahren, dass ich wieder zu spät gekommen bin. Und übermorgen ist der Gerichtstermin!«

»Warte, Lena! Du solltest erst mal von einem Arzt ...«

Zwecklos. Sie stürmt aus dem Raum, als wäre hier eben eine Containerladung hungriger Krokodile ausgekippt worden. Der Kuss, den ich gerade noch für sie auf den Lippen hatte, sickert wieder zurück durch meinen Mund in meinen Magen und löst sich dort langsam auf. Ich sehe durch die Scheibe, wie Lena in ein Taxi springt, das sofort im Verkehr verschwindet. Franziska schaut mich an und senkt den Kopf ein wenig.

»Tut mir alles sehr leid. Ich hatte ehrlich gesagt nicht geglaubt, dass Kurt es schafft. Und auch nicht, dass es gleich so eine Panik gibt.«

Ich sage nichts. Mir geht zu viel durch den Kopf. Und durch den Körper. Ich setze mich wieder auf den Boden und starre auf die umgefallenen Stühle und die Glasscherben. Und wie durch dicke Watte in meinem Kopf höre ich Rüdigers Faust-Stimme ein letztes Mal basslastig durch die Lautsprecher dröhnen.

»ICH HÄTTE LUST, NUN ABZUFAHREN.«

* * *

Bald nachdem Lena weg war, kam Kurt vorbei. Und eine Minute danach Tobi. Er hatte Spätschicht gehabt und deswegen nicht zur Aufführung kommen können. Als Entschädigung hat er das Heiße-Öfen-Quartett mitgebracht. Ich weiß nicht, wie spät es inzwischen geworden ist. Wir sitzen nun schon eine kleine Ewigkeit zwischen den umgefallenen Stühlen auf dem Boden und spielen. Wir haben zwei neue Mitspieler dabei. Anfänger, aber sie schlagen sich wacker.

»☺ 120 PS. ☺«

»☺ Du musst *sticht* sagen, Elvin. ☺«

»Nützt eh nichts. 153 PS.«

»☺ Böser Mann. Nur noch drei Karten. ☺«

»☺ Kann ich *all in* gehen? Ach nein, das war ja Poker, oder? Hihi. ☺«

Die beiden waren die Ersten, die während der Internet-Ausfall-Panik den Weg nach draußen gefunden haben und, nachdem es vorbei war, die Ersten, die ganz schnell wieder drin waren.

Außer uns ist noch ein harter Kern von etwa 50 Leuten im Raum. Sie beachten uns aber nicht weiter, denn sie bilden schon wieder einen Kreis um Rüdiger Rodeo, der seit Stunden ein Fachgespräch mit Kurt über dessen technischen Coup von vorhin führt. Franziska steht stolz neben ihrem neuen IT-Chef. Ich kriege nicht viel von dem Gespräch mit. Kurt erzählt irgendwas davon, dass man den INS-KNI-Domainserver kapern kann, wenn man die SEPI-Firewall über den unverschlüsselten HSTE-NCH-GSHN-Port angreift, und Rüdiger malt sich aus, dass man unter Anwendung derartiger webbasiert-interruptiv-egalisierender Interventionen durchaus auf resurrektiv-missionarische Weise die distinktiven Globalfaktoren verändern kann. Ein griffiger Arbeitstitel wäre seiner

Meinung nach *Das ruderfrosch-Prinzip*. Nein, besser *Das Rodeo-ruderfrosch-Prinzip*.

Ich konzentriere mich wieder auf unser Spiel. Wenn Elvin und Adrian draußen sind, werde ich Tobi einen heißen Endkampf liefern. Der setzt bestimmt darauf, dass ich erschöpft bin. Meine Chance. Solange die beiden Anfänger mich noch mit Karten versorgen, entspanne ich mich, und wenn sie weg sind, springe ihn sofort an wie ein Tiger.

»Was hat das Pinklbräu-Marketing eigentlich zu dem Ganzen gesagt?«

»☺ Nun ja, Herr Böshuber war leicht irritiert. Nicht, Adrian? ☺«

»☺ Obwohl wir ihm zugestehen müssen, dass er unter den gegebenen Umständen eine mördermäßige stiff upper lip behalten hat. ☺«

»Und jetzt? Werden sie euch verklagen? Oder Kurt?«

»☺ Nicht, wenn sie die Klicks sehen, die die Aktion bekommen hat. ☺«

»☺ 30 000 haben den Livestream verfolgt. Und kurz nachdem Rüdigers Gesicht verschwunden ist, waren es auf einmal 60 000. ☺«

»☺ Ganz zu schweigen von dem, was seit Stunden alles auf Twitter und Facebook dazu geschwallt wird. ☺«

»☺ Gib einfach mal *faustfail* als Suchbegriff ein und staune. ☺«

»☺ Hubraum 1220 ccm sticht. ☺«

»1250.«

»Setz doch endlich deine Hörner ab, Krach.«

DIENSTAG

Als ich nach Hause kam, hatte ich lange darüber nachgedacht, ob ich Lena anrufen sollte. Am Ende fand ich, dass es zu spät war. Dann bin ich todmüde ins Bett gefallen und habe von einer endlosen Leinwand voller grüner Gesichter geträumt. Ich sah Lena, Tobi, Franziska, Anton, meine Gesangslehrerin, meine alte WG und noch viele andere. Ihre Antlitze hingen dicht an dicht in einem strengen Quadratraster, konnten aber nicht miteinander reden, ja, sich nicht einmal sehen. Ich versuchte sie anzuklicken, was aber nicht ging und auch irgendwie nicht logisch war.

Nachdem ich aufgewacht bin, habe ich sofort wieder überlegt, ob ich Lena anrufen soll. Aber vielleicht schlief sie noch? Oder sie war schon in der Arbeit? Und sie könnte ja auch mich anrufen. Und überhaupt, sie kommt sowieso heute Mittag zum Waschen. Natürlich kommt sie, daran hat sich doch nichts geändert. Oder?

Ich frühstücke zu Ende. Franziska war heute Nacht anscheinend nicht zu Hause. Sie wird sich demnächst meinen neugierigen Fragen stellen müssen. Und sollte Rüdiger Rodeo ihr neuer Lover sein, werde ich eine Stunde hysterisch lachend im Kreis hüpfen. Als ich aufstehe, merke ich einmal mehr das viele Bier von gestern im Kopf. Ein Glück, dass ich wenigstens einigermaßen zeitig ins Bett gekommen bin. Kurz das Wetter auf dem Balkon getestet. Schon wieder wärmer geworden. Schuhe oder Flipflops? Eines Tages gehe ich mit Flipflops in Elvins und

Adrians Agentur. Habe ich mir schon letzten Sommer fest vorgenommen. Aber muss ja nicht heute sein.

Nachdem ich mein Fahrrad vor dem Forza-Idee-Haus angeschlossen habe, spiele ich noch einmal mit meinem Handy in der Hosentasche herum. *Nein, ich lasse es.* Ich schalte es aus und drücke seufzend die riesige Glastür auf.

»Hallo Oliver.«
»Hallo Jaqueline.«
»Sie warten schon auf dich.«
»Besprechungs- oder Gummiballzimmer?«
»Hihi, Gummiball.«

* * *

Alles klar. Faust 2.0 ist abgehakt, alle sind zufrieden, und der Alltag hat mich wieder. Ich verlasse mit einem Stapel neuer haarsträubender Texte in der Tasche die Agentur. Wenigstens habe ich erst übermorgen den nächsten Studiotermin. Bei meinem Fahrrad angekommen, schalte ich mein Handy wieder ein. Jetzt rufe ich sie an ... Ach, nein! Hier ist ja eine SMS von ihr!

Lieber Oliver, ich komme heute nicht. Termin mit Rechtsanwalt, zu viel im Kopf und sehr aufgeregt wg. Gerichtstermin morgen. Kopf geht es gut. Hoffe wir sehen uns am Do? LG Lena

Und noch eine zweite SMS:
Leg bitte die Schaufel nicht weg

Ich steige auf mein Fahrrad. Ich fahre ein paar Meter. Ich steige wieder ab. Es ist nicht zu verantworten. Ich schwanke zu stark. Und ich lache so breit, dass sich meine Mundwinkel fast an meinem Hinterkopf wieder berühren. Während ich ohne festes Ziel weiterschiebe, finde ich sogar mein Eierlikör-Gedicht gar nicht mehr so schlecht.

Jedenfalls, kein Zweifel, würde mich jetzt jemand nach meinem Namen fragen, könnte ich froh sein, wenn ich überhaupt noch »Klaus« herausbrächte.

Ich bestelle mir etwas bei einem Imbiss, lasse aber die Hälfte stehen. Kein Appetit. Und auch wenn der Gedanke, Lena bis übermorgen nicht zu sehen, noch so schlimm ist, hat es doch ein Gutes: Ich kann heute erst mal alles in Ruhe mit Anton besprechen. Bis dahin ist natürlich noch jede Menge Zeit. Ich schlendere durch ein paar Buch- und Plattenläden. Anschließend besuche ich sogar noch ein Klamottengeschäft und stelle beschämt fest, dass ich mich immer noch nicht traue, alleine Hosen auszusuchen.

Als ich schließlich im Valentin lande, habe ich noch eine gute Stunde Zeit und verbeiße mich in die neuen Texte. Der erste ist wieder für die Bratislava Bank. Ich versuche mich an die Stimme zu erinnern, die ich letztes Mal am Ende der quälend langen Aufnahmesession verwendet habe. Komisch. Normalerweise behalte ich alle Stimmen, die ich mir einmal zurechtgezimmert habe, im Kopf, und finde bei Bedarf jede einzelne sofort wieder. Aber auf einmal ist nur noch diese eine Stimme da, mit der ich gestern zu Reinardos Begleitung mein Lied gesungen habe. Als wären alle anderen gelöscht. Krass. Ich muss das später lösen. Liegt wahrscheinlich daran, dass ich mich die letzten Tage mit nichts außer dieser Faust-Farce beschäftigt habe. Ich werde zu Hause ein paar Stimmübungen machen und ein bisschen rumschreien, dann kommt sicher alles wieder. Fürs Erste beschränke ich mich darauf, die Texte auswendig zu lernen. Es ist gar nicht so viel.

Anton wird gerade noch rechtzeitig gebracht, bevor ich beginne, mich erbärmlich zu langweilen. Nachdem sein Vater gegangen ist, zieht er ein riesiges schwarzes Ding aus einer Plastiktüte.

»Schau mal, Oliver. Papa hat mir auch noch den Darth-Vader-Helm gekauft.«

»Oha. Du bist auf der dunklen Seite der Macht?«

»Meinst du, dass ich den Boba-Fett-Helm bei eBay versteigern kann?«

»Bestimmt. Lass dir von deiner Mutter helfen. Anton, ich muss dir was erzählen.«

»Okay.«

»Letzte Woche ...«

»Oh, da kommt Tobi!«

Was? Tatsächlich. Manno, ausgerechnet jetzt.

»Tag die Herren.«

»Tag Tobi, was für eine Überraschung.«

»Ich dachte, ihr würdet vielleicht gerne ein Spielchen wagen.«

»Au ja!«

»Dazu muss ich sagen, ich habe gestern gegen Tobi gewonnen, Anton.«

»Echt? Wow.«

»Stimmt leider. Und heute Morgen habe ich dann gleich mit einer Kollegin die Schicht getauscht. Die Dinge wollen schließlich wieder ins Lot gerückt werden.«

Wir spielen. Zum ersten Mal seit langer Zeit beginnt es mich ein wenig zu langweilen. Am Ende hat Anton uns beide souverän in die Knie gezwungen. Worauf ich aber stolz bin: Ich habe ihm immerhin länger Widerstand leisten können als Tobi, der danach ziemlich kleinlaut abgezogen ist. Und jetzt kann ich endlich loswerden, was ich schon lange loswerden will.

»Also, Anton, ich erzähl dir jetzt, wie es mit der Frau, die ich liebe, weitergegangen ist.«

»Ja, gut.«

»Ich ...«

»Oh, Oliver! Zehn vor sechs! Du musst doch schon längst weg sein!«

»Nein, heute nicht.«

»Fällt deine Gesangsstunde aus?«

»Nein, ich brauche sie nicht mehr. Ist mir, während wir gespielt haben, klargeworden.«

»Bist du jetzt besser als deine Lehrerin?«

»Nein, das hat damit nichts zu tun. Die Lehrerin wollte immer, dass ich meine eigene Stimme finde. Und ich habe sie gestern Abend gefunden. Ich bin mir sicher.«

»Ich finde auch, du sprichst irgendwie anders heute. Ist aber okay, also, gefällt mir.«

»Jetzt lass mich endlich erzählen. Dann weißt du auch, wo das mit der Stimme herkommt. Es hat nämlich mit Liebe zu tun. Und ich will von dir wissen, ob du glaubst, dass es gut ausgeht.«

»Übrigens, Sophia hat mir heute ein Liebesgedicht geschrieben.«

»Wirklich?«

»Sie hat ihre Schrift anders gemacht, aber es kann nur von ihr sein. Ich weiß ja, dass sie in mich verliebt ist.«

»Und? Freust du dich?«

»Ja, schon. Aber ich finde das Gedicht halt nicht so gut.«

»Also Anton, ein Liebesgedicht, das wirklich von Herzen kommt, ist immer gut.«

»Na ja, schau mal hier: *Schwebend Krachens Körper dankt.* Ich glaub, die war besoffen.«

»W… Wo hast du das gefunden?«

»In meinem Hosenbein. Muss sie mir während Sport reingeschoben haben. Wieso?«

»Anton, schau mich mal an.«

»Warum?«

»Ganz ehrlich, kann es sein, dass du erst sechs bist, und nicht sieben?«

»Na ja, also ... fast sieben. Nur noch drei Monate. Mama sagt immer, ich bin im siebten Lebensjahr, deswegen kann ich doch auch sagen, dass ich sieben bin.«

»Du bist also sechs.«

»Sechsdreiviertel.«

»Anton, und kann es sein, dass deine Mutter Lena ...«

»Mamma!«

Anton stürmt auf die Frau mit dem tadellos glatten Businesskostüm und dem sorgenvollen Gesicht los, die gerade zur Tür hereingekommen ist, und deren Züge mit einem Schlag aufblühen, als Anton ihr um den Hals fällt.

»Bommi, mein Schatz!«

»Mama!«

»Oliver! Was ...?«

»Kennst du Oliver, Mama?«

»Ich ...«

Anton hat seinen Kopf tief in Lenas Bauch vergraben. Wir schauen uns über ihn hinweg an. Aus den tausend Fragezeichen in unseren Gesichtern ploppen nach und nach eine Million Ausrufezeichen.

»Also du bist das, der hier immer ...?«

»Ja. Und du bist Antons Mutter und ...«

»Ja. Ich nenn ihn nur immer Bommi, weil ...«

»Nur Mama darf Bommi zu mir sagen. Weil ich hab nämlich, als ich noch nicht richtig sprechen konnte, immer *Bommi* zu mir selbst gesagt.«

»Genau. Also das heißt, ihr kennt ...?«

»Ja. Schon ziemlich lange, und ...«

»Mama, kann mir Oliver noch schnell was erzählen? Er ist nämlich in jemanden verliebt.«

»Wie? *Das* hast du ihm …?

»Ich wusste ja nicht, dass …«

»Aber wieso …?«

»Nun, wie gesagt, wir kennen uns schon so lange, und da …«

»Aber er ist doch noch …«

»Mama ist nämlich auch in jemanden verliebt, hat sie mir gestern Abend erzählt.«

»Ich …«

»Du …«

»Also …«

In Lenas Gesicht ist nun alles gleichzeitig. Und nie hätte ich sie lieber geküsst als jetzt sofort. Noch nicht einmal gestern Abend. Aber es ist nicht nur, weil Anton da ist, es gibt auch noch einen anderen Grund, warum ich es jetzt nicht tue. Es ist nur ein Verdacht, der von einem Moment auf den anderen in meinem Kopf war. Und wenn er stimmt, dann gibt es etwas, was wir jetzt unbedingt sofort erledigen müssen.

»Kommt mit.«

* * *

»Pssst!«

»Okay.«

»Da hinten sitzt er.«

»Wo? … Nein! Tatsächlich! Und es ist schon zehn nach sechs. Das gibts doch nicht!«

»Wer denn, Mama? Ich seh niemand.«

»Nur der Herr GAAZ, Bommi. Den brauchst du nicht zu kennen. Schau mal, da drüben ist ein Kiosk. Ich glaube, du brauchst dringend ein Eis.«

»Danke!«

Anton zischt strahlend mit ein paar Münzen in der

Hand ab. Wir kauern weiter hinter dem Blumenkübel mit der riesigen Thujastaude und beobachten Gero.

»Dort habe ich ihn letzten Dienstag auch sitzen sehen. Als ich ihn darauf angesprochen habe, hat er gesagt: *Die Spätschicht ist heute ausnahmsweise später.* Aber vielleicht gibt es diese Spätschicht ja gar nicht? Vor drei Wochen ist er nämlich spontan länger im Valentin geblieben, um mit uns Quartett zu spielen. Und jetzt sitzt er schon wieder da.«

»Nicht zu fassen. Und dieser Sack erzählt Anton und mir immer, dass es Riesenärger für ihn bedeutet, wenn er erst um halb fünf zur Arbeit kommt, und dass ich mich ja auch mal anpassen könnte. Aber er weiß genau, dass ich nicht einfach früher Schluss machen kann.«

»Tja.«

»Er ist nicht nur der größte Arsch aller Zeiten, er ist der allergrößte Riesenarsch aller Zeiten!«

»Vielleicht solltest du kurz mal deinen Anwalt anrufen?«

»Ja, das sollte ich.«

Sie nimmt ihr Handy. Es ist so alt, dass ihr iKoffer es vermutlich sofort ausspucken würde.

»Vielleicht sollte ich auch vorher noch etwas anderes tun?«

»Vielleicht.«

»Ja, vielleicht.«

…

…

…

»Müsst ihr euch hier mitten auf der Straße küssen? Das ist voll peinlich für mich.«

»Okay, Anton.«

Freitag (ja, letztes Kapitel, versprochen)

Es war wie im Märchen. Nachdem Lenas Anwalt im Gerichtssaal die Vermutung vorbrachte, dass Gero Anton seit Monaten mit Absicht im Valentin alleine lässt, nur um Lena ein schlechtes Gewissen zu machen, und ich meine Zeugenaussage dazu abgeliefert hatte, kam Gero mächtig ins Stammeln. Und als der Richter ihn fragte, ob er als Gegenbeweis eine Arbeitszeitbescheinigung bringen könnte, musste er zugeben, was für ein mieses Spiel er gespielt hatte. Lena bekam am Ende das alleinige Sorgerecht. Nach der Verhandlung hat sie lange mit Anton geredet und ihm versprochen, dass er seinen Vater auch weiterhin sehen kann, wie immer. Dann haben wir endlich zusammen gefeiert, und in einer stillen Minute habe ich mit Anton ausgemacht, dass es okay ist, wenn ich hin und wieder seine Mutter küsse, nur halt nicht auf der Straße, wenn er dabei ist. Und dass er es sich natürlich jederzeit anders überlegen kann.

Inzwischen ist Freitag. Ich genieße die lange Pause vor meinem Nachmittags-Studiotermin und habe mich spontan mit Kurt an den Tischen vor dem Valentin getroffen. Sieht so aus, als ob ich jetzt öfter solche Pausen haben werde. Nicht, dass ich meine Sprecherjobs nicht mehr machen könnte. Meine vielen Stimmen sind zum Glück alle wiedergekommen. Aber Elvin, Adrian und die ganzen anderen fangen gerade an, sich daran zu gewöhnen, dass ich manchmal nein sage.

Es gibt nämlich auch andere Dinge. Zum Beispiel übergebe jetzt immer ich statt Lena Anton an seinen Vater, wenn sich die beiden verabredet haben. Vorgestern hat Gero mir geschildert, was er alles mit mir tun wird, wenn er mich mal nachts in einer dunklen Gasse trifft. Gestern hat er vor mir ausgebreitet, was für ein übler, dreckiger, völlig verdorbener Mensch Lena ist. Was beim dritten Mal kommt, weiß ich nicht, aber ich werde ihm demnächst vorsichtig empfehlen, sich einen Psychotherapeuten zu suchen.

Außerdem habe ich mich gestern mit Reinardo getroffen. Wir haben an meinem Lied gebastelt. Und gleich noch ein neues zusammen geschrieben. Eines Tages werden wir gemeinsam auftreten, da bin ich jetzt schon sicher. Und auch wenn unser Publikum höchstens ein Tausendstel so groß sein wird wie das von Faust 2.0 – es wird ein wunderbarer Abend.

Die Sonne scheint auf unsere Gesichter. Oft werden Kurt und ich uns jetzt nicht mehr um diese Zeit treffen. Er fängt am Montag seinen Job als technischer Projektleiter beim Restauratoren-Datenbankprojekt an. Und er freut sich, das merkt man ihm an.

»Du siehst gut aus, Kurt.«

»Danke, Oliver. Du aber auch.«

»Steht dir prima, die kurzen Haare.«

»Ja, ich musste mich erst dran gewöhnen, aber ist okay, oder?«

»Auf jeden Fall. Und auch sonst, irgendwie wirkst du sehr entspannt. Du hast doch nicht etwa Sex gehabt?«

Er läuft rot an.

»Nun ja, vielleicht.«

»Na gut, ich gebe zu, ich *weiß*, dass du Sex gehabt hast.«

»Äh ... äh ...«

»Und ich weiß sogar, mit wem.«

Sein Kopf ist jetzt tatsächlich nur noch eine große Tomate, die wochenlang in der süditalienischen Sonne ausgereift ist.

»Ich ... ich ...«

»Franziska und ich haben keine Geheimnisse.«

»Sie ...? Sie ...?«

»Ja. Und ich weiß sogar, wie ihr das Liebe-und-gleicher-Job-Problem lösen werdet.«

»Du ...? Du ...?«

»Ich finde es eine großartige Idee, dass sie die Restauratoren-Datenbank in deine Hände übergibt. Und dass sie als Nächstes ein Hausmannskost-Restaurant ohne Internet in dem leeren Laden, in dem unsere Faust-Proben waren, aufmachen will, auch. Drei Stammkunden hat sie schon mal: Tobi, Diana und mich. Und *Landei* als Name ist perfekt.«

»Hm, ja, ich glaub auch, das wird gut.«

Das Rot in seinem Gesicht wird weniger, aber nur sehr langsam.

»Und du bist jetzt mit der komplett nichtsnutzigen Bürotrine zusammen, Oliver?«

»Hey! Sag mal ... Oh, hat sie dir etwa erzählt, dass ...?«

»Lena und ich haben keine Geheimnisse.«

Wie er grinst. Und wie rot *mein* Kopf jetzt sein muss. Ich kippe ein wenig Zucker aus dem Zuckerstreuer auf den Tisch und male eine Weile mit dem Finger darin herum.

»Ah, wenn man vom Teufel spricht, Oliver.«

»Hm? Oh, Lena!«

»Hallo.«

Mmh, sie küsst so viel sanfter als Franziska ...

»Ich durfte ausnahmsweise früher Schluss machen. Schaut mal, was haltet ihr von der hier?«

Sie holt ein Elektromarkt-Werbeblatt aus der Tasche und zeigt auf eine Waschmaschine.

»Gero hat endlich seine Alimente nachgezahlt.«

»399 – für eine Bosch? Klingt gut. Oder, Kurt?«

»Ich würde noch warten.«

»Wieso?«

»Apple bringt bald eine iWaschmaschine raus.«

»Nein! Echt?«

»Fernsteuerung via Internet, Waschtrommelcam, digitales Einzelsockenmanagement ...«

»Für 399 Euro?«

»Hm, eher nicht.«

»Zu schade.«

Lena lächelt. Ich reibe meine Nase an ihrem Ohr. Die Sonne verschwindet hinter einem Dach und das Licht wird milder. Ich denke daran, wie alles angefangen hat. Und daran, wie schnell alles wieder hätte vorbei sein können. Wenn sie mir nicht auf den Fuß getreten wäre, wenn Anton mich nicht überredet hätte, ins Coffee & Bytes zu gehen, wenn xman41 nicht den iKoffer geklaut hätte und so weiter. Muss man eben auch alles mal im Großen und Ganzen sehen.

»Partie Heiße Öfen?«

»Unbedingt.«

ALLERLETZTES KAPITEL

Ich danke allen, die mir geholfen und mich begleitet haben, allen voran meinem Lektor Carlos Westerkamp.

Supermarkt-Pac-Man hat ein Mann namens Rémi Gaillard erfunden. Er wurde mit solchen Aktionen sehr berühmt. Guckt ihr Youtube.

Die Gruppe *Wir versuchen auszusehen wie unser T-Shirt-Aufdruck* gab es wirklich mal auf Facebook. War ein großer Spaß.

Matthias Sachau gibt es auch auf Facebook. Er ist allerdings neulich bei den Supermarktkonzeptionalisten rausgeflogen, weil sein Konzept zu wirr war.

gofeminin·de

Und jetzt ab ins Netz!

Entdecken Sie gofeminin.de – das führende Online-Portal für Frauen

Alles, was Frauen lieben

Unterhalten und Austauschen – große Community mit Foren, Blogs und Chats

Spielen und Entdecken – Games, Selbsttests und Styling-Tools

Lesen und Stöbern – alles rund um die Themen Beauty, Mode, Partnerschaft und Schwangerschaft

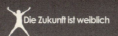 Die Zukunft ist weiblich   www.gofeminin.de

Matthias Sachau
Kaltduscher
Ein Männer-WG-Roman
Originalausgabe

ISBN 978-3-548-28017-2
www.ullstein-buchverlage.de

Können Männer denken, wenn sie unter sich sind? Und wenn ja, wie lange? Fehlt ihnen außer Sex überhaupt irgendwas? Und was passiert, wenn nicht nur wahnsinnige Vermieter, russische Schläger und alte Stasi-Hausgenossen, sondern auch noch Frauen ihre Kreise stören? Oliver und seine Mitbewohner müssen schwere Prüfungen bestehen, doch am Ende des Tages findet sich immer noch ein Bier in der Küche.

Wer eine Männer-WG betritt, ohne vorher dieses Buch gelesen zu haben, ist selber schuld.

»Geil, wild, lustig, abenteuerlich und romantisch. Ich will zurück in eine Männer-WG.«
Simon Gosejohann

Matthias Sachau

Schief gewickelt

Roman

ISBN 978-3-548-26984-9
www.ullstein-buchverlage.de

Markus ist hauptberuflich Vater. Während er seinem Sohn die Windeln wechselt, macht seine Freundin Karriere. Aber auch das Leben als »Superpapa« hat es in sich, denn der kleine Sonnenschein lässt keine Gelegenheit aus, Markus' Puls auf 180 zu jagen.

Schonungslos ehrlich und extrem lustig: Wer Kinder kriegt, ohne vorher dieses Buch gelesen zu haben, ist selber schuld!

»Saumäßig komisch!« *Jürgen von der Lippe*

JETZT NEU

 Aktuelle Titel | Login/Registrieren | Über Bücher diskutieren

Jede Woche vorab in einen brandaktuellen Top-Titel reinlesen, ...

... Leseeindruck verfassen, Kritiker werden und eins von **100** Vorab-Exemplaren gratis erhalten.

 vorablesen.de